Someone to Care

by Mary Balogh

ふたりで愛に旅立てば

メアリ・バログ
水川玲[訳]

Translated from the English
SOMEONE TO CARE
by Mary Balogh

First published in the United States by Berkley

Japanese translation published by arrangement with
Maria Carvainis Agency, Inc
through The English Agency (Japan) Ltd.

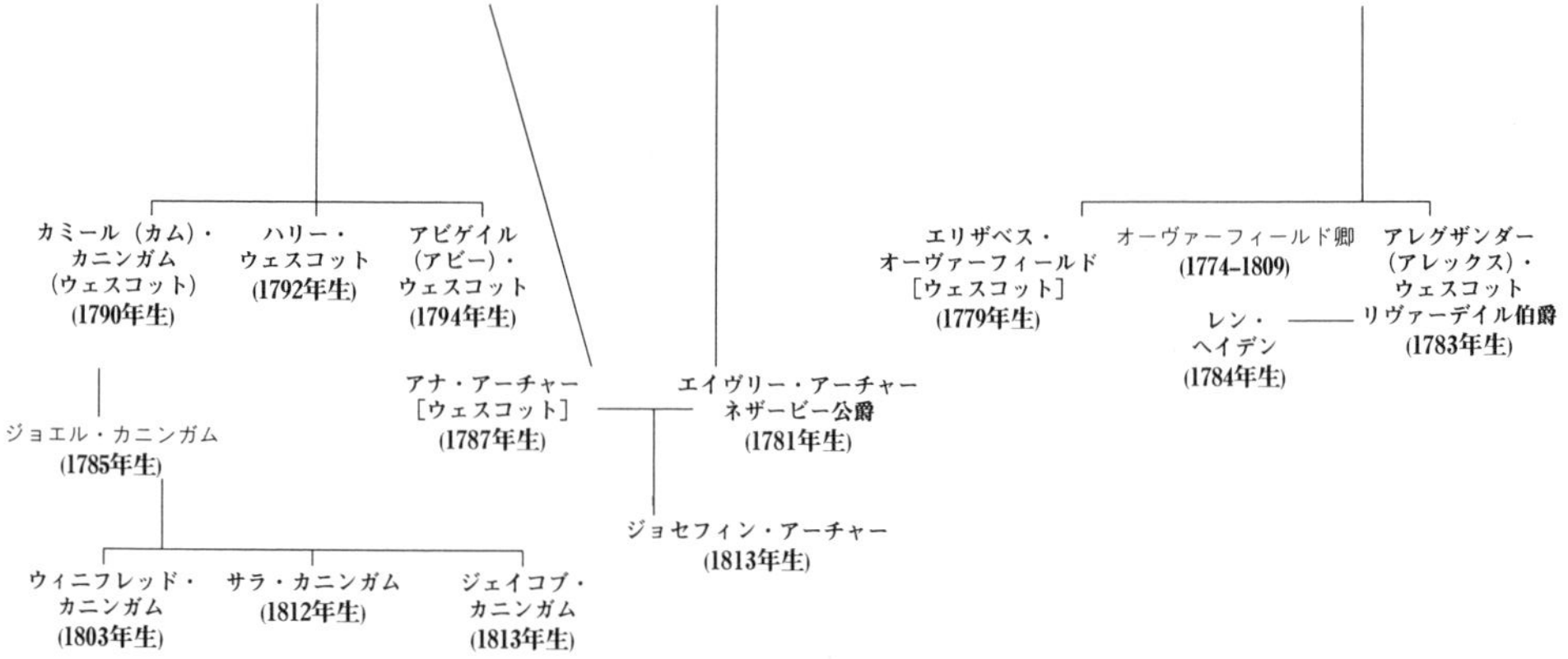

家系図のうち本作に登場する人物は明朝体で示している。［　］内は旧姓。

主要登場人物

ヴァイオラ・キングズリー……………………………………元先代リヴァーデイル伯爵夫人
マーセル（マーク）・ラマー…………………………………ドーチェスター侯爵
ハンフリー…………………………………………………ヴァイオラの夫。故人
カミール（カム）／ジョエル・カニンガム………………ヴァイオラの長女夫妻
ウィニフレッド／サラ／ジェイコブ・カニンガム………カミールとジョエルの長女／次女／長男
ハリー・ウェスコット………………………………………ヴァイオラの長男
アビゲイル（アビー）・ウェスコット……………………ヴァイオラの次女
ミセス・キングズリー………………………………………ヴァイオラの母
マイクル／メアリー・キングズリー………………………ヴァイオラの弟夫妻
アレグザンダー（アレックス）／レン・ウェスコット…現リヴァーデイル伯爵夫妻
エリザベス・オーヴァーフィールド………………………アレグザンダーの姉
リヴァーデイル伯爵未亡人…………………………………ヴァイオラの元義母
エイヴリー／アナ・アーチャー……………………………ネザービー公爵夫妻
アンドレ／アンヌマリー・ラマー…………………………マーセルの弟／妹
エステル（ステル）・ラマー………………………………マーセルの娘。双子
バートランド（バート）・ラマー…………………………マーセルの息子。双子。ワトリー子爵
アデリーン・ラマー…………………………………………マーセルの妻。故人
ジェーン／チャールズ／オリヴァー／エレン・モロー…マーセルの義姉夫妻／息子／娘
オルウェン……………………………………………………マーセルのおば。公爵未亡人
イザベル／アーウィン／マーガレット……………………オルウェンの娘夫妻／孫娘

1

ドーチェスター侯爵マーセル・ラマーは、乗っていた馬車が平凡な田舎の村の片隅にある平凡で田舎くさい宿屋兼酒場の敷地に突然入り、急に停《と》まったことで、いたく気分を害した。ドアを開けて申し訳なさそうに中をのぞきこんだ御者に、マーセルは何も言わず、ただ冷たい視線を投げ、片眼鏡を目の高さまでではないまでもほんの少しあげてみせることで不快感を示した。

「先頭馬の蹄鉄《ていてつ》がゆるんでしまったのでございます、閣下」

「先刻、馬の交代で停車したのに、きちんと調べなかったのか？」侯爵は訊《き》いた。だが答えなど求めてはいなかった。「どれくらいかかる？」

御者は脇にある宿を、それから厩舎《きゅうしゃ》を不安そうにちらりと見やったものの、手を貸そうと慌てて駆け寄ってくる宿屋の主人の姿も馬番の姿も見られなかった。「お時間は取らせません、閣下」マーセルに請けあった。

「正確に答えろ」侯爵は片眼鏡をさげながら冷たく言った。「一時間だ。それ以上はならん。そのあいだに店に入って、このあたりのエールの味でも軽く確かめながら待つとしようか、アンドレ」口ぶりから、味への期待はたいしてないようだった。

「エールの一杯や二杯引っかけたってばちなんかあたらない」侯爵の弟アンドレがいやな顔ひとつせず言った。「何しろ朝食からこのかた、ずっと走りっぱなしだからね。なぜいつもそうやって早くに出発して、馬を交代させているあいだもかたくなに馬車の中でじっとしているのか、ぼくにはさっぱりわからないよ」

エールの味についてはなるほど想像をうわまわるものではなかったが、量については申し分なかった。大きなジョッキからあふれた泡が、テーブルに丸く濡《ぬ》れた跡をつけた。量の多さこそが店の売りなのだろう。店の主人が、皿の縁からはみでるほどたっぷりとした焼きたてのミートパイをふた皿、頼んでもいないのに運んできた。妻が焼いたものだと朗らかな顔で言ってお辞儀をする主人に、侯爵は世辞を言うでもなく、ただ冷たく無愛想にうなずいた。妻の手作りだというミートパイは見るからに最高の出来だった。実際、この三〇キロ圏内、いや、もっと広い範囲を探しても、どこの誰にも負けない最高のパイだったのだが、誇らしそうな顔こそすれ、主人はあえて声高に妻を自慢するような真似《まね》はしなかった。旦那さま方もご賞味いただければきっとおわかりになりますよ。実際に口にしたら、妻の焼いたパイが一等うまいとわかっていただけるはずです。ことによっちゃあイングランドで、それどころかウェールズ、スコットランド、アイルランドまで入れても、妻のパイが一番だなんて言っていただけるかもしれません。そう言われたとしたって、あたしは驚きませんよ。ときに、旦那さま方はそんな遠方まで足を運んだことがおありで？　聞いた話ですと――。

聞いた話というのがなんであれ、ふたりはそれ以上話を聞かずにすんだ。というのもそのとき外に面した酒場のドアが開き、まずは三人連れが、それから続けざまにぞろぞろと客が入ってきたためだ。みな、この村の者なのだろう。日曜日《サンデー》でもないのによそいき《サンデー・ベスト》を着て、一様に晴れやかな顔でにぎやかに主人と挨拶している。みんな砂漠並みに喉が渇ききっていて、飢饉《ききん》のときの物乞いくらい腹の中が空っぽと言ったのは、一行のうちでもとりわけ騒々しい者だった。正午からはまだ間もないが、祝祭が始まるまでにはまだ一時間ばかりあるしと言いながら、エールとパイを注文した。祭りが始まっちまえば、あとはどうせ食ったり飲んだりするだけだってのはもちろんわかっちゃいるんだが、時間を持て余しちまって……。

そこで誰かが、ここのおかみの手料理に勝るものはないからなと主人に太鼓判を押すと、すぐに同意する声があちこちからあがった。そういうわけで一行は、この酒場に来ることにしたらしい。

新たな客たちはすぐに、店に見慣れない先客がふたりいることに気づいた。何人かは気まずそうに目をそらしながら、店の中でもできる限り先客から離れた席へ急いだ。ほかのいくらか勇気のある者たちは、ふたりに恭しく会釈をしてから席に着いた。中でも勇気あるひとりがふたりのもとへやってきて、旦那方もこのあとのお楽しみのために、わざわざこんなちんけな村までおいでなすったんですかい、と期待をこめて声をかけた。ふたりがそれにどう答えるのかとみなが聞き耳を立て、店内はしんと静まり返った。

村人の名など誰ひとりとして知りもしなければ気にしたこともないドーチェスター侯爵は、

暗く古びた酒場を不機嫌そうに見渡しただけで、まったく取りあわなかった。あるいは侯爵の耳にその言葉が届かなかったか、場が静まり返ったことに気がつかなかっただけかもしれない。そんな侯爵よりも根が社交的で、目の前で起きた珍しいことにはいつだって喜んで応じる構えのある弟のほうが、愛想よく村人たちにうなずき、当然のごとく問いかけた。

「それで、そのお楽しみというのは？」

そのひと言で、村人は堰《せき》を切ったように話しはじめた。収穫期の終わりを祝う祭りがありましてね、まだ日の高いうちはいろんな腕比べ――歌に踊りにヴァイオリン、腕相撲に弓矢の的当て、それから丸太を切ったりとかするんです。ほかにも子どもたちが駆けっこをしたりだとか、ポニーに乗って競走したりだとか、女たちが針仕事や料理を競ったりなんかもしてね。もちろん家庭菜園で採れた農作物も並べて、出来がよければ賞がもらえるんですよ。村じゅうのみんながなんらかの腕比べに出るんでさ。それから、思わず金を使いたくなるような品がなんでもそろった露店がいくつも出るんです。農作物だとか女たちが手作りしたものなんかは、審査が終わったあとで売ったり、競売にかけたりしてね。それでお天道さまが傾いてきたら、教会のホールで宴会が始まって、そのあと村の者たちは踊ったりなんだりしながら夜を楽しむわけです。今日一日の売り上げは、教会の屋根の修繕に全額寄付されることになってるんですよ。

教会の屋根は少しの雨でもざるのように雨漏りするので、そうなると五、六人ほどしか安心して座っていられないのだそうだ。本降りの日ともなると、会衆はひとところに固まるしかなくなってしまうらしい。

「若い連中の中には、そうやってぎゅう詰めになるのはまっぴらだなんて文句を垂れるやつもいます」誰かが言った。

「だからこそ、日曜に雨が降るよう祈るやつもいますがね」別の誰かが言った。

その軽口に、アンドレ・ラマーも村人たちと一緒になって大笑いした。「それじゃあ、われわれも一時間ばかりその腕比べとやらをのぞいてみるとしようか。丸太を切ると言ったね？　それから腕相撲もあるんだったかな。ぼくも出てみようかな」

村人たちの視線が、この日、胸躍るような催しが待ち受けているにもかかわらず、ひと言も発せず、興味のひとつも示さない連れの男性に向けられた。

このふたりの兄弟が見る者に与える印象はまったく対照的だった。ふたりのあいだには一三歳の年の差があったが、対照的なのは年齢だけではなかった。ドーチェスター侯爵であるマーセル・ラマーは長身で体格に恵まれており、揺るぎない気品にあふれた、端整な顔立ちをしていた。濃い茶色の髪はこめかみのあたりが銀色に光っている。細面で頬骨は高く、やや鷲鼻《わしばな》気味で、唇は薄い。瞳も濃い茶色で、他人を見くだすようにいつも目を細くしていた。彼の目に映る世の中は耐えがたいまでに陳腐なものばかりで、一方、世間から見た彼には――見る勇気があればの話だが――畏怖とも言うべきものが感じられた。かなりの堅物との評判で、愚かな行為は黙って見すごせないか、そうでなければまったく相手にしない性質だった。また別のところでは、悪い仲間と賭博にのめりこんでいるせいで、生活が貧窮しているという噂《うわさ》もあった。四〇年ほどの人生で、何人もの女主人や高級娼婦《しょうふ》、期待させるだけさせられた未亡人たちを傷つけてきたともささやかれていた。未婚女性と野心に燃える母親、将来を期待する父親も、マーセルと懇意になろうという望みは早々に捨てた。彼の暗い色の瞳から放たれる有無を言わせぬまなざしにさらされると、われこそはとどんなに決意をかたくした者であっても、その場に凍りついてしまうのだ。そこで彼らはせめてもの慰めにと、侯爵には人の心がない、良心のかけらもないという噂の炎を煽《あお》りたてたが、当の本人は意に介さず、誤解を解こうともしなかった。

反対に弟のアンドレ・ラマーは人柄のいい若者で、背は低く、肩幅はやや広めで、髪の色も顔色も明るく、兄に比べると格段に接しやすい柔和な見た目をしていた。彼は人が好きであり、たいがいの人も彼のことが好きになった。常にものごとを楽しむ余裕を持ち、それがどんなたぐいであっても分け隔てなく楽しむことができた。こうしている今も、なんということもない祝いごとを心の底から喜んで待ち望む陽気な村人たちに、すっかり魅了されているる。旅の予定が一時間でも三時間でも遅れることは、アンドレにとってはこのうえない幸せだった。何しろ今朝はとんでもなく早くに出発したのだから。彼は問いかける視線を兄に向け、話しかけようと息を吸った。しかし、兄が制した。

「だめだ」侯爵はささやいた。

村人たちの関心はもはや新たに店に入ってきた別のふたりの客に向いていた。彼らはおどけて挨拶を交わすと、まずは天気の話題に触れてから、つまらない冗談をいくつか繰りだし、その冗談には不釣り合いなまでの陽気な笑い声をどっとあげた。マーセルには、田舎の祭りの退屈な余興を見てまわり、巨大キャベツや手編みのレース小物を褒めたり、村人たちが草地でいかにももたついた足取りで踊る姿を眺めたりすること以上におぞましい午後の過ごし方など思いつかなかった。

「いいだろう、マーク」アンドレが顔をしかめた。「屋敷に急いで行きたいわけでもあるまいし」

「たしかに」マーセルは否定しなかった。「レッドクリフ・コートにいるのは、顔を合わせたくなるような連中ではないからな」

「まさかバートランドとエステルは違うよな」アンドレがさらに顔をしかめた。

「ああ、あの双子以外の話だ」マーセルが認めるようにかすかに肩をすくめたところで、店の主人がお代わりを注《つ》ぎに来た。ジョッキからふたたび泡が流れ落ち、テーブルに水たまりを作った。主人はテーブルを拭きもせずに立ち去った。

双子か。あのふたりのことは、屋敷に着いたらどうにかしなければならない。ふたりともじきに一八歳になる。順当にいけば、エステルは来年ロンドンの社交シーズンにデビューし、それなりの相手を見つけて一年かそこらで結婚に漕《こ》ぎつけるだろう。バートランドはオックスフォード大学に進んで、そこで三年だか四年を無駄に過ごしながらわずかばかりの知識を吸収したのち、なにがしかの職について、しゃれた都会の若者を気取るのだろう。もちろん、順当にいけばの話だが……。実際、これまでに子どもたちのことで順当にいったためしなどない。ふたりとも恐ろしいほどに、いや、かたくななまでにまじめくさっていて、つまらないことで思い悩むきらいがある。これが本当に自分の血を分けた子どもたちなのかと、ときおり信じられなくなるほどだ。とはいえ、マーセルは双子の養育にはほとんどかかわっておらず、問題は間違いなくそこにあった。

「ふたりのためにも、わたしがしっかりしなければ」マーセルは加えて言った。

「ふたりだって、兄さんに面倒をかけまいと思っているよ」アンドレが安心させるように言った。「ジェーンとチャールズご自慢の子どもたちだからな」

マーセルは答えなかった。なんといっても、それこそが悩みの種なのだ。彼の妻の姉であるジェーン・モローは、まじめ一本やりでユーモアのかけらもなく、自分のやり方を押し通そうとする人物だった。抜けたところがあって愉快なことが大好きだったアデリーンは、そんな姉がひどく苦手だった。マーセルの中で、妻はいつまでも若い女性のままだ。というのも彼女は二〇歳のとき、双子がやっと一歳になったばかりの頃にこの世を去ってしまったからだ。まるで地獄の門の番犬に急《せ》きたてられるかのように、悲しみや痛みや責任感に追いつかれてしまう前に、マーセルは家を飛びだし、代わりにジェーンとその夫が義理がたく双子の世話を引き受けた。なんだかんだ言っても、それで正しかったのだ。双子はおばとおじと年上のいとこたちに囲まれて育ったのだから。たとえそこがマーセルの屋敷だったとしても。妻の死後、彼が子どもたちの顔を見るのは年に二回で、だいたいいつも短い時間ですませた。屋敷に帰ると、つらい思い出ばかりがよみがえってきた。正直なところ、そのうちのひとつは最低最悪だった。幸いにも、爵位を継承したのちにそのサセックスの屋敷は明け渡すこととなり、借り手もついた。現在はみな、ノーサンプトンシャーのレッドクリフ・コートで暮らしている。

「わかっているんだ」アンドレはジョッキを傾け、手の甲で上唇をぬぐうと、悲しげな笑みを浮かべて続けた。「ぼくがジェーンとチャールズの期待に応えられるなんて誰も思っちゃいないし、たしかにそのとおりだ。兄さんだって、ぼくには期待なんかしていないよな？」

マーセルは答えなかった。答えてやりたいと思ったところで、そう簡単にできることではない。店内は耳を聾《ろう》するほどの喧騒《けんそう》で埋めつくされている。誰かが誰かに話しかけようとし、誰かが何か言うたびに村人たちはどっと沸いて、その笑いはなかなかおさまらなかった。どう考えても、御者が馬一頭のゆるんだ蹄鉄ひとつを直すには時間がかかりすぎている。五分もあれば終わるようなことだ、きっと御者もエールを一杯引っかけているのだろう。

開いたままのドアの向こうに、またひとり客がやってきたことにマーセルは気づいた。女性だ。いや、レディと言うべきか。明らかにレディと思われる女性が、驚いたことにたったひとりきりで戸口に現れたのだ。玄関ホールにある受付台の前に立ったまま宿帳をのぞきこんでいたところに、店の主人が振り向いて気づいた。姿形の美しい上品なレディだったが、若くはなさそうだ。マーセルが見るともなく見ていると、彼女がはじかれたように顔をあげて酒場のほうをわずかに向いたため、横顔が見えた。美しい。けれどもやはり若くはなかった。それに……知っている顔じゃないか？　マーセルはもっとよく見ようと目を凝らしたが、彼女はふたたび受付台に視線を落とすと、身をかがめて宿帳に記入した。荷物を持ちあげてから階段へ向かい、まもなく姿が見えなくなってしまった。

「まあ、兄さんは自分にだってあまり期待はしていないみたいだけど」アンドレは、マーセルが会話に集中していなかったことなどまるで気づかない様子で続けた。

マーセルは弟を冷たく見据えた。「いいか、わたしの問題はおまえにはいっさい関係ない」弟はのけぞって笑い声をあげることで、周囲の喧騒に加わった。「おいおい、関係ないときたか」

「本当におまえが気にすることではないんだ」マーセルは言った。

「さあ、どうかな」アンドレが言った。「どこぞの夫とその兄弟と義理の兄弟と親戚縁者と近所の人たちに追われるはめになって、いつ襲われるとも知れないなんて場合には、そうも言っていられないんじゃないか」

ふたりはこの村に来る前、共通の知人が主催したハウスパーティーに参加するため、サマセットに二週間ばかり滞在した。マーセルはその家にたびたび出入りしていた近所の女性を、退屈しのぎに関係を持った。彼は一度、少なくとも二〇人はいようかという客人の面前で彼女の手の甲にキスをし、そればかりか客間の外のテラスでふたりきりの時間を過ごした。マーセルが冷酷で無情な女たらしであることは有名だが、これまで既婚女性にだけは手を出すまいとしてきたはずなのに、あろうことかその女性は既婚者だった。誰かが――女性本人だろうとマーセルはにらんでいた――それをいささか大げさに脚色して地元の名士である夫に告げ口したため、夫はついに反撃に出た。三代目、四代目までをも含むすべての親戚の男性は言わずもがな、近隣の住人や地元の貴族たちまでもが一丸となって怒りの烽火《のろし》をあげたことで、好色なドーチェスター侯爵を血祭りにあげようとしているという噂がサマセットの半分にまでみるみる広がった。決闘を挑むなどお笑いぐさだが、ないことではない。そんなわけで、アンドレと、パーティーに参加していた男性客のうち三人が、マーセルの護衛を買ってでた。

マーセルはこの一週間のうちに行く心づもりである旨をしたためた書簡をレッドクリフ・コートに送ると、前後を失った者たちがばかげた茶番を始める前に、早々にハウスパーティーから退散した。自分の妻のことは棚にあげて、頭に血をのぼらせた農場主を返り討ちにするつもりなどさらさらなかったし、ましてや自分が殺されるのはまっぴらだ。恐れをなして逃げだしたと思われたのならそれも結構、そう思わせておけばよい。

どのみち、屋敷に帰るつもりだった。たとえそこに暮らしているのが招かれざる住人ばかりだったとしても——いや、招かれざる住人が暮らしているからこそ、決意したのかもしれない。二年ほど前、マーセルはおじから爵位とレッドクリフ・コートを相続した。それに伴い、屋敷に住んでいる者たち——侯爵未亡人（マーセルのおば）とその娘、そして娘の夫と彼らの末娘——も引き受けることになった。ありがたいことに、上の娘三人はすでに結婚し、それぞれの夫とともに家庭を築いていた。いずれにしろレッドクリフで暮らすつもりのなかったマーセルは、こういった事態になった場合を見越して建ててあった寡婦用住居に移るよう、一同にわざわざ進言するまでもないと考えた。今はその屋敷にジェーンとチャールズのモロー夫妻も暮らし、さらには成人したにもかかわらず親元を離れて暮らす気配すら見せない実の息子と娘までもが同居している。当然ながら、その屋敷の正式な住人である双子の子どもたちも、そこで暮らしている。

幸せな大家族。

「わたしが苦慮しているのは」店の主人が大皿から熱々のパイを取り分ける際にあがった歓声が、みなが食べはじめたことで少し落ち着いたときに、マーセルは言った。「おまえの借金のほうだ、アンドレ」

「ああ、その話か」弟はあきらめのため息をついた。「向こうを発《た》つ前のゲームであんな不運さえ続かなければ、今頃は耳をそろえて返せていたはずなんだ。だけど、大丈夫。心配するほどのことじゃない。そうだよな。兄さんだっていつもそうだろう。金貸しが図々《ずうずう》しくもまた兄さんのところに行ったとしても、やつらのことは無視してくれてかまわない。ぼくはいつもそうしている」

「債務者監獄というのは住めたものではないらしいな」マーセルは言った。

「おいおい、マーク。勘弁してくれ」アンドレの声に驚きと怒りがにじんだ。「兄さんだってぼくが安っぽい服に底のすり減った靴なんかを履いて人前に出たら困るだろう？　弟が二流の仕立屋と靴屋を贔屓《ひいき》にしているとあっては、兄さんの沽券《こけん》にもかかわるからな。ましてやそんな安い服さえ着られないとなったら、なおさら外聞が悪いはずだ。あの程度の借金なんて、とやかく言われるほどのものじゃない。賭けごとにしても、ほかになんの楽しみがあるっていうんだ？　毎晩、暖炉のそばでためになる本でも読めって？　認めろよ、そもそも運に見放された家系なんだと。姉さんなんて小遣いの四分の一を賭けごとで失っているっていうのに、それでも身の丈に合わない暮らしをずっと続けられているじゃないか」

「アンヌマリーだって」マーセルは言った。「この八年か九年のあいだずっと、ウィリアム・コーニッシュに後ろめたさを感じて生きてきた」とはいえ、アンヌマリーは普段よりも贅沢《ぜいたく》をしたり、不運に見舞われたりすると、それをきまじめな夫に打ち明けることを考えて怖《お》じ気《け》づき、ときおり金の無心をしてくるのだった。「ウィリアムだって、こうなることは承知のうえでアンヌマリーと結婚したんだ」

「姉さんの話じゃ、債務者監獄がどうのこうのなんて兄さんから叱られたり脅されたりしたことなんか一度もないって言っていたよ」アンドレが言った。「もし差し支えなければ、ぼくにも金を工面してくれよ。賭けに負けた分が賄えるだけでいいんだ。欲を言えば、金貸しが少し引っこんでくれるくらいの色をつけてもらえると助かるんだが。あいつらにはしばらく目をつけられたくないからな。一ペニーずつでもちゃんと返していくから。もちろん利子だってつけるよ」寛大な申し出だと言わんばかりにつけ加えた。

先ほどのレディがふたたび姿を現した。酒場から食堂へ続くドアも開け放たれていたため、彼女が席に着くのがマーセルの目に入った。見る限り、食堂には彼女ひとりしかいない。彼女がこちらに顔を向けたが、ふたりのあいだにはふた部屋分の距離があるうえに、大勢の人々の姿があった。しかし、なんということだろう、彼女はやはり知り合いだ。昔々、マーセルが必死になって生身の人間に変えようとした、そして結局変えられなかった大理石の女神。まあ、望みなどはなからないも同然だった。何しろ彼女は当時すでに結婚しており、それと知っていてマーセルは誘惑を仕掛けたのだから。百戦錬磨の浮気者である彼が、狙った獲物を逃すなどめったにあることではない。彼女のほうもまんざらでもないのかもしれないと思いはじめた矢先、消えてちょうだいと言われたのだ。そう、一言一句たがわず、そのとおりに。

〝消えてちょうだい、ミスター・ラマー〟と彼女は言った。

マーセルは彼女のもとを去り、プライドはずたずたに傷ついた。しばらくは心も傷ついたのではないかと恐れていたが、それは間違いだった。彼の心はすでに石のように冷たくなって死んでいた。

あれから何年も経《た》ち、あの頃に自らが支配していた世界の誇り高き台座から、彼女は転げ落ちてしまっていた。もはや若くもない。それでも神に懸けて、彼女は今も美しかった。リヴァーデイル伯爵夫人。いや、違う。もはや伯爵夫人ではなく、伯爵未亡人ですらない。今はなんと呼ばれているのだろうか。ミセス・ウェスコット？ いや、それも違う。ミセスなんだろう？ 宿帳を見ることができればわかるのに。もっとも、そこまで興味があるならという話ではあるが。

「信用していないな」アンドレが傷ついたと言わんばかりの声で言った。「そりゃあ、このあいだの金をまだ返していないことくらい承知している。いや、正直に言えば、その前の分もまだだが、あれだってぼくが賭けた馬が出走ゲートから出るなり脚を痛めたりしなければ、レースでぼろ負けすることはなかった。今までどおりに走ってくれれば、絶対に勝つ馬だったんだよ、マーク。兄さんだってあの場にいたら、きっと大金を注ぎこんでいたはずだ。ただ運が悪かっただけなんだ。でも、今度こそは絶対に返すから。来月はどの馬が来るか、たしかな情報を得ているんだ。今度こそ確実なんだよ」兄が疑うように眉をあげたのを見て、つけ加えた。「兄さんも自分の目で確かめてみるといい」

彼女はつらそうな顔をしているが、不思議なことに、それこそが美しさをより引きたてているようだ、とマーセルは思った。

もちろん不幸な女性にそそられるというわけではない。自分が知る限り、四〇歳前後の女性に惹《ひ》かれたこともない。彼女はまず、おそらくは自分以外に誰もいないであろう食堂を見渡し、それからドアの向こうの酒場に集まるにぎやかな人々に目を向けた。ほんの一瞬、視線がマーセルをとらえ、通り過ぎたのち、ふたたび彼に注がれた。一秒、いや二秒ほどだろうか、マーセルをまっすぐ見据えると、コーヒーポットを持って現れた店の主人のほうにすばやく視線を移した。

彼女はたしかにこちらを見て、マーセルに気づいた。彼は片眼鏡をあげてまでよく見ることはしなかったが、勘違いでなければ、彼女の頬がさっと上気したように見えた。

「頼む」アンドレが言った。「何か言ってくれよ、マーク。無視するなんてあんまりじゃないか。兄さんともあろう人が」

「〝わたしともあろう人が〟だと?」マーセルがアンドレに注意を向けると、弟はその視線に射すくめられて当惑したようだった。

「そりゃあ、たしかに兄さんは聖人君子ってわけじゃない」アンドレが言った。「そうだったためしもない。子どもの頃からずっと、兄さんの浪費癖も女癖の悪さも武勇伝も聞かされてきた。そんな兄さんがずっと憧れだったんだ。兄さんがしてきたのと同じことをぼくもしているだけなのに、とやかく言われるなんて思ってもみなかったよ」

アンドレは二七歳、アンヌマリーはそれよりふたつ上だ。三人とも母親は同じだが、アンヌマリーが生まれるまでの一一年間は死産が続いた。新たな家族をもうけることはそろそろあきらめようかと思っていたところ、アンヌマリーが、そしてまもなくアンドレが生まれた。

「誰かがそんな不快な噂話をうっかり子どもの耳に入れてしまったんだな」マーセルは言った。「しかも、見習うべきものだとばかりに聞こえるように」

「そこまで子どもでもなかった」アンドレが言った。「ドアの前で聞き耳を立てていたんだ。そんなのはぼくくらいだって? 姉さんも兄さんを崇拝していた。いや、今もそうだ。姉さんはなんだってコーニッシュなんかと結婚したんだろうな。動くたびにほこりが舞いあがるような男なのに」

「おいおい」マーセルは言った。「言葉どおりではないことを祈るよ」

「あれ」アンドレが急に気を取られて言った。「あそこにいるのはミス・キングズリーじゃないか。こんなところで何をしているんだろう」

マーセルはアンドレの視線を追った――食堂のほうへ。キングズリー。ミス・キングズリー。ということは、あのリヴァーデイル伯爵と二〇年ほど重婚していた以外は結婚しなかったのか。彼女は重婚だと知っていたのだろうか。いや、知らなかったのだろう。疑ってすらいなかったはずだ、きっと。夫の死後は息子が爵位と財産を相続したが、彼が婚外子であることが明るみに出ると、相続権はすべて剥奪《はくだつ》された。娘たちも同様に相続権を剥奪され、まるで死病に取りつかれているかのように世間からのけ者にされた。たしか、娘のうちひとりは婚約していたが、熱々のじゃがいもよろしく放りだされたのではなかったか。

ふた部屋離れた向こうで、彼女が顔をあげてマーセルをまっすぐ見据え、それから今度はゆっくりとふたたび視線をそらしたのがわかった。

やはり彼女も気づいている。なんとなく知った顔があるというのではない。こちらが誰であるのかわかっている。マーセルは確信していた、いや、何年か前のあのときも同じように確信してはいたのだが、彼女の最後の言葉からすると、あのときの確信は勘違いだったらしい。〝消えてちょうだい、ミスター・ラマー〟

「まあ」アンドレはジョッキを持ちあげてひと息に飲み干し、冗談めかして言った。「ぼくが債務者監獄に入ったら、兄さんも会いに来てくれよな。面会のときはちゃんと清潔なリネンのシャツを持ってきてくれ。汚れものは持ち帰って、洗濯とシラミ取りも頼むよ。だけど今日のところはしばらくここに滞在して、村人たちの腕比べとやらをのぞいてみようじゃないか。たいして急いではいないんだろう？」

「借金は返しておく」マーセルは言った。「全額だ。おまえもそうしてもらえると踏んでいたんだろう、アンドレ」弟から返済してもらうつもりなどいっさいなかったが、そのことは黙っていた。言うまでもなく、弟にも多少のプライドは残しておいてやらなければならないからだ。

「恩に着るよ」アンドレは言った。「ひと月以内にちゃんと返すから。何があっても必ず。きっとそのうちにバートランドのことで似たような問題を背負いこむはめになるぞ。もしかしたらエステルのほうかもな」

たしかにそうだ。ばかげているかもしれないが、むしろそうであってほしいと半ば祈る気持ちもあった。

「とはいえ」アンドレは笑いながら続けた。「あのふたりは父親に憧れたり、父親を見習ったりするようには育てられていないけど。この世にウィリアム・コーニッシュをしのぐほど退屈な人がいるとしたら、ジェーン・モローしかいない。それからチャールズも。あのふたりは似合いの夫婦だよ、まったく。なあ、まだここにいるよな？」

マーセルはすぐには返答しなかった。元リヴァーデイル伯爵夫人を見つめていた。彼女がミス・キングズリーだとは、どうもしっくりこない。彼女は食事をしていたが、皿の上にのっているのは、店の主人の妻が作った天下一品の、しかしいささか胃に重いミートパイではないようだ。すると彼女がふたたび顔をあげ、口元にサンドイッチを運びかけたままで、マーセルをじっと見た。かすかに顔をしかめた相手に片方の眉をあげてみせると、彼女はふたたび視線をそらした。

「そうだな」マーセルはとっさに口にした。「わたしは残る。おまえは馬車で行け」

「はあ？」アンドレが思わず下品な声をあげた。

「わたしは残る」マーセルはもう一度言った。「おまえは行け」

彼女はボンネットをかぶっておらず、見る限り、上着なども持ってきていないようだ。近くにはバッグも見あたらない。宿帳に記入していたということは――それについてはこの目で確かめている――つまりはこの宿に宿泊するということにほかならないわけだが、いったい全体何がどうなってこんなつまらない村のつまらない宿屋に泊まることにしたのか、マーセルには皆目見当がつかなかった。馬車に不具合でもあったのだろうか？　それに解せないのはひとりきりなことだ。つらい境遇にあるとはいえ、使用人をつける余裕もないほどではあるまい。収穫祭に参加するためだけにやってきたとも考えがたい。彼女が宿泊しないのであれば、すぐにここを出なかったことを後悔するはめになるだろう。あるいはまた例の言葉で彼女に突っぱねられでもしたら。

とりわけ女性絡みのことで、いつからここまで自信をなくしてしまったのだろう？　リヴァーデイル伯爵夫人との一件から、もう一五年以上も経つというのに。

「ミス・キングズリーか」アンドレが指をパチンと鳴らし、怒気を含んだ声をあげた。兄を見てから彼女に視線を移し、ふたたび兄を見た。「マーク！　さては――」

マーセルは弟に冷たい一瞥《いちべつ》をくれると、眉をあげ、先を制した。「おまえは馬車で行け」再度言った。「とにかく、おまえには先に行ってもらいたい。レッドクリフ・コートに着いたら、ジェーンとチャールズやそのほか関心がありそうな者たちに、わたしがいつ頃到着するのか伝えておいてほしいんだ」

「どう伝えろっていうんだ？」アンドレが尋ねた。「そうなったらチャールズは顔面蒼白《そうはく》、ジェーンの唇は真っ白になって、どちらかが兄さんのやりそうなことだとかなんとか言うだろうよ。バートランドとエステルだってがっかりする」

そうだろうか。それとも自分はアンドレが言ったとおり、みながっかりしてくれることを期待しているのだろうか？　マーセルはためらったが、それもほんの一瞬だった。これまでも彼らががっかりしたことなどなかったし、今さらがっかりしてもらえるとも思えない。

「こんな田舎の祭り、兄さんは嫌いだろう」アンドレが言った。「冗談抜きで、兄さんには耐えられないはずだ。それに、しばらくここに滞在しようと言ったのはぼくのほうだ。ハウスパーティーだって、ぼくは赤毛の娘とうまくいきそうだったのに、兄さんのお供をするために予定より早く出なければならなかった」

「ついてきてくれなんて、わたしがいつ頼んだ？」マーセルは片眼鏡を手にして言った。

「ああ、そうかい。肝に銘じておくよ」弟が言った。「じゃあ、ぼくはそろそろ行ったほうがよさそうだな。兄さんと言い争って得したことなんかほとんど、いや、一度もないんだから。三〇分後には彼女のほうも店を出たりしたらおもしろいのに。兄さんのことなんてきっとはなも引っかけないよ。目に唾でも吐きかけられればいいんだ」

「なるほど」マーセルは静かに言った。

「マーク」弟が言った。「彼女はもう若くない」

マーセルは眉をひそめた。「ああ、だがそれはわたしも同じだ。残念なことにまもなく誕生日を迎えて、わたしも四〇歳になる。すっかり老いぼれだ」

「男と女じゃ話は別だ」弟は言った。「それは兄さんのほうがよく心得ているじゃないか。やれやれだよ、まったく」

数分後、アンドレは振り返りもせず、帰るんですかなどとわかりきったことを訊く村人にぞんざいに手を振り、大股で店を出ていった。マーセルは店の前まで行って見送ることもしなかった。それから五分ほどして、馬車は出発したようだ。いささかやりすぎだったかもしれない。客たちは気まずそうにマーセルを見ると、解散しはじめた。皿の上にあったミートパイはかすだけになり、ドアの外では祝祭がまもなく始まろうとしている。かつての伯爵夫人はコーヒーを飲んでいた。いつしか酒場には六人の村人しか残っていなかった。マーセルと彼女のあいだの席に座っている者はいなかった。マーセルが見つめていると、彼女もまたコーヒーカップ越しに一度こちらに視線を向け、ふたりの視線がしばしぶつかった。

マーセルは席を立って玄関ホールに向かい、宿帳をめくると、そこにはたしかにミス・キングズリーの名で一泊と記されていた。彼は玄関のドアから外の様子をうかがった。そして食堂へ向かうと、玄関ホール側のドアから入った。マーセルが後ろ手にドアを閉めると、彼女は顔をあげ、それからカップをそっとソーサーに置く自分の動作を目で追った。後ろに撫《な》でつけ、高い位置で上品なシニョンに結われた髪は、今なお蜂蜜色を保っていた。年のせいで彼の視力が衰えたのでなければ、まだ一本も白髪は見られないようだ。それどころか顔にはしわひとつなく、顎のたるみも見受けられない。胸にもまだ張りがあった。

「きみはわたしに消えろと言った」マーセルは言った。「だが、それは一五年も前の話だ。そろそろ時効になったかな?」

2

片田舎の宿屋兼酒場でドーチェスター侯爵に声をかけられるほんの少し前までヴァイオラ・キングズリーが乗っていた貸し馬車は、座席がかたく、ばねのひとつも使われていない乗り心地が最悪の代物で、窓やドアから絶えず隙間風が入るうえ、あちこちがキーキーギシギシときしみ、古びたかびくさいにおいがしみこんでいた。あげく、そのうち足取りが重くなり、それまでの半分以下の速さでしか進まなくなって、とうとう片側に傾きだした。まっすぐに座っていようと思うなら、左肩を座席横のかたい木の板に押しあてていなければならなかった。早晩完全に停まり、何もないところに放りだされることを覚悟した。

しかし、それもこれも自業自得。責める相手は自分しかいない。

二年前、ヴァイオラはこのうえない悲劇に襲われた。当時はまだリヴァーデイル伯爵夫人ヴァイオラ・ウェスコットと名乗っていた彼女は、二三年間連れ添った伯爵である夫を亡くしたばかりだった。息子のハリーが家督を継いだ。当時はまだ二〇歳だったこともあり、ネザービー公爵エイヴリー・アーチャーとヴァイオラ自身が息子の後見人となった。長女のカミールはすでに社交界デビューを果たしており、アクスベリー子爵との婚約をつつがなくすませていた。次女のアビゲイルも次の春の社交シーズンにデビューを控えていた。喪服をまとわなければならないのは遺憾だったが、それでもヴァイオラは満ち足りた人生を歩んでいた。彼女は夫を愛したことなどなかったし、亡くなったのちもたいして悲しみは感じなかった。

ただ、解決していない、解決しなければならない問題がひとつ残っており、そのことで頭を悩ませていた。夫に女の子の、今ではすっかり年頃の娘に成長した隠し子がいたのだ。夫は陰で——少なくとも本人は陰に隠れているつもりだったようだ——援助を続けていたが、ヴァイオラは出会った当初から、夫の隠し子がバースの孤児院にいることを把握していた。血を分けた娘とはいっても、所詮は愛人に産ませた子どもだろうと考えた彼女は、夫が亡くなったあと、事務弁護士をバースに遣《や》ってその娘を見つけだし、よかれと思って父親の訃報を伝え、すべてを丸くおさめたつもりだった。

悲劇に襲われたのはそのときだ。

孤児院で教師をしていた、当時二五歳のこのアナ・スノーという女性こそが、実は亡くなった伯爵と前妻とのあいだに生まれた嫡出子であるとわかったのだ。しかも、彼が正式な婚姻関係を結んだのは実際にはひとりだけ。リヴァーデイル伯爵がヴァイオラと結婚したのは、アナ・スノーの母親が肺病で亡くなる数カ月前だった。つまりヴァイオラとの結婚は重婚だったのだ。さらに屈辱だったのは、息子とふたりの娘たちが婚外子と見なされたことだ。ハリーは爵位と財産を剝奪された。爵位と限嗣相続財産は子どもたちのまたいとこにあたるアレグザンダー・ウェスコットが継承し、そのほかの財産はアナが相続した。あろうことか、残りすべての財産を。伯爵は遺言を一通しか、それも最初の妻とまだ夫婦関係にあった頃に作成したものしか提出していなかった。遺言には、そのときの結婚でもうけたひとり娘にすべての相続権を与えると記されていた。カミールとアビゲイルもまた称号と財産を失った。カミールとアクスベリー子爵との婚約は破談になった。アビゲイルの社交シーズンのデビューもなくなり、蝶《ちょう》よ花よと育てられ、理想の結婚をしたいと胸に思い描いていた夢は、はかなく散った。アナは半分血のつながったきょうだいと財産を均等に分けあいたいと言ってくれたが、ヴァイオラ親子は貧窮した。結局のところ、アナは赤の他人。プライドと腹立たしさと混乱がないまぜになり、ヴァイオラたちはアナのせっかくの申し出を突っぱねた。ヴァイオラはふたたび旧姓を名乗るようになった。

　はっきり言って、世界が崩壊するなどという言葉では、あの状況はとても表現しきれるものではなかった。ヴァイオラと子どもたちの身に降りかかった過酷な運命は、筆舌に尽くしがたかった。それでも彼女は生きるのをやめなかった。自らの手で自らの命を終わらせない限り、生きるよりほかに道はなかった。それから二年が経ち、ヴァイオラの新しい人生は覚悟していたよりもずっとましなところに落ち着いた。ハリーはライフル連隊の大尉としてイベリア半島で軍務についており、自分の性に合っているなどと殊勝なことを言いながら前向きにがんばっている。カミールはかつての婚約者よりもずっとすてきな男性と結婚し、今や三人の子ども――ふたりは養子、ひとりは実子――の母親だ。アビゲイルは、ヴァイオラが結婚時代のほとんどを過ごしたハンプシャーにあるヒンズフォード屋敷で、ヴァイオラととともに暮らしている。しかしあれほどの大混乱のあとでまったくの想定外だったのは、アナ・スノーがハリーの後見人だったネザービー公爵エイヴリーと結婚するに至ったことだ。結婚したアナは今や、公爵夫人である。アナはヒンズフォード屋敷に住むつもりはないが、だからといって屋敷を空けたままにしておくのももったいないから、ぜひヴァイオラに住んでほしいと言ってくれた。そればかりか自身の遺言に、ゆくゆくはヒンズフォード屋敷をハリーに、それまでにハリーが受け取れなかった場合はその子孫に贈与するとまで記してくれたのだ。ヴァイオラがハンフリーと結婚する際に彼女の父親が用意した持参金も、そのあとについた利息分まできっちり返された。ヴァイオラが気づくよりも先に持参金の返金を要求し、うまく取りはからってくれたのもアナだった。

一方でウェスコット家の人々もまた、真実が明るみに出たのちもヴァイオラと子どもたちを遠ざけるどころか、むしろどうすれば家族に戻せるかとあらゆる手を講じてくれた。ひとつの証《あかし》として、ヴァイオラと子どもたちを今も昔も変わらず愛し、大切にしていること、家族の一員であるのに変わりはないことをはっきりと伝えてくれた。伯爵の姉妹のうちのふたり、ヴァイオラにとっての元義理の姉妹たちは、ハンフリーが生きていたら叩《たた》きのめしてやるのに、などと今もよく口にしている。

とにもかくにも、すべてはおさまるべきところにおさまった。まだいくつか対処すべきことは残っているが、それもじきに片付くだろう。成人して以来、義務と品格のふたつの指針を胸に生きてきたヴァイオラは、名前こそ変わってしまったものの、本来の自分を取り戻すことができたと思っていた。いや、本来の自分を取り戻すことができたのだと自分に言い聞かせていた。

あのときまでは。

突然、わけもなく怒りがこみあげてきたあのときまでは。トラウマが音もなく背後から忍び寄り、突然襲いかかってきた。そうなって初めて気づいた。まだ傷は癒えていなかったのだと。痛みも、苦しみも、そして怒りも、ただ抑えこんでいただけにすぎなかったのだと。

ヴァイオラは、カミールとジョエルの生まれたばかりの息子ジェイコブの洗礼式のために、親族一同がバースに集まったという最悪のタイミングで怒りを爆発させた。みなは洗礼式のあと、二週間バースに滞在する予定になっていた。だが赤ん坊にとって自慢の祖母であるべきヴァイオラは、その二日後、逃げるようにバースをあとにした。

バースを去ったとき、ヴァイオラは自分自身に対して後ろめたさやいたたまれなさ、悲しみを感じると同時に、どうにも説明しようのない怒り、苦しみ、気分が悪くなるようなよからぬ思いを抱いていた。とにかくただむしゃくしゃして、普段なら絶対にありえない態度を取ってしまった。この四二年、まわりの人たちが知る限り、彼女は礼儀正しく穏やかな女性だった。それなのに今では、世界じゅうの何よりも大切な人たちを傷つけ、困らせてしまった。それも故意に、ほとんど悪意に満ちたやり方で。ヴァイオラはふたりの娘や義理の息子が制止するのも、母親や弟、ウェスコット家の人々が反対するのも聞かず、何がなんでもヒンズフォード屋敷に帰ると言って聞かなかった。

屋敷に帰るわ。ひとりで。貸し馬車で。馬車も使用人も、自分のメイドも置いていく。そうすればアビゲイルが家に帰る段になっても困らないでしょうから。そんなあてつけるようなことまで言った。カミールとジョエルはうろたえ、それならもちろんアビーのことはちゃんとこちらで世話をするし、帰るときはきちんと屋敷まで送り届けるから大丈夫だと主張したが、ヴァイオラは聞く耳を持たなかった。かつての義理の母であり、七〇代という高齢にもかかわらずわざわざバースまで足を運んでくれたリヴァーデイル伯爵未亡人の厚意も無下にした。現リヴァーデイル伯爵夫人でアレグザンダーの妻のレンも、自分のおめでたい出来事は二の次にしてせっかくバースまで来てくれたのに、ヴァイオラはその温かな心遣いまでも踏みにじった。元義理の姉妹のうち、一番年長にあたるマティルダの話では、レンは子どもを授かったということだった。

余計なお世話よ、とヴァイオラは言った。そう、一言一句たがわず、そのとおりに。これまでの人生で一度でもそんなせりふを言ったことがあっただろうか。きつく、冷たく、相手を傷つけるかどうかなんて気にもせず。彼女はひとりになりたかった。みなにもそう伝えた。放っておいてと、一度のみならず何度も言った。癇癪《かんしゃく》を起こした子どものように。

何にそんなに腹が立ったのかは自分でもわからなかった。

ジェイコブが生まれる前にもアビゲイルとともにバースへ行ったことがあったが、そのときはもうすぐ自分の孫が生まれるという不安と喜びで胸がいっぱいで、いざジェイコブが生まれると、長らく感じたことのない、これ以上ないほどの幸せに包まれた。カミールとジョエル・カニンガムはバースの丘の上にある屋敷で、養女のウィニフレッドとサラ、そして新たに生まれた息子とともに暮らしていた。夫婦は家をさまざまな目的で使用していた。芸術家や作家の作業場として用いたり、音楽、踊り、絵画を始めとした芸術の講習会を開いたり、演劇や演奏会を行ったり。ときにはアナとジョエルが育ち、カミールが結婚前のいっとき教師として働いていたバースの孤児院の子どもたちを、一日から数日のあいだ預かったりすることもあった。彼らの屋敷と広々とした庭では、いつも誰かが何かをしていた。ジェイコブが生まれる前も、そして生まれてからも変わることなく、そこはにぎやかで活気のある場所だった。

すっかりたくましくなったカミールの姿には、目をみはるものがあった。ジェイコブがお腹《なか》にいるあいだに増えた体重はいまだ減っておらず、細かなところまで身だしなみが行き届いていないことも珍しくなく、ピンからは髪がこぼれ落ち、袖は肘までまくりあげられ、ときには靴も履かずに外へ出ることもあった。その腕にジェイコブを抱き、スカートにはサラがしがみつき、ウィニフレッドがそばでじゃれついているというのが日常の光景だった。もっともそれはジョエルが一緒に子どもたちの面倒を見ていないときに限ったことで、実際、ジョエルは子どもたちの面倒をよく見る父親だった。カミールは悩みとは無縁だった。

ヴァイオラはこの長女の中に、まじめで堅苦しく、常に品行方正で、過ちは決して犯さず、ユーモアのセンスと呼べるものなどひとつも持ちあわせていなかったかつてのレディ・カミール・ウェスコットの面影を見つけられないときのほうが多くなっていた。今やカミールは、将来はこうなるに違いないと思い描いていたものからは遠くかけ離れた人生を送り、生き生きとして幸せそうに見えた。

出産も、洗礼式の計画も、そして式自体も、すべては順調に進んでいた。アビゲイルは、その場に一番の親友であるハンフリーの妹の娘でいとこにあたるジェシカ・アーチャーもやってきたため、すっかり舞いあがっていた。ヴァイオラも胸がいっぱいだった。アレグザンダーの妻レンとは昨年から親交を深めており、今年もその縁が続くことを喜んでいた。ドーセットから弟夫婦が来てくれたのもうれしかった。ディナー、パーティー、茶会、行楽旅行、散策に演奏会——親族一同での行事がいくつも計画されていた。ヴァイオラはそれを楽しみにしていた。

癇癪を起こすまでは。

そして逃げだすまでは。

ひとりきりで。

本当に愚かなことをした。それは自分でもわかっている。ヴァイオラは朝早く、両家の親族たちが抱擁したり、別れの挨拶をしたり、心配だと言ったり、手を振って見送ったりしようと集まる前に出発した。何がなんでも貸し馬車で帰るとあれほど言ったのに、六台の自家用馬車と、彼女を護衛し、体面を保つために同伴する使用人たちが手配されていた。

放っておいて。ヴァイオラはその言葉を一度ならず何度も口にした。

するとと突然、貸し馬車の調子がおかしくなった。これまでにないほどギーギーとうるさい音をたてるようになったかと思うと、片側に大きく傾きはじめたため、馬車は宿屋の敷地に、といっても普通の馬宿ではなく場末の宿屋兼酒場だったのだが、その敷地に入った。そこで馬車はびくとも動かなくなった。

「どうかしたの？」ドアを開け、昇降台を用意した御者に、彼女は尋ねた。馬車はなんとも危険な角度でゆらゆらしている。

「車軸が故障したみたいで、奥さま」御者が言った。

「まあ」ヴァイオラは御者の手を借り、玉砂利の敷かれた庭に降りた。「すぐに直せそう？」

「どうでしょうか」御者は言った。「車軸を交換しないと」

「長くかかりそう？」

御者は帽子を取って頭をかくと、しゃがんで破損箇所をあらためた。

宿屋兼酒場の馬番がのんびりした足取りでやってきて御者のかたわらに立ち、唇を引き結んで首を振った。「ですが、不幸中の幸いです。馬車から放りだされたのが何もない道の真ん中だったら、追いはぎやら狼《おおかみ》やらに見つかってましたよ。あんなもんに遭っちゃ、ひとたまりもないですから。車軸をうまくはめるには、くくりつける紐《ひも》がいるな。新しいのを取ってきましょう」

「まさにおれの見立てどおりだ」御者も負けじと言った。

「どれくらいかかるの？」ふたたび尋ねながら、ヴァイオラは旅の危険を考えてみながしてくれた忠告も聞かず、こんなときには支えになってくれるメイドさえも置いてきてしまった己の愚かさを改めて思い知った。ああ、自業自得だ。

御者は首を振った。「わかりません、奥さま。今日一日はかかると思いますよ。どんなに早く見積もっても明日の朝まで出発は難しそうだが、困ったことになっちまいました。おれは今夜のうちにバースに戻るつもりだったのに。明日はまた別の一流の常連客の予約があるんで。予定の場所に余裕を持って到着すると、いつも割増料金を払ってくれるんですよ。ほかの馬車に乗ることになったら、もうおれを指名してくれないかもしれない」

「明日ですって？」ヴァイオラは落胆した声を出した。「今日じゅうに帰りたいのだけれど」

「おれだって同じですよ、奥さま」御者が言った。「しかしどっちの望みも叶《かな》えられそうにないな。こんなことを言っているあいだにも、奥さまの分の部屋があるかどうか、宿屋の主人に訊いてきたほうがいい。まあ、このあたりじゃあ、レディが泊まるなんてめったにあることじゃないでしょうが」御者はばかにしたような視線を宿屋に向けた。

上等な馬車が一台、宿屋の入口のそばに停まっていた。こんな場末の宿屋にはそぐわない馬車だ。とはいえ、ここにひとりで入ると思うと、ヴァイオラは尻ごみした。女がひとりきりだなんてどう思われるだろうという考えにとらわれていた。ヴァイオラはまだ、自分が常に厳格な態度を崩さなかったリヴァーデイル伯爵夫人でいる気になっていた。ただのヴァイオラ・キングズリーなんだから、誰からどう思われようがかまうもんですか。彼女は馬車に戻ってひとまずバッグを取りだすと、トランクはあとまわしにして宿屋に向かった。

ドアを開けたヴァイオラを、人々のにぎやかな話し声と、エールと料理のにおいが出迎えた。その先の開けたままになったドアは酒場に続いていた。薄暗くてむさ苦しく見える部屋には、大勢の客がたむろしていて、みな一様に高揚しているようだった。おそらく理由はひとつではないのだろう。まだ昼日中だというのに、どうしたことか。しかしそのわけは、応対に出てきた宿屋の主人の話を聞いてわかった。乗ってきた馬車の車軸が故障してしまって難儀しているのだとヴァイオラが説明すると、それは気の毒にと主人は心からの同情を示し、だがまあ、この宿があって、それも今日という日にだなんて、奥さまはついてましたよと言った。村では今日、収穫期の終わりを祝う祭りが開かれるらしく、しかもそれは毎年行うものではないとのことだった。教会の屋根が雨が降るたびにひどい雨漏りをしましてね、しかもだいたいそれが日曜の朝の、村の者たちが会衆席に集まって司祭の説教を聞こうってときに起こるんです。それで誰だかが、収穫期が終わったあとで催し物でもして、金を集めたらどうかなんて言いだしたんですな。汗水垂らして稼いだ金をもらう代わりに、みんなでどんちゃん騒ぎをしようなんて、寄付を集めるのにこんないい方法はないでしょう？

ヴァイオラもそれ以外にこれといった方法は思いあたらなかったため、たしかにそうですわねと言ってやると、宿屋の主人は満足そうにうなずいた。彼女は一泊分の宿賃を支払って宿帳に記入し、主人から大きな鍵を受け取った。そしてこのバッグは自分で持っていくので助けはいらないが、トランクのほうは部屋まで持ってきてもらえると助かると伝え、げんなりしながら階段をのぼって部屋へ向かった。

今日の午後と夜はいったい何をして過ごそうか。村のお祭りを見に行って、教会の屋根の修繕費を寄付する？　およそ魅力的な計画とは思えなかったが、明日の朝まで部屋に閉じこもっているよりはましかもしれない。部屋にあるのはベッドと、昔ながらの大きな鏡台、色あせたカーテンの向こうの洗面台とおまるだけで、テーブルも椅子もなかった。けれどもそんなことよりも、まずはすることがある。空腹を感じはじめていたヴァイオラは、もう一度階下へ行き、まともな食事があるかどうか確かめることにした。なんだかおいしそうなにおいがしていた。食事をとるために先ほどの酒場に足を踏み入れるのだけは願いさげだ。彼女の泊まる部屋は上の階にあるというのに、耳がどうにかなってしまいそうなくらい騒がしかった。

ありがたいことに、宿屋には食堂も備えられていて、中に誰もいないとわかるとほっとしたが、騒がしいことには変わりなかった。食堂は酒場と隣接しており、ふたつの部屋をつなぐドアは開いたままになっていた。ヴァイオラが席に着いても、主人はドアを閉めましょうかとは訊かなかった。代わりにミートパイを勧めてきて、そのおいしさと自分の妻の美点を長々と褒め称《たた》えたにもかかわらず、ヴァイオラは結局コールドビーフのサンドイッチとコーヒーを注文した。

まったく、酒場にいる人たちの騒がしさといったら。しかしそれも幸せであるがゆえにあふれだしてしまう陽気な騒がしさで、酒に酔っているからというわけでもなさそうだ。何がそんなにおもしろいのだろうか。でも、あの人たちもみんなそれぞれに悩みを抱えていたりするのだろう。自分だけが悩んでいると思うなんて、それこそ身勝手というものだ。でもそれじゃあ、わたしの悩みは何？　わたしには住む家も収入もある。愛すべき子どもも孫もいて、みんなもわたしを愛してくれている。家族もいるし、友人もいる。

それなのになぜ侘《わび》しさを感じてしまうのか、それがどうしてもわからない。周囲の人たちにいらだちをぶつけ、急にバースから帰ってきてしまったことに、いまだ罪悪感を持っていた。置いて帰ってきてしまったアビゲイルにはいやな思いをさせているだろう。ましてや自分の馬車もメイドも置いていくなどと言って、傷口に塩を塗るような真似までしたのだから。アビゲイルに一緒に来てほしくないというのは本音だ。ただひとりになりたかった。でもそれがなぜなのかはわからなかった。わざわざ孤独を求めなくても、ヴァイオラの人生は充分に孤独で寂しいものなのに。

自分がいったいどうしてしまったのかわからなかった。ただとにかく……むなしかった。心がまったく満たされなかった。体の中でぽっかりと黒い穴が口を開けていて、のぞきこんでも底は見えない。仮に見えたとしても、それはそれで底に何があるのかを知るのは怖かった。

自分はこの四二年のあいだに、いったい何を成し遂げてきたのだろう？　それとも何ひとつ成し遂げたものなどないのだろうか？　夫は亡くなり、しかもその夫も実際には夫ですらなかった。結婚してから最初の一カ月ほどで、夫に対する愛も、それどころか好意も敬意も失った。それでも貞淑な妻であろうとし、美徳の二本柱に据えてきた義務と品格を培うことに努めた。子どもたちにもそうした価値観を教えこんで育てた。それでなんになったというのだろう？　残されたのは、ほかにすべきこともわからないような余りものの人生だけではないか。それに怪我《けが》と繰り返す発熱を癒やすため、今年の初めに二、三カ月ほど屋敷に戻っていた愛する息子のハリーはどうだろう？　息子は運命の変化を前向きにとらえていた。だが、本音ではどうなのか？　よもや……命を落とすなどということにはならないだろうか。エイヴリーが息子の後見人を引き受けてくれてからというもの、自分の人生には常に恐怖がつきまとっていた。それにあのかわいらしくてやさしく、不平のひとつも言わないアビゲイルが、二〇歳になってなお将来が決まらないとは、どういうことだろう。

ヴァイオラはほんの二日前まで、新たな人生を幸せに歩んでいるふりをしてきた。楽しくてしかたがないとまではいかなくても、それなりに満足しているのだと。考えてみれば、彼女は幸せを失ったのではなく、そもそも幸せがどんなものなのかわかっていなかった。一六歳のとき、母の友人の一七歳になる息子と恋に落ちた、あのたった一度きりの燃えるような胸の高鳴りを除いては何も。始まったばかりの恋は長くは続かなかった。一七歳になったとき、父親はリヴァーデイル伯爵の跡継ぎである息子との結婚を画策し、ヴァイオラがその気になるよう仕向けた。ヴァイオラを説得するのはさして難しくはなかった。彼女はいつも従順で、逆らったためしなどなかったのだから。

ため息まじりに口にしたサンドイッチは、思いのほかおいしかった。パンは焼きたてで、ビーフはしっとりとやわらかい。

わたしはいったい何者なのだろうか？　ふいに頭に浮かんだ問いに、ヴァイオラはいささか恐ろしくなった。何しろその問いにははっきりとした答えがないのだから。長いあいだ、彼女は自分のことをリヴァーデイル伯爵夫人だと思ってきたし、称号とそれに付随するものすべてによって、自分という人間がなりたっていると思っていた――社会的な立場も、社会的な責任も、敬意もすべてが自分を表すと。でも結局のところ、そうしてできあがった彼女は中身のある人間ではなく……さて、なんだろう？　単なるレッテル？　それともただの称号？　いや、ヴァイオラがなったのは、なんの根拠もない存在だった。彼女はほんのいっときたりともリヴァーデイル伯爵夫人だったことがないのだから。

それならわたしは何者でもないのだろうか？　この存在は消えてしまったの？　幽霊のように？

わたしは何者なのか。その答えがわからなくても、誰も気にならないのだろうか。正体がなくても、誰も気にしないのだろうか。母、義母、娘、姉、義姉、祖母――これらの肩書き以外のわたしなんて、ほかの人たちにとってはどうでもいいのだろうか。

そもそもわたしが何者なのかと考えるとき、その背後に、裏側に、根底にあるわたしとはいったいなんなのだろう。サンドイッチをもうひと口かじって咀嚼《そしゃく》してみたものの、もはや先ほどのようにおいしくは感じられなかった。ヴァイオラは爆発寸前だった。パニックがどういうものかは知っていたが、これまでに経験したことはなかった――あの悲劇的な出来事のあとでも。あのときはただとにかく体が麻痺《まひ》したような感覚に陥っただけだった。

どうにか気持ちを落ち着けようとあたりを見まわしたとき、彼女はここがなんとなく安らげる場所であることに気づいた。狭くて古い宿屋だが、見たところ清潔ではあるし、何より幸せに満ちている。開け放ったままのドアに視線を移し、向こうの酒場にいる人々に目をやった。この村の住人なのだろう。今日という一日を仲間とともに楽しみつくそうと、みな一張羅を着て張りきっている。ふいに、まだ伯爵夫人だった頃にヒンズフォード屋敷を開放して近隣の人々を招き、ピクニックを主催したときのことが思いだされ、懐かしさの波が押し寄せた。あのときはみんな……そう、あのときはみんな本当に幸せだった。大人になってからは、ただ暗闇の中でのみ生きてきたような気になっていたけれど、そうではなかったらしい。

ヴァイオラは目に入った人から人へと、なんとなく視線を移していった。部屋の奥で、こちらに顔を向けて座っているふたり組の男性は、明らかに村人たちの仲間ではない様子だ。ふたりとも手にエールの入ったジョッキを持ち、ふたりのうち若いほうの男性は、相手の言葉に笑ってうなずき返している。外に停まっていた上等な馬車に乗ってきたのは、きっとあのふたりだろう。詮索するつもりはなかったものの、なんとはなしにふたりのほうを見ていると、そのうちに怒鳴り合いが始まった。

まさか。

そんなはずは。

最後に会ったのはいつだろう。もう何年も、彼と同じ社交行事に参加しなければならなくなったときには、いつもできる限り慎重に距離を取り、絶対に顔を合わせないようにしてきたのに。こんなのって……。

彼がこちらを見た。例によって人を見くだした、刺すような視線でヴァイオラを見つめ返している。腹立たしいことに、彼女はふと自分が年を取ったこと、ひとりであること、いつもよりもくたびれた格好をしていることが気になった。貸し馬車での旅だからと上等な服は着ず、朝早くに出発したために、髪は簡単にシニョンに結っただけで、手のこんだことはしていない。

宿屋の主人がコーヒーのお代わりを注ぎに来てくれたのを幸いと、ヴァイオラは視線をそらし、ふたたびあのドアの向こうを見てしまわないよう努めた。どうして誰も見えない席、誰からも見られない席に座らなかったのだろう？

男性は全員ではないにしろ、女性と違って年齢を重ねてこそ、よりすてきに見えるから不公平だ。彼ももう四〇歳かそこらだろうに、二〇代の頃よりも魅力的になっている。ヴァイオラが恋した頃の彼よりもずっと。そう、彼女は彼に激しく恋をした。一六歳のときに初恋で経験した喜びとはまったくの別物だったが、ミスター・ラマーに恋心を抱いていたのは疑いようもない事実だ。妻が死んだのは彼のせいだとか、妻が亡くなるとすぐさま家と子どもを捨てただとか、生活に困窮しているだとか、希代の女たらしという悪評を自らせっせと確立するとは、妻との思い出をないがしろにするにもほどがあるだとか、領地の慣習や領民の感情を冷淡な態度で無視しているといった噂が立っても、ヴァイオラは気にしなかった。日に焼けて引きしまった美貌、表面的な魅力とは裏腹に、彼に本物の感情や人間性が欠けていることは充分に承知していたし、それでもかまわなかった。ミスター・ラマーを目の前にした女性は、草刈り鎌の前の草のごとく簡単に刈り取られてしまう。ヴァイオラも例外ではなかった。彼はヴァイオラを火遊びの相手に選び、彼女もまたそれが単なる火遊びにすぎず、この先も本気になりはしないとわかっていたはずなのに、すっかり誘惑にのせられてしまった。身をゆだねたその日の朝に、捨てられるはめになるかもしれないとわかっていても。

ヴァイオラはすっかりその気になっていた。

三人の子どもをもうけているとはいえ、結婚生活にはなんの実りも喜びもなかったし、世の中の妻がみんな浮気くらいしていることは知っていた。妻が気にするべき義務はすでに果たし、夫に跡継ぎを残している。慎重に分別を持って連絡を取りあえば、社交界の人たちも見て見ぬふりをしてくれるだろうし、少しくらいなら許されるのではないかと考えた。

だが結局、ヴァイオラは彼を突き放した。

ああ、けれど恥ずべきことに、突き放したのは道徳的な信念からではなく、自分が恋に落ちたのがあの悪名高き放蕩者《ほうとうもの》で、ベッドをともにすることを許してもすぐに捨てられ、傷つくのがおちだとわかっていたからだ。ミスター・ラマーを突き放したとて、やはり心は傷ついた。長い時間をかけて、ようやく彼のことを吹っきれた。彼がまた誰それに手を出したとか、高級娼婦とハイドパークを闊歩《かっぽ》して社交界から不興を買っているなどといった噂を耳にするたび、ヴァイオラの心は張り裂けんばかりに痛んだ。

ミスター・ラマーは信じられないくらいハンサムだった。

今の彼は威圧的というよりもさらにいかめしく超然としていたが、それでいて理不尽なまでに魅力的だ。こめかみのあたりの髪は美しく銀色に輝いている。ミスター・ラマーはまだヴァイオラをじっと見つめ返していた。

二八歳の頃は彼に見つめられると、かつての若く美しい自分に戻れたような気がした。けれども今は視線を向けられると、自分がひどく年を取り、そして……くたびれてしまったと感じられた。人生はもう彼女の前を通り過ぎてしまった、今さら生きようとしても遅いと言われているようだ。うら若い娘だったかつての年月は過ぎ去り、それを取り戻して新たな人生を送るなど、もはや決してできないのだと。いや、たとえ取り戻せたとしても、また同じ人生を歩むことだろう。きっとまた父親の望みに従い、重婚をして、貞淑でありながらも不幸せな日々を送り、結局何も残らず、何者にもなれない、そんな人生を歩むのだろう。

ヴァイオラはコーヒーカップ越しにふたたびミスター・ラマーの視線をとらえ、今度は先に目をそらすまいとした。どうしてこちらが目をそらさなければならないのか？　たしかにわたしは見たとおり四二歳だ。だからなんだというの？　年齢は恥じるべきものではないでしょう？

ハリーはまた怪我をするかもしれない。あるいは命を落とすかもしれない。ああ、どうして今こんなことを考えているのだろう？　ヴァイオラは視線を落とし、ミスター・ラマーを頭から締めだした。英国じゅうにいるどれほどの母親と妻が毎日、毎時間、そういった恐怖に思い悩んでいるのだろう。姉妹や祖母やおばたちもみな同じだ。戦争で命を落とした兵士にはそれぞれに多数の女性たちがいて、何年ものあいだ彼らの身を案じ、中には残りの人生を喪に服して過ごす人もいる。自分だけが特別なのではない。ハリーもいつどうなるとも知れない。ただ、ハリーは彼女の息子であり、ときには愛がこの世の中で最も残酷であるように感じられることもあった。

彼は、ミスター・ラマーは行ってしまった。連れの男性も。ヴァイオラが目を離した隙に。なんて愚かなのだろうか。彼が何も言わず、別れの一瞥さえもよこさずに行ってしまったことを残念に思うなんて。気づけば、酒場にいた人たちもほとんどが店を出ており、喧騒はずいぶん落ち着いていた。昼時は過ぎたのだろう。祝祭の開始に合わせて表に出たのかもしれない。わたしも行ってみようか？　あたりを歩きまわっていろいろと見てみる？　それとも部屋に戻ってしばらく横になりながら、自分のみじめさを嘆いて過ごす？　自己憐憫《れんびん》にふけるだなんて、われながらあきれたものだ。かつて自分を追い求め、ベッドをともにしたいと望んでくれたのに何も言わずに消えてしまった魅力的な男性を見かけたものだから、自分をみじめに思う気持ちが高まったのだろう。今日はミスター・ラマーに消えるよう言うまでもなかった。

そのとき、玄関ホールに続く食堂のドアが開いた。ヴァイオラは宿屋の主人にもうコーヒーは充分だと伝えるために振り向いた。けれども、そこにいたのは宿屋の主人ではなかった。

彼がこれほど長身で容姿端麗であることを、ヴァイオラは忘れていた。上品な着こなしも、どんなに豪奢《ごうしゃ》な装いでも難なく自分のものにしてしまうことも忘れていた。険しく、皮肉に満ちたその顔も。

彼は自分の魅力を承知していた。ふた部屋先にいたヴァイオラにも、ミスター・ラマーが魅力的であろうことは伝わってきた。そして今、それは明白なものとなった。

「きみはわたしに消えろと言った」ミスター・ラマーが言った。「だが、それは一五年も前の話だ。そろそろ時効になったかな？」

3

「一四年よ」ヴァイオラは言った。「一四年前」

まるで一生とも思える長い一四年だった。あるいは、まったくもって別の人生であるかのようだった。とはいえ今ここに一四年分の年を重ね、一四年分の魅力をまとった、だがハンサムな顔に冷徹さを募らせ、厳しさを増したミスター・ラマーがいた。ヴァイオラはあのときもこう考えた。なぜ彼はわたしの言葉をそのまま受け取ってしまったのだろう？　ノーを突きつけられて、すごすご引きさがる人ではなかったはずだ。それなのに消えてと言われて、行ってしまった。結局、ヴァイオラに対する思いは表面的なものにすぎなかったのだろう。いや、もっとあけすけに言えば、下半身に表れていただけだったのだ。ミスター・ラマーの指示に喜んで従う女性は、星の数ほどもいたのだから。

「ということは、わたしが勘違いしているだけで」ミスター・ラマーは、ヴァイオラの記憶の中にあったあのやさしい声で言った。そう、あの頃の彼は、相手に声を荒らげるような人ではなかった。「まだ時効は成立していないのか？」

そんなふうに訊かれて、どう答えればいいのだろう。いいえとだけ答えたらいいのか。そもそも時効などない。なぜなら彼を突き放して、永遠に会わないつもりでいたのだから。しかし今、一四年のときを経て、この部屋には自分とミスター・ラマーのふたりだけしかおらず、彼はかつてと同様にヴァイオラに声をかけ、質問を投げかけている。どのみち、答えなど求めてはいないのだろうが。

「黙りこくっているが、それはどういう意味だ？」ミスター・ラマーはドアから一番近い席まで歩き、椅子を引いて腰かけると、ブーツを履いた脚を優雅に組んだ。「この前はわたしに消えろと言って、今度はだんまりか？　だが、さっき何やら言っていたな。わたしのこのあやふやな記憶を正してくれたように思うんだが。つまり、またわたしに悪魔のもとへ行けなどと言うつもりはないということかな？　それとも神に見放されたようなイングランドの僻地《へきち》で立ち往生する憂き目に遭っても、誰もそばにいないよりは誰かが――たとえそれがわたしであっても一緒にいてくれたほうが心丈夫なことを認めたくないのか？　にっちもさっちもいかずに困っているんだろう？　よもや村人たちと一緒になってお祭り騒ぐためにやってきたのでも、日曜の朝に村人たちが雨に濡れないよう助けに来てやったわけでもあるまい？」

ミスター・ラマーの声を聞くだけで、背筋がぞくぞくした。穏やかな声だから？　それとも誰かに話をさえぎられることがあるなんてみじんも考えず、ゆったりと話しているから？

「〝お祭り騒ぐ〟ですって？　そんな言葉があるの？」

「ないかもしれないが」彼は眉をあげた。「あってもいいだろう。いっそ自分で辞典を書いてみるのもいいかもしれない。きみはどう思う？　ジョンソン博士（一七七五年、英語の歴史の中で最も影響力のある辞書のひとつである『英語辞書』を独力で出版した）と張りあえるだろうか？」

「たった一語だけで？　どうかしらね、ミスター・ラマー」

「なんと、心外だな。これでも眉根を寄せて悩んだり、額を叩いたりしなくても、一〇語程度なら思いつくんだ。さて、どうしてさっきの質問に答えてくれない？　まだ時効は成立していないのか？　そしてきみは今、立ち往生しているのか？　ひとりきりで？」

「乗ってきた馬車の車軸が故障してしまったの」ヴァイオラは答えた。「御者の話では、どんなに早くても明日の朝までは旅の再開は無理なんですって」わたしったら、どうしてこんなことを説明しているのだろうか？

「この部屋に入る前に外の様子をうかがってきたんだが、自家用馬車が停まっているふうには見えなかった。ひょっとしてきみの馬車はきみを乗せずに行ってしまったんじゃないだろうか。車軸の故障だなんだというのは、きみを馬車から降ろすための方便だ。まあ、そうそうあることではないのだろうけれど。それとも……まさかとは思うが、北西の向きに大きく傾いて、どう見てもこの先一〇〇〇年、いや二〇〇〇年はどこにも行けそうにない、馬車とは名ばかりの代物に乗ってきたわけではあるまい？　そうなのか？　貸し馬車で来たのか、レディ・リヴァーデイル？」

「もうその名は名乗っていないの」

「それじゃあ、ミス・キングズリー、本当に貸し馬車で？」彼は苦々しげな声をあげた。

「そんなに落ちぶれたのかって？　そう言いたいんでしょう、ミスター・ラマー？　だったらそう言えばいいんじゃないの？」

ミスター・ラマーは長く繊細な指で片眼鏡の柄に触れたが、目にあてることはしなかった。

「リヴァーデイルはろくでなしだった。たとえ名目上であっても、そんな男とすっぱり縁を切ることをきみが望んだのであれば、あっぱれと言うほかない。そんな男とは二度とかかわらないのがきみのためだ。旧姓はキングズリーと言ったね？」

ヴァイオラは答えなかった。目を合わすまいと、コーヒーに視線を落とした。コーヒーはまだ半分残っている。けれども、もうすっかり冷めてしまっているだろう。動揺していることを悟られないように、落ち着いてカップを口元に運べる自信もなかった。

「ミス・キングズリー」わずかな沈黙をはさんで、ミスター・ラマーが言った。「今回もまたわたしに消えろと言うつもりか？　午後をひとりきりで過ごすつもりなのか？」

「このあとわたしがどう過ごそうと、あなたには関係ないわ、ミスター・ラマー。あなたのほうは立ち往生しているわけではないのでしょう。だったら引き留めないわ。どうぞご自分の行きたいところにいらして」

「ほう？」彼はふたたび眉をあげ、片眼鏡を手の中でもてあそんだ。「なにぶん、わたしのほうも立ち往生していてね。弟が先を急ぎたいと言って、ほんの一五分ほど前にここを発ってしまった。相当急いでいたんだろうな、たぶん。さて、わたしを置いてきぼりにしていることにいつ気づくやら。気がついたとしても、はたして迎えに戻ってきてくれるのか。期待はできないだろうな。若者は年長者を軽々しく扱いすぎだと思わないか？　アンドレはまだ二〇代でね。ほんの青二才だ」

なんですって？　今、彼はなんて言った？

「あなたを置いて馬車は行ってしまったの？」ヴァイオラは信じられないといった面持ちでミスター・ラマーを見つめた。仮にそれが本当だとしたら、考えられる理由はただひとつ。おそらく彼が今言った突拍子もない話が本当の理由ではない。「弟さんを厄介払いしたのね？　わたしのために？」

ミスター・ラマーは眉をあげ、片眼鏡をもう一度手の中で転がした。「ああ、そうだ。ほかにどんな理由がある？」

頭が急激に冷えていった。気分が悪くなり、一瞬、ヴァイオラは気を失いかけた。

「そうすれば」ミスター・ラマーが続けた。「いくらきみでも、わたしに今日一日ひとりきりで過ごせなんて言えないのではないかと思ってね。せっかくの村の祝祭に同伴者もなしで出席するのは、はなはだ魅力に欠ける。田舎道を散策して、この植物はなんだろう、この生き物はなんだろうと考えながらのんびり時間を過ごすにしても、ひとりではじきに飽きてしまう。せめて今日一日だけでもいい。ミス・キングズリー、わたしを追い払うのをほんの少し先延ばしにしてもかまわないというのであれば、お祭り騒ぐのでもあてどもなくさまようのでもいいから、一緒に外へ出てこのどうしようもないほど退屈な一日から互いを救おうじゃないか。つまりその、きみがわたしをどうしようもなく退屈な男だと、それ以上にもっとひどい男だと思っていなければの話だが」

ヴァイオラはミスター・ラマーを見つめながら、これまで彼を突き放し、避け、同じ舞踏会場や劇場にいるときには絶対に目を向けないよう細心の注意を払っていた頃でさえも何度となく考えてきたことに思いをめぐらせた。いったい彼の何がこれほど受け入れられず、同時に何にこれほど惹きつけられてしまうのだろう。ミスター・ラマーは典型的なハンサムではない。かなりの細面で、顎もとがっていて愛嬌《あいきょう》がない。でもその分……魅惑的だった。しかし、ヴァイオラがそう感じるというだけで、魅惑的のひと言だけではとうてい彼を表現しきれるものではない。ミスター・ラマーをひと言で端的に表す言葉を、ヴァイオラは持ちあわせていなかった。なぜなら、彼は決して見た目だけの人間ではなかったからだ。強いてひと言で表すなら……〝すべて〟だ。威厳がある。カリスマ性がある。権力がある。無慈悲である。そして官能的――それを好ましく感じるなんて、彼女にとってはめったにないことだったが。

ミスター・ラマーは今日の午後をともに過ごせるものだと本気で考えている。そう、本気で。馬車を先に行かせてしまえばヴァイオラも自分に従わざるをえないはずだと考え、一か八《ばち》かの賭けに出たらしい。だがどうせ今夜遅くか明日になれば、馬車は迎えに戻ってくるに決まっている。彼の思いどおりになるなんてまっぴらだ。とてもそんな気分にはなれない。

だがひょっとしたら、今みたいな気分だからこそ、時間つぶしに思いも寄らなかった突飛なことをして気晴らしをする必要があるのかもしれない。そうでなければ、部屋に引きこもって悶々《もんもん》と過ごすよりほかなくなる。別に騙《だま》されたわけでも誘惑されたわけでもないし、明日になれば胸が張り裂ける悲しみを味わうわけでもない。

「そうね、午後の一時間か二時間ほどなら、お祭りにつきあってもいいわ」ヴァイオラは言った。

ミスター・ラマーは手にしていた片眼鏡を放した。「そのあと教会で宴会が催されるらしい。そうなると困ったことに、ここでは食事を提供しなくなる。宿の主人も奥方も酒場と食堂を閉めて、近所の人たちと一緒に宴会に行くという話だ。なんでも今夜、その宴会後には、村の広場で村人たちが踊るんだそうだ。まったく、なんとも愉快そうじゃないか」

「踊りは遠慮したほうがよさそうだわ」

「おや、きみほどすてきな踊りのパートナーはいないのに」ミスター・ラマーが言った。ああ、どうしてそんなことを言うの？　声を落とし、ヴァイオラの目を少しのぞきこんで話す彼は、今夜村の広場で行われる踊りではなく、別の踊りのことを話しているようだ。

どういうわけか、ミスター・ラマーの言葉には有無を言わせぬ力がある。いつもそうだ。彼の言葉にヴァイオラは肺から息を奪われ、分別を失った。それでも、すっくと立ちあがった。もう充分だ。「ボンネットとショールを持ってくるわ。それに、ちゃんと荷物が部屋に運びこまれているかどうか確かめないと」

ミスター・ラマーは先にドアへ向かい、ヴァイオラのために開けてやった。「わたしも部屋の予約をしないと。どうも夜更け前に弟が戻ってくる気配はなさそうだ。兄弟愛なんてそんなものだな。一五分後にここでいいか？」

「ええ、かまわないわ」ヴァイオラは答えると、彼の横をすり抜け、階段をあがっていった。

ミスター・ラマーは食堂のドアのところに立ったまま、彼女をぼんやりと目で追っていた。

これはあまりいい考えではないだろう。

でも、自分で決めたことだ。かまうものですか。


さわやかで気持ちのいい、夏と秋のあいだの九月の日。抜けるように青い空を白い雲が流れ、その下の大地はさながら太陽の光と影が織りなす、絶えず動くチェス盤のようだ。マーセルは、こんな村の広場の端に突っ立って、期待に胸を躍らせた大勢の村人たちや、駆けまわる子どもたち、陽気に跳ねまわる犬たちとともに収穫祭が始まるのを待つよりもましなことを、少なくとも一〇は思いついた。式典では、教会の聖歌隊による公演らしきものまで行われるらしい。ふわりとしたガウンを身にまとった人たちが、広場に集まって整列している。だが、わざわざ祝祭に参加すると決めたのは自分なのだ、文句を言えた義理ではない。こんな村から出ていく手段をみすみす手放してしまったなんて、愚かな真似をしたものだ。

しかし少なくとも今のところは、元リヴァーデイル伯爵夫人がそばにいてくれるというその事実が、いらだちをいくらかは和らげてくれていた。人生に偶然などめったにあるものではないとは誰にも言わせまい。事実、これはとてつもない偶然だ。こんなことが起こりうる確率はいかほどか……？

彼女はこの一四年のあいだにふくよかになった。マーセルに気づかれたのではないかと気が気でない様子だったが、実のところ、その数キロはつくべきところについており、昔に比べてよりいっそう魅力的になっていた。女性らしさを増している。あるいはひょっとすると、同じように一四年の年を重ねた今の自分の目と感覚を通して見るからこそ、そう感じるだけなのかもしれない。二五歳の若造が、四〇絡みの女に欲望の目を向けることなど、まずないだろう？　彼が今、ミス・なんとか・キングズリーに抱いているのは、紛れもなく欲望だ。驚いたことに今、気づいたのだが、マーセルは彼女のファーストネームを知らなかった。

ミス・キングズリーはあの超然として取り澄ましたまなざし、かつてマーセルがすっかり心を惑わされたあの目でじっと見ている。今、自分の目に映っている姿が彼女のすべてなのだろうか。それとも実際には、ミス・キングズリーはまだ誰も、リヴァーデイル家の人々でさえも火をつけたことのない、情熱の火薬庫なのだろうかと、マーセルはよく考えたものだった。そして今ふたたび、同じ思いにとらわれていた。

「みんな、いくつくらいだろう」マーセルは聖歌隊のほうを顎で示しながら訊いた。「六五歳くらい？　それとも七〇歳？」みな、この聖歌隊の歌声を聴いたことがあるのだろうか？

「あの人たちがいくつかなんて、気にすることではないでしょう」予想したとおりの冷たく、たしなめる口調でミス・キングズリーが言った。

「だが、歌声は気になる。小鳥のさえずりみたいにいささかビブラートがかかりすぎたあげく、自称独唱者とやらが調子外れなせいで、まわりにいる人たちも引っかきまわされるというのがおちじゃないか。どうせ独唱するのは、耳が遠くなって音合わせの音叉《おんさ》の音も、ほかの連中の歌声も聞こえなくなったようなやつだろうから」

「まあ、ずいぶんな言いようね」ミス・キングズリーが顔をしかめた。「誰でも年を取るのよ」

「ああ、だが潔く引退せずに、教会の聖歌隊員として活動を続けるのもどうかな」

「たしかに音程が外れているかどうかの確認には、若い聖歌隊員がいたほうがいいでしょうけど。ただし音程を外す人がいればの話よ。まったく、まだ聴いてもいないじゃないの。もしかしたら神々しいまでの歌声かもしれないわ」

「あるいはそうかもしれない」マーセルはうなずいた。「きみの言い分が正しいとわかれば、わたしも自分の非を認めよう。さあ、はたしてどうなるやら」

唇がぴくりと動き、ミス・キングズリーは微笑《ほほえ》んだようだ。一瞬、何年も前にもこうして彼女を笑わせようとしたことが、そしてそのたびに失敗したことが思いだされた。実のところ、どんなに記憶をたどっても笑った姿を見た覚えはなかった。それどころか、ミス・キングズリーがこれまでに笑ったことがあるのかどうかも怪しいものだ。

「さて、いよいよだな」

自己紹介などせずとも、疑うまでもなく教会でそれなりに権力のある地位にいることがわかる、とはいえ司祭ではない尊大な態度の男が、長くもったいぶった、くどくどしい演説を行った。そのあいだ村人たちは、子どもの腕をつかみ、どうにか犬を押さえこんで、かろうじて静かに聞いていた。さらに男はわざわざ強調して、われわれのささやかなる祝祭にお越しくださった客人を歓迎します、わたくしにとっても、教会に通う者たちにとっても、おふた方が来てくださったことは身に余る光栄ですと述べた。村人全員——おそらく幼子や犬を連れていた者以外全員——の目が、たったふたりの明らかなる部外者に向けられた。それから聖職服をまとった教会の来賓が司祭に続いて登場し、無事に収穫期を終えたこと、天候に恵まれたこと、家畜が一生懸命に惜しみなく働いてくれたことに感謝する、ありがたくも短い祈りを捧《ささ》げた。そして聖歌隊が、およそ収穫や教会の屋根とは関係ない、キリストの戦士や大天使など、聖なるものについての歌を披露した。マーセルの予想は否定のしようがないほどあたっていた。小鳥のさえずりのように弱々しく震えた声。半音ずれて悪目立ちした男性の声。

「言わなくていいわ」司祭の妻が愛想のいい笑みを浮かべてひとりひとりに会釈してから祝祭の始まりを宣言したあとで、ミス・キングズリーが言った。「わたしも聴いていたから。でも、歌はすてきだったわよ。みんな、最善は尽くしたんじゃないかしら」

「きみを喜ばせたくてあれこれしたあと、そんなふうに〝最善は尽くしたんじゃないかしら〟なんて言われたら、わたしなら穴があったら入りたい気持ちになって、また一四年くらいふてくされて過ごすだろうな、ミス・キングズリー」

風に吹かれ、彼女の頰がさっと色づいた。本当に風のせいだろうか、ミス・キングズリーは頰を赤らめたのではないのかと、マーセルは強くいぶかしんだ。ひょっとして彼女には、今のがきわどい話に聞こえたのか？　そんなつもりはなく、偶然の賜物《たまもの》ではあったが、マーセルはすっかり得意になった。ミス・キングズリーの瞳は記憶にあるのと同様に青い。いつもその瞳は、彼女のとびきり美しい特徴のひとつだった。正真正銘の青、灰色がまじった青とは違う、本物の青だ。

「向こうの露店には宝石が並んでいるようだ。エスコートさせてもらえるかな」そう言って、マーセルは腕を差しだした。

ミス・キングズリーは何か罠《わな》でも仕掛けられているのではないかと疑う目でじっと見てから、マーセルの腕を取った。以前にもこうして彼女が触れてきたことはあるはずだった。そう、たしかにあったはずだ。それなのにマーセルの腕に触れた手は、初めて感じるものだった。軽やかで、寄りかかりも、しがみつきもしていない。マーセルの腕に肩を寄せると、ドレスが彼のヘシアンブーツを撫でた。鼻孔にミス・キングズリーのかすかな香りが届いた。フローラルすぎず、スパイシーすぎもしない。そう、彼女に似合いの香りだった。

アンドレを先に行かせてよかった。

「もちろんよ。教会の会衆はたくさん宝石を売って、そのお金で屋根を修理して雨に打たれるのを防がなければならないわ。それにわたし、宝石には目がないの。ダイヤモンドがあるか見てみましょうよ。おっきなダイヤモンドがね」

あのかつてのリヴァーデイル伯爵夫人がはしゃいでいる？　もしくはふざけている？　これは興味深い。マーセルは眉をあげてみせただけで、何も言わなかった。

店にはダイヤモンドもエメラルドもルビーもサファイアもあった。トパーズもガーネットも、銀も金もあった。真珠もあった。そのどれもが――真珠でさえも――大きく、輝いていて、見事な形をしていた。言うまでもなく粗悪品で、偽物ですらないようだ。マーセルは真珠の中でもとりわけ仰々しいものをいくつかミス・キングズリーにつけてやり、露店を出していたふたりの女性がまごつきながらも提示した値の三倍の金を支払った。耳、胸元、手首、指のあらゆる場所がまばゆい光を放った。ミス・キングズリーはすっかり感嘆し、店の女性たちと遠巻きに見ていた村人たちの称賛を浴びて得意げだ。わずかではあるが惚《ほ》れ惚《ぼ》れしたような拍手も起こった。ミス・キングズリーはマーセルに礼を言い、もうひとつ手首があったらサファイアのブレスレットがつけられるのにと言った。

「じゃあ、足首はどうだ？」マーセルはドレスの裾を見おろしながら言った。

「それは気に入らないわ。そこまでですると、ちょっとやりすぎですもの」

ミス・キングズリーは彼女の代名詞とも言える品格をいったん捨てて陽気にふるまうことにしたらしく、そんな彼女にマーセルはすっかり魅了されてしまった。ミス・キングズリーは露店のまわりで見ていた村人たちがいなくなってもすぐには宝石を外さず、手提げ袋《レティキュール》の奥底にしまいこんだりもしなかった。それどころかいつまでも指で触れ、慈しんでいた。

木炭画を描いてもらうと、髭《ひげ》をたくわえたぼさぼさ頭の絵描きは、マーセルを大鎌を持っていない死に神のように、ミス・キングズリーを真珠のネックレスをつけた真ん丸顔の幽霊のように描いた。それからふたりは焼き菓子部門の審査を終えて三位を獲得した砂糖衣のケーキを買った。ケーキは花《か》崗岩《こうがん》かと思うほどかたかった。

「でもほら、このくるくるとした砂糖衣がとってもかわいらしいわよね」マーセルが顔をしかめたのを見て、ミス・キングズリーが言った。

「さあ。口の中の歯という歯が全部真っぷたつに折れたような気さえしなければ、そうも思えるんだが」

「それは砂糖衣のせいではないわ」

「ああ、砂糖衣のせいではない」

「さて、お次は……」

　ふたりは、黄色い声援を浴びせる村の娘たち——そしてこの村にやってきた、よそ者のふたり——の前で、シャツの袖を肘の上までまくりあげて筋肉と巧みな技を見せつける、筋骨隆々で汗みずくの男たちの鋸挽《のこひ》き競争を観戦した。その後ふたりは——少なくともミス・キングズリーは——審査が終わったあとで裁縫の店をのぞき、男性用の粗いコットン生地で、角に〝L〟の文字と、それを囲むように茎も葉もない花の装飾が刺繍《ししゅう》されたハンカチを、マーセルに買ってプレゼントしてくれた。ハンカチは賞を獲《と》ったものではなかったが、彼女がこれを買おうと思ったきっかけのひとつはおそらく、この〝L〟がラマー《Lamarr》のイニシャルだからだろう。ミス・キングズリーはマーセルが何侯爵なのか知らないようだった。

　マーセルのほうも、今ミス・キングズリーを飾りたてているきらびやかな宝石をしまっておけるよう、派手なピンク色をしたかぎ針編みの巾着袋を——これもまた賞を獲ったものではなかったが——彼女に買ってやった。

「宝物にするわね」ミス・キングズリーが言うのを聞いて、マーセルはなんとなく、本当に宝物にしてくれるのだろうと考えた。さて、自分はいつまでこのハンカチを手元に置いておくだろうか。おそらく取ってはおくが、使うことはないだろうし、ましてや社交界の面々の好奇の目にさらすこともないに違いない。

それからふたりはヴァイオリンの腕比べを鑑賞した。マーセルは、ほかの大勢の聴衆がしているように音楽に合わせて足でリズムを取ったり手拍子をしたりするのを控えていたが、彼女は遠慮せずにそうしていることに気づいた。明らかに楽しんでいる様子だ。そして自分でも驚いたことに、マーセルもまたこの場を存分に楽しんでいた。

それからゆくゆくは教会の聖歌隊に入れられるという怖気《おぞけ》をふるう運命から逃れられないであろう小さな女の子たちと、ボーイソプラノの男の子ひとりの歌自慢大会を見物し、弓矢の的当てを見物してから、占い師に運勢を見てもらった。マーセルの将来には長寿と繁栄、幸福がもたらされるだろうということだった。驚くことではない。占い師の言うことなど、だいたい相場が決まっているのだから。ミス・キングズリーが何を言われたのかはわからなかった。彼女はマーセルに占いの結果を話さなかった。

日曜学校の生徒たちが用意した、薄くて生ぬるいレモネードを飲んだ。こんなレモネードもどきの代物を飲んだのはいったい何年ぶりだろうか。きっとまた次にこういうレモネードを飲む機会は、同じくらい先のことになるだろう。

午後が進むにつれ、ミス・キングズリーはさらに陽気になっていった。だが、マーセルに媚《こ》びるようなことはしなかった。若い頃は、彼女のそういうところが魅力だったのは間違いない。マーセルはかつて、ミス・キングズリーの中に情熱が秘められている可能性があるかもしれないと考えたことがあった。自分の人生が制御不能に陥っていく中で、彼女が安定をもたらす存在になってくれそうだと感じたので、しつこく言い寄ったのだ。彼女が既婚者であること、それゆえに火遊びの相手以上の関係にはなりえないこともわかっていたのに。だがあのときは、ミス・キングズリーと友人になれるかもしれないとは、つゆほども思わなかった。

そもそもマーセルは、女性の友人ができたためしがない。いや、その点では男性も同じだ。友情にはある程度の親密さが必要となるし、他人に自分をさらけださなければならない。彼は誰とも心を通わせないことを選んだ。

ミス・キングズリーは今や結婚していない。皮肉なことに、そもそも結婚していなかった。マーセルは彼女を求めていた。今も。それはなぜなのか、今も考えていた。

広場の真ん中にそそりたつ五月柱《メイポール》（花とリボンで装飾された高い柱。先端部から垂れたテープを持って回りながら踊る）を使ってのダンス大会を見物した。この村の踊り子と、対抗する別の村の踊り子とのふたチームに分かれており、観客はどちらか好きなほうのまわりを取り囲んだ。色とりどりのリボンが踊り子の複雑な動きに合わせて高い柱にどうしようもないほど絡みつき、それによって踊り子たちが柱やほかの踊り子に近づきすぎてぶつかりそうになるたびに——しかしヴァイオリン奏者が奏でる軽快なリズムに合わせて円を描きながら軽やかにすり抜け、その後もリボンがほどけたり絡まったりするのを見るたびに――歓声を送ったり拍手をしたりした。

「あのメイポール、なんだか人生の象徴みたいじゃない？」ダンスがひとしきり終わったあと、かつてのリヴァーデイル伯爵夫人が口にした言葉を聞いて、マーセルはミス・キングズリーのほうを向き、好奇の視線を送った。彼女は頬を赤らめ、目を潤ませ――風に吹かれたせいではなさそうだった――今にも踊りだしそうな様子だ。

「そうか？」マーセルは眉をあげた。

「同じところばかりぐるぐる回って、どこに行くわけでもなくて、動けば動くほど問題や不安でがんじがらめになって。しかもそういう厄介ごとは、全部が全部自分のせいというわけではないのよね」

「祝祭の日の午後を楽しんでいると思っていたが、人生に対してはずいぶんと悲観的な見方をしているみたいだな、レディ・リヴァーデイル」

「でも、メイポールダンスは混乱したまま終わることはないでしょう」ミス・キングズリーは言った。「それにわたしはもう伯爵夫人ではないわ。現伯爵と結婚した現リヴァーデイル伯爵夫人は、今ではわたしの友人なの」

「そんな細かいことはどうでもいい。それよりもさっきの話の続きを聞かせてくれ」

「すべてはうまくいくということよ。ダンスみたいに決まったパターンに忠実に従えば、すべてはうまくいくわ」

「それじゃあ」マーセルが訊いた。「ほかの者たちがリボンを絡ませているときに、ひとりだけ飛び跳ねて和を乱す者がいたらどうなる？　踊りのパターンはめちゃくちゃになり、リボンはぐちゃぐちゃに絡まってしまい、踊り子たちは永遠に抜けだせない混乱の中、絡まりあったまま破滅するまでさまよいつづけるはめになる。さっきのきみの話は無邪気な幻想にすぎない、ミス・キングズリー。単純すぎる。それではまるで、人生の義務さえまっとうできれば、めでたしめでたしの大団円を迎えられると言っているみたいじゃないか」

「そうね。たしかに一時の感情に駆られた、くだらない考えだったわ。気に障ったみたいね。ごめんなさい」

本当に、揺るぎない美徳は必ず報われるという、あまりにも単純なミス・キングズリーの物言いが自分は気に障ったのだろうか？　やれやれ、たしかにそうだ。けれども一時の感情に駆られたからといって、法則に従いさえすれば人生はうまくいくなどと本気で信じている者がいるものだろうか。そうした考えが、周囲にいるすべての人にも同様にあてはまるに違いないという仲間意識によるものであった場合は特に。なぜこともあろうに彼女はそんなふうに考えたのだろう？

「気に障る？　それどころか、心を奪われてしまったよ、ミス・キングズリー。きみのその単純なまでの前向きさにね」マーセルは彼女の手を取り、唇へ持っていった。ミス・キングズリーは午後じゅうずっと手袋をつけていなかった。その代わりに指にはめられた、ばかばかしいほど大きなダイヤモンドが、太陽の光を受けて輝いている。「目がくらみそうだ」マーセルはつけ加えた。

ミス・キングズリーが……笑みを見せた。その瞬間、それは本当になった。つまり、目がくらんだのだ。彼女の顔から年齢が消え去り、目の端に笑いじわが現れた。

「なかなかすてきじゃない？」手を広げ、指を伸ばした。「こっちの手のエメラルドは小さくて残念だわ」もう片方の手も掲げて揺すり、手首につけたルビーのブレスレットをじゃらじゃらと鳴らした。「前向き？　わたしが？」

それは修辞的疑問（肯定的な意味を強調するため、わざと疑問形を用いた表現。回答は期待していない）だった。マーセルが答える前にミス・キングズリーは顔をそらし、メイポールダンスの長々とした審査を聞いた。彼女はマーセルのほうを向かなかった。機嫌を損ねてしまったのだろう、きっと。単純と言われたから。

さて、明日はどうする？　馬を借りるか？　それとも買うか？　アンドレのやつは殊勝なことに一番大きな荷物を宿に運んでくれていたが、それこそが今まさにお荷物となっていた。一頭立ての二輪軽馬車《ギグ》を借りる？　二頭立ての二輪幌馬車《カリクル》にする？　それとも四輪馬車か？　いずれにしてもこんな片田舎でどうやって乗り物を手配する？　マーセルは迷った。屋敷まで、いや、せめてここから一番近い町まで歩くか？　まあ、明日のことは明日になってから考えるとしよう。

「われわれも教会のホールへ行ってごちそうにあずかろうか」マーセルは提案した。どうやらほかの者たちもみな、教会へ向かいはじめたようだ。

「何か食べたいのであれば、そうするよりほかないでしょうね」

「腹が減ってはなんとやらだ」彼は腕を差しだした。「そうだろう？」

また何かきわどいことを言われたとでもいうような目でミス・キングズリーはマーセルを見たが、彼にそんなつもりはまったくなかった。

「そうね」そう言って、彼女はマーセルの腕を取った。

4

ヴァイオラはせわしない時間の流れから取り残されたような気分になっていた。夜が更ける頃には終わっているはずだった旅の予定は遅れに遅れていた。そのうえ、信じられない偶然からミスター・ラマーと出会い、しかも彼もこの小さな田舎の宿屋に――わざとではあるが――取り残されているという。さらにはたまたま今日という日に村の祭りが予定されており、催し物を一緒に楽しまないかと誘われて、しかも今年一番の気持ちのいい天気だ。何から何まであまりにもできすぎていて、目の前で起きている出来事がとても信じられなかった。だからヴァイオラは信じないことにした。今は特別な時間。世間からほんのつかの間離れる機会があったから、それをつかんだだけ。

明日になれば何もかもすっかりもとどおりに戻るのだ。ヴァイオラももとのヴァイオラに。今日は中断していた旅も日常生活も再開する。バースで彼女の冷静沈着な皮を破って飛びだしてきた悪魔と向きあい、家路を急ぐのだ。ひとりきりで。明日が来れば、すべてと向きあうことになる。

とはいえ……ああ、ヴァイオラはこの日の午後を存分に楽しんだ。記憶をたどってみても、かつてこれほど愉快なことがあったかどうか定かではない。昔の自分は宿屋に置いて、新たな自分に、昔なら決して許すことのなかった自分になった。悪趣味なけばけばしい、普段であれば目にするのもうんざりするような宝石を身につけている。それも、ミスター・ラマーに買ってもらったものを。ヴァイオラも彼にプレゼントを買って贈った――ひどい刺繍のついたひどいハンカチを。ヴァイオリンの演奏を聴いたときや、メイポールダンスの複雑な動きを見たときには、ただ黙って礼儀正しく品格を保って見物するのではなく、一緒になって手拍子をしたり、足でリズムを取ったりした。若い女の子たちにいいところを見せようと汗みずくになって木を切っていた筋骨隆々とした若者には、恥ずかしげもなく声援を送った。占いでは、ハンサムな夫と末永く幸せに暮らせるだろうと言われた。何か誤解していたようだが訂正はせずにおいた。先の力作を見るに明らかに才能のない絵描きにも、彼女は座って肖像画を描いてもらった。ヴァイオラは秀でた芸術家というのがどういうものか知っていた。義理の息子のジョエルは国内随一の腕を持つ肖像画家のひとりに名を連ね、またたく間に名声を得ている。村人たちがまわりに集まって絵を見ながら何やら言っているのを聞いても、ヴァイオラは席を立ったりしなかった。

ヴァイオラもミスター・ラマーも、決して注目を浴びなかったわけではない。むしろその逆だ。午後のあいだじゅうずっと好奇の目にさらされている感覚があったが、ヴァイオラはそんなふうに注目を浴びることを逆手に取って楽しんだ。安いまがいものの宝石をきらめかせてみせると、村人たちは彼女をうっとりした目で眺め、中にはどこで買えるのか教えてほしいと言う者までいた。

教会のホールの入口にいた司祭の妻は、ふたりの姿を見て礼儀正しい笑みを浮かべると、プライベート席に着くよう勧めた。一方、村人たちの多くは、ホールの端から向こう端まである長テーブルの腰掛けに、押し合いへし合いしながら座っていた。ほかの人たちは食べ物を確保するために列に並ばなければならなかったが、ふたりには——ミスター・ラマー曰《いわ》く——男性が知るありとあらゆる料理がこれでもかというほど皿に盛られて出された。

「女性だって知っているわよ」ヴァイオラは言った。

「もちろん、驚くほどのことではないさ」ミスター・ラマーが言った。「収穫期が終わったばかりで、畑や庭で採れた作物がたっぷりあるわけだから。それにしても、見てくれ。数えきれないくらいの食べ物が一皿に山と積まれているなんて、こんなのを目にしたのはいつ以来だろう」

盛りつけはたしかに上品とは言えなかった。しかし量と味に不足はなかった。普段は食べ物にうるさいヴァイオラも、彼と同じようにきれいに平らげた。その後ふたりは、甘いカスタードクリームがたっぷり塗られ、大ぶりに切り分けられたアップルタルトをひと切れずつ食べた。

これでおしまいなのだ。彼女は少し残念に思いながら、空になった皿にスプーンを置いた。祝宴のことだけではなく、自分を、自分を取り巻く世界を忘れさせてくれた、このかけがえのない一日が終わってしまうのが残念でならなかった。この先ずっと、あるいは一生、今日という日を忘れないだろう。今日の思い出に励まされ、背中を押してもらえれば、どうにか人生を立て直せるかもしれない。

あるいはその反対ということもあるけれど。

「ミス・キングズリー」ミスター・ラマーが手のひらでコーヒーカップをもてあそびながら言い、ヴァイオラは彼の手入れが行き届いた優雅な指と、右手にはめた金の指輪――本物の金の指輪――に改めて意識を向けた。「まさかきみはこのわたしに、部屋に閉じこもってベッドに横になり、両手を頭の後ろで組んで仰向けになって、ひびの数を数えては天井が落ちてきたらどうしようとひとりおびえて過ごすなどという、過酷な運命を味わわせるつもりじゃないだろうな？　よければわたしと踊らないか？」

彼がベッドに横になり、両手を頭の後ろで組んでいる姿を想像しただけで、ヴァイオラは体の中が熱くなった。しかしミスター・ラマーと踊るという考えにはあまりそそられなかった。彼の望みどおりに午後のひとときをともに過ごし、それぱかりか宿屋にいてはほかにどうしようもないからという言葉にほだされて食事まで一緒にとった。もう充分。充分すぎる。誘惑されるわけにはいかない……。

でも、どうして？　誰が傷つくわけでもないのに？

「それであなたの慰めになるというなら」ヴァイオラは言った。「踊ってもいいわ」

「よかった」ミスター・ラマーはコーヒーカップを置き、椅子にもたれかかった。

「けれどあなたの申し出を受けた一番の理由は」ヴァイオラは続けて言った。「今日みたいな日の夜を部屋でひとりきりで過ごしたら、長くて退屈だろうとわたしも思ったからよ」

「これはまたうれしいことを言ってくれるな、レディ・リヴァーデイル」ミスター・ラマーが言った。「おっと、レディ・リヴァーデイルではなかったか。しかしどういうわけか、きみのことをミス・キングズリーとは思えない。それじゃあ、どこかの家庭教師みたいじゃないか。よかったらファーストネームを教えてもらえないだろうか」

ヴァイオラは気が進まなかった。相手は行きずりと言ってもいいくらいの人だ。彼女をファーストネームで呼んだことがあるのは身内だけだった。

「ヴァイオラよ」彼女は答えた。

「なんと、最も美しい弦楽器と同じ名前とは。その調べはヴァイオリンよりも低く、しかしチェロほどは低くない。発音は違えど、きみにぴったりの名だ。わたしはマーセル。家族や友人からはマークと呼ばれている」

どうしてだろう。家族がいると聞いて意外な気がした。でもたしかに、彼には弟がいる。亡くなった奥さまとのあいだにお子さんはいないのだろうか？

午後になって早々、伝説とも言うべき長広舌をふるって午後の催しの開幕を宣言したあの教会の重鎮がふたたび登場し、両手をあげてその場の注目を集めた。部屋が静まると、彼はまたもや取り留めのない話を長々としてから、集まった村人たちの歓声に応え、三〇分後に村の広場にてダンスを始めると宣言した。

「いったん宿に戻るわ」ヴァイオラは言った。「着替えをしたいし、髪も整えなければならないもの」最低でもそれだけは。

「それなら部屋までエスコートしよう」ミスター・ラマーはすばやく立ちあがるとテーブルを回って彼女の椅子を引いた。「わたしも髪をとかさなくては」

ヴァイオラは吸い寄せられるようにミスター・ラマーの腕に自分の腕を絡めながら、歩いて宿屋に戻り、ともに階段をあがった。自分の部屋の外で立ち止まったヴァイオラに、彼は三〇分後に階下で待ちあわせようと告げた。宿屋にはふたり以外誰もいないようだ。ドアを閉める前、ヴァイオラはミスター・ラマーが斜め向かいの部屋に入っていくのを見た。思いがけず気ままで幸せな一日を過ごさせてもらったのに、その時間をさらに引き延ばそうとするなんて、わたしはずいぶんはしたない真似をしている、と閉めたドアにもたれかかって考えた。でもいけないことだろうか？　どうせならあと数時間くらい現実から離れて、村の広場で彼と踊るくらいしてもかまわないのでは？　また恋をするわけでも、失恋して傷つくわけでもあるまいし。せっかく運命のいたずらが遅れてきた青春をもたらしてくれたのだから、もうちょっとくらい楽しんでもいいのではないだろうか？　小娘ではないけれど、年を取りすぎているわけでもない。わたしはまだ四二歳だ。そう考えて、彼女はどこか寂しげな笑みを浮かべた。

ヴァイオラは夜会服にぴったりの、薄すぎず、凝りすぎてもいないデザインのドレスに着替えた。メイドの手を借りることができないため、髪はどうにか自分で整えた。朝からずっと簡素なシニョンに結っていたので、それよりも幾分華やかに飾りたてた。アクセサリーケースを前にあれこれ考えたのち、やはり今日新しく手に入れたきらきら光る宝石をつけていくことにした。家族や知人が見たら顔をしかめるかもしれない。けれども彼女はこの宝石が気に入っていた。なんだか愉快な気分になり、身につけているだけで心の底からの笑みが浮かんでくるのだ。今日一日履いていた動きやすい靴を脱ぎ、舞踏用の靴に足をすべらせ、体が冷えないように厚手のウールのショールをまとうと、洗面台の曇ってよく見えない鏡に顔を近づけた。真珠のネックレスとそれに合わせたイヤリングが本物だったら、きっと世界でもトップクラスのお金持ちの女性だ。いいえ、トップクラスじゃなくてトップかもしれない。思わず大きな笑い声をあげたことに、ヴァイオラは自分でも驚いた。

部屋を出る頃には息が詰まるようだった。村の公共の場で行われる村人たちの集会にミスター・ラマーと一緒に参加するのはいけないことのような気がして、ひどく緊張した。夫以外の男性と連れだって社交界の行事に参加したことは、これまでにも何度もある。そしてヴァイオラの知る限り、社交界で眉をひそめられたことは一度もない。いけないことでもなんでもないのだ。

でも、ミスター・ラマーと一緒に出かけたことはない。

彼は玄関ホールでヴァイオラを待っていた。彼も着替えていた。ヴァイオラと同様、社交界の舞踏会で身につけるようなきらびやかなものではないながらも、白と黒の衣装で一分の隙もなく完璧に着飾り、従者がいないにもかかわらず、首巻き《クラヴァット》も複雑に結ばれていて、ひだからひと粒のダイヤモンドがきらりとのぞいていた。本物のダイヤモンドが。

「わたしのダイヤモンドのほうがあなたのより大きいわよ」午後のあいだじゅうずっと一緒にいたというのに気まずさと照れくささを感じたヴァイオラは、彼に指をひらひらと見せながら、からかうように言った。

「それにずいぶん光り輝いている」ミスター・ラマーがヴァイオラにきらきらとした目を向けた。液状のチョコレートのような濃い色の瞳だ。「贈り主はなかなかいい趣味をしているらしい」

「ええ、それに慎み深さの塊みたいな人よ」慎み深いふりをするどころか、頭のてっぺんから足の先までじっと見てくる彼に、ヴァイオラは言った。

「真珠がまたいい感じだ、ヴァイオラ」

ミスター・ラマーの唇から自分の名前が発せられたのを聞いて、ヴァイオラは背筋がぞくぞくした。またたわ。彼女は無邪気な女を演じることにした。そうするほうが気持ちが楽だった。

「ダイヤモンドやルビーと喧嘩《けんか》していないかしら?」片方の手首を見せながら訊いた。「ガーネットとは合っている?」もう片方の手もあげてみせる。

「喧嘩だと?」ミスター・ラマーが驚いた様子で言った。「とんでもない。宝石はいくら身につけてもいいものだ。誰にも見せないなんてもったいないだろう? だが率直に言って、ヴァイオラ、きみに目がくらんでしまって、すばらしい宝石には目がいかなかった。宝石を身にまとうと、女性の美しさはより輝きを増すから」

「まあ、お上手ね」ヴァイオラは彼の前をすり抜け、ドアへ向かった。こんなにも見え透いた褒め言葉を真に受けるなんてどうかしているとわかってはいるが、自分でもいやになるほど気をよくした。

だって、わたしはまだ四二歳なのだ。

ミスター・ラマーがかたわらに来て、腕を差しだした。メイポールが撤去された広場の横では、ヴァイオリンと管楽器が陽気な旋律を奏で、それに合わせて軽快なリールダンスが繰り広げられていた。かたい地面を踏み鳴らす靴の音、ひるがえるスカート、歓声、手拍子、鼓舞する声。普段とは違う楽しいことずくめの一日に疲れはてているはずの子どもたちが、にぎやかに跳ねまわっている。道の脇のランプが夕暮れどきをやさしく照らしていた。

ふたたび村人たちの注目を集めていることにヴァイオラは気づいた。彼らははにかんだ笑みを浮かべ、何か言っている。

「旦那も奥さまと踊るんですかい？」大胆にも誰かが声を張りあげた。ミスター・ラマーは片眼鏡の柄を握って目の高さの半分ほどまで持ちあげた。問いには答えなかった。

「踊らないんでしたら、おれが代わりに踊りましょうか」別の声が飛び、それを聞いた村人たちから歓声があがった。

「代わりを務めてもらわずとも、自分でどうにかやってみよう」ミスター・ラマーが物憂げな声で言った。「だが、申し出には感謝する」

「おまえなんかお呼びじゃないとさ、ライジャ」また誰かが言い、人々がどっと沸いた。

ふたりはリールダンスほど快活ではないが、より複雑なカントリーダンスの列に加わった。ミスター・ラマーのダンスの腕前は優雅で熟練されていたとヴァイオラは記憶していた。次々と相手を変えて踊っても、必ずそのときの相手に花を持たせる能力に長《た》けていた。

なんて気持ちがいいのだろう。ヴァイオラは踊りながら考えた。顔やショールの下の腕に感じる夜風はひんやりと心地よく、まわりからの注目を浴びていると、たとえ短いあいだだけだとしても、自分がこの世界でたったひとりの慈しまれてしかるべき人であるように思えてくる。ヴァイオラは決して目立ちたがりというわけではない。むしろその逆だ。注目を浴びたいだなんて考えたこともなかった。でもそう、たまにはこんなのもいい。ふたりのまわりにはかわいらしく笑い声をあげる娘たちがいて、中にはこの得体の知れない部外者を半分怖がり、半分うらやましがっているような目で見る者もいたが、ミスター・ラマーの瞳にはヴァイオラしか映っていないらしかった。

もちろん、すべては彼の思うつぼだ。それこそがミスター・ラマーの魅力であり、危険な部分だった。だが、そんなのはたいした問題ではない。ヴァイオラは一瞬たりとも彼に騙されるつもりはなかった。今宵《こよい》のダンスが終わったら、いや、もしかしたらダンスが終わるのを待たずに、ふたりは宿屋の部屋に戻り、明日にはまたそれぞれ別々の道を行き、二度と会わないのだろう。ヴァイオラが社交界に顔を出すことはないのだから。

だからこそ今夜を、今日という日の夜を楽しみたかった。ほんのいっときだけでも現実を忘れさせてくれた、この運命のいたずらを。

カントリーダンスとリールダンスが何度も繰り返された。このあたりの村人や農民が知っているのも踊りたいと思うのも、そのふたつだけのようだ。ヴァイオラとミスター・ラマー――マーセル――は二度ほど踊り、あとはみなが踊るのを眺めていた。しかしある曲が始まると、彼はヴァイオラが何か言おうとしたのを制するように指を立て、しばらくじっと聴き入ってから、彼女のほうを向いて言った。

「この曲はワルツかな」

ヴァイオラも曲を聴いて賛同した。しかし村人たちが踊っているのはワルツではなかった。全員が一列に並び、ヴァイオラにはなじみのないステップを踏んでいる。

「ワルツを踊ろう」マーセルが有無を言わせぬ強引な口調で言った。

「さあ、どうかしら」

彼はヴァイオラに手を差し伸べた。「たしか一緒にワルツを踊ったことはなかっただろう、ヴァイオラ。その過ちを正さなくては。さあ」

「マーセル」ヴァイオラは眉をひそめた。

「ああ」マーセルが言った。「すばらしい……きみの口からわたしの名が聞けるとは。いいから、おいで」

手を取られ、ヴァイオラは教会のすぐ横の空き地にしぶしぶついていった。夜の帳《とばり》がおりてランプの明かりも届かないせいか、ほかに人の姿は見あたらなかった。しかし濃い影は落ちていても、真っ暗闇というわけではない。月明かりと星明かりに照らされた、澄んだ夜だった。

「ここでワルツを踊ろう」マーセルが言った。踊らないか、とは訊かなかった。ヴァイオラに選択の余地は与えられなかった。かといって、もちろん強制しているわけではなかった。

「でも、みんなに見られてしまうわ」彼女はあらがった。

「それで?」彼が眉をあげたことにヴァイオラは気づいた。「みんながわれわれの踊るところを見る。たしかになんともスキャンダラスだ」

「ええ、とってもね」そう言いながらヴァイオラが左手をあげてマーセルの肩に置くと、彼は右手を彼女の腰に回した。断るなんてできないでしょう? この世に生みだされたダンスの中で、ワルツほどロマンティックなものはないとヴァイオラは常々考えていたが、彼女が若い頃はそんな風潮ではなかった。男女がぴたりと身を寄せあい、互いの顔と顔、手と手に触れながら踊るワルツを、スキャンダラスなものだと考える人はいまだにいる。

マーセルはヴァイオラの空いているほうの手を取り、しばし音楽に耳を傾けてから、彼女をワルツにいざない、でこぼこした村の空き地をくるくると回りはじめた。人々の話し声や笑い声はこの暗がりのすぐ向こうでしているはずなのに、もっとずっと遠くに聞こえる気がした。ヴァイオラは彼の手を強く意識した。片方の手はヴァイオラのしなやかな腰をしっかりと支え、もう片方の手は彼女の手をきつく握りしめている。気づけばヴァイオラの胸と彼の夜会服はあと二センチの距離にまで近づき、互いの脚はときおり触れあった。ヴァイオラを見おろすマーセル、そんな彼を見つめ返すヴァイオラ。暗がりで顔ははっきりと見えなかったが、それでもヴァイオラにはふたりの視線が絡みあっているのがわかった。マーセルのぬくもり、つけているコロンの香りを間近に感じて、彼に惹きつけられている自分がいた。息遣いも聞こえる。

どれくらいそうしていただろう。おそらく一〇分も経っていないはずだ。ふたりがワルツを踊りだしたときにはすでに、広場のダンスは始まっていた。しかしヴァイオラにはこの時間が永遠に続くかに思われた。ヴァイオラはすべてを忘れてワルツと、ともに静かに踊る男性のことだけを考えた。

「ヴァイオラ」音楽がやんだとき、マーセルが耳元で静かに言った。彼はすぐにはヴァイオラを放さず、ヴァイオラもまた彼の腕から逃れようとはしなかった。「教会の裏手に何があるか、見に行ってみないか?」

何って、墓地だと思うけれど。しかし墓地の向こうには牧草地のような場所があり、なだらかにくだった先には川が流れていたのを、今朝馬車の窓から見るともなく目にしていた。土手からは、柳の木が川面《かわも》に触れんばかりに垂れさがっていた。その先の左手には、川を渡るためのごつごつとした石橋がかけられていた。昼間は絵画のごとき景色が見られるのだろう。いや、この村自体がきっと絵に描いたように美しい場所なのだ。

ふたりは低い塀に囲まれた墓地と川の中間付近まで来た。月明かりを受けて川面がきらめき、かすかに水の流れる音が聞こえる。音楽がふたたび始まったが、人の声も笑い声も音楽も何もかもが今は遠のき、ふたりとは関係のない別世界から聞こえてくるようだった。ヴァイオラが手をかけていたはずのマーセルの腕がいつの間にか腰に回され、ぐっと引き寄せられたのを感じた。とっさに考えたのはこれを許すべきか否かではなく、身をゆだねてもよいのかどうかだった。ヴァイオラは彼の腕を振り払うことも、一歩横に離れることもなく、ただ黙ってじっとしていた。それどころか、自ら身を寄せていった。

結局、身をゆだねることにした。だからといって警戒を解いたわけではない。マーセルがどんな人物であるのかはきちんと理解していたし、肝に銘じていた。大丈夫、何も問題はない。

マーセルはヴァイオラの頭を自分の肩にもたせかけると、長い指で彼女の顎を持ちあげ、顔を寄せてキスをした。

ああ、なんという衝撃。キスなんていつ以来だろう。一六歳のときに恋した男の子とキスをしたのは、たった一度きりだった。唇をさっと押しつけただけの、ぎこちなくて後ろめたいキスだったが、天にものぼる気持ちはそれから何週間も続いた。結婚当初は、ベッドへやってきたハンフリーに何度かキスをされたこともある。しかし夫のキスはいつも体を交えるための合図のようなもので、強い思いや愛情めいたものはいっさい感じられず、欲望すらもないものだった。そもそも夫がヴァイオラに対して欲望を抱いたことなど一度もなかった。ヴァイオラと結婚したのは――重婚だったが――多額の借金のせいで首が回らなくなり、金が必要になったからだ。ヴァイオラの父親は大金と引き換えに、自分の娘を伯爵の跡継ぎと結婚させることで、称号と名声を手に入れた。

だから彼女は熟練したキスを受けたことがなかった。今の今まで。まず驚いたのはその軽さ、荒々しくない自然さだった。体を押さえつけたり、強く唇を押しあてたりするわけでもない。それどころか、無理やりヴァイオラの向きを変えて抱き寄せもしなかった。彼の唇はやわらかで温かく、ほんの少し開いており、求められてヴァイオラも唇を開いた。頬に温かな息を感じる。顎の下に置かれていた手が、彼女の頭の丸みを支えた。マーセルはじっくりと時間をかけた。焦るわけでも急ぐわけでもない。どうするかも、どうなるかも決まっていない。恐れもない。とうとうヴァイオラのほうから彼の腕の中で身をくねらせ、体を寄せた――膝も、お腹も、胸も。そして彼の肩に両手をかけた。

次なる驚きは、一瞬、いや、数秒経っても消えなかったのだが、ヴァイオラの唇に重ねられていた彼の唇が、彼女の顔へ、そして首へと移動したことだった。何か甘い言葉をささやかれているものの、ヴァイオラの心をはそれを理解するどころではなかった。それからマーセルはヴァイオラの唇にふたたびキスをし、またも焦《じ》らすように、からかうようにしながらさらに唇を開かせると舌で分け入り、そのままゆっくりと舌を口の中に差し入れて、敏感な上顎を舌先でそっと撫でた。

その瞬間、欲望に生々しく斬りつけられ、ヴァイオラは自分が今、危険なところまで来ていることに気づいた。自分がほとんど何も知らなかったことを悟った。彼女は二〇年以上、結婚生活――結婚しているつもりだった生活――を送ってきた。子どもも三人産んだ。孫にも恵まれた。しかし、実際にはほとんど何も知らなかったのだ。こんなふうに触れあったのは……二〇年で初めてだった。アビゲイルが女の子だとわかり、ハリーの予備《スペア》を望んでいたハンフリーの願いが叶わないとわかったとたん、夫は結婚生活を放棄し、ふたりは名ばかりの夫婦となった。だが、それは間違いだった。

彼女は欲望とはどんなものか知らなかった。

少しでも考えたことがあるとすれば、欲望とは猛々《たけだけ》しいものだと想像していた。男性側にのみあるものだと。女性側はそれにただ服従するのみなのだと。

けれども、これは猛々しいものなどではない。これは……

技術だ。

誘惑だ。

ヴァイオラは上半身だけをマーセルから離し、両手はまだ彼の肩にかけたままでいた。月明かりでマーセルの顔はかすかにしか見えない。彼の目は暗く、ほとんど閉じかけている。

「こんなのはよくないわ」ヴァイオラは言った。

「よくない？」マーセルが低い声で言った。「どうして？」

ヴァイオラは何か言おうと息を吸ったものの……理由はひとつも頭に浮かんでこなかった。

「とにかくだめよ」ほとんどささやくように言った。

「だったら、ここまでにしておこう」手練《てだ》れの遊び人はヴァイオラを放すと、手を取って指を絡め、川のほうに彼女をいざない、ゆっくりと岸を歩いて橋に向かった。橋の中ほどまで行くと、低い手すりのそばに立ち、下を流れる川の暗い水面を眺めた。祝祭のにぎやかさがになった。

先ほどよりもよく聞こえた。広場の反対側にあったランプの明かりも、またよく見えるよう

ヴァイオラは戸惑うと同時に……がっかりした。あれでおしまい？　一度だめだと言っただけで、こんなにすぐさま行儀よく引きさがってしまうの？　しかし驚くことではない。一四年前に消えてと言ったとき、彼はいっさい言い返さず、それきり戻ってこなかった。あのときもこんなふうに戸惑い、がっかりしたのを覚えている。

あるいはこれこそが、マーセルが百戦錬磨だと称されるゆえんなのかもしれない。彼は女たらしではあるが、決して無理強いはしない。そうすれば、騙されただとか、こちらの気持ちを無視して説き伏せられただとか、いやだと言っても聞き入れてもらえなかっただとか言って女性が彼を責めることはできない。少なくともヴァイオラは、マーセルがどんな女性に対しても同じ手法で口説き落とすのではないかと推測した。

けれどふたりは指を絡めたまま、手をきつく握りあっている。きっと今回は、彼に消えるように言っていないからだろう。言うべきだろうか？　言うべきなのかもしれない。だったら言ってみようか？　しかし、ふたりでのんびり歩いているだけだ。それのどこがいけないのか？　手を握っているだけなのに？　キスをしただけなのに？　キスを許しただけでしょう？　それで誰が傷つくというの？　子どもたち？　子どもたちには関係ない。

だったら、わたし？

ヴァイオラは落ちこんでいないときがなかったというくらい、ずっと落ちこんだ日々を過

ごしてきた。だからきっと、明日になったらまた今日のことを思いだして落ちこむのだろう。だからなんだというの？　少なくとも、歓《よろこ》びを感じたという思い出、欲望を知ったという思い出ができたじゃないの。幸せがどんなものかも知ることができた。幸せなんてほとんど感じたことのない人生だったのに……。

「きみがわたしに消えろと言ったとき」まるでヴァイオラの心を読んだかのように、彼が言った。「本当にそのとおりにすると思ったのか？」

「いたくもない場所にいる必要がどこにあるというの？」彼女は質問に質問で返した。「あなたは引く手あまただったでしょうしね」

「手厳しいな」マーセルが静かに言った。

「もう、くだらないことを言わないで」

「本当に消えてほしかったのか？」

「そうでなければ、どうして放っておいてなんて言うかしら？」ヴァイオラはまた質問で返した。

「おやおや。誰かさんはさっきから必ずと言っていいほど質問に質問で返してくるな。きみはあのとき本当にわたしに消えてほしかったのかい、ヴァイオラ？」

ヴァイオラは一瞬答えをためらった。「ええ。わたしは結婚していたんですもの、マーセル。結婚していると思っていただけだったとしてもね」

「それだけが理由かい？」

彼女はふたたび答えをためらった。「それに子どもたちもまだ幼かったし。名を汚すような真似はしたくなかったの」

「その名に守る価値はあったのか？　自分の本心を犠牲にしてでも？」

「みんながみんな、したいことができるわけではないわ」

「どうして？」

「あらあら」ヴァイオラは言った。「誰かさんはさっきからずっと質問攻めで、何を答えても納得がいかないみたいね」

「一本取《トゥ》られ《シ》た《ェ》な」

ふたりの人影──男性と女性が村のほうから近づいてきた。そのまわりでふたりの子どもが踊り、はしゃいでいる。親子は橋までやってきた。

「こんばんは、奥さま、旦那さま」男性のほうがていねいにお辞儀をしながら言った。「今日は楽しんでいただけましたか。おふたりに参加していただけて光栄でした」

女性のほうがぎこちなくお辞儀をすると、子どもたちがきょとんとした顔でスカートのそばに寄った。

「ええ、ありがとう」ヴァイオラが言った。「大変楽しませていただきましたわ。村のお祭りに参加させていただけるなんて、こちらこそ感謝しています」

男性が咳払《せきばら》いをした。「司祭さまの話では、旦那さまは教会の屋根の修繕のために多額の寄付をしてくだすったとか。ぶしつけでなければわたしからもお礼を申しあげたいのですが、かまいませんか？」

　それを聞いてヴァイオラがとっさにマーセルに顔を向けると、彼はそっけなくうなずいた。いったいいつの間に？　マーセルは男女と挨拶し、親子は去っていった。

「誰かさんは」彼が小声で言った。「黙っているということができないみたいだな」

　おそらく司祭のことを言っているのだろう。

「寛大にも寄付をするなんてやさしいのね」

「ヴァイオラ」マーセルは握っていた手を放し、腕を差しだして村のほうに戻りながら言った。「ことやさしさに関してだけは、誰にとがめられるいわれもない。夕暮れの涼しさが、いっきに夜の肌寒さに変わってきたな。広場でなにか威勢のいい、体が温まるようなダンスでもしようか？　それとももう宿屋に戻ろうか？」

「戻りましょう」名残惜しいけれど、ヴァイオラは言った。現実を忘れることができた一日はこれでおしまい？　明日はどうなるのか？　馬車は屋敷まで乗せて帰る準備ができているだろうか？　もう一日ここで立ち往生するはめになったらと思うと、ヴァイオラはぞっとした。しかし、屋敷に帰ると考えてもやはりぞっとした。そのことは明日になってから考えればいい。

　ふたりは押し黙ったまま歩いて宿屋に戻ったが、村の広場を迂回《うかい》する際に多くの人たちとすれ違い、何人かとはおやすみの挨拶をした――少なくともヴァイオラは。ふたりがダンスに出かけたあとで戻ってきた宿屋の主人は、酒場を開けていた。酒場はエールを飲む男たちで半分ほどが埋まっていた。きっと一緒にダンスを踊ろうと約束した相手から逃げだしてここに隠れている人たちなのだろう。しかし祭りの前と同じように、みな陽気であることに変わりはなかった。

彼はヴァイオラを階上までエスコートし、彼女の手から鍵を受け取るとドアを開け、彼女とともにドアのところに立った。

「ありがとう――」そう言いかけたヴァイオラの唇を、マーセルが人差し指でそっと押さえた。

「どうかしている、ヴァイオラ。美徳に品格に禁欲。きみのその非の打ちどころのない人生とやらには本当に価値があったのか？　きみはそれで幸せなのか？」

「幸せだけがすべてじゃないわ」

「ああ。だが、わたしならその質問に答えられる」

「だったらあなたは、放蕩三昧《ざんまい》のしたい放題だった人生に価値があると思うの？　それで幸せ？」

マーセルの顔から表情が消えて冷たくなり、一瞬、彼がこのままきびすを返して行ってしまうのではないかと思った。しかし、彼はそうしなかった。

「幸せだけが」マーセルが静かに言った。「すべてじゃないからな」

「一本取《ト》られ《ウ》た《シ》わ《ェ》ね」ヴァイオラはつぶやいた。それからはっきり聞こえるように言った。

「おやすみなさい、ミスター・ラマー」

「もっとすばらしい夜を過ごさないか？」そう言う声は、ヴェルヴェットのごとくなめらかだった。

ヴァイオラは刺すような胸のうずきを感じた。どこかで衝撃と怒りのようなものも覚えていたが、それは意識の奥深くにあり、真の衝撃と怒りというよりは、彼の言葉にどう反応したらいいのかを表しているようだった。おそらくは——絶対に——ノーと言うべきなのだろう。それなのに、ああ、誘惑に負けてしまいそうだった。人生で一度くらい、するべきことではなく、無鉄砲かどうかなんて気にしないでしたいことをしてみてもいいじゃない。いいえ、これで人生二度目だ。今日の午後にも夜にもしたいと思ったことをしたのだから。でも、これはまた違う。マーセルにとってはたいしたことではないのかもしれないが、ヴァイオラにとっては世界が一変するほど重要なことになるかもしれない。わざわざ危険な橋を渡るつもりはなかった。でも、彼にとってはたいしたことではないからといって、それの何がいけないのだろう？　何かを期待しているわけではないのに？　自分にとってもっと意味のあることになるかどうかを気にしているのだろうか？　だったら少なくとも、思い出はできる。少なくとも、知らなかった世界を知ることはできる。

ふたりのあいだに沈黙が流れた。

「答えに困っているみたいだな」マーセルが言った。「きみがこれまで歩んできた人生では、何もかもが予想したとおりに進んできたんだろうな、ヴァイオラ。重大な決断をくださなければならない局面に立たされたことなんてなかったんだろう？」

「わたしと結婚したときに夫が別の人と結婚していた事実を夫の死後に聞かされるなんてことは、まったく予期していなかったわ」ヴァイオラは言った。「それから前の奥さまとのあいだにひとり娘がいて、その子が全財産を相続することになっていたなんてこともね。重大な決断？　これがその重大な決断とやらなの？　楽しかった夜をさらに楽しい夜にするかどうかというのが？　それとわたしがこれまでにくだしてきた決断と、どちらがささいなことかしら？」

マーセルは口の端をあげて冷ややかな笑みを浮かべた。「これ以上きみを悩ませないほうがよさそうだな。きみが消えろというときは本気で消えてほしいときだから。今日は一時的な執行猶予にすぎなかったわけだ。美徳に関してはわたしには論じられない、ヴァイオラ。おやすみ、残りの人生を楽しんでくれ」身をかがめて彼女の唇にそっとキスをした。

「そうね」マーセルが顔をあげたところでヴァイオラは言った。その言葉は自分ではない誰かが言ったかのように耳に響いた。「そうね、今夜は楽しみましょう、マーセル」

彼の表情が固まった。一方のヴァイオラは、自分の言葉に心を固めていた。わたしの前に立っているのは、あのマーセルなのよ。無慈悲で危険なミスター・ラマー、イングランドで一、二を争う、どんな悪人にも負けない悪名高き放蕩者。突然、彼が暗く陰鬱な、耐えがたいほどの魅力を放つ、不気味なまでの見知らぬ人に見えた。

「酒場へ行ってしばらく頭を冷やしてくる」マーセルが言った。「戻ってきてこの部屋に鍵がかかっていたら、きみは今の言葉を後悔しているということで了解する。もし鍵がかかっていなかったら、今夜を必ずすばらしい夜にしてあげよう。その代わり、きみもぼくにすばらしい夜を過ごさせてくれ。持ちつ持たれつ、すべては平等だからな、ヴァイオラ。今夜は後悔させない。鍵を開けておいてくれたら」

そう言って背を向け、階段をおりて酒場へと消えていった。心変わりするための場所と時間を与えてくれて、しかもいやならきちんとドアに鍵をかけておくようにだなんて、なんておかしな誘惑だろう。それともこういったやり方こそが、どんな誘惑よりも効果的なのだろうか。まったく無理強いするところがない。これならあとで思い返してみても、手練れの放蕩者に騙されたなんて主張はできない。

すべてはヴァイオラにゆだねられた。

〝今夜を必ずすばらしい夜にしてあげよう〟

本当に？　どうやって？　ヴァイオラは基本的なこと以外に何を期待すればいいのかもわからなかった。それよりもっとすてきなことがあるのだろうか？

〝今夜は後悔させない〟

いや、そんなことは無理に決まっている。なぜ後悔するとわかりきっていることをしようとしているのだろう？

ヴァイオラは、廊下の壁に設置されている燭台《しょくだい》の大きな蠟燭《ろうそく》から、室内の鏡台の蠟燭に火を灯《とも》すと、部屋に入ってドアを後ろ手に閉めた。燭台を置き、炎が今にも消えそうに細くなってから、やがて安定して燃えだすのを立ったまま眺めていた。

〝今夜を必ずすばらしい夜にしてあげよう……今夜は後悔させない〟

彼が戻ってきたとき、鍵はかけずにおくべきなのだろうか？　どうしたらいいかわからない。しかし選択権——決定権はヴァイオラにゆだねられた。

5

マーセルが店に入って暖炉のそばの小さな席に着くと、盛りあがっていた酒場は水を打ったように静まり返った。しかしマーセルが村人たちの会話に入るつもりもなければ聞く気もないのだとはっきりわかると、この華やかな上流階級の男性を前にして男たちは自意識過剰から覚め、ふたたびにぎわいを取り戻した。マーセルはエールを飲みながら燃える石炭をじっと見ていた。

階上へ行ったとき、ヴァイオラの部屋のドアに鍵はかかっていないのではないかという気がなんとなくしていた。そして心の中でひそかに賭けをした。そうだ、そうに違いない。彼女は自分で決断をくだしたはずだ。気が変わったと言って鍵のかかったドアの向こうに隠れるのは、ヴァイオラの品格に反するはずだ。いや、しかしそうではないかもしれない。ヴァイオラは考えに考えて――彼女のことだからきっとあれから三二回は考えたに違いない――よく知りもしない男、よりによって放蕩者とよりによって三流の宿屋で結ばれるなど、そんな汚らわしい行為にはいっさいの興味なし、あんな男には鍵のかかったドアがお似合いだと結論づけるかもしれない。

どちらに転んだとしても、マーセルは気にしなかった。ドアに鍵がかかっていなければ、今夜は思いがけない運動をすることになる。鍵がかかっていれば、ぐっすり眠るまでだ……おそらく。ほかにこれといってすることもないし、部屋のベッドは見たところ清潔で、快適そうだ。明日になればどうにか手段を見つけて帰路につくことになるだろう。いつまでもこんな宿屋に足止めされたりしない。

どのみち、急ぐ必要はなかった。向こうへ着いたら、さして興味もないことに口出ししなければならない。本来なら二年前、爵位とレッドクリフ・コート、そこに付随するあらゆる負担を継承したあとすぐに、片付けてしかるべき問題だった。だが当時は、とにかくわずらわしくてしかたがなかった。双子を義姉夫婦に託したことで安心し、いつもどおり年に二度顔を見せる以外は、いっさいを屋敷の者たちに任せきりにしてきた。呑気《のんき》もいいところだ。最近では不満だらけでしだいに長くなっていく手紙を受け取る頻度も増え、いよいよ耐えがたいと思いはじめていたところだった。これ以上は我慢がならない。やめさせなくては。

マーセルのおばである侯爵未亡人は、自分の権威があの成りあがり者のミセス・モロー(マーセルの義姉)に奪われたとご立腹だ。彼女は――おそらくおば自身のことだろう――五〇年以上の長きにわたってレッドクリフを統治し、ひとつの間違いも犯さずに切り盛りしてきたつもりだった。それなのに気づけば彼女が――おそらくジェーン・モローのことだろう――エステルとバートランドの世話をしているのだから当然だと言わんばかりのわがもの顔で屋敷に現れたと手紙に書いてよこした。マーセルは、どの彼女が誰を指しているのか、いちいち書きこんで整理するのをやめた。解明するために読みつづけるのもあきらめた。ただ、このふたりのあいだに軋轢《あつれき》があることはたしかだ。ジェーンのほうもまた似た内容の、とてつもなく長く、とてつもなく怒りに満ちた手紙をよこして、自分はマーセルの跡継ぎの後見人という大変な役割を担っていること、家事に関しては長年培った経験があることを主張してくるのだった。手紙はさらに三枚続いていたものの、マーセルは途中で読むのを断念した。

それにもかかわらずジェーンは別の手紙で、夫とともにレッドクリフで暮らしているマーセルのいとこのイザベルが、侯爵未亡人は高齢で体力も落ちたため、娘の手厚い介護を必要としているなどと都合のいいことを言っては、自分には関係のない屋敷の切り盛りに口をはさんで困っていると言ってよこした。しかもマーセルの懐をあてにして、末娘のマーガレットの結婚式を盛大に執り行おうと計画しているそうで、結婚式後にふたりはどこに住むのかとジェーンが至極まっとうな質問をしても、はぐらかすばかりで誰ひとり答えないのだという。マーセルはそこで手紙を読むのをやめ、続きは直接会って聞く必要があると考えた。もっと遠く離れた場所に行きたい、それが無理ならいっそ北極にでも行ってしまいたい。南極でもいい。

執事は執事で、ミスター・モローとその息子が愚策によって屋敷運営の妨害をはかろうとしていると書いてよこした。この男もまたずいぶんと持ってまわった言い方をしたものだが、マーセルには執事の言わんとするところが充分に理解できた。さらには家政婦までもが、遅い時間に粗末な朝食を出すよう料理人に差配しているのは本当に旦那さまなのかなどと――さすがに名指しで不平不満を書き連ねるほど無礼な真似はしなかったが――手紙で訴えてきた。というのも、彼女もほかの使用人たちも朝はすることが多くて忙しいのに、一家とともに客間で三〇分、ことによってはそれ以上の時間、祈りを捧げるよう求められているのだという。

次から次に送られてくる手紙を阻止するには、マーセルが解決に乗りだすよりほかない。とはいえ、急いではいなかった。一日、二日、いや、三日くらいここにとどまることもやぶさかではない。少なくとも、帰路にあるあいだは手紙が届くことはないのだから。

新たに三人の客がやってきたことで、笑い声はますます大きくなり、あたりはいちだんとにぎやかになった。三人のうちのひとりが、ずっと踊りっぱなしで足にまめができちまってよ、治すにゃこれが一番だろうと言った。

「エールを頼む」彼は店の主人に向かって愉快そうに声を張りあげた。「ジョッキじゃなくて樽《たる》ごと持ってきてくれ」

ああ、それからあの、義姉夫婦に育てられた双子だ。その事実をアデリーンが知ったら墓の中でひっくり返るだろう。マーセルも、もし自分が墓の中にいたらひっくり返っていただろうから。ふたりに何かしてやらなければならないことはわかっていたが、何をすればいいのかは悪魔のみぞ知る。もはや意味のあることをしてやるには遅きに失しているのかもしれない。ふたりが父親に似なかったことだけが唯一の救いだ。あるいは母親に似なかったことも、とマーセルは罪悪感を覚えながらも考えた。夜更かしをして考えごとをしていると、心が自制を欠き、やけに感傷的になってしまうからいけない。とはいえ、まだ夜更かしというほどの時間ではない。ロンドンにいた頃なら、まだ宵の口といったところだ。ただ妙に遅い時間に感じる。

三〇分後、マーセルは部屋に戻って服を脱いだ。シルクのガウンを羽織って腰のところで紐を結び、廊下を渡ってヴァイオラ・キングズリーの部屋の前に立った。鍵はかかっていないだろうか？　それともかかっている？　なぜ彼女に時間を与え、自分がしようとしていることを今一度考えさせてしまったのだろう。こんな愚かなことをするなんて、自分らしくない。部屋を暖めようと火を焚《た》いておきながら、この寒いときに部屋の窓もドアもすべて開け放つような真似をなぜしたのだろう？

しかし、今さらほぞを噛《か》んでも遅い。だいいち、ヴァイオラはマーセルが普段どんな女性を好むのかまったく知らないではないか。マーセルはヴァイオラの貞淑さを疑ってはいなかったが、それは一四年前に自分と禁断の関係を持つことを断ったからではなく、なんというか……彼女に特別なものを感じたからだった。ヴァイオラはたしかに高潔な女性であり、本来ならそんな女性にマーセルが興味を惹かれることはまずない。それに年齢のこともある。ヴァイオラはマーセルよりも一、二歳下どころか、年上でさえある。とりわけ若い娘が好みではないにしても、マーセルがこれまで関係してきた女性のほとんどは三〇の声を聞いていなかった。

一四年前、自分はヴァイオラに恋をしていたのだろうか？　そんなことはあるはずがないし、まったく自分らしくない。ただ、自尊心が傷つけられたことはたしかだ。あんなふうに拒絶されたのは初めてだった。そのあたりのことはきっと今日――今夜――はっきりするだろう。あるいは無理強いすることなく、彼女を欲しいままにして満たされたいのかもしれない。ドアに鍵がかかっていなければ、それが三〇分ほどひとりで冷静になって導きだしたヴァイオラの答えだ。

はたして鍵は開いているだろうか？

マーセルは取っ手をできるだけゆっくりと静かに回した。もしヴァイオラが寝てしまっていたら、起こして警戒させたくなかった。いや、自分がみじめな思いをしたくなかっただけかもしれない。ゆっくりとドアを押す。鍵はかかっていなかった。そしてヴァイオラはベッドにいなかった。外は真っ暗であるにもかかわらず、彼女は窓のほうを向いて立っていた。雲が月と星の前を流れていく。背後の鏡台にある蠟燭には火が灯されていた。ヴァイオラが肩越しに振り返った。

彼女は昼間に着ていたドレスとほとんど変わらない、しかし胸元のシルエットがゆったりとした白いナイトガウンを身につけていた。首元は控えめに開いている。袖は短い。ピンを外してとかした蜂蜜色の髪は波打ち、肩から背中の半分ほどまで垂れている。

ドアに鍵がかかっていたときのことを考えて抑えていた欲望がいっきに押し寄せた。マーセルはドアを閉めて鍵をかけてからヴァイオラに近づき、彼女越しに手を伸ばして窓のカーテンを引いた。そして頭を少し低くしてヴァイオラにキスをした。

ヴァイオラも川岸を散策していたときと同じようにマーセルに一歩身を寄せ、彼の腰に両腕を回すと、さらに深くキスを続けた。先ほどと違うのは、ナイトガウンの下には彼女の腰からヒップにかけてのやわらかな曲線を覆い、胸を押しあげるコルセットがないことだ。マーセルもまた、薄いシルクのガウンの下には何もつけていなかった。マーセルはヴァイオラの抱擁とぬくもり、彼女のかすかな香りを味わった。腿、お腹、胸が押しつけられるのを感じながら、片方の手を彼女の髪に絡めて頭を支え、もう片方の手を彼女の背中に回して引き寄せた。唇でヴァイオラの唇を愛撫《あいぶ》する。舌で口の中を探り、快楽の場所を見つけた。ヴァイオラは彼の舌をやさしく吸った。

マーセルは急がなかった。己の解放のことではない。解放を急ぐことなどめったにない。ただ、後悔させない、すばらしい夜にすると約束したのだから、その言葉どおりの夜にするつもりだった。五分や一〇分や三〇分ではなく、ひと晩じゅう楽しませるつもりだった。ベッドをともにする夜をここまで楽しみに待ったことがどれほどあっただろう。おそらくヴァイオラは、これまで関係してきた女性たちほど経験豊富ではないはずだ。二〇年以上もの結婚生活を経験してきたというのに、不思議なものだ。リヴァーデイル以外にいい人がいたのかもしれないとも考えたが、そういうわけでもなさそうだった。となると疑問なのは、なぜマーセルなのかということだ。ただ奇妙なめぐり合わせによってそういう状況になったからか？　ヴァイオラがこれを、道徳的規範の枠から飛びだした現実逃避の時間だととらえているから？

良心が欠けていて心がないというマーセルの悪評を、彼女が耳にしていないはずがない。はっきり言ってヴァイオラに与えてやれるのは、この肉体とベッドの中での熟練の技だけだ。彼女は満たされるだろうか？　いや、満たされないのだとしたらそれは彼女の側に問題があるのであって、こちらの落ち度ではない。だいいち、ヴァイオラには別の選択をするのに充分な時間を与えたではないか。

マーセルは頭を引いて彼女の瞳を見つめた。欲望でうつろになった、蠟燭が落とした影の中にあってもなお青い瞳を。「本当にいいのか、ヴァイオラ？」いったい全体、どうしてこんなことを訊く？

「ええ」ヴァイオラが言った。

この夜、初めの一時間、ふたりは抱きしめあったときのささやき以外にはほとんど言葉を交わさなかった。どちらもベッドに入り、上掛けを足元まで押しさげた。蠟燭の炎が揺らめき、ヴァイオラのナイトガウンと彼のガウンは床に山になっている。

彼女は熱かった。気持ちがはやり、抑えきれなくなっていた。心を決めたら、あとは身を任せ、快楽を求めるばかりだった。マーセルははやるヴァイオラを落ち着かせ、手、指、口、舌、さらには歯で互いに与える快楽は、最後に達する愉悦と同じくらい官能的であることを教えた。それからヴァイオラの体が快楽を感じる場所を見つけ、マーセルが快楽を感じる場所に彼女をいざなった。

ようやくヴァイオラの上になると、彼女を仰向けにし、覆いかぶさりながら腿のあいだに分け入った。ヴァイオラは受け入れる準備ができており、マーセルの下腹部もこわばって熱を帯びていた。しかしマーセルは決して急がず、最後の瞬間までは奥深くに達することがないよう慎重に間合いをはかって身を沈め、彼女の下に手を差し入れて抱き起こし、ふたりで向かいあって速度を合わせた。

ふたりは解放と究極の愉悦、そして最高の瞬間を迎えたあとに必ず訪れるあの小さな忘我の境地までをいっきに駆け抜けた。

間違いなく最高の瞬間だった。

マーセルはヴァイオラの上にしばらく身を投げだし、自らの重みで彼女をマットレスに押さえつけたまま鼓動を落ち着け、正気に戻るのを待った。ヴァイオラは温かく、リラックスし、彼の下で汗ばんでいた。マーセルはヴァイオラの上からどいて上掛けを引きあげ、隣に横たわって彼女に腕枕をした。

リヴァーデイル伯爵夫人。ヴァイオラ・キングズリー。マーセルはいまだに信じられなかった。一四年待ったかいがあった。たとえヴァイオラが望んだとしても、あの頃は彼女をこんなふうに手に入れることはできなかっただろう。当時ヴァイオラは結婚していた——結婚していることになっていた——のだから。

彼女は眠っている。髪が乱れ、顔は上気し、唇がかすかに開いている。上掛けを引きあげ、今さらとも言うべき慎み深さを見せて胸を隠している。上掛けの下ではヴァイオラの一糸まとわぬ体が胸から足首までぴったりとマーセルに寄せられている。彼女は女性が美しくあることができるすべての部分において美しかった。一四年の歳月によってヴァイオラの官能的な魅力が奪われてしまうことはなかった。むしろ魅力は増していた。

ふたりがこうしているとはなんという運命の導きだろう。かたや借りた馬の蹄鉄がゆるんで手入れが必要になり、かたや貸し馬車の車軸が故障してしまうとは。マーセルはいまだに村の名前も、宿屋の名前も知らなかった。そして運命も偶然も信じてはいなかった。すべては起こったことを最大限に利用しただけ、ふたりで作りあげたことなのだ。夜はまだ終わっていない。おそらく真夜中にもなっていないだろう。

楽しみはこれからだ。

階下ではいまだお祭り騒ぎが続いている。

それにどのみち急いではいないのだから。

ヴァイオラは深くは眠っていなかったものの、疲れと満ち足りた気分とで、二、三分ほどうとうとしていたらしい。とても長い、初めての経験だった。そう、似た経験すらしたことがない。これと比べるなんて笑ってしまうくらいだ。

大きな過ちを犯したことにはまったく疑いの余地もない。人生に彩りが加わるのを許してしまったら、こんな……喜びを許してしまったら、忘れることができなくなってしまう。しばらくは欲しくならないだろうが、いずれまたきっと欲しくなる。人生の彩りや喜びなど、自分にはふさわしくないのに。一七歳のときにどちらを手に入れることもあきらめ、ヴァイオラはハンフリーと結婚した。自らの手で作りあげた世界も、人格も、そのあとはもはや変えられはしなかった。

明日になればヴァイオラの人生はまた単調で慎み深く清らかなものになり、翌日も、その翌日もずっとそんな日々が続いていくのだろう。この二年のあいだに起きたさまざまなことが心に鬱積していよいよ抱えきれなくなったとき、彼女はパニックを起こしてバースを飛びだし、二年間で起きたいっさいから逃れようとした。ひょっとしたら、それ以前に起きたことからも逃げだしたかったのかもしれない。あるいはもしかしたら人生そのものから、いや、自分自身から逃げだしたかったのかもしれない。そして何かが、運命と言ってもいいかもしれない何かが、すべてを解決に導いてくれた。今日の午後、ヴァイオラはいつもの現実から遠く離れ、有名な放蕩者と一緒に村の祭りに参加して、その一瞬一瞬を生き生きと楽しむことができた。さらに今夜はその先まで踏みこんで、村の空き地でワルツを踊り、川岸でキスを交わし、部屋のドアの鍵を開けておくことまでやってのけた。しかし今日起きたあらゆる出来事が運命によって定められていたとして、はたしてそのすべてがヴァイオラのためになることだったのだろうか。おそらくそうではないだろう。運命が仕組んだ荒療治だったのかもしれない。なぜなら、一生逃げつづけるなどできるわけがないのだから。結局のところ、情熱的で奔放な時間を過ごしたからといって、それだけで自分を変えるなんてできるはずもない。どこへ行くにしても自分を連れていかないわけにはいかない。ほんのいっとき、情熱的で奔放な時間を過ごしたからといって、それだけで自分を変えるなんてできるはずもない。

でも、そう、後ろめたさは感じていない。

今のところは。だいたい、なぜ悲しみや罪悪感を抱く必要があるのか？

また少しうとうとしたのだろう。羽根のように軽やかなマーセルの手が、胸の谷間から片方の胸を上下するように撫であげていることに気づいて目を覚ました。親指の腹で胸の頂をやさしく愛撫されるのは、ただ触れられるよりも効果的だった。欲望が突きあげ、子宮と喉が痛いほど熱を持った。

ヴァイオラはマーセルの腕の上で頭をめぐらせ、彼の顔を見た。普通の女性であれば、冷酷で人を見くだしたようなしかめっ面の、こめかみの白くなったマーセルと個人的なつきあいをすることは避けるだろう。しかし今、ヴァイオラの目に映っている彼は、現実逃避と歓びを教えてくれた、危険なところなど何ひとつない愛すべき人だ。ただ、未来はこれまで以上に暗いだろうという確信があった。

そして今夜の残りも。

そういえばいつの間にか宿屋の中は静まり返り、外からも音楽が聞こえなくなっている。思ったよりも長い時間まどろんでしまったに違いない。時間は過ぎ去っていく。今宵も過ぎ去っていく。

マーセルがキスをした。

キスも体に触れる手も信じがたいほどに軽やかで、けだるげに見えて意図的で、そのことにヴァイオラは改めて驚いた。手のひらで、指先で、唇で、舌で触れられるたび、動きのひとつひとつにきちんと意味があること、彼女がもう一度すっかり準備が整うように計算され、考えられたものであることがわかった。効き目はまもなく現れた。ヴァイオラは横向きになってマーセルに触れた。片方の手を明るい色の胸毛が散った彼の胸に這《は》わせ、もう片方の手に彼のかたく引きしまった筋肉を、さらにその中で脈打つ熱を感じた。男性の体に触れたのはこれが初めてだ……。

「ヴァイオラ」キスをしながらマーセルがささやき、彼女の手首を持って、ふたりの体のあいだのさらに下のほうへと導いた。初め、ヴァイオラはためらったが、そっと触れてからこわばりを手のひらで包みこんだ。長く、太く、かたい。もちろんわかってはいた。すでに一度体の中に感じているから。しかし手で触れてみるとまた違う感触だった。親指で先端を撫でると、マーセルはゆっくりと音をたてて息を吸いこみ、ヴァイオラの喉元に唇を這わせ、手を腿のあいだに差し入れて魔法のごとく動かした。

今度はヴァイオラを抱きあげ、腿に手をすべりこませるようにして膝の後ろをつかむと、腰にまたがらせた。ヴァイオラは彼の上でひざまずき、両の手のひらを彼の胸に広げて見おろした。鏡台の蠟燭はまだ燃えていた。細めた暗い色の目で見つめ返されて初めて、ヴァイオラは自分が何も身につけていないこと、それなのに恥じらいを感じていないことに気づいた。恥ずかしそうにするべきなのかもしれない。ヴァイオラはメイドにさえ自分の裸体を見られることを嫌った。実際、子どもの頃を最後に、服をまとっていないヴァイオラの姿を見た者は誰もいなかった。しかしもはや恥じらう年齢でもない。

マーセルは完璧な体をしていた。なんて不公平なのだろう。とはいえヴァイオラは自分の体が完璧ではないことを恥じてはいなかった。明日を過ぎればおそらく二度と会うことはない。マーセルはきっと今夜のことも、彼女のことすらも、じきに忘れてしまうに違いない。ヴァイオラは幻想を抱いたりはしなかった。でも、柄にもなく、わたしはきっといつまでも忘れないだろう。強要されたわけでもなく、自分の意思で決めたことなのだ、むしろ。

後悔していない。後悔などするはずがない。

「上だ」マーセルがやさしく言った。「上になってくれ、ヴァイオラ。上になって、果てまで連れていってほしい」

またしても計算された言葉が、計算されたタイミングで発せられた。ヴァイオラの中ですでに渦巻いていた欲望は、マーセルの言葉を聞いてより高まった。胸の先はかたくなり、彼を求めるあまり体の奥が痛いほどにこわばった。一度目のときには痛みがあったが、そんなのはたいしたことではなかった。女性がベッドで主導権を握るなど考えたこともなかったが、それももはやどうでもよかった。ヴァイオラはマーセルを感じることができるように身を沈め、円を描くように動きながら彼を秘所に導き、ゆっくり、一瞬一瞬を、ひとつひとつの感覚を味わいながら腰を落として自らを満たした。締めつけるとマーセルが息をのみ、ヴァイオラは恍惚《こうこつ》の表情を浮かべた。

「そそられるな」彼が小さな声で言った。

横になったマーセルを、ヴァイオラは乗りこなした。マーセルの上で目を閉じ、手で彼の胸を押さえ、そこに到達するために意識を集中させていると、やがて強烈なまでの快楽は強烈なまでの責め苦へと変わっていった。ヴァイオラは上になったまま円を描くように動きつづけた。もうだめ、どうにかなってしまいそうなのに、彼ったら花崗岩でできているの――。

そう思ったのもつかの間、マーセルに両手で腰を支えられてより深く腰を落とさせられると、これ以上は無理だと思うほどに彼が奥深くまで分け入ってきた。やがてヴァイオラはこらえきれなくなり――はじけた。日の光を受けたバラのつぼみがはじけるように開き、内側に秘められた輝かんばかりの美があらわになった光景が頭に鮮やかに浮かび、理性とともに吹き飛んだ。

マーセルはヴァイオラの下でリラックスしていた。胸は汗に濡れ、音をたてて息を弾ませている。けだるげな目で彼女を見あげた。「すばらしかったよ、レディ・リヴァーデイル」彼がささやいた。

危険な人ね、マーセル。しかしヴァイオラは声に出して言うことも、名前の間違いを正すこともしなかった。マーセルの上に身を横たえて肩に頭をのせると、彼は片足で上掛けを引きあげ、ふたりの体にかけた。ふたりはまだ抱きあったままだった。

なんて不思議なめぐり合わせだろう。まさか人生がこんなふうに転がるだなんて、考えてもみなかった。少しも。たしかに快楽とはどんなものだろうと想像してみたことはあるが、想像だけではどうにもならない。経験してみて初めてわかることもある。世の人はみんなこんなふうにして生きているのだろうか？　こんなに生き生きとした人生を送っているの？

マーセルも？　いや、彼にしてみれば今日のような夜はいつもとたいして変わらないのだろう。特別なわけではない。普段からこんな生活を送っているに違いない。

　そうだとしても、あまり深く考えたくなかった。何も知らなかったわけでもあるまいし。一生かかわることなどないと思っていた男性とかかわりを持った。今さらその事実を嘆いても、どうすることもできない。

　とはいえ、ヴァイオラは今日という日を忘れないだろう。忘れたくても、忘れられないだろう。


　ふたりは夜を徹して楽しんだ。互いの体力を試し、互いの挑戦に応えた。だが無情にも、明日は刻一刻と近づいてくる。事実、明日はすでに今日になっていた。知らぬ間に蠟燭は燃えつき、カーテンの向こうの窓も夜明けとともに白んでいて、室内を朝日が照らしはじめていた。

　宿屋とは名ばかりのひどい部屋だった。壁紙はほとんど消えてなくなってしまいそうなほど色あせ、天井もあちこちにひびが入っている。表面だけがひび割れているのであって、構造自体に亀裂が入っているのではないことをマーセルは切に願った。部屋はかすかに古びたにおいがした。そしてそれよりもかすかに体を交えたにおいがした。

　すばらしかった。実にすばらしい夜だった。最高と言ってもいいくらいだ。マーセルはほんの一瞬、まばたきする程度にしか眠れなかった。これほどの歓びを与えてくれた――生みだしてくれた——夜だ。無駄にしては罰があたる。ヴァイオラにあまり経験がないことには早々に気づいた。驚きはなかった。しかし彼女には慎みもなかった。かつて手ひどく拒絶され、悪意をぶつけられたあのときから、ずっとヴァイオラのことを氷の女王だと考えてきたマーセルにとっては、いささか驚きだった。もっとも彼女が常にまとっている冷たい品格は、実は感情の火薬庫を覆い隠すためのヴェールではないかと常々疑ってはいた。

そして、疑いは確信に変わった。

ヴァイオラは今、マーセルの横で背中を向け、丸くなって眠っている。マーセルもヴァイオラのほうを向いて体をぴたりとつけて丸まり、片方の腕を彼女の腰にかけた。彼女はマーセルよりも深く寝入っていた。

今日、ふたりは別々の道を行くことになる。次の春、彼はエステルを社交界デビューさせるために、おそらくは一緒にロンドンへ行くだろう。エステルがロンドンに行くことになれば、考えるのもおぞましいがジェーン・モローも正式な後見人兼お目付役《シャペロン》として同行するはずだ。そうなれば自分の行動にはよりいっそう用心しなければならない。いつもどおりの生活を続け、娘が良家に縁づく機会に水を差してはならない。

ヴァイオラは次の春にはロンドンにはいないだろう。ヴァイオラに落ち度はないとはいえ、社交界のメンバーの中には彼女を嫌う者もいて、リヴァーデイル伯爵夫人だったかつてのように、無条件で受け入れられることはもはやない。リヴァーデイルが亡くなってすぐにヴァイオラをロンドンで見かけることはなくなっていたし、彼女がロンドンに出る機会があったとしても噂が耳に入ってくることはなかった。彼女が戻ることはなさそうだ。

そうなると、ヴァイオラとの情事を続ける手立てはない。しかし、それならそれでいいのかもしれない。彼女が戯れに関する暗黙のルールを知っているかどうかは疑問だ。避けられない結末は厄介ごとを引き起こしかねない。それに正直なところ、マーセルはヴァイオラとの情事を、ほかの女性たちのものと同じように気軽にとらえられる気がしなかった。なぜなのかは自分でもよくわからなかったものの、少なくとも今この瞬間に思い悩むつもりはなかった。

ヴァイオラは深く息を吸いこんでから、低く満足そうなため息をついた。腰に置かれたマーセルの手に自分の手を重ねる。

「もう朝なの」少し間を空けて、彼女がささやいた。あまりうれしそうではなかった。

「朝日ほどうんざりするものはない」マーセルはうなずいた。

ヴァイオラは彼がよく見えるように仰向けになった。「どうやって帰るの？」

「ああ、この日をどんなに待ちわびたか、そうだろう？」マーセルは言った。「どうやって帰るかはまだ決めていないが、今後一生ここに閉じこもって暮らすはめになることはさすがにないんじゃないか。自分が選んだ気の合う相手とここで過ごせるのであれば、それはそれで楽しそうだけれど、残念ながら望みは薄そうだ。馬車の修理が終われば、きみは日が暮れる前には屋敷に戻れるんじゃないか」

「車輪がふたつ取れたりしなければね」

「帰れてうれしいかい？」

「ええ、もちろん」ヴァイオラは言いようもなく冷めた表情を見せた。

「帰りを待つ人がいるのか？」

「いないわ」ヴァイオラが答えた。「屋敷はひっそりと静まり返っているはずよ。家族はみんなバースに置いてきたの。息子以外はね。息子は最近連隊に復帰することになっていて、イベリア半島に戻ったの。ふたりの娘と、義理の息子と、孫はバースに置いてきたわ。それから実の母親と、弟夫婦もね。最近生まれたばかりの孫の洗礼式に来てくれたウェスコット家の人たちもみんな放ってきたわ。逃げださなければならなかったから」

逃げださなければならなかった？

「家族などもうたくさんだというのか？」マーセルは尋ねた。「その気持ちはわかる」

「改めてそう言われると、ひどく薄情な人みたいに聞こえるわね」ヴァイオラは言った。「子どもたちのことも、孫のことも、ほかのみんなのことも心から愛しているわ。特にウェスコット家の人たちなんて、わたしが結局は家族でもなんでもなかったとわかったあとも、ずっと変わらず支えてくれたし、親切にしてくれたの。でも……逃げるしかなかった」

「貸し馬車でか」マーセルは言った。「きみに自家用馬車を使うように勧めてくれる者はいなかったのか？　使用人はついてくると言わなかった？」だとしたら、ずいぶん無慈悲な家族だ。

「自分専用の馬車があったのよ」ヴァイオラは説明した。「だけど下の娘のアビゲイルのために置いてきたの。娘は一緒にヒンズフォード屋敷で暮らしているから。ほかにも自分の馬車を使うよう言ってくれた人はいたわ。使用人をつけると言ってくれた人も。断ったらその人たちの気持ちを傷つけてしまうとわかっていたけれど……断固として断った。とにかく逃げなければならなかったの」

マーセルには昨日の午後のことが少しずつ見えてきた。それから昨夜のことも。愛してくれる家族、心配してくれる家族がまわりにいたにもかかわらず、ヴァイオラは精神的にまいってしまったらしい。

マーセルにもその気持ちはわかった。つまり、精神的にまいってしまうということが。

「あなたは屋敷に帰れてうれしい？」ヴァイオラが訊いた。

「屋敷には……人が大勢いてね」マーセルは言った。「家族が待っている。みなが問題や不満が解決されるのを待っている。わたしがどうにかすると思っているんだ。家庭内の問題に駆りだされるのはまったくもって好かないが」

「逃げだして隠れてしまいたくなるなんて、よほどのことなのね」彼女は微笑んだ。

ああ、この笑顔。ヴァイオラには珍しい。

「ああ、そうだ」彼は認めた。

マーセルはヴァイオラにキスし、もう一度体を交えられるか、交えるべきかと考えた。これで何回目になる？　五回？　それとも六回か？

回数が重要か？　夜はもうほとんど終わったのだし、次の夜はない。少なくとも、ヴァイオラと過ごす夜は。その考えにはいささか憂いが含まれていたが、彼は元来物思いに沈む性質ではなかった。

ふたりはふたたびベッドをともにした。

6

ヴァイオラは食堂の席に着き、朝食をとっていた。馬車が旅を再開する準備は整っていた。夕暮れまでには屋敷に帰り着けるだろう、また事故が起こらなければの話だけれど。ふたつの卵のうちひとつはやわらかすぎて、ひとつはかたすぎた。トーストはぱさぱさで、コーヒーは苦すぎた。それともわたしだけ？　おかしいのは食事のほうではなく、わたしのほうなのだろうか？　かすかな吐き気があった。ただ、長旅に乗りだす前に、お腹に何か入れておかなければと思って食べているだけだった。

あるいは、わたしは大丈夫だと証明したくて食べているのかもしれない。ここ二、三日はさんざんだったけれど、思いがけず楽しい昼と夜を過ごせたし、ちゃんと自分を取り戻せたのだから大丈夫だと自分に言い聞かせるために。ここを発てば、もっと自分を納得させることができるだろう。その前にもう一度マーセルに会うかどうかはわからなかった。彼は一時間ほど前にヴァイオラの部屋を出ていったきりで、見送るつもりがあるのかないのか判然としなかった。だからヴァイオラも深追いはしないことにした。彼が階下に来るのかといつまでも気にするのはやめ、部屋のドアもノックはしない。準備ができたらここを出る、それだけだ。

ヴァイオラは顔をしかめてコーヒーカップを置いた。苦味を和らげようとミルクを足したら、今度は薄くなりすぎた。

〝逃げだして隠れてしまいたくなるなんて、よほどのことなのね〟最後に体を重ねる前にヴァイオラが口にした言葉だ。ヴァイオラはこの先もきっと隠れつづけるだろう、大人になってからずっとそうしてきたように、自らの内に深く閉じこもるだろう。ハンフリーが亡くなって、あの大問題が発覚してからというもの、彼女は奥深くに自分を閉じこめてきた――数日前にわけもなく感情があふれだしてしまったけれど。今日からふたたび自らの内に、これまでよりももっとずっと奥深くに気持ちを押しこめ、殻にこもらなくては。二度と誰にも見つからないくらい奥深くに。自分でも自分が見つけられなくなるくらいずっと深くに。

そう考えて、ふと泣きだしそうになり――あるいは笑いだしそうになったのかもしれないが――上唇をそっと噛んだ。一瞬、またパニックに襲われるのかと思った。しかしすんでのところで食堂のドアが開き、ヴァイオラは救われた。

「おはよう」マーセルは堅苦しい調子で上品に言った。「それとももう朝の挨拶はしたんだったかな？」

「おはよう」ヴァイオラも言った。

宿屋の主人がマーセルの後ろから急ぎ足でやってきて、ヴァイオラのテーブルから少し離れた席を指した。

「ミスター・ラマー」ヴァイオラは言った。「よろしければ、一緒にいかが?」

「それはどうも」マーセルが返した。「喜んで」

主人がトーストとコーヒーを運んできた。

「これだけで結構」主人が卵とビーフステーキといんげん豆を勧めようとしたところ、マーセルはきっぱりと断った。

主人がふたたびそばを離れるまで、ふたりは天候について話をした。マーセルが階下に来てくれたことを喜んでいるのか、それとも出発してしまうまで部屋にいてほしかったのか、ヴァイオラは自分でもよくわからなかった。ほとんど食べていないのに、胃が締めつけられた。

ヴァイオラは別れが苦手だった。それが永遠の別れになるかもしれないと思うと余計に。

「さて、ヴァイオラ」マーセルが椅子の背に寄りかかり、もはや彼女にもおなじみとなった、片方の手の指で片眼鏡をいじる癖を見せながら言った。彼はトーストにバターを塗ろうとさえしなかった。

「さて」ヴァイオラはどうにか笑顔を作った。言いたいことは山ほどあったが、言うべきことは何ひとつ見つからなかった。こうした状況はマーセルにとっては珍しくもなんともないのだと自分に言い聞かせた。

「さて」マーセルがもう一度静かに言った。「ふたりで逃げようか?」

ヴァイオラはあまりに突拍子もない言葉に衝撃を受けつつ、同時に切望の波が全身に打ち寄せるのを感じた。ああ、もし……。

もし人生がそれほど単純だったら。

「どうやって？」ヴァイオラはなんでもないふりをして訊いた。

「きみのあの醜悪きわまりない貸し馬車で行けるところまで行って、そこでもっと旅にふさわしい馬車に乗り換える。それから家に帰る決心がつくまで、どこでもいいから行きたいと思ったところに行くんだ。一週間でも、一カ月でも、一年でもいい。逃げたい衝動がおさまるまでずっと。もっとも、おさまることがあるならの話だが」

「でも、大きくなる前にもう一度孫の顔が見たいわ」

「それなら、一四年経ったら戻ればいい。わたしに消えろというのなら、ずっと一緒に過ごす必要もない」

「それで、どこへ行くつもり？」ヴァイオラは訊いた。「どこでもいいから行きたいと思ったところだなんて、そんな曖昧な言い方はないわ」

「だが、そそられるだろう。正直なところ」マーセルは言った。「どこへ行くにも制限はないんだ。スコットランド？　だったら高地地方《ハイランド》だな、間違いなく。それともウェールズ？　そうしたらスノードン山か、ハーレフ城に行くのもいい。それともアイルランド？　アメリカ？　デヴォンシャー？　デヴォンシャーにはわたしのコテージがある。渓谷の上の丘の中腹にあって、海からもさほど遠くない。逃避行にはもってこいの場所だ。近くに人も住んでいない。手始めにそこへ行ってみて、物足りないと思ったらもっと遠くに移ればいい。逃亡の国では目的地に着くことなど永遠にないのだから」

「子ども向けの本の題名としては最高ね」ヴァイオラは言った。「『逃亡の国』なんて。その本で人生における価値ある教訓を学べるかどうかはわからないけれど」

「どうしてだ？」マーセルが訊いた。「人は、特に子どもなら誰でもたまには……あるいは年じゅうという子もいるかもしれないが、日常から逃げたくなることがあるんじゃないか？それが想像のうえだけだとしても。そうでなければなぜ人は本を読むんだ？　なぜ音楽を聴いたり、旅をしたりする？」

「あるいはダンスをしたりね」ヴァイオラは言った。マーセルはいまだトーストに手をつけていなかった。コーヒーにさえも。「あなたは本を読むの？」

「逃げるほうが得意だ」

「逃げるのは本を通してでもできる」ヴァイオラは言った。「あなたがそう言ったんじゃない」

「ああ、だが、読書はたやすく邪魔されるだろう」マーセルは言った。「音楽もそう。旅もそうじゃないか。旅の予定を念のために親戚や友人に知らせておいて、こちらが計画どおりに旅をしていると、やっぱり一緒に行きたいだとか、くだらない理由で帰ってこいだとか言って遠慮なしに邪魔してくる」

「つまり、お互いの家族にはわたしたちの計画は知らせないということ？　不安を和らげるものが何もないと、みんな心配するんじゃない？」

「だから逃げると言ったんだ。わたしの家族はデヴォンシャーのコテージのことなど思いつきもしないだろうし、思いつくことがあったとしても可能性としてはかなり低いだろう。そしてきみの家族はもちろん、コテージのこともわたしのことも知らない」

マーセルに見つめられ、ヴァイオラはふたたび切望の波が全身に押し寄せるのを感じた。

「とても魅力的に聞こえるわ」彼女はため息まじりに言った。

「でも……？」マーセルが眉をあげた。

「ええ、でも」ヴァイオラは言った。「もう行かないと。帰る時間よ」

「臆病風に吹かれたのか、ヴァイオラ？」

ああ、なんて愚かなのだろう。自分が今相手にしているのは、自分勝手で向こう見ずで、慣習など無視する男性だとわかっていたはずなのに。そこで初めてヴァイオラは、ひょっとしてマーセルは本当にそのつもりなのではないかと考えはじめた。本気でヴァイオラに一緒に逃げよう、人里離れた海のそばのコテージに行こうと言っているのではないかと。家族には何も告げずに。先の計画も立てずに。細かいことは何も考えずに。彼はこれまでのヴァイオラの人生において最も無責任なふるまいをしようと本気で提案していた。

「本気なのね」ヴァイオラは言った。

「きみを臆病だと言ったことか？　きみは自分をどういう人だと思っている、ヴァイオラ？　貞潔で従順な女性？　しかし貞潔だからといってなんになる？　そもそも貞潔とは誰の基準で決まるものだ？　従順というのは誰の何に対してだ？　見るからに大きな悩みを抱えたきみを、バースからひとりきりで帰してしまった家族に対して？」

「別に大きな悩みなんか抱えていないわ」ヴァイオラは抗議の声をあげた。ああ、表には出さないように気をつけていたのに……。けれどもマーセルには逃げださなければならなかったと話してあったし、家族が馬車を貸すと言ってくれたことも、使用人をつけると言ってくれたことも、それを断固として拒否したことも話してあった。知り合いでもない人にここまで多くを打ち明けたのは、ヴァイオラには珍しいことだった。

「きっと家族にはわからなかったんだろう」マーセルが言った。「きみがそんなに頑固でどうしようもなく手に負えない人だとは思いも寄らなかったんだろう。大きな悩みを抱えているとは思ってもみなかったんだろうな。きみは自分の殻にこもるのがお得意のようだから」

ヴァイオラは体の中が締めつけられ、寒けを感じた。どうして？　いったいなぜ？　「ほかにどうしろというの？」厳しい口調で言った。「ほかにどんな生き方があったっていうの？もっと感情をさらけだして、ヒステリックになって、まわりの人に重荷を背負わせて鬱屈とさせてやればよかったって、そう言うの？」

「女性というのは得てして、今まさにきみが言ったような行動に出ることで、まわりに助けを求めたり、少なくとも気を引いたりするものだ。だが、きみは違う。そうする代わりに唇を引き結び、背筋を伸ばすことを選んできた。それがきみという人なんだ、ヴァイオラ。それはそれで立派だ。しかしどんなに強い人にも我慢の限界はある。きみはその我慢の限界に達してしまったんだ、きっと」

わたしのことをよく知りもしないくせに、どうしてここまで理解しているのだろう？「そしてそれを解決するにはすべての責任を放りだして、誰にも何も言わずにあなたと逃げればいい。そういうこと？」ヴァイオラは尋ねた。「昨日の昼間や夜のような楽しい時間をもっと過ごすことが大事だ、そう言いたいの？」

マーセルは意味ありげな表情で首をかすかに傾けると、目を細くした。「早い話が、そういうことだ。これほど楽しい時間を過ごしてきて、それが終わってほしいとも終わりにしなければならないとも思っていないのに、終わりにする必要がどこにある？　どうして自然にそのときが来るまで楽しみを引き延ばしてはならない？　どうせそのうち終わりは来る。どんな情熱もいつかは冷める。だったらそれが続くあいだは楽しみつくせばいいし、終わりが来たときに友好的に別れれば痛みも後悔も残らない。つまるところ、きみが負い目を感じているのはほかの誰でもない、自分自身に対してだ。きみがほかの誰かを心から愛していようと、相手もきみのことを同じくらい愛していようと」

そう、ヴァイオラは今、自分の身に起きていることがなんなのかわかっていた。マーセルの言葉は、昨夜の行為よりもずっと危険だった。彼との交わりは体と心に快感を与えてくれた。しかし彼の言葉は、彼女の理性を揺さぶった。少なくとも表面的にはとても説得力があった。これは純然たる誘惑だ。

最後に自分のために何かをしたのはいつだろう？　自分が楽しいと思うことをするのは究極の自己中心的行為であると幼い頃から教えられてきたし、これまでの経験からも学んできた。女性としてのヴァイオラの人生にはいつも、義務と品格というふたつの指針があった。家族に対する義務と、社会に対する品格。その結果どうなった？　家族は充分に愛してくれた？　家族はわたしを必要としてくれた？　アビゲイルは？　ハリーは？　ふたりのためなら死ぬことさえいとわない。喜んでそうするはずだ。それでふたりの傷が癒え、幸せな人生が保証されるなら。しかし、そうするわけにはいかなかった。ヴァイオラが死んだからといって、ふたりの暮らしが楽になるわけではない。それどころか、ふたりは彼女の助けなしで人生を切り開いていかなければならなくなる。

ヴァイオラのために死んでくれる人はいるだろうか？　ヴァイオラのためなら自分の喜びなど捨ててもいいと言ってくれる人はいるだろうか？　きっと子どもたちならそうしてくれるだろう。母もすべてをなげうってくれるかもしれない。弟も。でも、それでなんになるというのだろう？　誰かが自分のために犠牲になってくれることを望んでいるのだろうか？　自分が誰かから大事にされたいと思っているなんて、考えたこともなかった。これまで一度も。

だったら、自分で自分を大事にすることの何がいけないというのだろう。一度きりしかない大切な人生を自分らしく生きることが、いつの間にかわがままなことから必要なことに変わっていた。

マーセル・ラマーとしばらく逃避行に出たからといって、誰が迷惑する？　それとも、わたしはマーセルが培ってきた手管にまんまとのせられてしまっただけなのだろうか？　彼の操り人形みたいに踊ったことも？　すべてを正当化したことも？

「そうね」ヴァイオラは自身の問いに対して答えたつもりだったが、はっきりと声に出した言葉には決意がにじんでいた。「それがいいわ。逃げましょう」


ドーチェスター侯爵マーセル・ラマー――宿帳に記名する際には爵位は省略した――は、貸し馬車の車軸を点検した。新しくなった車軸は見たところ問題なさそうだ。すでに客車につながれている馬に近づいてよく見てみる。実際に脚をあげて蹄鉄の具合を確認する以前の問題として、馬は貧相ではあったが、数キロの与えられた任務をこなすくらいなら支障なさそうだった。馬車の古ぼけた外装は見なかったことにして、手近なドアを開けた。しみだらけでみすぼらしい、端がぼろぼろにすりきれた座席が目に飛びこんできて、マーセルは思わず息をのんだ。かびくささが鼻を突く。

「さっさと出てきて乗ってくれないもんかね」マーセルの背後から、どうにかこうにか感情を抑えている声が聞こえた。おそらくこの男が御者なのだろう。汚れたリネンのシャツの上にサイズの合っていないしみだらけの上着を羽織り、脂っぽい頭に脂じみた帽子をのせている。

マーセルは振り返り、男の脂ぎった頭から、すり減って泥のこびりついたブーツ、そしてまた頭へと視線を移した。「ほう？」

御者がその場で凍りついた。目に恐怖の色を浮かべ、帽子を取って胸の前で両手で握りしめる姿を見て、マーセルは満足した。「お願いします、閣下」御者が言った。「レディを送り届けたら、バースに引き返さなきゃならないんです、明日も仕事があるもんですから。生活がかかってるんです、閣下」

「レディは準備が整えば出てくる」マーセルは御者に言った。「それまでは待つんだ、五分だろうと五時間だろうとな。レディが来たら、われわれを一番近くの町まで乗せてほしい。ここから一三キロほどだと聞いている。そこで別の馬車に乗り換える。前払い分の残りを返すよう求めるつもりはないし、欠陥車両でバースを発った落ち度の結果としてこうむった、被害の補償をしろと言うことも控えよう。今この瞬間から職業人としての礼儀をわきまえるのであれば、バースへ馬を走らせる前に多少の特別手当を出してもいい。わたしの言いたいことははっきり伝わったと思うが」

御者は何度もうなずきながら脂ぎった前髪をしきりに引っ張り、言葉も出ない様子だった。

「交渉成立だな」マーセルはそうつぶやくと宿屋へ戻り、貸し馬車に彼の荷物を運びこむよう、そして誰か階上に人を遣ってミス・キングズリーの荷物をおろすよう指示を出した。そして鼻はもちろんだが、背骨やそのほかの骨が一三キロ先までもつことを祈った。賭けてもいいが、あの馬車には板ばねなどというものは装備されていないだろう。きちんとばねが装備された乗り物でないと、イングランドの道を走行するのは過酷をきわめる。

ヴァイオラは行くと言ってくれた。馬車を乗り換えるときにやはり同じように言ってくれるかははなはだ疑問ではあるが、そのときが来たらリスクを承知で彼女に判断をゆだねるつもりだ。自らの欲望のために女性の髪を引っ張ってまで同行させるのは彼の流儀に反する。しかしそうすればヴァイオラは清潔かつ快適な馬車で、申し分ない庇護《ひご》者と礼儀をわきまえた御者とともに旅を終えられる。もしひとりで屋敷に戻るというのなら、そのときはメイドをひとりつけてやるつもりだった。ヴァイオラの家族は誰もそのあたりの気遣いができなかったらしいが、マーセルは違う。

ヴァイオラが同意してくれたとき、マーセルは驚くとともに安堵《あんど》した。一夜をともにした女性とさらに関係を深めようとしたことは、もう長いあいだなかった。ましてやふたりの時間を楽しむための逃避行に出たことなど一度もない。デヴォンシャーのコテージに女性を連れていったこともなかった。そもそもマーセル自身、コテージで長い時間を過ごしたこともなかった。コテージは子どもがいなかった大おばが所有していたもので、マーセルは三歳の頃、命じられたわけでもないのにその大おばの膝にのったことがあったらしい。そのことがあってから、大おばはマーセルをいたくかわいがり、亡くなるときにすべてをマーセルに遺《のこ》した。とはいえコテージは場所も遠く、正直なところ遺してもらったところでありがた迷惑だった。生来の無精者でなければ、とうの昔に間違いなく売却していただろう。しかし今、マーセルはそうしなかった自分に感謝していた。おかげでこの先一週間、いや、二週間は彼を楽しませてくれそうな女性とともに、コテージに逃げようと思いつくことができた。もちろん、ヴァイオラに惹きつけられるのと同じくらい、マーセルのほうも彼女を惹きつけるつもりだ。

三〇分もしないうちに、ふたりは出発した。恐ろしいまでにかたい座席に横並びになり、すりきれた吊《つ》り紐にヴァイオラがどうにかつかまることができるよう、できる限りあいだを取って座る。

「御者はわたしたちをデヴォンシャーまで連れていってくれるの？」ヴァイオラが訊いた。

「まさか。そんなことになろうものなら、永遠に体の震えが止まらなくなってしまう」マーセルは言った。「バースからこんなものに乗ってきたなんて、きみはよほど頑丈にできているみたいだな、ヴァイオラ。とにかく早いところ、これよりも乗り心地のいい馬車を見つけよう。その吊り紐はあまり信用しないほうがいい、ほら、切れでもしたら座席からはじき飛ばされてわたしにぶつかるかもしれないから」

「なんだかとても……妙な感じね」ヴァイオラが取り繕うように言った。

たしかに。マーセルにとっても妙なことではあった。

ヴァイオラは吊り紐を放さなかった。体の緊張をゆるめもしなかった。会話を続けもしなかった。いずれにしても、あと一時間もすれば、ふたりは別々の道を行くことになるかもしれない。彼女は彼女の馬車で家路につき、彼は彼の馬車で家路につく。

ただ夜、ヴァイオラは部屋のドアの鍵を開けておいてくれた。

ふたりはにぎやかな田舎町の、見たところ評判のよさそうな馬宿に到着した。ヴァイオラを伴って宿の休憩室に入ると、宿の主人が笑みをたたえてお辞儀をし、しみひとつない制服を着た給仕の娘も同じく笑みを浮かべながら軽くお辞儀をし、バースの御者は特段何をしたわけでもないのに特別手当をもらって帰っていった。その後、マーセルはコーヒーを飲むヴァイオラの席に加わった。彼女はどこか顔色が悪く、表情は険しかった。

「ここなら馬車も借りられそうだ」マーセルは言った。「凝ったものではないがきれいだし、見たところなかなか使えそうだ。板ばねも装備されているみたいだし。馬の質も問題ないから、ひとつ、ふたつ先の宿場まで行けそうだ。街に出ればここよりもいいところがもっとあると思う。きみはどうしたい、ヴァイオラ。貸し馬車を二台借りて、きみだけ屋敷まで帰そうか？　それとも一台手配して、ふたりでデヴォンシャーまで行くか？」

ヴァイオラはコーヒーカップを置く自分の動作を眺めていた。「午前中、朝食をとったあと、ずっと考えていたの。どうやってあなたに気が変わったことを伝えようかと」

「なるほど」マーセルは椅子に背中を預けた。

ヴァイオラは視線をあげ、彼を見据えた。「こんなことをするなんてわたしらしくない。欲しいものをつかもうとするなんて」

「だったら、われわれは気が合わないというわけか」マーセルは言った。「欲しいものを手に入れないのはわたしの性分ではない。きみはこの先、どうありたいんだ、ヴァイオラ？　どんな人生を望んでいる？」

「穏やかで人に恥じることのない人生よ。ヒンズフォードには友人もいるし、近所づきあいもある。娘もいるし、義理の息子もいるし、孫もいる。もっと増えるかもしれないわ。アビゲイルはそのうち結婚するだろうし、ハリーも……」

「きみには息子がいるのか？」突然言いよどんだヴァイオラに、マーセルが先を促した。

「ハリーも戦地から生きて戻ってこられるかもしれない。もしかしたら屋敷に戻って、結婚するかもしれない……いいえ、もしかしたらなんて言ってはだめね。息子はきっと屋敷に戻ってくる」

「それで、きみはもう結婚しないのか？」

「まあ、そんな。するわけがないわ」ヴァイオラは言った。「もうというのが引っかかるわね。結婚するとすれば、次が正式な結婚になるわけだから。でも、そんなことは考えてもみなかった。だいいち、誰がわたしなんかと結婚するというの？」

ということは、彼女は恥じることのない人生という名のもとに、ひとり寂しく余生を送るのか？　いや、ひょっとしたらこれまでもずっとそうだったのかもしれない。孤独で侘しい人生を送ってきたのかもしれない。女性というのは往々にして耐え忍ぶ運命にあるようだ。耐え忍ぶだけの人生。女性に生まれなくてよかったと、マーセルはつくづく感じた。

ふたりのあいだに流れる沈黙を、マーセルは破らなかった。一方のヴァイオラは両手でコーヒーカップを持ちあげたが、口をつけることはしなかった。

「わたしも」彼女はそれだけ言って、言葉に詰まった。「わたしも」一分ほどして、ふたたび口を開いた。「あなたみたいに自分本位に生きられたらと思う」顔をあげ、頬を赤らめた。

「ごめんなさい。つい口に出してしまったわ」

マーセルはただ黙っていた。ヴァイオラはふたたびコーヒーカップに視線を落とした。

「屋敷に戻るわ」彼女はコーヒーカップをソーサーに置き、再度視線をあげてマーセルを見据えた。「このまま永遠に逃げつづけるなんてごめんだもの。そもそも、永遠なんてないでしょう？　わたしたちもきっと、しばらくすればお互いに飽きる。あなたがそう言ったんじゃない」

　とこしえの愛だとか、いつまでも幸せに暮らしましたというのを信じている女性もいるが、そんなのはすべてまやかしだ。マーセルも遠い昔は信じていた。その結果がこれだ。関係を持とうとする女性には常々、永遠などというものはない、この関係が長く続くこともないとはっきり告げてきた。冷酷なのではない。永遠を誓っておきながら、二、三週間程度しか関係を続けられないほうがよほど冷酷だ。

「終わりが来るまでは、それでもいいんじゃないか」マーセルは言った。

「昨日の午後や、ゆうべみたいに？」

「毎日宝石を買ってやるとまでは約束できないが。そんなことをしていたら破産してしまう」

「真珠もだめなの？」そう言ってヴァイオラは……微笑んだ。

　きっとこの微笑みに恋していたのだと、マーセルは考えた。一四年前、この微笑みに心を射抜かれた。不思議なものだ。昨日はヴァイオラの笑ったところを思いださなかったのに。しかし、彼女も笑顔を見せたことがあったはずだ。彼女の笑顔に恋をしたことがあるのだから。ヴァイオラに恋をした。彼女に会ってその言葉が心に浮かんだということは、マーセルの中にまだかつての自分の面影が残っているのかもしれない。

「二日にひと粒くらいなら、なんとかなるだろう」マーセルは言った。

「ネックレスとイヤリングに合うブレスレットが欲しいわ」ヴァイオラが言った。「どれくらい真珠が必要かしら？　一二粒くらい？　だとしたら、二四日かかるわ。その頃にはお互いに飽きてしまっているかしらね？」

「もし飽きていなかったら」マーセルは言った。「そのときは真珠の指輪もつけよう。それから、きみが昨日気に入らないと言っていたアンクレットも」

ヴァイオラはしばらく目を閉じてから言った。「一台でいいわ。馬車は一台借りましょう」

「ここよりもっといい馬宿を見つけてこよう」マーセルは立ちあがった。

「待っているわ」彼女は誓った。

マーセルが行って一時間になる。一時間もあれば気も変わる。しかしヴァイオラの気持ちは変わらなかった。その代わり、彼女はその時間を簡単な手紙を書くことに費やした。一通はバースにいるカミールとアビゲイルに、もう一通はヒンズフォード屋敷の家政婦ミセス・サリヴァンに。結局、誰にもひと言も告げないまま消えてしまうことに、ヴァイオラの良心はうまく折りあいをつけられなかった。ふたりの娘にはしばらく、一週間か二週間程度どこかひとりきりになれる場所に行くので心配しないようにと書いた。戻ったらまたすぐに連絡をする、とも。それからミセス・サリヴァンには、ヒンズフォード屋敷に戻るのはいつになるかわからない、帰る前にまた連絡すると伝えた。そして、昨日帰らなかったために迷惑をかけてしまったことを詫《わ》びた。

ヴァイオラは給仕をしてくれたメイドに手紙を託し、郵送にかかる費用と、手間賃を渡した。メイドはそれをエプロンのポケットにしまい、心のこもった笑みを浮かべて、すぐに発送用の郵便物の袋に入れておくと約束してくれた。

あとは逃避行に出るのみだ。誰にも見つからない場所に消えればいい。自分のことだけをすればいい。ヴァイオラはもう自分がわがままで身勝手かどうかなど考えないことにした。自分がしようとしていることと、昨夜したことが倫理的にどうかと考えるのもやめた。これまでに誰かを、おそらく自分以外は傷つけたことはないし、しばらく行方をくらましたからといって、それで誰かが傷つくことはない。傷つくのは自分かもしれないことも、この先に待ち受けているのが何かも、考えるつもりはなかった。いつかそのときが来たら考えればいい。こんなにもまっとうで正直に生きてきたのに、それでも結局は傷つけられたのだから。ヴァイオラは幻想を抱いたりもしていなかった。情事にはいつか終わりが来るものだ。待ち受ける結末が不幸だったとしても、それは今に始まった話ではない。

マーセルが、洗練されていて新しくて光り輝いている、黒地に黄色の装飾が施された旅行用馬車で戻ってきた。馬はどれもかなり上等で、この馬宿はおろかどこの馬宿でも手配できそうにないものだった。さらにはきれいに髭を剃《そ》り、髪もきちんと撫でつけてあって、着こなしも上品で穏やかで礼儀正しい、恰幅《かっぷく》のいい御者まで連れていた。

「貸し馬車じゃないわね」宿から出ていったヴァイオラは言った。「買ったんでしょう」

マーセルはあのいかにも傲慢な様子で眉をあげてみせ、それから手を差しだしてヴァイオラが馬車に乗るのを手伝った。見たところ、荷物はすでに馬車の後部に荷紐でくくりつけてある様子だ。これほどの大金を手にしているのはどんな気分なのだろう？　けれどもヴァイオラも、かつてはそれがどんなものであるのか知っていた。遠い昔のことのようだ。マーセルは昨日、弟を自分の馬車で送りだし、ひとり残った。ヴァイオラとその日の残りの時間を過ごすために。そして次の日には新しい馬車を買い、いともたやすく窮地を脱してみせた。

「御者も一緒に来るの？」続けて馬車に乗りこんで隣に腰かけたマーセルに、ヴァイオラは訊いた。「彼も雇ったの？」

「そのほうがいいと思ってね」マーセルが言った。「行きだけ雇ったのでは、彼がここまで戻ってくるための駅馬車代を出さないわけにはいかないし、そうなるとわたしの懐が痛む。それに、向こうでも馬車が必要になったらどうする？　ウェールズやスコットランドまで逃げたくなったら？　わたしが手綱を握ることになっても、きみは一緒に来てくれるか？　一緒に来てくれないと、わたしは寂しさのあまり死んでしまうかもしれない」

「なるほど。愚かなことを訊いたわ」ヴァイオラは言った。たしかに御者の駅馬車代は、マーセルの懐に響くのかもしれない。だがそれなら、いつまでになるかもわからず御者を雇って給金を払いつづけることは気にならないのだろうか？

御者が昇降台を外してドアを閉めた。明らかに上等なばねが装備されているのだろう、馬車はほどなくなめらかに動きだした。馬車の中は真新しく、心地よい香りが満ちていた。木と革と布の香りだ。乗り心地のよさをすぐに実感した。

マーセルはヴァイオラの手を取り、指を絡めた。昨夜、宿に戻る前にしたのと同じように。それから頭を低くしてキスをした。「さっきの馬車に比べると、顔の横にある吊り紐はずいぶん信用できそうだな。もっとも、使う必要はないと思ってほしい。わたしはゆうべと同じ男だ。そして今夜も変わらない」

明らかにヴァイオラを誘惑しようとする言葉だ。もちろんヴァイオラの体はすぐさま反応した。体がマーセルを欲して熱を帯び、彼にもそれが伝わっているようだった。マーセルはヴァイオラに顔を向けたまま、あの暗く物憂げな目で彼女を穴が開くほど見つめている。しかしもはやマーセルの誘惑にあらがう必要はなかった。降伏したのだから。そもそもこれは誘惑などではない。誘惑というのは何が起ころうとしているのかわかっていないか、もしくはわかっていながら望まない犠牲者になることを言う。ヴァイオラは何もかもわかっていたし、すべてにおいて共犯者だった。

そう考えると、心がすっと解放された。

「なんですって？」ヴァイオラは言った。「あれほど実践を積んだというのに上達していないの？」

マーセルが驚いた表情で一瞬固まり、それから吹きだしたのを見て、ヴァイオラは満たされた気持ちになった。それにそう、マーセルが声を出して笑うところなど、これまでに見たことも聞いたこともなかった。笑っている彼はいつもよりも若々しく、柔和で、より人間らしかった。それがどういうことかはわからないけれど。

ふたりが発ったばかりの馬宿では、ヴァイオラから手紙とたっぷりの手間賃を受け取ったメイドが、事務所に行って郵便物の袋に手紙を入れる前に、厨房《ちゅうぼう》から手を貸してほしいと声をかけられた。運の悪いことに、メイドの横に立っていた料理人の助手が、肘でボウルをひっくり返してしまい、メイドが着ていた仕事着とエプロンの前部分にグレイヴィーソースをぶちまけてしまった。厨房はまだ慌ただしくて手が足りず、メイドは急いで着替えに行った。そして仕事に戻る途中で汚れた服を洗濯かごに入れ、そのまま手紙のことはすっかり忘れてしまった。二時間も経ってから思いだしても、あとの祭りだった。洗濯桶《おけ》から出てきた手紙は、まだエプロンのポケットに入ったままだったとはいえ、濡れてぐちゃぐちゃの塊になっていた。

塊になってしまったものを伸ばしてもとの紙の状態に戻すのは難しく、ましてやそれを一枚一枚分けることなどできようはずがなかった。できたとしても、読める文字などひとつも残っていないだろう。ポケットの内側はインクで変色していたし、灰色と黒のまだら模様が外側にまでしみだしていて、まだ充分に使えるエプロンを台なしにしていた。

かわいそうに、メイドはすっかり青ざめた。新しいエプロンの代金を給金から引かれてしまうと思ったからではない。水に濡れてぐちゃぐちゃになった紙の塊が、すでに出立してしまった女性客から託されたものであることを打ち明けられなかったからだ。代わりにメイドは、その紙の塊は二〇キロ先のさる屋敷で働いている妹に宛てて自分が書いた手紙であると話した。

どうせたいした手紙ではなかったのだ。手紙なんてそんなもの。そう考えて、メイドは罪悪感を振り払った。

7

ふたりはのんびり進んだ。どのみち急ぐ旅ではなかった。逃げているのであって、特に目的があるわけではない。目的の場所に着くことと同じくらい、道行き自体に意味があった。ふたりはことあるごとに——馬の交換をしたり、ともに食事をしたりするたびに——馬車を停めた。こと食事の時間はたっぷり取り、おもしろそうな場所が近くにあると、食事のあとで散策した。城があれば、まずは地下牢《ろう》までおりていき、それから石造りの螺旋《らせん》階段をのぼって胸壁にあがって、隣の州まで山高帽が飛んでいってしまうのではないかというほどの強風にあおられながら、眼前に広がる田園風景を眺めた。教会や墓地も見学した。ヴァイオラは古い記念碑を見たり、墓碑を読んでそこに埋葬されている人たちが何歳で亡くなり、互いにどんな関係だったのかを確かめたりするのが好きだった。墓地に眠る人々が生前はどんな関係にあったのかを解き明かしていくのが楽しいようだ。

「ずいぶんと悪趣味だな」マーセルは言った。

「そうかしら」ヴァイオラが口をとがらせた。「墓地にいると、わたしたちの人生や家族や社会が脈々と続いていることを改めて感じるの。この墓地では四つか五つの姓が繰り返されているわ。気づかなかった？　村の人に訊けば、今も同じ一族がこのあたりを支配しているんだとわかるはずよ。そういうのっておもしろいと思わない？」

「ああ、驚くほどね」マーセルはわざとうつろな目をして賛同した。「ということは、総じてこの村の人たちは逃げだしたりしなかったわけか」

「それとも一度逃げだして、また舞い戻ってきたか」ヴァイオラが言った。「しばらくしたら、わたしたちもそうするでしょう」

「願わくは、当分先のことになると思いたいな」

戻るときのことを考えるのはまだ早いとマーセルは思っていた。昨日今日とともに過ごして、ヴァイオラに魅了されっぱなしだった。〝魅了された〟などという言葉が頭に浮かぶとは妙なものだが、これ以上ぴったりくる言葉は見つからない。〝欲情した〟ではあまりに生々しすぎるし、今の気持ちにはしっくりこなかった。

それから市場を見てまわった。マーセルもおそらくはヴァイオラも、冷静なときなら手に取ることすらしないようながらくたを買った。マーセルはヴァイオラに、買ったものをひとつにまとめておけるよう、ほかの女性たちが持っているのと同様の薄緑色の手提げかごと、広くしなやかなつばと顎紐のついた、水色のコットンの日よけ帽を買ってやった。その格好に合う三本脚の椅子と手桶と乳牛も買おうと提案した。だが彼女はマーセルを愚か者呼ばわりし、牛なんて買っても馬車に押しこんで乗せることはできないし、牛が馬車の後ろを走り、立ち止まるたびにミルクを搾る準備ができていると期待するのは無理があるとたしなめた。

たしかにそのとおりだった。

ヴァイオラのほうはマーセルに、縁まわりに悪趣味な金の房飾りがついていて、雨の日に持ち主とその連れがふたりで入ろうとするとほうぼうに、とりわけ傘を差している人の首めがけて水がしたたり落ちてくる黒い傘を買って贈った。いつか日よけに使えるだろうから持っておいてとヴァイオラは言った。マーセルは金の房飾りを切ってしまえばいいと言ったが、結局切らなかった。それからマーセルはデヴォンシャーの丘をのぼるときに使おうと、年配の農夫が持っているような無骨で頑丈そうな木の杖《つえ》を自分に買った。その日の夜、宿の部屋でほんの少しだけ体重をかけたところ、杖はバキッと派手な音をたてて真っぷたつに折れてしまった。マーセルの名誉のために言っておくと、バランスを崩して倒れるという憂き目には遭わずにすんだが、ヴァイオラは笑いをこらえきれずにベッドに倒れこんだ。そんな彼女に向かってぎざぎざに折れてしまった杖を振ってみせながら、あと二〇歳若くて二〇倍愚かだったら、こうやって恋に落ちていたのだろうとマーセルは考えた。

「いい勉強になったよ、マダム」

「得たものは何もないけれどね」ヴァイオラは釘《くぎ》を刺した。「得たものがあったとしても、金額に見あってはいないようだし、お気の毒に」

「きみの同情を得られたと思えば安いものだ」マーセルはうなるように言った。

「ああ、よしよし」彼女は両腕を伸ばした。「見せてちょうだい」

〝よしよし〟だと？

マーセルは粗木で作られた杖の残骸をヴァイオラに放った。

道中、ふたりのあいだに沈黙が流れることもあったが、決して気まずくはなかった。ふたりは手を握りあい、肩を寄せあって座席に座っていることがほとんどだった。ときにはうたた寝をするヴァイオラの頭が、彼の肩にもたれかかることもあった。マーセルは、動いている馬車の中では眠れないたちだった。一度、革のカーテンを引いて体を重ねようと言ってみたこともあったが、相手はかつてのリヴァーデイル伯爵夫人であり、期待はできなかった。案の定、ヴァイオラはいやだと言って一歩も譲らなかった。

「おかたいな」マーセルは言った。

「そうよ」ヴァイオラが返した。

そう言われては、返す言葉がなかった。聡明《そうめい》な女性は無礼を無礼でやりこめようとしない。マーセルは彼女と体を交える代わりに、あてこするように田園風景を褒めそやした。

「怒った？」しばらくしてから、ヴァイオラが訊いた。

「ああ」

ヴァイオラはつかの間、マーセルの顔を見つめた。おそらく彼が本気かどうか確かめるためだ。それから顔をそむけ、自分の車窓から見える景色を称えた。

「だって、きっと窮屈だわ」しばらくして、ヴァイオラが言った。

「それに、はしたないし」マーセルはつけ加えた。

「たしかにそれもあるけれど」

やがてヴァイオラは力なく笑い、彼の肩にもたれかかって眠ろうとした。結局、ふたりが新しい馬車の中で体を重ねることはなかった。

ふたりはよく話をした。マーセルは話をすることに慎重だった。彼は女性と会話をしたことがなかった。つまり、本当の意味での会話は。率直に言って、人としての女性に興味はなく、公平を期するために言っておくと、女性のほうもマーセルに人としての興味を持っているとは思えなかった。マーセルが女性とかかわりを持つのは、女性が生きていくうえでのある特別な欲求を満たすためであり、自分の欲求を満たすためだ。だからといって、女性を嫌ったり軽んじたりするわけではなかったし、おそらくは女性たちのほうも彼を嫌ったり軽んじたりはしていなかったはずだ。ただ……そう、とにかくマーセルは人とかかわることに興味がなかった。これもまた彼の名誉のために言っておくと、彼は男性とも親しくつきあうことを避けていた。親しい知人は山ほどいても、心の奥底までさらけだせる相手はひとりもいなかった。考えるだに虫唾《むしず》が走る。

ふたりは互いの家族のことを話した。少なくとも、ヴァイオラは。ヴァイオラが家族に対して深い愛情を抱いているのは間違いなかったが、家族のほうは彼女がこれほど深い愛情を抱いていることを理解しているのだろうかと、マーセルは内心で首をかしげた。ヴァイオラの話しぶりは控えめで落ち着いていた。この落ち着きの裏にどれほどの感情を隠しているのだろうと、彼は何度も考えた。ヴァイオラの情熱にはすでに触れていた。さらに彼女にも本物の感情というものがあったのだ。

特にヴァイオラが胸が張り裂けそうなほどに案じているのは、イベリア半島でライフル連隊の大尉を務めているらしい息子のことだ。はっきりと気持ちを口にしたわけではないが、話しぶりを聞いていれば気持ちを汲《く》み取るのは難しくはなかった。それからヴァイオラの重婚が明らかになったことで社会的地位も称号も剝奪され、婚約を破棄される憂き目に遭った長女に対する希望も口にしていた。話によると、長女は一時期、孤児院で教師をしていたらしく、同じ孤児院の教師であり画家で、ささやかながら財産を相続してバース郊外に屋敷を持つ男性と家庭を持ったということだ。聞けばずいぶんとこみ入った話だった。なんでも長女夫婦は孤児院の子どもをふたり養子に迎えており、最近になって実子がひとり生まれたらしい。それでヴァイオラはバースを訪れていたようだ。夫婦は自宅を避難所、相談所、演奏会場、画廊として開放していて、年じゅうなんらかの活動が行われているためにぎやかで、常に誰か集まってきているという。芸術家連中のやりそうなことだ。なんともぞっとする話だが、長女は幸せに暮らしているそうで、その証拠と言うべきか、彼女は靴を履いているよりも裸足《はだし》で外に出ることのほうが多いのだそうだ。

「おそらく」マーセルは口を開いた。「以前の彼女だったら、メイド以外に素足を見せるなど、考えただけで恐ろしくて震えが止まらないだろうな」

「たしかに」ヴァイオラはマーセルの言葉を真剣にとらえているらしい。

それからヴァイオラは、同じく社会的地位も称号も剝奪され、ロンドンの社交シーズンでデビューする機会も奪われ、大人になったらいつかはと憧れていた結婚を約束する夢まで打ち砕かれた下の娘の心配をした。美しくて思いやりにあふれたこの娘は、自分の運命をただ粛々と受け入れているという。それこそが、母が心の底から心配していることでもあった。

「きっと」マーセルは言った。「腹をくくったんだろう」女性というのは人生の行く手に何が投げかけられようとも、それを受け入れて進むしかないと教えられたのではないのだろうか？　やはり女性に生まれなくてよかったと、マーセルは改めて思った。

ヴァイオラから何か言いたそうな視線を向けられたが、マーセルは彼女の深く傷ついた目を見なくてもすむよう、強くキスをした。まったく、今はこんな話をしなくてもいいではないか。逃避行中なのだから悩みなどしばらく放っておいて、何もかも忘れて互いのことだけを考え、今この瞬間に自分たちのまわりにあるものを楽しめばいいではないか。一週間でも三週間でも日頃の肩の荷をおろし、気の向くままにベッドをともにすることを楽しめばそれで充分ではないか。

それなのにキスを終えてヴァイオラの横に座り直し、彼女の手を握って自分の腿の上に置いてから横を向いて彼女の顔を見ると、マーセルは目顔で先を続けるよう促してしまった。ヴァイオラがまだ話したがっていることを察してふと、これまで自分にこれほど熱心に何かを語りかけてくれた人がいただろうかと考えた。つまり不平不満ばかりを彼にぶつけ、問題をどうにかして片付けてほしいと訴えてくる者以外には。

ヴァイオラは今年の初め、新しいリヴァーデイル伯爵の結婚式に参列するためにロンドンを訪れたのだという。ロンドンに来ていたとは初耳だ。ヴァイオラは伯爵本人から――ヴァイオラの息子から爵位を強奪した張本人だ。もちろん伯爵のせいではないが——そして彼の母親と姉から特別に招待を受けた。花嫁、つまりヴァイオラが二〇年以上も戴《いただ》いてきた称号を引き継ぐことになる女性も、ぜひ参列してほしいと手紙に書いてよこした。

いやがらせか？　この新たな伯爵夫人にはまだお目にかかったことがなかったが、マーセルは話を聞いてすぐにこの伯爵夫人に対する偏見を持った。ヴァイオラもヴァイオラだ。なぜそんな招待を受けた？　義務？　世間体？　意地？　どうかしている。

「きっとつらい思いをしたんだろうな」マーセルは言った。

「そうね」ヴァイオラが言った。「でも一番つらいことこそ、唯一のすべきことなのよ」

「そうだろうか？」マーセルは驚きの表情で彼女を見た。「一番つらいことはあとまわしにして放っておけばいいというのがわたしの長年の持論だ。苦痛など、避けるに越したことはない」

「わたしもそうしてみようと思ったことがあった。それで逃げたの。ロンドンに逃げて、それからヒンズフォード屋敷に逃げた。屋敷はそのときわたしのものでもハリーのものでもなくなっていたけれどね。娘たちからも逃げたわ。わたしなんかといるよりも、バースにいるわたしの母と暮らしたほうがあの子たちのためだなんてもっともらしい理由をつけて。それからドーセットにいる弟のところにも逃げた。弟は聖職者で、そのときはまだ後添いをもらっていなかったから。でもね、逃げるだけじゃだめなの。どこに逃げるにしても、わたしも、わたしの痛みも、ずっとついてまわるんですもの。それでやっと、戻らなければ、せめていくつかの苦しみには向きあわなければと思ったの。今でも娘たちの目を見られないと思うことがあるのよ。息子の目もね。息子は今年ひどい怪我をして、何カ月かわたしのところで療養していたの」

「きっと」マーセルは言った。「きみには罪悪感があったんだろう。いや、正確には、今でも罪悪感を持っている、か」

「わたしもそう思うことがあるわ」ヴァイオラは認めた。「自分でもわかっているの。でもどちらかというと感じていたのは……感じているのは絶望よ。わたしが死ねば子どもたちの幸せが保証されるというなら、喜んでこの命を差しだすわ。でもきっと、それだけではだめなの。あの子たちにしてやれることなんて、結局何もないのよ」

「愛情を注いでいるじゃないか」おやおや、どの口が愛を語るんだ？

「愛情だけ注いでも、それでは足りないわ」愛こそがすべてなんてよく聞くけれど、わたしにはその言葉がどうしても信じられない」

マーセルはひやりとしたものを感じた。ヴァイオラが逃げだしたのはこれが初めてではなかったわけか。一度目は、混乱も痛みも罪悪感もすべてを背負って逃げた。では、今度はどうだ？ 今こんな話をしているということは、今回も気楽な旅というわけではないのだろう。彼とは違って。それでいいのだろうか？ とはいうものの、マーセルはヴァイオラの話の流れをさえぎることはしなかった。握りあった手を持ちあげ、彼女の手の甲に唇をつけた。彼女の顔から視線はそらさなかった。

それからヴァイオラは、ロンドンでリヴァーデイル伯爵夫人と友人になったと話した。

どういうことだ？　自らに罰を与えて楽しんでいるのか？

「友人になどなれるものなのか？」

「いい夫婦なのよ。アレグザンダーはいい人で親切だし、強い義務感と責任感を持っているの。レンもやさしくてまじめで、本当に心が広いのよ。それに芯が強くて筋が通っていて。自分の力で富を築いた実業家の顔も持っている。アレグザンダーのあと押しもあって、今も事業を続けているの。ふたりを見ていると本物の結婚とはこうあるべきだと、でもそれが実現できている夫婦はほんのひと握りなのだということがよくわかるわ」

ああ、そうだ。マーセルはたしかにそんな記事を読んだことがあった。リヴァーデイルはヘイデンとかいうガラス工場の女相続人と結婚し、その女性はかなりの資産家だということだ。

「つまり、ふたりのことは嫌いになれないわけか」マーセルは言った。「それはそれでずいぶん腹の立つ話ではあるが」

ヴァイオラは驚きつつも理解できないといった視線を彼に投げかけ……微笑んだ。「そうね。ふたりのことを嫌いになれたら、そのほうが楽だったと思う。でも、嫌いにはなれなかった。何もかも、あのふたりのせいで起きたことではないから。アレグザンダーは爵位が自分のものになると聞いてひどく困惑していたわ。知っているの。わたしもその場にいたから。ウェスコット家の人たちのことも、わたしは嫌いになれなかった。彼らに非はないし、わざわざわたしや子どもたちが家族に戻れるように手を尽くしてくれた人たちですもの。この二年のあいだ、わたしたちのために何度もバースまで足を運んでくれた。ウェスコット家の人たちは今、カミールとジョエルの息子の洗礼式で、バースに二週間滞在しているわ」

「でも、きみはウェスコットを名乗っていない」マーセルは言った。

「ええ」ヴァイオラは肩をすくめた。

「ということは、きみが人のやさしさだとか厚意だとか愛情だとか、そういうものを全部投げだしてふたたび逃げているところに、わたしが遭遇したというわけか」

「そうよ」ヴァイオラが言った。「凝りもせずにね。こんなことになるなんて考えてもいなかったわ。でも……またやってしまった。逃げる癖がついてしまったのかもしれないわね。現実逃避する癖が」

「現実というのは過大評価されがちだからな」

ヴァイオラがため息をつき、ふたりはその後しばらく押し黙った。道の両側に立ち並ぶ高い木々に視界をさえぎられて畑や牧草地の景色は見えず、日の光もほとんどあたらなかった。

「それで、マーセル」ヴァイオラが言った。「あなたは何から逃げているの？」

自分でも意外なことに、マーセルは愛のもつれだとか希望だとか危機的状況だとか恐れだとか退屈だとか、そういったヴァイオラの人生の話に興味津々で耳を傾けていた。しかし人の話を聞くというのはあくまでも受け身だ。彼女の人生は彼女のもの。マーセルに直接降りかかるものではない。興味津々とはいっても、ヴァイオラの子どもや母親や弟やウェスコット家の面々がどうしようと、マーセルの知ったことではなかった。興味があるのは、彼らがヴァイオラの心にどんな影響を与えたのかということだけ。それに彼女の肩の荷をおろしてやろうとか、その荷を代わりに背負ってやりたいとか、そういうことにも興味はなかった。たしかに、ただ気楽に楽しむつもりだったこの旅に、ヴァイオラがそういった荷物を背負って来ているとわかった以上、それなりに心配に思うところはある。しかしこれまでに積んだ経験、これまでにかかわった人間関係があるからこそ今の彼女があることを、不思議なものでマーセルはすぐに見抜いていた。いつもどおりにことが進むなら、ヴァイオラ・キングズリーという人物に興味を引かれていた。とにもかくにも、相手に対する関心は体の関係のみにとどまる。けれども、今回は何かが違った。初めからずっと。

自分は何から逃げているんだ？

「単に屋敷に帰るのが億劫《おっくう》になっただけだ」マーセルは答えた。「屋敷にいるのは何かにつけて反目しあっている女性たちと、わたしがいないのをいいことに主導権を握ろうとしている男どもと、それを嘆く執事だ。それから礼拝を強要されて不満たらたらの家政婦もいる。できるものなら寄りつきたくはないが、たまには一家の主《あるじ》が姿を見せて威厳を示さなくてはと思ってね」

「それで、効果はあるの？」

「ああ、もちろん」マーセルは眉をあげた。「わたしは愚か者は容赦しない。いや、それを言ったら誰に対してもそうだが」

「あなたの家族や使用人は愚かなの？」

彼は少し考えてから言った。「やれやれ、きみの前ではもう少し言葉に慎重になるべきだな、ヴァイオラ。ああ、たしかに彼らは愚かではない。少なくとも全員が愚かなわけではない。彼らはとにかく……面倒なんだ。これなら許してもらえるかな？」

「わたしはあなたが気にかけている人たちのことはまったく知らないから」ヴァイオラが言った。「みなさんあなたのご家族なの？　お子さんは？　もちろん、自分の子どもは面倒ではないでしょう？」

マーセルはため息をつき、馬車の座席の隅に肩を預けてもたれかかった。ふたりのあいだにわずかな距離ができた。彼は腕組みをした。「子どもたち自体は面倒ではない。面倒ではないが、子どもたちの世話を任せている人物がとにかく面倒を起こそうとしているんだ」

「そうなの？　あなたはお子さんたちの世話をしていないの？」

「あいにく」マーセルは言った。「わたしも面倒な人間なんでね、ヴァイオラ」

「お子さんたちはおいくつ？」ヴァイオラがひるまず尋ねた。

「一七歳、いや、もうすぐ一八歳か」

「みんな同い年なの？」今度は彼女が眉をあげる番だった。

「ふたりだ」マーセルは言った。「双子なんだ。男女の」

「それでお子さんたちは――」ヴァイオラはそれ以上先を続けられなかった。マーセルが指を彼女の唇に置いたからだ。もう充分だ。

「わたしはきみと逃避行中だ。着替えが数着と髭剃り道具、必要な荷物は全部持っている。それだけあればこと足りる。それからきみという連れも。しかし根掘り葉掘り訊かれることは求めていない」

「わたしの体だけあればいいのよね」黙らせる指から離れながら、ヴァイオラは言った。

「その言葉は」マーセルはふたたび腕組みをしながら静かに言った。「心外だな」

「でも、そうなんでしょう？」

「われわれは今、完全に満足できる情事の関係を築きはじめていると思っていたんだが、きみはそれ以上を求めているのか？」

「これまでの女性みたいに？」ヴァイオラは微笑んだが、目までは笑っていなかった。「つまりそう言いたいんでしょう？　いいえ、マーセル。わたしはあなたの心まで欲しいなんて思っていない。あなたの名前も欲しくない。だって情事っていうのはただ……」そこで言いよどんで顔をしかめた。

「ベッドをともにするだけ？」マーセルは続けた。「だがベッドをともにするだけでも、すばらしいものであれば楽しいじゃないか、ヴァイオラ。それには賛成してくれると思っているんだが」

「そうね」彼女は背もたれの上部に頭を預け、目を閉じた。もう話すことはないというわけか。責任からつかの間逃れるために体の関係は持ちたいがそれ以外は望んでいない自分が、マーセルはなんとも浅はかであるように感じられた。唇をきつく引き結んだヴァイオラの姿は、記憶の中にあるのと同じ、氷の女王だった。マーセルは彼女が欲しいと思った。

「われわれがいなくても誰も寂しがらない」不快な沈黙がしばらく続いたのち、口を開いた。不快というのは、あくまでマーセルにとってはということだが。ヴァイオラは安らかな顔で、口をかすかに開いている。頭を横に倒してはいないが、眠ってしまったのかもしれない。「そうだろう、ヴァイオラ？　きみの家族は誰もきみが消えてしまったことを知らないんだ。今頃はみんな、きみがそのなんとかという屋敷に戻っていると思って——」

「ヒンズフォード屋敷」ヴァイオラは目も開けずに言った。

「ヒンズフォード屋敷」マーセルは言った。「きみがそこに戻っていると思って、バースでよろしくやっている。だったらきみも、彼らのことなど気にする必要はない」

ヴァイオラはそれに対して何も言わなかった。言い返しもしなかった。マーセルの言い分が正しいことを、彼女もわかっているのだ。

「わたしのことも誰も寂しがったりはしていない」マーセルは言った。「アンドレが向こうに着いて、わたしは道端で倒れたがそのうちふらっと姿を見せると言えば、みんな一様にほっと息をついて、それぞれの生活を続けるまでだ。退屈で、ときに険悪な生活を。どうせまたわたしに不満を書き連ねた手紙をよこそうとするだろうが、どこへ送ったものやらわからず、互いにぐちぐち言いあうんだ」

ヴァイオラは口元をゆるめ、口の端をあげて笑みらしきものを浮かべた。「あなたはかまってほしいのね」

マーセルは口をとがらせてヴァイオラをにらんだものの、彼女は目を開けてすらくれなかった。マーセルもまた、それ以上何も言わず、彼女の非難を否定することさえもしなかった。かまってほしいわけではない。

やがてヴァイオラの頭が左側に傾いた。マーセルは腕組みをほどいて座席の隅から体を起こし、彼女が寄りかかれるように肩で受け止めた。

ふたりは初めて喧嘩をした。

しかしマーセルが言ったことは間違いではない。誰も自分に会いたがったりしていないだろう。だからといって、自己憐憫に陥りかけているなどということは断じてなかった。だがヴァイオラのまわりにいる人たちに対して、わずかばかりの憤りを感じていることはたしかだ。ヴァイオラの家族は彼女をひとりで、しかもよりによって貸し馬車で行かせたのだ。数年前に負った生傷がまだ癒えはじめてもいないというのに。彼女をひとりで行かせ、そのうえ寂しがりもしないとは。

ヴァイオラがいなくなったら、マーセルはきっと彼女を恋しく思うだろう。もちろん、ひどく愚かしくはあるが。

8

ヴァイオラの家族は数日でもう彼女のことが恋しくなりはじめていた。ハンプシャーからはヴァイオラが無事に屋敷に着いたとの便りも来ない。普段ならせめて娘たちだけにでも連絡をするのに、いつもより余計に心配をかけるかもしれないとわかっているこんなときになんの知らせもよこさないとは、彼女らしくなかった。ヴァイオラが警護や使用人もつけずに貸し馬車で帰ると言ったとき、世間体うんぬんについては口にしないようにしながら、みなはあらゆる手を使ってどうにか思いとどまらせようとした。

カミールとアビゲイルはその後、それぞれ母に手紙を書いた。母方の祖母も、ヴァイオラのキングズリー側の義妹も、ウェスコット側のふたりの元義理の姉妹も、実はみなが同じように彼女に手紙を書いていたことは、ロイヤル・クレセントにある祖母の屋敷での食事の席で言及されたために判明した。レン（リヴァーデイル伯爵夫人）も、アレグザンダーの姉でレンの義姉にあたるエリザベス（レディ・オーヴァーフィールド）も、やはり手紙を書いていた。レディの日課のひとつが手紙を書くことではあるにしても、誰もがヴァイオラを心配していたし、孫の洗礼式が終わるや急に屋敷へ帰ると言いだしたことに戸惑いを感じていた。

ヴァイオラがバースを発ってから一週間と少しが経った頃、ヒンズフォードからカミールとアビゲイル宛に手紙が届いた。ふたりが子ども部屋に寄って様子を見てから朝食の会場へ行くと、手紙はカミールの皿の横に置かれていた。しかし差出人は母ではなく、ヒンズフォード屋敷の家政婦ミセス・サリヴァンからで、手紙には大量の食料を用意して奥方さまのお帰りをお待ちしておりましたと書かれていた。ミセス・サリヴァンはヴァイオラが称号を失ったあとでも、決して奥方さまと呼ぶことをやめなかった。このままでは傷んでしまいそうでしたので、二日ほど待ってほとんどの食料はよそに譲ってしまいました。奥方さまならきっとそうするようにおっしゃるのではないかと思いましたので。気が変わって屋敷には戻られないのだとしても、それをお知らせくださらないのはいつもの奥方さまらしくございません。それでも初めは取りたてて心配することではないと思っておりましたが、そのうちにバースから続々と奥方さま宛の手紙が届くようになりました。お嬢さま方にこういったことをお尋ねするのは恐縮ですが、奥方さまがバースにもいらっしゃらず、ヒンズフォード屋敷にも戻っていないのだとしたら、どちらに行かれたのでしょうか？

母が屋敷に戻らず、理由も知らせてこなかったことに、娘たちは驚きを隠せなかった。五分後、さわやかな笑みを浮かべ、おはようと言いながらジョエル・カニンガムが朝食室に入っていくと、姉妹はひどく狼狽《ろうばい》していた。

「お母さまがいなくなってしまったの」なんの前置きもなくカミールが言い、血の気の失《う》せた顔で手にしていた手紙を開いた。「まだ屋敷に戻っていないらしいのよ。わたしたちにもミセス・サリヴァンにも知らせずに」

「やっぱり一緒に帰ればよかった」アビゲイルが涙声で言った。「このところお母さまの様子がおかしかったじゃない。あたしたちもみんな気づいてたわ。そうでしょ？　急に態度が冷たくなって、意地悪なことまで言うようになったりして。今までそんなことは一度もなかったのに。お母さまをひとりで行かせてあたしだけ残るなんて、なんて自分勝手だったのかしら」

「そんなことはない」ジョエルはアビゲイルにきっぱりと言った。「きみのお母さんはどうしてもしばらくひとりになりたかったんだよ、アビー。それにしても屋敷に戻っていないのだとしたら、いったいどこへ行ったんだろう？　身を寄せられるような親戚は？」

ふたりのレディは怪訝《けげん》そうな顔で彼を見つめた。「今はみんなバースにいるわ」カミールが言った。

「ああ、そうか」ジョエルは両手をこすりあわせた。「じゃあ、親しい友人は？」

「ヒンズフォードから三キロ以内に住んでない友達はいないわ」アビゲイルが答えた。「お母さまが行くような場所はないのよ」

「でも、たしかなのは」ジョエルは言った。「どこかにはいるってことだ。この世から消えてなくなってしまうことはないわけだから」

「だったら手紙くらいくれればいいのに」片方の手で口元を押さえたアビゲイルの目に、みるみるうちに涙がたまり、こぼれ落ちそうになっている。

「きっと今頃は向こうに着いているわよ」夫に手紙を渡しながらカミールはどうにかその場をおさめようとした。「きっと馬車に不具合か何かがあって遅れているのよ。さすがにもう屋敷に帰っているはずだわ」

「だけど、もう一週間になるのよ？　仮にお姉さまの言うとおりだったとしても、なぜ手紙で知らせてこないの？」アビゲイルが訊いた。

説明できる言葉は誰にも見つからなかった。カミールは妹の肩を抱き、ジョエルは眉間にしわを寄せて手紙を読んだ。しかしそのたった一枚の手紙には、手がかりになりそうなことは書かれていなかった。

「それじゃあ、こうしよう」ジョエルは手紙をたたみながら言った。「ぼくがバースへ行って、お義母《かあ》さんの使った貸し馬車が戻ってきているかどうか確かめてみよう。戻っていたら、御者に話を聞いてみる。御者ならきっと、お義母さんがどこへ行ったか知っているはずだからね」

「ええ、それがいいわね」カミールがほっとした様子で言い、アビゲイルは希望のまなざしを義兄に向けた。「そうね、そうしましょう。みんなで行って御者を見つけるのよ」

続いて話しあわれたのは、ジョエルとしてはそのほうが先を急げるのでよかったが、彼ひとりで行くか、あるいは妻と義妹も連れていくかということだった。ジョエルの言うとおり、カミールも一緒に行くとなれば、どれくらいかかるか予測がつかないのでジェイコブも連れていかなければならないし、ジェイコブを連れていくとなると、サラとウィニフレッドを置いていくわけにもいかなくなる。結局、三人は別れて行動することにした。ひとまずジョエルが馬でバースに向かい、アビゲイルたちはあとから馬車で向かう。そうすれば祖母にも、ロイヤル・ヨーク・ホテルに宿泊しているほかの親戚にも、この手紙のことやジョエルが見聞きしたことを伝えられていいのではないか、というのがアビゲイルの考えだった。

ジョエルは長い丘をくだってバースに行き、預かり所に馬を預けてから、徒歩で街に入った。バース寺院を過ぎると、〈パンプ・ルーム〉の外で立ち話をしていた人々の中のひとりが、ジョエルに挨拶した。ともに孤児院で育ち、それから長いあいだずっと親友だったアナの姿がそこにあった。アナは今やネザービー公爵夫人だ。そばには公爵と、カミールのおばのルイーズ（先代ネザービー公爵未亡人）、それからエリザベス（未亡人のレディ・オーヴァーフィールド）がいた。ジョエルは一瞬ためらったのちに一行のほうへと戻り、挨拶しようと一歩前に出たアナに抱擁を返した。

「なんだかとっても急いでいるみたいね」アナが言った。

「何か困ったことでもあったの、ジョエル？」エリザベスが心配そうに眉をひそめて尋ねた。

「お子さんのこと？」

「カミールとアビーが病気になりそうなほど心配しているんです」ジョエルは言った。「実は今朝方ヒンズフォード屋敷の家政婦から手紙が届きました。義母《はは》がどこへ行ったか知りたいと言ってよこしたんです。どうやらまだ屋敷に帰っていないらしくて」

「これだから貸し馬車は好かないのよ」先代ネザービー公爵未亡人が言った。「きっとどこかで馬車が故障でもしたんだわ。こんなことなら無理を言ってでもわたしの馬車を使ってもらえばよかった。どうせこっちにいるあいだは使わないんですもの。なのにそう言っても聞き入れてもらえなくて。ヴァイオラのことは好きだけれど、はっきり言って彼女ほど頑固な人って、わたしの知り合いにはちょっといないわね。一度決めたらてこでも動かないんだから」

「でもそれなら、どうしてそう知らせてこないの？」アナが訊いた。

「おそらく」ネザービー公爵エイヴリーが言った。「ジョエルはその答えを知るために貸し馬車の御者に話を聞きに行こうとしたところを、ぼくたちが引き留めてしまったのではないかな」

「ええ」ジョエルは言った。「まさに貸し馬車屋に行こうとしていたところです。もっとも、馬車が戻っていたらの話ですが」

「戻っていたら」アナが喉元を手でさすった。

「よければ一緒に行こうか」エイヴリーが言った。「つまり、アナ、きみがよければだが、いとしい人《マイ・ラブ》」

「ええ、行ってあげて、エイヴリー」アナが勧めた。「わたしたちはホテルに戻っているから、何かわかったら知らせて。ああ、いったいどうしてこんなことに？」

「カミールとアビゲイルはロイヤル・クレセントに向かっている」ジョエルは言った。「心配で、いても立ってもいられないみたいだ」

「それならわたしたちもそちらに行って、知らせを待ちましょうか」公爵未亡人が言った。

ふたりが貸し馬車屋に着いたとき、ヴァイオラを乗せた馬車の御者は不在だった。仕事で呼ばれて出ているが、遠くに行ってはいないのですぐに戻るだろうということだ。すぐにと言われながら、結局一時間待たされた。ようやく戻ってきた御者に、ジョエルが挨拶してここに来たいきさつを話すと、御者は脂ぎった頭をかくために脂じみた帽子を取って言った。

「あの客のおかげで、金払いのいい客をひとり逃しちまいましたよ。車軸を交換しなくちゃならなくなっておれが直したんですがね、古いだけで別に壊れちゃいなかったんです。なのに丸一日無駄にして、そのうえ大金まで失っちまって。あの旦那がくれた金じゃ埋め合わせにもなりませんよ。ああいう旦那は、おれの一日の稼ぎのことなんかどうだっていいんでしょうね。気楽なもんですよ」

「旦那？」ジョエルは言った。

「あのミスター高慢ちきは、おれの馬車がお気に召さなかったんです」御者は吐き捨てるように言った。「そうなんですよ、あの旦那はおれの馬車がはなから気に入らなくて、だから車軸は直したってのに別の馬車を探しに行ったんです。馬車が見繕える場所までおれに連れていかせたんですから。あんなやつ、変な馬車でもつかまされて、一〇キロも行かないうちに車輪が全部外れちまえばいいんだ」

「あなたはバースからミス・キングズリーを乗せたはずだ」ジョエルは言った。「あなたが言うその旦那というのはいったい誰なんだ？　車軸に不具合があったあと、ミス・キングズリーはどうなった？」

御者はふたたび頭をかいた。「男のほうは見たことのない顔でしたよ。だけど自分のことをイングランドの王さまかなんかだと思っていたみたいでね。馬車を修理したあと町まで乗せていきましたけど、そのときには女の人も一緒でしたね。彼女の宿代を補償しろとまでは要求しないとかなんとか、恩着せがましいことを言ってましたよ。信じられますか？　おれが帰ったあと借りようとした馬車が、どれもこれも車輪の落っこっちまうようなやつだったらいいのに。一生あそこで立ち往生するはめになったって、当然の報いってもんです」

「発言を先ほどの質問に答えるだけにとどめてもらえると、ぼくの機嫌も多少はよくなるというものだが」エイヴリーがいささか不愉快そうに言った。「その車軸の故障は具体的にどのあたりで起きたんだ？　ミス・キングズリーはどこで夜を明かすことになった？　彼女と翌日一緒にいたというその謎の男を、いったいどこまで乗せていった？」

御者はさらに頭をかきむしった。「なんとかって村ですよ」曖昧に言った。「なんて呼ばれてたのか、聞いたのかもしれませんが覚えちゃいません。なんだかのために大きなお祭りをやってましたよ。教会の屋根かなんかを直すんだったかな」しかし、次の日にふたりを乗せていった町の名前はちゃんと覚えていた。「こんな目に遭うんだったら、もっと金をもらっときゃよかった」御者は横目でジョエルをにらみつけながら言った。「とにかく金のかかる旅だったんだ」

「たしか軽い処罰の対象となるんじゃなかったかな」ジョエルは御者に言った。「目的地まで行く必要がなくなって旅を打ちきることになったのに、料金を丸々受け取ってしまうと。それにミス・キングズリーは、目的地まで到着できなかった分を払い戻すよう主張したわけでも、思いがけず宿を取って夜を明かさざるをえなかったことに対する補償を求めたわけでもないようだし。彼女は翌日何か言っていたか？　一緒にいた男が誰だとか、別の馬車でどこへ行くつもりだとか？」

しかし御者からはそれ以上の情報を得られず、また彼は自分がこの不運な旅でこうむった損失についてそれ以上あてこすることもしなかった。どうやら御者は、エイヴリーがあからさまに不機嫌な態度を取ったことと、ジョエルがひどく立腹したことに当惑しているようだった。

ジョエルとエイヴリーがロイヤル・クレセントにあるミセス・キングズリーの屋敷に到着すると、両家の面々が子どもたち以外はみな一様に不安そうな顔で居間に集まっていた。ジエイコブはアビゲイルの腕の中で眠っていた。カミールとジョエルが養子にした下の娘のサラは、母親の膝の上で丸くなって眠りと覚醒のはざまを漂っていたが、父親が帰ってきたのに気づくとすっかり目を覚まし、にっこりして出迎えた。養子にした上の娘のウィニフレッドは、アナとエイヴリーの赤ん坊のジョセフィンの、まだ髪の生えていない頭をそっと撫でていた。

ジョエルはわかったことをざっと報告した。エイヴリーが指を一本立ててみなを黙らせ、その場を落ち着かせなかったら、一同は話を聞くなりヴァイオラとその男の行方を捜しに出かけたに違いない。それほど、その男はみなの目に不吉な存在として映ったようだ。だが、一同は移動サーカスみたいなもので、全員が一緒に動けば、みなが同じ速度でのろのろと片田舎を移動することになるのは目に見えている。

「ぼくがひとりで行くよ」ジョエルは言った。

「ジョエル、ぼくも行こう」リヴァーデイル伯爵アレグザンダーが言った。「一家の長はぼくだ。それにきみも連れがいたほうがいいだろう。その男は……得体が知れないから」

「あたしなしで行くなんて言わないで、ジョエル」アビゲイルはかすかに声を震わせた。「今回のことはあたしに責任があるわ。あたしがお母さまと一緒に帰っていれば、こんな事態にはならなかったはずよ」

「もしヴァイオラがわたしの馬車で使用人とメイドもつけて帰っていたら」アビゲイルのおばで公爵未亡人のルイーズが言った。「事態はさらに違っていたでしょう。誰だかわからないけれどその男は化けの皮をはがされて、泡を食って逃げだしていたはずですもの」

「あたしも一緒に行く」アビゲイルがもう一度言った。

「わたしも一緒に行くわ、アビー。そうすればあなたも安心でしょう」レディ・オーヴァーフィールドことエリザベスが言った。「あら、アレックス、そんな顔で見ないで。アビーが捜しに行きたいと思うのも無理ないわ。自分の母親だもの。だったらもうひとり女性のつき添いがあったほうがいいでしょう。身重のレンでは無理だし。だったらあなたの姉さんがついていってもいいんじゃない？　ちょっとジョエル、あなたまでそんな顔をして見ないで。

わたしたちがいたほうが好都合かもしれないわよ」

「それが賢明だと思うわ」ヴァイオラのかつての義姉であるレディ・マティルダ・ウェスコットが甲高い声で言った。「いくらヴァイオラの身内だからといって、男性ふたりに女性がひとりではいかにも格好がつかないもの。ヴァイオラを見つけてもどうにもできないでしょう？　だいいち、シャペロンもなしにアビゲイルをついていかせるだなんてよくないわ」

これで問題は解決した。四人で行方を捜すことになったが、ヴァイオラが最後に目撃された町までしか足取りをたどれない可能性は大いにあった。彼女がどこへ行ってしまったのかは見当もつかなかった。あるいは誰といるのかも。その疑問が何よりも不気味だった。

四人はロイヤル・クレセントの屋敷の外に集まった親類縁者に見送られ、午後の早いうちに伯爵の馬車で出発した。見送りに出た人たちの中には、カミールやウィニフレッドのように涙を浮かべる者もいた。カミールのスカートにしがみついていたサラは抱擁とキスをしてから、自分を置いて馬車に乗りこむ父親を悲しそうな目で見つめていた。ジェイコブは大おばであるメアリー・キングズリーの腕の中で、ふたたび眠りについていた。

ドーチェスター侯爵マーセルのことは、初めは誰も気にかけていなかった。予定どおりにレッドクリフ・コートに到着したアンドレは、兄はやむをえない事情で足止めされているが、じきに帰ると説明した。野暮なことを訊く者は誰もいなかった。それどころか、特に驚く者もいなかった。だからといって、みな喜んでいるわけでもなかった。

ジェーンとチャールズのモロー夫妻はマーセルが予想したとおり、マーセルの到着が遅れていると聞いて残念がるどころかむしろほっと胸を撫でおろしたようだ。ふたりは義弟をうとましく思っていた。それどころか、彼が子どもたちに与えかねない影響について強い道徳的懸念を抱いていた。アデリーンがあんな愚かでどうしようもない男と一緒にならなければ、もっと道徳心が強く、子どもたちを堕落させて罪悪や放蕩の道に引きずりこむ心配のない男性と結婚することもできただろう。ところがアデリーンもまた愚かでどうしようもない女だった。だからジェーンとチャールズは義弟の滞在が短く、あまり頻繁でなければいいと、そして姪《めい》と甥《おい》に対する自分たちの道徳的影響力の強さが遺伝に勝ることを証明できればいいと、ただそれだけを願っていた。

マーセルのおばの侯爵未亡人とその娘イザベル（レディ・オート）は、さらに複雑な思いのあいだで揺れていた。一方では、侯爵の帰りをさらに待たなければならないことに落胆し、レッドクリフも、そこに住む人々も、そこで起こる出来事も、すべてを牛耳るのは自分たちだとばかりにわがもの顔で幅をきかせるようになったモロー夫妻を、侯爵が成敗してくれるはずだという希望が打ち砕かれたことに失望していた。侯爵未亡人とイザベルはあの夫婦を心底嫌っていた。オート卿《きょう》はというと、同じ屋根の下にいてもどうにかして顔を合わせまいとしているマーセルのことなど知ったことではないといった様子で、無関心を決めこんでいた。一方で未亡人とその娘は、イザベルの末娘マーガレットの結婚式をより豪勢なものにすることに執心していたため、口では何も言わずにいつものごとく眉をあげてみせるだけで不快感を表すあの侯爵が、これまで綿密に練ってきたふたりの計画を破滅に追いこむのではないかという不安に、絶えず心をむしばまれてもいた。

アンドレは、兄が屋敷に戻ると言いだすまでは、金貸しからも賭博の借金を抱えているという情けなさからも逃れられたことにひとまず安心していた。

問題は、普段は穏やかで従順な双子だった。

アンドレが屋敷に着いたとき、女性たちは客間に集まって針仕事や編み物をしていた。オート卿もその場にいたが、顔は新聞で隠していた。ワトリー子爵バートランド・ラマーも本を読んでいた。馬車が近づいてくる音が聞こえ、一同は顔をあげた。バートランドは立ちあがり、窓辺に近寄った。

「帰ってきた、バート？」レディ・エステル・ラマーは勢いこんで尋ねた。

エステルはすぐにでも階段を駆けおりてテラスで父を出迎えたかったが、とっさにおばのほうを向き、かすかに会釈をしてやさしく微笑んだ。感情を抑えきれずに屋敷の中を走るのは、おおよそ年頃のレディがするふるまいではない。イザベルは窓から離れたバートランドに視線を送り、いつものようにふたりのあいだだけで通じる無言の言葉を交わした。当然ながらふたりは一卵性の双子ではないため、一卵性の双子特有の魂のつながりのようなものは持ちあわせていなかった。しかし生まれてからほとんど離れたことのないふたりは、互いのことを誰よりもよくわかっていた。エステルは刺繍に戻り、バートランドはその場にとどまりながらも、父を出迎えに走っていきたくてうずうずしていた。

オート卿は誰にも気づかれずにそっと部屋を出た。

おじのアンドレが客間に入ってきた。ひとりきりで。

「お父さまは一緒じゃないの?」エステルはあからさまに肩を落として訊いた。

そこでアンドレは、やむをえない事情で兄の帰りが遅れているとあやふやな説明をした。

「でも、お父さまからは帰路についているという手紙が届いたわよ」エステルは言った。

「再来週のお父さまの四〇歳の誕生日に、ここでパーティーをしようって計画していたの。ジェーンおばさまにも許しをいただいたのよ。わたしにとってもいい訓練になるだろうからって」

「おそらくそれほど遅くはならないと思うよ」エステルを元気づけるようにアンドレが言った。「オルウェンおばさま、お元気でしたか? イザベルは? マーガレットは?」部屋を見渡して、レディひとりひとりに会釈した。

「きっと父さんは帰ってこないよ」バートランドが言った。「そう言っただろう、ステル」

「あら、そんなことは言っていなかったわ」エステルは言い返した。

「ええ、それにあなたのお父さまはときどき予想もしないことをなさるって、そうも言ったわよね」おばのジェーンが穏やかに言った。「それにエステル、わたしはこうも言ったわよ、あなたのお父さまは、こんな田舎で自分を称えるパーティーを開いてもらったところで、あなたが期待するほど喜ばないんじゃないかしらって。お父さまの趣味からしたら、集まってくれた人たちのこともきっと退屈に思うはずよ。予定どおりに帰ってこないなら、それはそれでかえってよかったのかもしれない。あなたがないがしろにされてがっかりする姿を見るのはつらいけれど」

「そうですね、ジェーンおばさま」エステルは刺繍を再開した。

「父さんがぼくたちをないがしろにしたことなんてなかったけどね」バートランドが言ったが、あまりにも小声だったため、本当にジェーンの耳に届かなかったのか、賢明にも聞こえなかったふりをしたのかは定かでなかった。

それから一週間経っても、ふたりの父はまだ屋敷に戻らず、いつ帰るのかも知らせてはこなかった——もっとも、帰るつもりがあるならの話だが。誕生日までに父が帰ってくる望みが薄くなるにつれ、エステルの気持ちもどんどん沈んでいった。バートランドも父が帰らないことを案じてはいたが、それよりもエステルの落胆ぶりに心を痛め、そのやむをえない事情とはいったい何が原因なのかをおじのアンドレから聞きだした。そして部屋にいるエステルに伝えた。

バートランドが話し終える頃には、珍しくエステルは怒髪天を衝《つ》いていた。レディたるもの、いかなる強い感情にも冷静な品格を損なわれてはならないと教えられてきたのに。「ということは」エステルは言った。「お父さまはアンドレおじさまと一緒に出発してから、その神さまに見捨てられた村——おじさまはそう言ったのよね、バート？　そこにひとりで残ると決めたのね。馬車がないと言ってわざと出発できないようにして。だったら理由はふたつのうちのどちらかよ」

「カード賭博とか闘鶏とかそういうものに夢中になっているか」バートランドが言った。

「それとも女性か」エステルは苦々しげに言った。

「おいおい、ステル、おまえの口からそんな言葉が出るなんて、ジェーンおばさまが聞いたら卒倒するぞ」

バートランドを見あげるエステルの目には、たっぷりと涙が浮かんでいた。「きっと女性よ」

「ぼくが何を考えているか、わかるかい？」暗澹《あんたん》たる面持ちでしばし見つめあったあと、バートランドが訊いた。突然わきあがった怒りに、エステルと同じく鼻孔をふくらませた。

「もちろんわかるわ」エステルは言った。「そろそろお父さまをつかまえに行きましょ。つかまえて、屋敷に引っ張ってくるわ。わたしが初めて計画したパーティーなのよ。台なしにさせてたまるもんですか。絶対に。もうこんなのはうんざりよ」

「その調子だ、ステル」バートランドは彼女の肩を叩き、さすった。「ぼくたちはもう子どもじゃない。それを知らしめるいい機会だ。もう一度アンドレおじさんのところへ行ってみよう。五分前はビリヤード室にいたんだ」

彼はまだそこにいた。

「兄さんはもうどこかへ行ってしまっているよ」アンドレはひとりでゲームを再開できるとばかりに、キューの先にチョークをつけながら言った。「あの兄さんがあんな村に長居するとは想像できない。いるにしたって一日か二日がせいぜいだよ。そのあとどこへ行き、今どここにいるのかは神のみぞ知る。消息はようとして知れないってね」

それでもふたりは父を捜しに行くことにした。翌日、無駄足になるかもしれないことは重々承知のうえで出発した。四人で。エステルとバートランドは、おじのアンドレが父と別れた村の名前を覚えていないというので、それならと彼にも旅に同行して村まで案内してもらうことにした。おじのために言っておくと、彼はたいしていやがらずについてきてくれた。というのも、レッドクリフには娯楽もなければ親しくつきあう者もあまりおらず、かといっておじの懐の寂しさではひとりで出かけることもままならず、ロンドンの部屋や行きつけの場所に戻れば金貸しが突然押しかけてくる可能性もあったからだ。それに兄を見つけて屋敷に戻るよう説得するのは姪と甥のためでもあったが、自分が喫緊の借金を返済するための金を借りる約束を取りつけたいためでもあった。四人目の同行者はジェーン・モローだった。これまで一瞬たりとも彼女の手をわずらわせたためしがないふたりの若者を、今回は思いとどまらせることも、強制することも、籠絡することも、恐れさせることもできなかった。

「どうしてこんなことになったのかしら」ジェーンは夫に漏らした。夫もまた、姪と甥を説き伏せられなかった。「いよいよ悪い血の影響が出てきたのでなければいいのだけれど。とにかくその悪い血が全身に回らないように、アデリーンのためにもしっかりと目を光らせておかなければ。ああ、あの男の首をひねりつぶしてやれたらどんなに気分がいいか。つかまえられたら本当にそうしてやりたいところだけれど、見つけるのは難しそうね。干し草の山から針を探すほうがまだましよ、はっきり言って」

ジェーンが思いだせる限りでは、アデリーンがたぐいまれなる美貌のほかに世間に知られているのはその荒々しい性格だけという若者を連れてきて、彼と結婚すると言ったとき以上に癪に障る出来事だった。双子には、こちらの期待を裏切るような真似をすればいつでも縁を切ると脅しつけておいた。そう言いつつも、ジェーンはふたりに同行することにした。強く植えつけられた使命感を無視できなかった。そう、それにやはり愛情もあった。こんな聞き分けのない子どもたちにやさしい気持ちを抱くなどまったく意に染まないことだけれど。

何より、たとえ片眼鏡の柄を指でもてあそびながら、例の視線を投げかけられ、それによって彼の足元からこちらに虫が這ってくるような感覚に襲われるはめになっても、ジェーンには今度この義弟に会ったら言ってやりたいと思うことがひと言ふた言あった。

どうしてわが子を失望させるような真似をするの？

9

ドーチェスター侯爵は代理人を雇い、自身の投資やあまたの所有地とともにデヴォンシャーのコテージも管理させていた。代理人を公正で実直な信頼できる男と見なし、細かいことにはあまりこだわってこなかった。それでもデヴォンシャーの地所には住み込みの家政婦と雑役夫が——都合のいいことに夫婦だった——大おばの死後もそのままとどまり、管理と維持を続けていることはどうにか思いだした。夫婦の姓は思いだせなかったが、客人を連れてほどなく到着することと、二週間くらい滞在するつもりだということは手紙で知らせた。手紙は単純に家政婦宛とした。幼少期に数回訪れて覚えている限りでは、近くにほかの住居はなく、最寄りの町は西へ数キロ離れたところにあった。そこへ行くには馬車で北へ向かって浅瀬と川にかかった頑丈な橋を越えて延々と続く退屈な旅を続けるか、徒歩でコテージの下の急斜面をまっすぐくだっていくか、馬に乗って狭い石橋を渡り、反対側にある丘の急な坂道をのぼるしかなかった。

いずれにしても、急に思いたって簡単にひとつやふたつの品を町へ買いに行けるような話ではない。そんなわけで、連絡もせずに現れて、コテージに食べ物やその他必需品がまったくないと気づくのは賢明ではないと思えた。

ふたりは暖かい晴れた日の午後に到着したが、その前には秋の気配も感じられた。コテージはマーセルが覚えていたとおりだったものの、谷の東側の小さな村のことは忘れていた。そちらのほうが反対側にある町よりもコテージに近い。教会と宿屋兼酒場がひとつずつと家々が固まってある程度の実に小さな村だが、海が望める少し傾斜した場所にあった。そこで暮らす人々が何で生計を立てているのか、また何を楽しみにして生きているのかは推測するしかない。おそらく宿屋は繁盛し、教会にも大勢の人が集まるのだろう。

わずかな高台といくつかの木立に隠れていた谷がふいに目の前に現れた。谷底を流れる川が広い緑地を切り分けている。長い斜面は豊かな緑のシダで覆われ、そこに影を落とす木々には秋の兆しがちらほら見えはじめていた。コテージは記憶にあったとおり丘の中腹あたりに位置していて、傾斜がきついので谷全体が見えるほど足元をのぞきこまない限り、人目につかない。コテージに私有の庭園はないが、石壁はツタなどのつる植物で飾られている。谷が庭園だった。

馬車でコテージまでおりる道もあった。舗装されていない広い道が傾斜を最小限にするために真上からではなく北側の少し離れた場所から延びていた。田舎暮らしを好む人にとってはまさに印象的な場所だろう。あるいは気を散らされたり、邪魔されたりする心配がなさそうな、居心地のいい密会の場所を求めている人にとっては。

まさにマーセルの目的にぴったりだ。

「まあ」丘のてっぺんまでのぼりきった馬車がコテージに向かって慎重にくだりはじめると、ヴァイオラが座席で前のめりになった。「これは絶景だわ、マーセル」窓から左右をのぞき、一度にすべてを見ようとしている。

実際、すばらしい光景だった。あの家をコテージと呼ぶと少々誤解を招いてしまう。こぢんまりした別荘とはほど遠いからだ。とはいえ、大邸宅でもない。階上には寝室が六部屋――いや、八部屋か？――あり、階下には大おばの時代に客間、裁縫室、居間、図書室といったさまざまな名前がついていた部屋が同じ数だけある。黄色がかった石造りの家は瓦屋根で、屋根窓はおそらく使用人部屋の窓だろう。壁を伝う植物は手入れが行き届いている。出口の広い煙突からひと筋の煙が空に向かってまっすぐ立ちのぼっている。片側には厩舎と鶏舎があった。

「なんてすてきな家なの」ヴァイオラが言った。「でも、もともとは世捨て人が建てたのね。ほかの建物が見あたらないもの」

「あるいはロマンティストが建てたかだな」マーセルは言った。「おそらく選択眼にかなった女性と一緒に人生のわずらわしさから逃れたいと願った男が建てたんだろう」

ヴァイオラが振り向いてマーセルを見た。目的地に近づいていることを意識して、その日はずっとふたりのあいだに奇妙な緊張感が漂っていた。マーセルはこの場所や特定の目的地を挙げるべきではなかったのかもしれないと考えていた。そもそも逃避行とは行き先が決まっていないもので、心の赴くままにさまよいつづけるものだ。ふたりはここに来るあいだにその楽しみを味わっていた。

「わたしたちは大おばさまの思い出に対して失礼なことを口にしているんじゃないかしら」

ヴァイオラが言った。

「代々、伝えられている話がある」マーセルは切りだした。「ひそかに伝えられてきたと言ってもいいが、子どもというのはひそひそ話には一心に耳を傾けるものだ。家族に伝えられてきた話では、大おばはある女性と何年もここで暮らしていた。親しい友人で話し相手《コンパニオン》だと差し障りなく表現されていた。その女性が亡くなってからも大おばはここに住みつづけた。ひとりで間違いなく孤独だっただろうが、徳のある人だったのでふたたび家族が訪れるようになった。徳があって、そのうえ裕福だったからな。わたしがここに連れてこられたのはそうした晩年で、膝によじのぼって大おばの心に入りこんだ——そして彼女の遺言に自分の名前が載ることになった」

馬車が停まり、御者がドアを開けて昇降台を用意した。一方で、髪を覆う帽子をかぶり、ゆったりとした服にしみひとつない白のエプロンをつけたふくよかな赤い頬の女性が、開け放した玄関のドアの外に立ち、にこにこしながらお辞儀をした。

「お待ちしておりました、旦那さま」ドアの前の、土が固められたポーチにおりたったマーセルに、女性が挨拶した。「手紙を受け取って、昨日はジミーに長いリストを渡して町に行かせたんですよ。火にかけた肉と野菜のシチューがぐつぐついっていますから、お腹がすいたときにはいつでも召しあがれますし、一緒にお出しする焼きたてのパンもご用意できています。勝手ながら、村に住むメイジー——ジミーの姪の娘に来てもらって、ベッドに清潔なシーツをかけて、敷物をはたき、家具のほこりを払って、真鍮《しんちゅう》を磨いたんです。まあ、二週間に一度はやっていますけどね。お許しいただけるなら、こちらにご滞在中はメイジーにいてもらって、仕事を手伝ってもらおうと思います。ジミーが馬車置き場のドアを直して、屋根の水漏れを修理して、馬のために全部の馬房をきれいにして、新鮮な藁《わら》と餌も充分用意しています。お連れさまもようこそいらっしゃいました。お茶と焼きたてのスコーンはいかがですか。昨日ジミーが茶葉を買い足したので、お茶の缶を満杯にしておきました。たっぷりありますからいつでもお好きなときにどうぞ」

マーセルは片眼鏡の柄を探った。

「ごきげんよう」ヴァイオラが声をかけた。「ヴァイオラ・キングズリーです」

「エドナ・プレウィットと申します、奥さま」家政婦が名乗ってから、もう一度お辞儀をした。「お目にかかれて光栄です。それに、この家にまたどなたかが滞在されるのがうれしいんです。本当に久しぶりですから。いつもジミーと話しているんですよ。もしメイドがいらっしゃらないなら、メイジーがお手伝いしましょう。髪を整えることもできますよ。いつもぺちゃくちゃしゃべっているわけでもありませんし。メイドのおしゃべりなんてレディは必ずしも聞きたくないでしょうから」

マーセルは片眼鏡を目の高さの半分ほどまで持ちあげた。

「お茶をいただけるとうれしいわ、ミセス・プレウィット」ヴァイオラが言った。「それからスコーンをひとつかふたついただこうかしら。でも、それだけで充分よ。シチューをおいしくいただきたいから。とてもおいしそうなにおいがここまで漂ってくるんですもの」

「中に入れば、もっといいにおいがしますよ」家政婦が言った。「わたしったら何をしているのかしら、お客さまをこんなところに立たせたままにしておくなんて。お部屋でひと息ついて手を洗いたいでしょうに。ジミーにいつも言われるんです、おしゃべりがすぎるって。でもきちんとお迎えして、ご自宅にいるように感じていただきたくて。もちろん、ここは旦那さまのご自宅ですけどね。ずいぶんいらしていなかったので、どうしても――」

「ありがとう、ミセス・プレウィット」マーセルはさえぎった。「たしかに手を洗いたいな」

まったく、やれやれだ。

ミセス・プレウィットは急いで先に階上へ行き、マーセルを部屋へ案内してからヴァイオラを別の部屋へ連れていった。ふたりの部屋は隣同士で、どちらも谷に面していた。「お湯を入れた水差しをふたつメイジーに運ばせますね、ミセス・キングズリー」家政婦が慌ただしく階下に戻る前に、さらに何やらつけ加える声がマーセルの耳に届いた。「用意はできているんですよ。常にたっぷり沸かしておくんです。いつ必要になるかわからないでしょう。わたしが嫌いなことをひとつ挙げるなら、冷たい水で手や食器を洗うことですね」

家政婦が出ていくと、マーセルはヴァイオラの部屋に入った。ヴァイオラは窓際に立って外を見ていた。

「彼女が気を悪くしたふうには見えなかったわね」ヴァイオラが言った。

「気を悪くする？」マーセルは窓辺にたたずむヴァイオラの隣に立ち、頭を低くして彼女の顔をのぞきこんだ。「気を悪くするだと、ヴァイオラ？　どうして彼女が？　向こうは使用人だぞ」

ヴァイオラはマーセルのほうを振り返りもせず、窓の外を見つめていた。「緑ほど落ち着く色ってあるかしら」答えを求めているふうには聞こえなかったので、マーセルはあえて返事はしなかった。「これほど自然の草木があふれているんですもの、花は必要ないわね。鮮やかで人目を引きすぎるくらい。想像していたよりずっとすてきだわ」

マーセルの部屋に人が入っていく音がした。それから女性はヴァイオラの部屋に来て、洗面台に水差しを置いてお辞儀をした。けれども彼女はおしゃべりを始めようとはしなかったので、マーセルは少々ほっとした。

「ありがとう、メイジー」ヴァイオラが女性のほうを向いて声をかけると、女性はもう一度お辞儀をしてから部屋をあとにした。ミセス・プレヴィットを若くしたような外見で、真っ赤な頬までそっくりだ。ミセス・プレヴィットを寡黙にした感じと言ってもいい。けれども考えてみると、女性はミセス・プレヴィットと血のつながりはないのではないか。ジミーの姪の娘なのだから。ということは、健康的な地方の人たちに共通する外見に違いない。

「ヴァイオラ」マーセルは声をかけた。「後悔しているか？」

ヴァイオラはマーセルを見あげてから外に視線を戻し、窓を半分開けて新鮮な空気と鳥のさえずりと遠くのせせらぎを取りこんだ。目を閉じてゆっくりと息を吸いこむ。旅のあいだ、彼女はたいてい気楽な態度で楽しく過ごし、マーセルとの時間を謳歌《おうか》しようとしていた。

「こんな経験は一度もないの」ヴァイオラは言った。「貞淑な女性はしないものでしょう。女の幸せは貞節の中に、明るく品位を保って務めを果たすことで見いだされるものだと教えられるから。心のままにふるまうのが許されるのは男性だけで、そのあいだ女性は目をそらして……耐えるものだって」

「なぜもっと多くの女性が自ら命を絶たないんだ？」マーセルは訊いた。

「そんなことをしても、何も変わらないとわかっているからよ」

「自分が貞淑ではない女性になったと信じているのか？」

「あら、信じているどころじゃないわ」ヴァイオラが言った。「よくよく承知のうえで貞節はきっぱり捨てて、未知の世界に足を踏み入れたの。こんなのはすべて……あなたにとっては当たり前のことなんでしょうね、マーセル。後悔の念もわかないし、自分のしていることの道徳的な意味合いやこれからの人生で自分の人格に及ぼす影響について考えたりはしない。わたしにとってはまったく当たり前のことではないの。自分の行動を後悔したりもしない。自分の大胆さを称賛するつもりもない。でも、自分に都合のいいように解釈したりはしない。こうしているのは自分のため。このすべてがわたしにどんな影響を与えるのかは未来が決める。その未来が来るまで考えたりしない。だからいつまでも質問したりしないほうがいいわ。わたしはここにいる。自分の意志で。ここにいるあなたの使用人はあきれているようには見えないし、わたしはこのコテージと目の前に広がるすべてのものに心を奪われているの」

「わたしにも心を奪われているのか?」マーセルが言った。ヴァイオラは今度はマーセルに顔を向けた。彼女の目は笑っていた。「認めてほしいと懇願する幼い男の子みたいね」

そんなことは断じてない! マーセルはヴァイオラを引き寄せ、激しくキスをした。

「そうよ」ヴァイオラはやさしく抱きしめられると、唇を重ねたままささやいた。「あなたに心を奪われているわ。だけどあなたさえよければ、どうしても手を洗いに行く必要があるの。ドアを閉めて。それからミセス・プレウィットが淹《い》れてくれるお茶をいただきたいわ」

こうして追い払われ、マーセルはヴァイオラが階下に行く仕度ができるまで自分の部屋に戻った。

〝認めてほしいと懇願する幼い男の子みたいね〟

まったく、なんてことだ!

ヴァイオラはひと晩じゅう、寝室の窓をかすかに開けておいた。今その窓の正面に立って大きく開き、秋のすがすがしい空気を吸いこみながら肩にかけたショールをさらに強く引き寄せた。渓谷には霧の道ができ、頭上には水色の空が広がっている。生きているうちにこれ以上楽園に近づくなど絶対にできない。ヴァイオラは幸せがこみあげてくる感覚を味わった……。

そして、自宅でハリーからの手紙が待っているかもしれないと思った。もしくはハリ、リーに、関する手紙が。弟や義妹やウェスコット家のみんなはまだバースにいて、家族でお祝いをしているのだろうか。ここ数年は以前よりも頻繁に家族で集まるようになっていた。あの大惨事が起きてからは。あの出来事のせいで家族があっけなく崩壊し、苦々しい不和が生じてもおかしくなかったというのに。ヴァイオラはつかの間、いきなりバースをあとにしたせいで、みんなの楽しみに少し水を差してしまったことを後悔した。

後悔するのはいつものことだ。まさに自分らしい。今も自分のために何かをしようと心に決めたのに、振り返って誰かに迷惑をかけたり、誰かを傷つけたりしたのではないかと恐れている。誰も傷つけてはいない。それに誰も過度に心配したりはしない。それでもヴァイオラは過去に戻り、カミールとアビゲイルに宛てた手紙を書き直したかった。友人に出会い、彼女の家で二、三週間ほど過ごすよう説得されたと書くべきだった。不思議に思うかもしれないが、心配はしなかったはずだ。とはいえ、少なくとも手紙は書いておいたので、母親が地球上から忽然《こつぜん》と姿を消したわけではないことはわかるだろう。

ようやくヴァイオラはこのひとときを自分に許した。純粋で……幸せなひとときを。おそらくその言葉を使うのは軽率で、そう感じるのも軽率だろう。でも、どうしてだめなのだろうか？　そのために逃げだしてきたのに。それこそがずっと心から望んでいたものなのに。ただ幸せを感じること。たとえいっときであっても。幸せが永遠に続くと信じるほど愚かではない。かといって、鮮やかなほんの一瞬の幸せをはねつけるべきだという意味ではない。ちょうどこの瞬間のような幸せを。

ああ、本当に楽園のようだ。霧の中から顔をのぞかせるシダが朝日を受けてみずみずしく輝いている。

「何かが」背後から声が聞こえた。「わたしに学校での冬の日々を思いださせる。毎朝とんでもない時間に起こされて運動場を二〇周走り、冷たい水で体を洗ってから、暖まっていない石造りの礼拝堂へおりていって、三〇分の祈りのあと、校長から道徳的な説教を聞かされた。おそらく……そう、間違いない。あの窓から吹きこんでくる極寒の空気のせいだ」

ヴァイオラは振り向いて、一糸まとわぬ姿のまま彼女のベッドに横になり、頭の後ろで両手を組んでいるマーセルに微笑みかけた。上掛けが彼の腰あたりで丸まっている。

「あなたは温室育ちなの、マーセル？」ヴァイオラは尋ねた。「わたしは外に出てあそこに行ってみたいわ。シダの中を走りたい。霧の中を走りたい。あの橋の真ん中に立って、ゆっくりと回って、すべての驚異を体に取りこみたい。きっと五感を刺激されるわ」

「きみとは相性があまりよくないらしい」マーセルがささやいて目を閉じたが、体を隠そうとはしなかった。

「あなたのほうでしょう」ヴァイオラは指摘した。「村の空き地で踊りたがったのは」

「ああ。だがあれは、目的を達成するための手だ」マーセルが目をつぶったまま言った。

「きみをベッドに誘いたかった」

「夢のようにうまくいったわけね」ヴァイオラはまた窓に向き直った。「自分を誇りに思ってほしいわ」

「実は思っている」真後ろから声がして、ヴァイオラはかすかにびくりとした。腰に腕を回され、背中がマーセルの体に引き寄せられた。「これまでの人生において、かなりの成功だった」

「最大の成功ではないの？　傷ついたわ」ヴァイオラはマーセルの肩に頭を預け、満足げに吐息を漏らした。

「ヴァイオラ」マーセルが言った。「これは馬が逃げたあとに厩舎のドアを閉めることと少し似ているかもしれないが、きみは身ごもらないための方法を知っていて――実践しているのか？」

ヴァイオラはマーセルに顔を見られなくてすんだのがありがたかった。今まで生きてきてこれほど恥ずかしい思いをしたことはない。女性はこんな話を決してしない……たとえ女性同士でも。けれども人里離れた場所で体を重ねた翌朝に一糸まとわぬ姿の恋人とこうして立っているというのに、どうしてまだ上品にふるまおうとするのだろう。

「もう終わったの……」ああ、無理よ。ヴァイオラは別の言葉で表現しようとした。「二年ほど前に、身ごもることのできる時期は終わったの。いろいろな騒動のあとに。それからはもう来なくなった。身ごもることはないわ」

「そうなるにはかなり若かったんじゃないのか？」

「ええ、そう思うわ」ヴァイオラは認めた。「四〇歳だったから」

「なるほど、わたしは年上の女性とベッドをともにしているのかな？」マーセルが言った。

「わたしもまもなくその恐ろしい大台を迎える。今のところ、まだ若き三〇代だが」

ヴァイオラは頭の中で引き算した。つまりマーセルがあからさまな甘い声で二八歳の彼女を誘惑してきたとき、彼はたったの二五歳だったわけだ。相当若い頃に結婚し、妻を亡くしたのだろう。若くして結婚するたぐいの男性にはまったく見えないけれど。マーセルは当時も今と本質的に同じだったのだろうか。マーセルももしかすると現実的な理由から結婚したのかもしれない。ヴァイオラがそうであったように。それとも彼という人間ががらりと変わったのか。マーセルは家族については、わが子のことすら話そうとしない。双子の男の子と女の子のことは。

常に放蕩者という目でしか見ておらず、ほかに知るべき要素もないと決めこんでいた人をひとりの人間ととらえるようになったのは妙なことだ。とはいえ、マーセルのことはまだほとんど知らない。謎めいていて、おそらくは隠された暗い面のある人。もちろん思い違いという可能性もある。そもそも彼のことを知る必要はない――味気ない生活からいっときだけ逃れて一緒に過ごす恋人だという以外は。深くは掘りさげないほうがいい。このちょっとした戯れで大事なのは、互いを知ることではなく、互いを楽しむことだ。

そんな言い方をすると、とても浅はかに聞こえるけれど。

だからどうだというのだろう？　人の心はときに浅はかなことを必要とする。陽光は浅瀬ではきらめくが、深みに溶けると跡形もなく消えていく。

「あのシダはどんどん湿っていく」マーセルが言った。「それに膝まである。きみはあちこちから冷たく濡れた葉で攻撃され、手や顔に水滴がかかって言葉にできないほど不快になるだろう」

「軟弱者ね」ヴァイオラは言った。

「わたしにはブーツがある」マーセルが言った。「賭けてもいいが、きみにはないだろう」

「しっかりした靴ならあるわ」ヴァイオラは言い返した。「靴とドレスの裾ならそのうちに乾く。わたしの体も。あそこに行ってくるわ。あなたはここに残ってトーストをかじっているほうがいいのなら――」

「一〇分くれ」マーセルが床にあったガウンをつかみ、大股でドアに向かった。「階下《した》で落ちあおう。先に警告しておくぞ。これから一時間かそこら、泣きごとや文句を聞かされたくないからな」

ヴァイオラはマーセルに向かって舌を突きだした。こんなふるまいは今まで一度もした覚えがない。子どもの頃でさえも。けれどもマーセルが振り向いてそれを目にすることはなかった。

一〇分後、ヴァイオラはマーセルが階段をおりてくる様子を眺めていた。ちらりと見ただけでは数えられないほどのケープがついた厚手の外套《がいとう》に、ぴかぴかに磨かれた膝まであるロングブーツというでたちは実に上品で実用的だ。この家に戻ってくるまでに暑さで息絶えてしまえばいいのにとヴァイオラは思った。あのブーツも修理のしようがないほどぼろぼろになればいい。マーセルに微笑みかけると、あの幸せがまた胸にこみあげてきた。

「時間に正確な女性だな」マーセルが言った。「いや、約束の時間よりも早い。実に希少だ」

「あなたはわが家の女性ではないからそんなことを言うのよ、ミスター・ラマー」ヴァイオラは言った。

マーセルが礼儀正しくお辞儀をし、鍵を外してドアを開けると腕を差しだした。

ふたりは土のポーチに沿ってゆっくり歩いた。そのまま進めば渓谷の頂へと続く私道につながる。けれどもヴァイオラは頂を目指したくはなかった。そこからの景色は昨日見ている。彼女はマーセルの腕を放して小道を外れ、シダの茂みに足を踏み入れた。シダは本当に膝まであった。それより背が高いものもある。おまけにそう、窓越しに見ていたとおり、湿気できれいな水滴がついていた。とはいえ、ドレスや外套だけでなく、長靴下や脚にまでまとわりついた湿気は、それほど気持ちのいいものではなかった。空気はいまだひんやりしていたが、同時に太陽の暖かさも感じられ、今日も気持ちのいい午後になることを約束していた。

「ご満足かな？」ロングブーツを履いたマーセルが礼儀正しく気取って訊いた。「戻って朝食にしないか？」

ヴァイオラはまばゆい笑みを見せてから、渓谷に向き直った。両腕をいっぱいに広げて顔を空に向け、歓声をあげてから下に向かって駆けだした。ここを走ってくだるのは、見かけほど楽ではないことはすぐにわかった。シダのじゅうたんはなめらかな斜面に思えたが、シダの下の地面はまったく違い、霧と露でやわらかくなっていた。斜面は上から見ていたときよりずっと急で、間違いなく長かった。少しすると、脚に絡まないように両手でドレスを持ちあげなければならなくなった。小道の先の様子を把握しようとしたが、くだり坂やのぼり坂、岩やぬかるみがあちこちにあり、すべてを見て取るのは実際不可能だった。木々さえも水滴をしたたらせている。気がつくと、こらえきれずに笑っていた。笑うか叫ぶかのどちらかだった。ここまでおりてくるあいだはなんとか転ばなかったが、川の手前にある数メートルほどの草の生えた土手に向かって、傾斜がゆるやかになっているのがとてもありがたかった。速度を落とせたので、どうにか朝っぱらから泳ぐという衝撃的な出来事から身を守れた。まったく、泳ぎ方も知らないというのに。

品格や礼儀、さらには身の安全すらもほとんど考えずに行動したのはいつ以来だろう？　おそらく一度もない。バースにも丘はたくさんあるが、子どもの頃に駆けおりたことはない。両腕を広げたり、歓声をあげたり、こらえきれずに笑ったりしたことも。

マーセルはいまだにポーチのヴァイオラがひとりで駆けだした場所に立っていた。腕組みし、端整な男らしい顔でとがめるような目をしている。ああ、これほど自由を感じたのはいつのことだっただろう。これほど幸せを感じたのは？　つかの間なら感じたことがあった――一六歳で初めて恋をしたとき、子どもたちが生まれたとき、カミールが結婚したとき、ジェイコブの洗礼式のとき……。人生において、ほかにはそんな瞬間を思い起こすことができなかった。村の空き地でワルツを踊るまでは。

あれ以来、毎日がそんな瞬間でいっぱいだ。そして毎夜も。

マーセルが慎重ながらも威厳たっぷりに斜面をおりてくる。「朝の楽しみを台なしにしてくれたな」声が届くところまで来ると言った。「きみが川に飛びこんで、大きな水しぶきと悲鳴をあげるのを待っていたのに」

「そしてあなたは遍歴の騎士のごとく、助けに駆けつけてくれたんでしょう」ヴァイオラは言った。

「注意しておくが、頭の中でわたしを勇敢な英雄に仕立てあげないことだ」

マーセルの外套の下のほうが三分の一濡れているだけでなく、黄褐色の膝丈のズボン《ブリーチズ》もロングブーツの上まで濡れているのを見て、ヴァイオラは満足した。自身は腰のあたりまでずぶ濡れで、湿気にぬくもりはまったく感じられなかった。ほとんど凍えかけている足は、靴の中でびちゃびちゃと音をたてていた。

「いまだに橋の上で嬉々《きき》として爪先での回転《ピルエット》を披露したいのか？」マーセルが腕を差しだした。

橋までは少し距離がある。

「その楽しみは別の日に取っておくべきかもしれないわ」ヴァイオラは答えた。「朝食をとるのもいいと思わない？」

「丘の上にいたときのほうがもっとよく思えたが」

「田舎暮らしは好きではないのね、マーセル？」

「畑を歩きまわって農作物を愛《め》でる男としては知られていない」マーセルが認めた。「足元に息を切らした忠実な猟犬を従えている男としても」

「この渓谷を見まわしてみてどう？」ヴァイオラは片方の腕を振って谷を示した。「ここに……何かを感じない？」胸を軽く叩いてみせる。

「渓谷にいる女性を見ているほうがいい」マーセルがヴァイオラの手を目で追った。

「そうなの？」ヴァイオラはマーセルを見つめた。険しくて皮肉っぽい表情、細くした濃い茶色の目から気持ちは読み取れない。先ほど心に決めたにもかかわらず、その瞳の奥に何が隠されているのか、あるいは誰が潜んでいるのかと考えてしまう。

　マーセルが両手でヴァイオラの腰を引き寄せ、口を開いたまま長いキスをした。ヴァイオラの体が不快なほど冷たいのに対して、マーセルの唇は温かかった。

〝恋に落ちてはだめよ〟内なる理性の声が警告した。〝絶対にだめ〟

〝あら、でも恋に落ちるのを怖がる必要はないわ〟ヴァイオラは心の中で抗議した。〝人生の逃避行をつかの間楽しんでいるだけですもの〟

「二元性の法則というものがある」マーセルが言った。「法則というのは往々にしてそうだが、あがったものは必ずさがるそうだ。一方、少しも望まないときに真逆の状況に陥るものだ」

　ヴァイオラは顔をあげ、丘の中腹からコテージへと目をやった。木々やシダに囲まれ、つる植物は壁を飾り、非常にのどかで絵画のように美しい。寝室の窓のひとつが大きく開け放たれて、煙突からひと筋の煙があがっているのも心地よい雰囲気を醸しだしている。周囲の葉の一部は色づきはじめている。

「たしかにずいぶんのぼらなければならないみたいね」ヴァイオラは認めた。

ヴァイオラは途中で息切れし、立ち止まって木の幹にしがみつかなければならなかった。そのあいだは景色を眺めるために足を止めたふりをした。丘をのぼりきったところでまた息があがり、ぶざまにあえいだ。マーセルのほうは、まるでロンドンのボンド・ストリートをのんびりとぶらついてきたかのような息遣いだ。ただし、ロングブーツの光沢は少々失われていた。

「頬も鼻も麗しいバラ色になってきているぞ、ヴァイオラ」マーセルが指摘した。「まあ……鼻のほうは〝麗しい〟とは言えないかもしれないが」

「あなたは騎士道的な気遣いというものが少しもできないのね」ヴァイオラは言い返した。

「いや、わたしが伝えたかったのは」マーセルが言った。「きみの鼻は〝かわいらしい〟バラ色だという表現のほうが的確だということだ」

「あら、お上手ね」ヴァイオラは振り返ってマーセルより先に家に入った。

マーセルが背後でささやいた。「女性を喜ばせる言葉のひとつもとっさに口にできないだなんて、二度と言わせないからな」

ヴァイオラは声をあげて笑った。

10

コテージに来て一週間もすると、マーセルは自分がこの新しい情事にいまだにどっぷりつかっているばかりか、すっかり楽しんでいることにちょっとした驚きを感じていた。ただ情事を楽しんでいるだけではない——その点は予想どおりだ。楽しさを感じない関係を終わらせるのに躊躇《ちゅうちょ》したことは一度もない。そう、マーセルは……心から楽しんでいた。

デヴォンシャーのコテージに来ようと考えたのは、戯れに邪魔が入らない理想的な場所に思えたからだ。家の中で一緒に心地よくくつろぐ姿を頭に浮かべ、渓谷は詮索好きな目をさえぎり、文明社会の雑音や日常生活から切り離す単なる背景にすぎないと思っていた。マーセルの家族がなんらかの理解しがたい理由で彼を捜そうと思ったとしても、ここに来ようとは絶対に考えないだろう。それにヴァイオラの家族はこのコテージの存在すら知らない。

マーセルはここを、手つかずの自然の美しさ、新鮮な——ときに冷たい——空気、爽快な散歩、心を癒やす会話を提供する場所というふうに考えたことはなかった。そう考えたとしたら、来ることをためらっただろう。

一番の期待はたがわなかった。ふたりは長く官能的な夜を楽しんだ。マーセルはまだ退屈を感じはじめてもいない。実際はまったく逆だ。このまま退屈など感じないかもしれない可能性に少し不安を覚えてきているものの、そんな心配をするなどもちろんばかげている。今にそわそわしだすだろうが、それは都会の生活に戻るからというだけでなく、また自由の身になって新たな楽しみの源を求めて周囲を見まわるようになるからだ。

とはいえ、男女のお楽しみは夜に限られており、日中はほとんどさわやかな屋外で過ごした。まったくなんてことだ。ほかの人は家で階段をのぼったりおりたりするかもしれないが、ふたりは川の両岸の急な谷をのぼったりおりたりした。小道や、小道のないところや、起伏に富んだ岬を歩いた。ある午後には海を見おろす高い崖のてっぺんに沿って、風を顔に受けながら歩いている最中に危うく吹き飛ばされそうになり、風に吹かれながら家に引き返したこともあった。ある朝には村まで歩き、さらにそこを抜けて、がたがたの急な階段をおりて、同じく急な岩と小石の斜面をくだり、砂地の小さな入り江まで行った。そのときは苦労したにもかかわらず、ヴァイオラの靴の中に砂が入り、マーセルのブーツの外側に砂がこびりつき、身につけていたすべての服と髪にも砂が入りこんだだけだった。ああ、そのあと息を切らして村まで戻り、そこからコテージに帰るのはたまらなく楽しかった。

「わたしの脚を膝まですり減らそうとしているのか、ヴァイオラ？」あと少しでコテージに到着するところでマーセルは訊いた。けれどもヴァイオラは笑い飛ばしただけだった。その週はよくそんなふうにマーセルのことを笑った。そう、それにふたりで笑いあったりもした。

ヴァイオラの笑い声には大いに喜びを感じた。笑顔はもっと好きだった。

「いつか川に沿って海まで歩いてみたい」ヴァイオラが言った。「脚を膝まですり減らさないでほしいわ、マーセル。わたしより背が低くなってしまうでしょう。それは気に入らないもの」

「わたしを見おろすと偉くなった気分が味わえて楽しいんじゃないか」それを聞いて、ヴァイオラがまた笑った。

それにふたりは話をした。彼らがそこに滞在した最初の週末の日、橋の真ん中に立ったとき、ヴァイオラはずいぶん前から約束していたピルエットを披露し、息をのむほど美しいまわりの景色について予想どおりの感想を述べた。実際、マーセルも同じ意見だったが、両腕を大きく広げ、うっとりした表情を浮かべてくるくる回りはしなかった。五感を研ぎ澄まして静かに彼女のそばにたたずんでいるだけで充分に満足だった。どういうわけかマーセルはこれまで想像したこともなかった感覚を抱いていた。とにかく、ヴァイオラはよく話をした。

「わたしたちはなぜ生まれてきたんだと思う？」ヴァイオラが腰ほどの高さの手すりに腕をのせ、水面を見おろした。「そのすべての意味ってなんなのかしら？」

ほかの女性にそんなくだらない質問をされたら、それ以上難しい話になる前に女性を馬車に押しこんでロンドンの方向へと馬を走らせ、どこかロンドンの雑踏の真ん中に置き去りにして、二度と見つからないようにしただろう。

「われわれが生まれたわけは、その一〇カ月ほど前のある晩に両親が互いにその気になったからだろうな」マーセルは答えた。「その意味は、それによって世界は人口を維持し、人類という種が絶滅しないことにある」

　ヴァイオラはマーセルのふまじめな返事を真剣にとらえることにしたらしい。もはや水面に視線を落としたり、谷を見あげたりはせず、代わりにマーセルを見つめた。マーセルは彼女の赤い鼻がかわいらしいと言ったとんでもない嘘《うそ》が事実に思えてきた。「でも、どうして？」ヴァイオラが訊いた。「本質的に価値がないとしたら、どうしてわざわざ生きながらえようとするのかしら」

　人生を続けていくことに実際の価値がないと言っているのなら、少々ぞっとする話だ。マーセルはそんなことはあまり考えたことがなかった。少なくとも何年も考えていない。その習慣を変えたいとは特に思っていなかった。

「きみは子どもを産んだじゃないか」

「ええ」ヴァイオラが答えた。「それが期待されていたことだったから。わたしの務めだった。ハンフリーはカミールにがっかりしたわ。心待ちにしていた跡継ぎではなかったから。ハリーのあとにアビゲイルが産まれたときもがっかりした。跡継ぎの予備《スペア》にならないから」

「ただの義務だったのか？」マーセルは眉をあげた。

「いいえ、違うわ」ヴァイオラが顔をしかめ、川に沿ってここからは見えない海のほうへと目を向けた。「子どもたちはわたしの喜びだった」

「唯一の喜びだったのか？　きみの人生に意味を与えた唯一のものだったのか？」

　ヴァイオラが手袋をはめた指で石橋をさすりながら答えを探した。「ええ。ほとんどそうね。でも、どうして喜びを感じたのかしら。あの子たちを産んで、この世で待ち受けるあらゆる苦しみを味わわせただけなのに」

「子どもたちの人生が悲惨なものでしかないというのか？」

「カミールは不幸せな子だった」ヴァイオラが言った。「あの子は手に入れられないものを求めたの……父親の愛と承認を。カミールは今、幸せよ。あまりに幸せすぎて心配になるくらい。ハリーはイベリア半島にいて、絶えず銃撃を受けるのがとても楽しいと言い張るの。一方、わたしは家で待ちながら、あの子からの……あるいはあの子に関する次の知らせで何を聞かされるのかと常におびえている。アビゲイルはやさしくて物静かで落ち着いた子よ。心にはどんな思いを秘めているのか、あの子の将来がどうなるのか、わたしは心配している」そう言って唐突に振り返った。「あなたはどうして子どもを持ったの、マーセル？」

「若くして結婚したから、若い夫婦がそうであるように自然の成り行きだった」マーセルは答えた。それまでとても楽しい気分だったので、そのことについて考えるのはまだ耐えられなかった。

「父親としての重荷に押しつぶされそうになったことはある？」ヴァイオラが尋ねた。「子どもたちを愛していないからではなく、愛しているからこそ感じる重荷に」

マーセルは心底この話題について話したくなかった。こんな話をするためにここへ来たのではない。彼女と姿をくらましたのは、一週間もしくは三週間ほど楽しむため、何も考えずに楽しむためだ。ここに来たのは、家に帰って自分が父親として、人として失格だという証拠を目にしたくなかったから。ふたりは、あれほどかわいい赤ん坊だったエステルとバートランドは、もうほとんど大人だ。

大人になるほど成長した。

マーセルは心の中で腹立たしさと別の感情——それが何か見きわめるつもりはなかったが——が入りまじっているのを感じながら、ヴァイオラを見つめ返した。彼女が両手でマーセルの顔を包み、手袋をはめた親指で頬をかすめた。一瞬、頬が濡れているのではないかと恐れたが、濡れてはいなかった。

「ときどきあなたの表情が険しくなって瞳が曇ると、わたしは怖くなるの」ヴァイオラが言った。

「わたしのことが?」

「あなたが見えなくなることが」ヴァイオラが答えた。

マーセルはどういう意味なのか訊かなかった。知りたくなかった。

「わたしは子育てには向いていなかった」マーセルはそっけなく言った。「今も向いていない。とはいえ、育てる必要はもうほとんどないが。ふたりとも一七歳だからな」

「だったら、実際には誰が育てているの?」

「あの子たちのおばとおじ」マーセルは答えた。「つまり、妻の姉夫婦だ。そう、ふたりは子育てに向いていたし、今も向いている。子どもたちは立派な若者だし、立派で称賛すべき大人になるだろう」ジェーンとチャールズが子どもたちにふさわしい存在だとマーセルが認めたことはほとんどなかった。

「子どもたちを愛しているの？」ヴァイオラが息を吐くように言った。

マーセルはヴァイオラの手首をやさしいとは言えない力でつかみ、自分の顔から彼女の手を離した。「女性にありがちな質問だな。わたしはあの子たちの父親で、ふたりが適切に面倒を見てもらえるようにしてきた。住まいを提供し、あの子たちの身分に見あった暮らしを送りながら成長できるよう手段を講じてきた。ふたりが一歳の頃から、年に二度は訪問している。あの子たちがそれぞれにふさわしい人生を築けるように取りはからったら、これまで続けてきたわたしの役目はそれで終わりだ」彼はヴァイオラの手首をつかんだままだった。

「お子さんたちに会いに行く途中だったのね」ヴァイオラの目には、こともあろうに涙があふれていた。

「ふたりとも、どこかに行ってしまったりはしない。われわれが……」

「関係を終わらせたときも？」マーセルがふいに言葉を切ると、ヴァイオラが先を続けた。

「こんな話はしたくないんだ、ヴァイオラ」マーセルは言った。「ここに来たのは逃れるためだ。日常生活を離れて一緒にいることを楽しむためであって、心をさらけだすためではない」

「わたしはあなたといて楽しかったわ」ヴァイオラが静かに口にした。

「過去形なのか？」自分がヴァイオラに飽きる前に、向こうから愛想を尽かされるとは考えたこともなかった。なんと傲慢だったのだろう。もし本当に愛想を尽かされたのなら憂慮すべきことだ。

「違うわ」ヴァイオラが言った。「過去形じゃない。あなたに人生の意味を問いかけたとき、実際に答えを期待していたわけではなかった。わたしが尋ねたのは、ときに人は幸せを感じると、鮮明に幸せを感じると、すべてに意味があるように思えてしまうからよ。生まれてきてよかったと心から思えるほど幸せを感じたときには。それほど強烈な幸せはもちろん決して続かないし、良心と責任を犠牲にしているからこそ感じることもしばしばあるわ。あなたと一緒にいられてとても幸せだった」

マーセルの中に落ち着かない気持ちがよみがえり、ヴァイオラの手首を放した。彼女はいまだに過去形を使っている。

「あら、心配しないで」ヴァイオラがちらりと笑みを見せた。「ずっと続くものではないのはわかっていると認めただけ。でも、つかの間でいいんでしょう、マーセル？　こうした時間は充分に一生を生きる価値があるものにしてくれるでしょう？」

マーセルはため息をついて両手をいっときヴァイオラの肩に置いてから、彼女を軽く腕の中に引き寄せた。「あがってはさがり、さがってはあがり、光と影があり、幸せと不幸せがある。それが人生だ、ヴァイオラ。こうした相反するものに対して、どうしてここまで無力に思えるのか、わたしにはわからない。哲学者ではないからな。だが、痛みを避けて幸せを求めるのが……あるいは楽しみを求めるのが人間の本質だ。それが身勝手などということはまったくない」

「あなたにとって幸せと楽しみは同じもの」ヴァイオラが言った。「それを求めるのは決して身勝手なことにはならないの？　務めはどうなるの？」

「そうだな」マーセルは言った。「きみが人生の二〇年以上もリヴァーデイルがとんでもないろくでなしだという事実から目をそらし、家族や上流社会に対して体面を取り繕ってきたことをわたしは知っている。務めを果たしてきたことを。私欲を捨ててきたことを。そして不幸せだったことを」

「愚かなことをしたわよね」ヴァイオラが言った。「あなたの誘いにのっていればよかった。そうしたかったのよ、わかっているでしょう」マーセルの肩に頭を預けた。

ヴァイオラの告白を聞いて、彼は衝撃に襲われた。

「いいや、きみはそうはしなかっただろう」マーセルは言った。「きみはそんな人ではなかった、ヴァイオラ。わたしもそんな人間ではなかった。きみはわたしと関係を持たなかっただろう。結婚していた……結婚していると思っていたし、幼い子どももいたんだから。わたしもきみと関係を持つことはなかった。きみは結婚していたからな。言い寄っただけだっただろう」

「そうだったの？」ヴァイオラが頭を引いてマーセルの顔をのぞきこんだ。驚いたような声だった。「つまり、あなたの火遊びにもルールがあったのね？」

マーセルの中の何かがひやりとした。「ほんのわずかだが。ルールなどつまらないものだ、ヴァイオラ。個人的な充足感の邪魔をする」

「でもときに、そのルールが人となりを示すということもあるのではないかしら」ヴァイオラが言った。「既婚の女性を誘惑したことは一度もないの？」

マーセルは眉をあげた。「どんな女性も誘惑したことはない。どういうわけか今ひとつ理解できないが、驚くほど多くの女性が誘惑もされていないのにベッドをともにしたがるんだ。そう、既婚女性とわかっていて性的関係を持ったことは一度もない。妻を除けばだが」

ヴァイオラがまたちらりと笑みを見せたが、マーセルがうっかり口にした言葉を利用して、アデリーンのことを尋ねたりはしなかった。

「不思議に思うかもしれないけれど」ヴァイオラが言った。「結婚していたあいだ、自分を不幸だとは思っていなかったの。少なくともずっと不幸だったとか、ほとんどの期間不幸だったとは。ただ、わたしの人生が見せかけにすぎなかったとわかって、子どもたちがどうしようもないほど傷ついたあとになって、それまでの年月がいかに空虚だったかを思い知ったの。わたしはそのとき四〇歳で、おそらく人生の半分以上が過ぎ去っていた。かといって、過去に戻って人生をやり直せたとしても、違う生き方をするとは思えない。もし心のままに行動していたら、わたしを含む多くの人の人生にどれほどの混乱を招いていたか。そうしていたら、わたしは決して幸せにはなれなかった。でも、今は少し違う」

「少しだけ？」マーセルは尋ねた。

「今でも傷つく人はいるから」

「これは単につかの間の戯れだ、ヴァイオラ」

「そうね」ヴァイオラが答えた。マーセルは彼女を抱きしめ、激しくキスをした。どういうわけか、これが終わりの始まりだと感じながら。とはいえ、まだ終わってはいない。まだ互いに飽きてしまったわけではない。それでも山場を越えて、ふたりの出発点へと戻る旅が始まっていた。

「今夜まで待ちたくない」唇越しにマーセルは言った。午後も半ばに近づいていた。ふたりは昼食のあと、ここに来ていた。

「わたしも同じよ」ヴァイオラが言った。

こうしてふたりの情事はここ一週間以上続いてきたようにまた始まった。ただし昼間に体を重ねることはまれだった。一緒に丘の斜面をのぼってコテージに向かい、ベッドに入って、ゆっくりと巧みですばらしい満足感をもたらす行為にふけった。

おそらくそこには身を切られるような絶望もこめられていた。

ひと晩で天気が変わった。気温がさがり、風も強くなった。谷には雲が低く垂れこめ、激しい雨が頻繁に降った。さらに多くの木々が色づいた。

「秋になるといつも少し悲しくなるの」ある朝、短い晴れ間に朝食の席でヴァイオラは言った。「とても美しいけれど、ひどくはかないでしょう。冬がすぐそこまで来ていると知っているから」

「そのあとにはほどなく春が来る」マーセルが肩をすくめた。

「そうね」ヴァイオラは認めた。「でも、ときどき春がとてつもなく遠く思えるの」

「ヴァイオラ」マーセルがテーブル越しに彼女の手を包みこんだ。「冬にはいい面もたくさんある。雨の日、雪の日、寒い日には」マーセルがふいににやりとしたので、ヴァイオラの心臓が飛び跳ねた。「家にこもって愛しあうしかない」

もちろん〝ベッドをともにする〟という意味よ。マーセルは愛というものをほとんど知らないのだから。とはいえそう言いきってしまうのはおそらく不公平で、必ずしも正しいことではない。一週間ほど前なら自信を持って言いきっていただろう。だが、今はさほど確信が持てない。マーセルは自分の子どもや若かりし頃の短い結婚について話したがらない。非常に口が重いのはその話題が痛みを伴うからだとヴァイオラは感じていた。痛みがあるところには、おそらく愛がある。マーセルは子どもたちのことを幼い頃から顧みてこなかった。物質的にではなく、重要な面において。年に二度は訪問していると言ったが、自分の子どもと過ごす時間を表すとは思えない表現だ。その言葉は滞在が数カ月という期間ではなく、数日か数週間だと物語っている。

ハンフリーはわが子に見向きもしなかった。愛していなかった。子どもたちの存在にほとんど気づいていないのではないかとヴァイオラはいつも思っていた。ハンフリーはときにヴァイオラと子どもたちをヒンズフォード屋敷に残して、どこか――ロンドンかブライトン、またはしばしば家を空けるときに過ごしている場所に行き、何週間も戻らずに、手紙すらよこさないこともあった。子どもたちが初めて歩いたときも、初めて歯が生えたときも、誕生日も目にする機会を逃した。マーセルも同じように子どもをないがしろにしているのかとも疑ったが、実は違うのではないかとひそかに思っている。おそらく彼が子どもと距離を置くのは無関心からだと信じたくないからだろう。ヴァイオラを魅了した端整でいかめしく、ときに皮肉な表情を浮かべる面立ちの裏に、別の人格が隠されていると信じたかった。

単にそう信じたいだけなのかもしれない。自分のために。ずっと抱いていた印象どおり心のない人だとは考えたくないのかもしれない。ヴァイオラはこれまで信じてきたすべてを捨ててここに来た。マーセルと数週間を……愛が凝縮された数週間を過ごすために。

愛するためだけに。

「いつだってすることはあるわ」ヴァイオラは言った。「読書する、絵を描く、写生をする、作曲する、会話をする、手紙を書く、外気を取りこむ、裁縫をする、刺繍をするとか」

「体を重ねるとか」マーセルが言った。

「体を重ねるとか」ヴァイオラは微笑んだ。ああ、この関係が終わったら、それなしでどうやって生きていけばいいのだろう。大人になってからの人生の大半を、それなしでどうやってやり過ごしてきたのだろう。

「〝外気を取りこむ〟だと?」マーセルが身震いした。「きみがこだわるように窓を開けたままで眠るだけでは足りないのか? それとも〝外気を取りこむ〟とは体を重ねるという意味なのか?」

「違うわ」ヴァイオラは説明した。「散歩をしたり、馬に乗ったり、馬車で出かけたりするという意味よ。そう、冬でもね。近所の人や友人を訪ねるのもいいわ」

「それでも冬が近づいていると思うと寂しくなると言うんだな」

今年は何倍も寂しく感じるだろう。マーセルとは一緒にいないだろうから。ただ愛情に飢えているのだろうか？　それともマーセルに恋をしているのだろうか？　ええ、もちろん恋をしている。でも、愛しているのだろうか？　そこには雲泥の差がある。だけど、どうして愛することができるだろう。マーセルのことはほぼ知らないし、彼も決して知られまいとしている。マーセルはヴァイオラが彼を愛する理由をほとんど与えてくれてはいない。

マーセルは孤独なのだろうか。

「また雨が降っている」そう言われ、ヴァイオラは頭をめぐらせて窓の外を見た。「いくらきみでも、この中を外に出たいとは思わないだろう」

たしかに。ヴァイオラはブーツを持っていない。おまけに寒くて風が強く、じめじめしている。最悪だ。ここから眺める分にはいいけれど。

「きみが黙っていると不吉だな」マーセルが言った。「頼むから、またシダが呼んでいるとか言わないでくれよ、ヴァイオラ。わたしの礼儀正しさの本質が容赦なく試されそうな気がしている。きっとついていかざるをえないだろう」マーセルが重ねていた手を離して朝食を続けた。

「外に出たくはないわ」ヴァイオラは言った。

ふたりは丸二日、薪《まき》と石炭がもたらすぬくもりを楽しみながら屋内で過ごした。一緒に本を読み――マーセルの大おばは読書家で、図書室に遺した壁一面の本棚にはどれも本が詰まっていた――書き物机で見つけた色あせたカードでトランプをした。ジェスチャーゲームにも挑戦して一時間も続け、ヴァイオラが笑い転げたところでマーセルがいつも感心していた彼女の品格が損なわれたと言い、ヴァイオラは彼にクッションを投げつけた。ふたりは話をした。ヴァイオラはバースでの幼少期の話を、長年思いだしもしなかった出来事を話した。マーセルはオックスフォード大学に在籍中に、自分が中心となって行った数々の恐ろしい功績について話した。かなり脚色されているのではないかとヴァイオラは疑ったが、そうでもないのかもしれない。そうした話は間違いなくおもしろかった。温かくけだるいキスはしたが、それ以上のことはしなかった。プレウィット夫妻のどちらかが、形ばかりのノックをするだけで絶えず部屋に入ってくるからだ。ミスター・プレウィットは暖炉に使う新しい石炭を届け、ミセス・プレウィットは紅茶やコーヒーにビスケットかケーキかスコーンを添えて、ひっきりなしに運んできた。そしてミセス・プレウィットは飲み物を注いだり、お菓子を押しつけたりしながら、必ずおしゃべりを――あるいはひとり言を――披露していった。

ヴァイオラはマーセルとソファに座って腕を肩に回されているときに、しばしばまどろんだ。マーセルはベッドで横にならないと決して眠れないと言っていたが、あるときヴァイオラが目を覚ますと、彼の呼吸が怪しいほど深く、いびきに近いときがあった。彼女はじっとしたまま暖炉に向かって微笑み、至福のときを心ゆくまで楽しんだ。

ふたりは渓谷に目をやり、天気を確認した。少なくともヴァイオラはそうした。窓下のべンチに落ち着き、両膝を抱えた。これまで自分に許したことのない気楽な体勢だ。谷には雲が垂れこめ、風と雨が打ちつけていたが、それでもどこまでも美しかった。

もしわたしが……もしわたしたちがずっとここで暮らすとしたらどうだろう。このすべてに魅了された状態が続くのだろうか。それとも退屈で息苦しいと感じるようになるのか。そうはならない。それはたしかだ。ここでならいつまでも幸せでいられる。でも、自分が知るすべてのものから切り離されても？　彼女が知るすべての人から？

ヴァイオラはハリーを思って恐怖にも似た鋭い不安に襲われた。そして娘たちに対する鈍い痛みも覚えた。カミールはいまだに裸足で外に出ているのだろうか。アビゲイルはまだバースを楽しんでいる？　それに孫たち。ジェイコブは前よりは夜に長く眠るようになっただろうか。ウィニフレッドは『天路歴程』を読み終えただろうか。今でも誰か耳を傾けてくれる人に各章の要約を伝えなければならないと思っているのだろうか。ああ、ヴァイオラはいつも、どんなときでも耳を傾けたかった。サラはまだ抱っこされたいのだろうか？　ハリーから手紙は届いているのだろうか？

肩をそっとつかまれたヴァイオラは、そこに自分の手を重ね、首をめぐらせてマーセルに微笑みかけた。

「ガラスというものはなんとすばらしい発明だろう」マーセルが言った。「室内の快適さを楽しみながら屋外の荒れた天気を観察できる」

マーセルは彼女をおもしろがらせるために新鮮な空気や屋外が嫌いなふりをしている、とヴァイオラは思っていた。本人は温室育ちのふりをしているが、ヴァイオラは一瞬たりとも信じなかった。そして、そんなふりをするマーセルを非難したことがあった。

「そうね」ヴァイオラは顔の向きを変え、マーセルの手の甲にキスをした。

「きみは人生に何を求める、ヴァイオラ？」マーセルが尋ねた。「一番望んでいるものはなんだ？」

そんな質問をするとはマーセルらしくない。きっとくつろいだ気分なのだろう。ヴァイオラはふたたび窓の外に目を向けた。簡単には答えられない。単純な質問のほとんどがそうだ。わたしは何が欲しいのだろう？　幸せ？　漠然としすぎている。愛？　まだ漠然としすぎだ。意義？　でも、わたしに人生の意義を説いてくれる人は誰もいないだろう。それなら何？　何か特定の事柄に的を絞ることはできそうにない。ただ――。

「大切だと思える人」ヴァイオラは答えた。「わたしたちはみんなレッテルを貼られているのかしら、マーセル？　わたしは常に娘や姉、妻、母親、義理の姉妹、祖母、伯爵夫人、義母のいずれかだった。だからハンフリーの死後に事実が判明して、こうしたレッテルのいくつかと、わたしの名前さえもはぎ取られて、ひどく混乱してしまったのだと思う。あら、わたしのことを気遣ってくれる人たちがいるのはわかっているわ。自分が愛されず、評価されていないと思うほど自己憐憫に陥っているわけではないの。わたしは家族と友人にとても恵まれている。でもまあ、いずれにしても自己憐憫に陥っているように聞こえてしまうでしょうけど、わ、い、わたしという人間を気にかけてくれる人は誰もいなかったように思えるの。娘、母親、そのほかすべての立場の中に存在するわたしという人間を。誰もわたしのことを知りもしない。みんな知っていると思っているけれど、本当の意味で知る人はいない。ときどき自分ですら自分のことがわかっていない気がするの。ごめんなさい。自分でも何を話しているのかよくわからない。でも、あなたが尋ねたから」

「たしかに尋ねた」マーセルの手は先ほどよりも強くヴァイオラの肩をつかんでいた。

雨はやんでいた。わずかな時間だけ雲の切れ間から青空がのぞいた。あまりにも早く枝から吹き飛ばされた数枚の色とりどりの葉が、風に激しく揺れるシダの上に散らばっていた。

「あなたは？」ヴァイオラは問いかけた。「人生で一番望むものは何、マーセル？」

「楽しみだ」しばらく沈黙してからマーセルが答えた。「願うとしたらそれが唯一、理にかなっている」けれどもヴァイオラは、彼の声に侘しさのようなものを感じた。

「こんなふうな？」ヴァイオラはマーセルの手に頬をのせた。「この逃避行みたいな？」

「そうだ。まさにこういったものだ。ベッドにおいで、ヴァイオラ」

ここ二日とも夜は早めにやすんだが、体を重ねたのはこのときだけだった。マーセルは黙って普段より手短に、長く巧みな前戯なしでヴァイオラを抱いた。それでもヴァイオラはマーセルが高みに達する少し前にのぼりつめて身を震わせた――彼はいつもヴァイオラがのぼりつめるまで待っている。マーセルはすぐにヴァイオラの上からおりたが、腕は彼女に回したまま上掛けを引きあげ、ふたりの体を暖かく包んだ。それから彼はヴァイオラの頭を自分の肩にのせ、頬を彼女の頭のてっぺんにつけて、ふたりとも眠ったふりをした。ヴァイオラはどちらもふりをしているだけだとわかっていた。

ヴァイオラが経験してきたこの欲望のままに過ごした日々は、あふれんばかりの喜びと、あふれんばかりの生きている実感に満ちていた。マーセルに飽きるという状態とはほど遠かった。飽きることは決してないだろう。ヴァイオラは今、疑う余地なく確信していた。マーセルにもまだ愛想を尽かされてはいない。そうであるなら気づくはずだ。相手が離れ、熱意と興味を失ったのを感じるはずだ。マーセルは愛想を尽かしたわけではない。けれども何かが……。

秋の訪れとともにふたりの関係にも物悲しさが忍びこんでいた。

ヴァイオラは薄々感じていた――いや、悟っていた。ふたりの関係が終わりの始まりに到達したことを。

11

リヴァーデイル伯爵の馬車はバースを出発してから順調に走り、何ごともなくヴァイオラが最後に目撃された町に到着した。たしかに彼らは雇われた御者が乗客を降ろした馬宿の名前を知らなかったが、見つけるのにさほど時間はかからなかった。そこには夕方までに着いた。

馬宿の主人は該当するふたりの客――レディと紳士――を覚えていた。けれども、名前は聞いていたとしても覚えていなかった。部屋を取っていなかったので、宿帳に名前も記されていない。主人が覚えていたのは紳士から貸し馬車について尋ねられたからで、そこには一台、しかも申し分のない馬車があったからだ。ふたりが乗ってきた馬車よりもはるかにまともなのは間違いなかった。しかしその紳士はとにかくもっとよいものを探しに町へ出かけ、真新しい馬車と馬を連れて戻ってきた――しかも御者つきで。紳士の妻は宿に残って滞在客用の休憩室でコーヒーを飲んでいた。宿の主人は彼らが去ったあと、どこへ向かったのか見当もつかなかった。そのとき勤務していた馬番の誰かが覚えているか、レディに給仕したメイドが何か聞いているかもしれない。だがメイドは今、勤務時間外だった。

バースからの一団はひと晩部屋を取り、翌朝早めの朝食を終えたあと、ジョエルとアレグザンダーは町へ出かけ、アビゲイルとエリザベスは休憩室でもう一杯コーヒーを飲みながら、宿の主人に指示されてやってきた給仕の娘に質問した。娘は青い顔で目を見開いてお辞儀をした。

「はい、そのレディなら覚えてます」娘はエリザベスに向かって答えた。「紳士がお戻りになるのを待っていました。でも、おふたりのお名前は覚えてません。レディはおっしゃらなかったと思います」

「ことづては残さなかった？」エリザベスが期待をこめて訊いた。

娘が一瞬ためらったとしても、ふたりの聞き手はどちらもそれに気づかなかったか、何も思わなかった。「いいえ、お嬢さま」娘はエプロンの両側を手でひねりながら答えた。給金から大枚をはたいて買った新しいエプロンだ。「ですが、いずれにしてもわたしにことづては残さなかったでしょう。コーヒーをお持ちしただけですから。受付でお尋ねになってはいかがでしょうか」

「その日も、そのあとも家に帰ってこなかった」アビゲイルは説明した。「それで心配してるの」

「レディのことを心配されてるなら、どうしてお名前をご存じないんですか？」給仕が難しい顔をした。

「名前は知ってるわ」アビゲイルは言った。「あたしの母だから。あたしたちが知らないのは紳士のほうなの」

「ああ」ことの次第がわかりはじめた娘は、厨房に戻ったらその話をしようと思った。

「紳士というのは彼女の弟か、いとこじゃないかしら」エリザベスが、顔を赤らめて唇を噛んでいるアビゲイルをちらりと見た。「どちらもここからそれほど遠くないところに住んでいるでしょう。どちらであったとしても、わたしたちに知らせようなんて思いつかないのはいつものことだもの」

「ええ、そうよね」アビゲイルは言い添えた。「アーネストおじさまは特にそう。あなたの言うとおりだと思うわ、カズン・エリザベス」

娘は厨房にさがったが、結局今仕入れたばかりの興味深い噂話を広めることはなかった。女性から託された手紙が洗濯桶の中でぐちゃぐちゃになってしまったのがわかったときよりもさらに気分が悪くなっていた。あれは明らかに大事な手紙だったのだ。女性と一緒にいたあのひどく横柄で恐ろしい形相の紳士は、レディの夫ではなかった。自分やほかのみんなはそう思っていたけれど。それに、弟かいとこではないかという話を一瞬たりとも信じていなかった。近くに住んでいるなら、どうして新しい馬車と馬が必要になるだろう。そう、レディはあの紳士と駆け落ちしたのだ。男性が誰であろうとも。それでも女性は誰かに——実際にはふたりの人物に手紙を書いた。おそらく心配させまいとして。

ジョエルとアレグザンダーが謎の紳士が馬車と馬を購入した場所を突き止めるのに、さほど時間はかからなかった。紳士は同じ場所で新しい御者を雇っていた。けれども馬車の売り手ですら、その紳士の名前も馬車でどこへ行くつもりだったのかも知らなかった。馬宿にもどちらかの質問にすら答えられる者がおらず、休みで不在の馬番がいることを伝えようと思いついた者もいなかった。馬車が宿を出たときにどの方向へ走り去ったのかさえ、誰も思いださなかった。

「北か南か東か西だ」ジョエルと休憩室に戻ると、アレグザンダーが言った。「どれかを選ぼう」

「そのあいだのあらゆる方向も選択肢だわ」エリザベスがつけ加えると、弟が顔をしかめた。

「男性は誰だったのかしら？」アビゲイルはテーブルに両肘をのせて頬杖をついた。「いいえ、誰なのかしら？　なぜお母さまはその人と一緒だったの？　ふたりはどこに向かったの？　どうして手紙をくれなかったの？　どうしてずっと手紙をくれないの？」

単に疑問を口にしただけで、答えは期待していなかった。期待したとしても誰も何も答えられなかっただろう。ジョエルはアビゲイルの肩を軽く叩きながら、アレグザンダーと厳しい視線を交わした。

「行き先としては、ロンドンが最も可能性が高いんじゃないか」アレグザンダーが言った。

「あら、そう思う、アレックス？」エリザベスが眉根を寄せて考えた。「わたしには最も可能性の低い行き先に思えるわ。彼女は二年間ロンドンを避けてきたのよ。今年の初めにあなたの結婚式のために短期間訪れたのは別として。もっと長く滞在するようみんなで説得しようとしたけれど、終わったらさっさと帰ってしまったもの」

「じゃあ、どこなんだ？」アレグザンダーが訊いた。

そう言われても、エリザベスはもっと可能性のありそうな場所を提言できなかった。

「ジェイコブの洗礼式のあと、バースでも同じだった」ジョエルが言った。「お義母さんは早くその場を離れたくてしかたがなかった。愛情を注がれすぎて息苦しかったんだ……アナがロンドンに呼ばれて、ぼくたちの多くにとってすべてが変わってしまったときからずっと」

「〝息苦しい〟ですって？」アビゲイルは両手をおろし、青白い顔をしかめて義兄を見た。

「ああ、それが正しい表現だと思う」ジョエルが言った。「誰もがお義母さんに手を差し伸べることしか考えられなかった。きみとカミールに対してもだ、アビー。きみたちはみんな今でも愛され、今でもウェスコット家の一員として欠かせない存在だと言われている。ぼくはごく最近まで部外者だったから、たぶんきみたちよりも少しだけものごとがはっきり見えるんだろう。きみたち全員が同じように反応したわけではなかった。カミールは勇気を奮い起こしてアナが教えていた孤児院に出向き、自分自身と自分の世界を一から作る決意をした。アナは勇気を奮い起こして上流社会に足を踏み入れた。孤児院で育った女性にはまったく無縁の世界だ。彼女はエイヴリーと恋に落ちて結婚する勇気さえ持っていた。きみがどうだったかはよくわからない、アビー。だがカミールやアナと違って、きみのお母さんはこれらの変化に立ち向かおうとしなかった。自分を押し殺してきた。感情を抑えてきたんだ。ぼくはそれを見てきた。家族全員がお義母さんを心配していたが、みんなの出した答えはただお義母さんをもっと愛することだけだった」

「それがむしろお母さまを息苦しくさせてたのね」アビゲイルは静かに言った。

「愛だけではだめなの？」エリザベスがため息をついた。「ああ、人生はどうして嘆かわしいほど複雑なのかしら。もっと単純であるべきよ。愛はあらゆる問題を解決するべきだわ。でも、もちろんそうではない。厄介なのは……愛のほかに何があるというの？」

「そっとしておくことだ」ジョエルが言った。

「そっとしておく」アレグザンダーがおうむ返しに言いながら、テーブルに置かれたままになっていたポットから生ぬるいコーヒーを注いだ。「つまりヒンズフォードでもバースでもない、世界のどこかでということか、ジョエル？」

アビゲイルがうめき声を漏らし、片手で口を覆った。

「いや、当然、お義母さんは見つけださなければならない。ぼくたちが心穏やかでいるために」ジョエルが言った。「だがお義母さんが無事で、いたいと思う場所にいることが確実にわかったら、安心してそこにいられるようにしてあげるべきだ。みんな、そう思わないか？」

「姿を消す前日に会ったばかりの男と一緒にいるんだぞ」アレグザンダーの声はいつになくとげとげしかった。

アビゲイルの口からふたたびうめき声がこぼれた。

「おそらく、ヴァイオラはその男性を知っていたのよ、アレックス」エリザベスが言った。

「そうだとしたら、この状況がもっと受け入れやすくなるのか？」アレグザンダーが訊いた。

「アレックス」アビゲイルはテーブルの端をつかみ、以前よりも青ざめた顔でアレグザンダーを見つめていたが、そこには今断固とした決意が見て取れた。「誰だろうと母を批判するのは許さない。たとえあなたであっても。あなたはウェスコット家の当主かもしれないけど、厳密に言うと母はウェスコット家の一員ではないし、そうだったことは一度もない。それにもし一員だったとしても……ああ、もしそうだったとしても、あたしはジョエルの意見に賛成よ」

ジョエルがアビゲイルの肩をつかみ、エリザベスはアビゲイルの手を軽く叩いた。

「すまなかった、アビゲイル」アレグザンダーが片手の指で髪をすいた。「まったくきみの言うとおりだ。ジョエルも。ぼくが悪かった。レンならぼくがもとの人間に戻りつつあると言うだろう。ぼくはいつも身近な人たち、とりわけ女性を自分の思うように導いて守りたいと思ってしまう。レンのおかげでかなり改善されたが、ときどきその癖があることを思いだす必要がある。とにかく出発して、きみのお母さんを見つけよう」

「どこへ向かうの？」アビゲイルは訊いた。

一行はロンドンへ続く道を選んで東へ向かい、ふたりが訪れそうな宿屋や酒場、それに訪れそうにない宿屋や酒場にもいくつか立ち寄って、金髪の中年女性と長身で濃い茶色の目と髪の紳士を乗せた、黄色い装飾が輝くばかりの真新しい黒の馬車を見た人はいないかと尋ねてまわり、一日半を無駄にした。色やデザインや装飾の異なる馬車に紳士とレディが乗っていた——あるいは女性ふたりと子どもひとりが乗っていた——のを見かけた者は何人かいたが、誰も助けにならなかった。

「誰かが見たはずだ」馬を変え、遅い昼食をとるために捜索を中断したときにジョエルが言った。「ふたりがまったく誰にも見られずにここまで来られたはずがない」

「わたしも同じ結論に達したわ」エリザベスが同意した。「こっちのほうには来なかったのよ」

もちろんその隣の村や町の誰かが覚えている可能性は常にあったが、彼らは朝からずっとそれを繰り返していた。

「こっちに来てみようと提案したのはぼくだ」アレグザンダーが言った。「今は引き返して別の道を選ぶことを提案する。反対の人はいるかい？」

誰もいなかった。

ヴァイオラが最後に目撃された町に戻るのは、行きに比べてさほど時間はかからなかったものの、それでも果てしない旅に思えた。しかし今回一行が町に到着したとき、先ほどよりも幸運に恵まれた。彼らが以前そこに立ち寄ったときにちょうど休みでいなかった馬番がまた勤務していて、新しい服を着た御者が西の地方へ向かうと言っていたことを思いだした。御者が特にその点を強調したのは、客がロンドンに向かわないことを願っていたからだ。彼はロンドンには一度しか行ったことがなかったが、あの騒々しくて汚く臭い場所には二度と行きたくないと思っていた。

こうしてアレグザンダーの馬車はついに正しい方向へと出発した。とはいえ、〝西の地方〟というのは目指すにしてもひどく漠然としていた。サマセット、デヴォンシャー、コーンウォール、ウェールズ、はたまたグロスターシャーの可能性すらある。それでも前と同じように進まなければならなかった。彼らは望むよりもはるかに頻繁に停まり、馬車とその乗客について尋ねた。少なくとも今回は問いかけに成果があった。徐々に進み、一行はデヴォンシャーに到着した。

「これならバースでかたつむりにでも乗って、できるだけ速く進むように言っても同じだったな」ジョエルがある日の午後、いらだち紛れに言った。

「でも、かたつむりの背中に乗るのはちょっと窮屈だったでしょうね」エリザベスが目をきらめかせて返した。

「それに殻の座席じゃ、かたかっただろう」アレグザンダーがつけ加えた。「ぼくが知る限りでは、かたつむりの殻の下にばねはない」

「いずれにしても、バースで貸しかたつむりなんて見たことないわ」アビゲイルは言った。

「きっとつかまえに行かなければならなかったわよ、ジョエル」

けれども実際、延々と旅を続けているように思えるのに、その旅がいつ終わるのか、あるいは目的地に到着するのかどうかもわからず、到着したとしても何を知ることになるのかわからないとあっては、ユーモアのセンスを保つのは難しかった。

お母さまは男の人と連れだって姿を消した。アビゲイルはそのことしか考えられなかった。カミールはどう思うだろう。それにもしハリーがこのことを知ったら？　ハリーはきっとその男性を殺すだろう。
一度ならず。

レッドクリフを出発した馬車は出だしこそリヴァーデイル伯爵の馬車より数日遅れていたが、徐々にその差を縮めていった。最初は捜索に時間がかかり、アンドレは兄の馬車か少なくとも兄の御者を連れていくと主張しなかったことを後悔した。マーセルを残してきた場所を見分けるのは思ったほど簡単ではなかった。ほとんどの村が基本的に同じように見え、また戻る道を見つけなければならないとわかっていれば景色や目印にも注意を払っていただろうが、そんなことはしていなかった。だがようやく目当ての村に着いたときにはここだと気づいてほっとし、馬車の正面の壁をコツコツと叩いて、通りの突きあたりにある宿屋の前で停まるよう御者に合図した。

当然ながらドーチェスター侯爵はすでにおらず、その名前で滞在していたわけでもなかった。けれども宿屋の主人がアンドレに気づき、ミスター・ラマーがたしかに泊まったこと、翌朝ミス・キングズリーと一緒に出発したことを教えてくれた。

アンドレは質問をする前に女性たち、それにバートランドも食堂で待たせておけばよかったと思った。

「なんですって？」ジェーン・モローは声をあげた。「教えてもらえるかしら、ミス・キングズリーとは誰なの？　バートランド、よければエステルを客室に案内してあげてくれないかしら。少し休んだほうがいいから」

けれどもおぼろげに浮かびあがってきたスキャンダルをふたりから隠すには遅すぎた。双子のどちらも動かなかった。

「兄さんの知り合いだ」アンドレが説明した。「ぼくの知り合いでもある。とても尊敬に値するレディだよ、ジェーン。ぼくが兄さんの馬車に乗っていったんで、彼女は兄さんをどこか馬車を借りられる場所へ連れていったんだろう」

ジェーンは宿屋の主人が興味深そうに眺めているあいだは――あるいは姪と甥が聞いているあいだは――義兄の頼りない弟に質問するつもりはなかった。とはいえ、頭が混乱していた。実際にはどうしてマーセルは弟と自分の馬車を帰したのだろうか？　アンドレが尊敬に値すると主張する女性はいったい誰なのだろう？　夫ではない男性を馬車に乗せるのが尊敬に値することなのか？　ふたりともこの宿屋で、一夜を過ごしたのだろうか？　別々の部屋で？　ああ、双子は自宅で部屋に閉じこめておいて、チャールズとアンドレとこの旅に出るべきだった。

宿屋の主人はミス・キングズリーの貸し馬車が向かった町へ行く道を教えてくれた。

「でも、お父さまはそこからどこへ行ったのかしら」エステルが誰にともなく尋ねた。「どうして家に帰ってこなかったの？　帰ると約束したのに」

ジェーンはあるすばらしい理由を思いついたが、黙っていた。

アンドレも指で鼻の横をこすって黙っていた。

「きっと気が変わるようなことがあったんだろう、ステル」バートランドが言った。「それが何か、その町に着いたらわかるかもしれない」

双子がふたたび馬車に乗りこむあいだ、ジェーン・モローは目を細くしてアンドレを見ていた。「その女性のことを知っていたのね」ジェーンは姪と甥に聞こえない程度の小声で言った。「あなたはあの子たちをここへ連れてくるべきではなかった。連れてくることがきわめて不適切だとは思わなかったんでしょうけれど。あなたもお兄さんと同等ね」

「言わせてもらうが」アンドレは憤慨した。「ぼくがあの子たちをここへ連れてきたわけじゃない。ぼくはまったく来たくなかった。兄さんはとっくにどこかへ行ってしまっているだろうからね。あの子たちい、い、い、あの子たちがぼくを連れてきたんだ」

「今となってはもう選択肢はないわ」ジェーンは声を張りあげ、馬車の中の双子に話しかけた。「家に戻ってお父さまを待ちましょう。都合がついたら来るでしょう。いつものように」

「だけど、パーティーが」エステルが反論した。

「選択肢ならありますよ、ジェーンおばさま」バートランドが言った。「旅を続けて、父が向かった場所を見つける。少なくとも見つける努力をする。こんなに遠くまで来たんです。なぜ追おうともせずに今さら戻るんですか？」

ジェーンは至極まっとうな答えを返すこともできたが、預かっているふたりの若者にずばりと伝えることはできなかった。「お父さまはおそらくお忙しくて、干渉されるのを快く思わないでしょう」

「その女性と一緒だと思っているのね、ジェーンおばさま」エステルが言った。「そう、だからといってなんだというの？　今回が最初じゃないし、最後でもない。でも、わたしはお父さまのために誕生日のパーティーを準備したことを知ってもらいたい。面と向かって言いたいの。お父さまのせいで……迷惑をこうむったと」

ジェーンはいらだちを感じながら姪を見つめた。意固地になるとは、まったくエステルらしくない。子どもが成長しなければならないのは実に残念だ。

「なら、このまま捜索を続けるか？」アンドレが陽気に言い、馬車に乗りこむジェーンに手を差し伸べた。

「はい」エステルとバートランドが声をそろえて返事をした。

そのあとの追跡は比較的容易だった。一行はミス・キングズリーが雇った馬車が乗客を降ろした馬宿を見つけ、新しく購入した馬車のことをそこで知った。彼らは馬車がどちらの方向へ出発したかを知る馬番と話をした。レディと紳士の両方を乗せた馬車が。ジェーンの最も恐れていることがすべて現実となった。その馬番は親切にも、別の四人――ふたりの紳士とふたりのレディ――が二日前に同じ馬車を追っていったと話してくれた。さらに親切なことに、どんな馬車だったかも説明してくれた。

あとは彼らの前にはっきりと目印がつけられた道をたどるだけだ。話をしたほぼ全員が二台の馬車のどちらか、多くの場合は両方を覚えていた。正しい方向に進んでいるという確信をさらに強めたとき、アンドレがふいに何かを思いだした。

「ああ、そうか」アンドレが大きく指を鳴らした。「兄さんはきっとコテージに行ったんだ」

「コテージ?」ジェーンは訊き返した。

アンドレは母から聞いた話を語った。アンドレが生まれるはるか前、幼いマーセルをかわいがっていた父方の大おばが、マーセルを相続人に指名してデヴォンシャーの荒野のどこかにある自分のコテージを遺したという話だ。

「いかにもぴったりの場所じゃないか、じょ――」アンドレが言いかけたが、ジェーンのとげとげしい視線と脇腹への鋭い肘鉄砲でさえぎられた。

「女性を連れていくのに、でしょ」エステルが先を続けた。「デヴォンシャーのどこなの、アンドレおじさま?」

アンドレは鼻の脇をこすってみたものの、それ以上の記憶はよみがえってこなかった。おそらく聞いていないのだ。海の近くだったか?

それではほとんど助けにならなかった。

12

空は晴れ渡り、少なくとも谷間の風はやんでいた。丘陵と谷底が乾くには一日かかった。また外に出るときが来たとヴァイオラは宣言し、谷に沿って海を目指す長くてさわやかな散歩を提案した。

「きっとぬかるんでいるぞ」マーセルが忠告した。

「避ければいいわ」ヴァイオラは言った。「弱気ね」

それはヴァイオラが思っていたようなさわやかなハイキングにはならなかった。川の脇の谷底は雨のせいでよくてびちゃびちゃ、それよりひどいところはどろどろだった。場所によっては、もともと道でもなかったところに古い枯れ枝や腐った木の幹が散乱していた。何もかもが手つかずのまま生い茂っていた。もしかすると、いやおそらくは何年ものあいだ、誰もここを歩いていなかった可能性が高い。いずれにしても爽快な運動で、障害物を縫うようにすり抜け、ときにはよじのぼり、ひどいぬかるみを避け、たびたび足を止めては早秋の木々の見事な景色を眺めたり、鳥のさえずりに耳を傾けたりした。

「驚きだと思わない？」ヴァイオラは言った。「こんなに大きくさえずっているのに、ほとんど姿が見えないなんて」

「驚きだな」マーセルが興奮したヴァイオラをからかうときにいつも使う、あえて抑揚のない声で相槌《あいづち》を打った。

ヴァイオラは感情を抑えたりしなかった。この二週間ほどのあいだに、こうしたわきたつような気持ちを知り、なぜ品格の名のもとにそれを封じこめることがきわめて重要だと今まで考えてきたのか不思議に思った。

砂浜に着くまでには一時間以上かかった。また風が吹いてきた。さえぎられることなく南西から斜めに吹きつける風に海面が波立ち、ふたりは息をのんだ。服が体にまとわりついた。マーセルは帽子を押さえなければならなかった。川は幅を広げ、浅い水路を通って海に流れこみ、海岸をふたつに分断していた。彼らは手をつないで何も言わずに川の手前を散歩した。黙っていることはしばしばあった。けれどもそれは決して話すことがなくなったからではない。ときに話をするより沈黙のほうが親しみを感じることもある。片側には高い崖がそびえていた。反対側には海が無限に広がっていた。

「コテージが谷に建てられていてよかった。こうしたものが全部見えないところにあって」ヴァイオラは言った。

「海は嫌いなのか？」マーセルが尋ねた。

「あら、好きよ」ヴァイオラはつないでいた手を放し、まわりの景色を見渡した。海岸は両方向に何キロも延びている。果てしなく長い波が砕け散って泡となり、少し離れた湿った砂浜に流れこんでふたたび深みへと吸いこまれていく。空気は冷たく、潮の香りを含んでいた。風に吹かれた一羽のカモメが悲しげに鳴いた。あるいはそう聞こえた。とはいえ、人間の感情をほかの生き物にあてはめてはいけない。「でも、海の近くに住みたいとは思わない。あまりにも……自然の力を感じるから」

「少なくとも、その点に関しては意見が一致するな」マーセルがヴァイオラの前に回り、頭を低くしてキスをした。ヴァイオラは身を寄せてキスを返し、ぬくもりとともに慰めと忘却を求めた。ふたりはこの数週間、とてもうまくいっていた。ヴァイオラにとって人生で最高の日々だ。ああ、今までとは比べものにならないほどすばらしかった。それなのになぜここ数日、憂鬱な気分がわだかまっているのだろう。軽快で楽しいメロディーの中にかすかに響く低音のように。

「少なくとも？」ヴァイオラは訊き返した。「わたしたちはほとんどの話題で意見が一致しているんじゃなかった？」

ヴァイオラは真剣に問いかけたわけではなかった。マーセルがそれを真剣に受け止めたかどうかはわからない。けれども突然、その問いが具体的なもののようにふたりのあいだにぶらさがっているかに思えた。ふたりは重要な点でほとんどすべて異なっているのではないか。つかの間のロマンティックな情事のあいだなら、その基本的な事実から目をそらすのは簡単だ。けれども永遠に隠してはいられない。幸いなことに、ふたりに永遠はなかった。

幸いなことに？

ヴァイオラは説明のつかない不安と闘いながら、一歩脇へ寄った。「わたしは濡れた砂浜の手前まで行ってくるわ」

〝わたしは行ってくるわ〟――〝一緒に行きましょう〟ではなく……。深く考えて口にしたわけではなかった。おそらくマーセルもヴァイオラがあえてそう言ったとは思っていないだろう。それでも彼は一緒には来なかった。そこにとどまるか、そのまま先へ歩いていったのだろう。ヴァイオラは振り返って確認はしなかった。情事というのはいつもこういうものなのだろうか？　マーセルならわかるだろう。ヴァイオラにはわからなかった。いきなり、なんの前触れも特別な理由もなく、終わったことを知るのだろうか？　そう、なんの理由もない。ヴァイオラはここでたまらなく幸せだった。ふたりの関係に充分満足していた。もしこれが関係と呼べるのなら。もちろんこれを関係と呼ぶことはできる。どれほど短いものになろうとも。ヴァイオラはマーセルと一緒にいることで活力がみなぎり、彼の愛撫で生き生きとした気分になった。すべてが終わったあと、マーセルなしでどうしたらいいのかいまだにわからなかった。

すぐに、もう少しで知ることになる。

ヴァイオラは濡れた砂浜との境目に来ると立ち止まった。潮は引いたはずだが、少し前まで海水をかぶっていた砂はまだ乾いていなかった。湿った浜はところどころ光っている。彼女はここで孤立し、自分の思い以外のすべてから切り離されている気がした。振り返ってみることはしなかった。風が容赦なく吹きつけてくる。

娘たちは心配しはじめるだろう。どこに行くのか、誰と行くのかにはまったく触れず、ただひとりきりになれる場所に行くとだけ伝えていた。二度と戻ってこなかったらどうしようと考えだすはずだ。ここに来てからは手紙を書いていなかった。大いなる逃避行はますます大いなるわがままに思えてきた。そしてヴァイオラも娘たちのことを心配するとまではいかなくても、ふたりがどうしているのか思いを馳《は》せるようになっていた。会えなくて寂しかった。孫たちのことも恋しかった。カミールが手紙で頻繁に教えてくれる孫たちの様子を知ることができず、寂しかった。

ハリーのことも心配だ。いつ、いかなるときも、意味もなく心配していた。息子の身の安全を確保するためにできることは何もないというのに。とはいえ、せめて家にいてイベリア半島から来た手紙に目を通すべきだ。ああ、戦争は決して終わらないのだろうか。

それに自分の道徳心はどうしてしまったのだろう。道徳こそ人生を通しての羅針盤だった。けれど、それはいつまで？　二週間前？　三週間前までだろうか？　ヴァイオラは時間の感覚を失っていた。そのあいだ、罪深い生活を送っていた。いいえ、本当にそうなのだろうか？　人を愛し、愛されるのを認めるのは罪深いことなのだろうか？　だが、ふたりのあいだにあるのは愛ではない。欲望だ。

欲望以上のものに思えるのは、自分をごまかしているからにすぎない。マーセルにとってこれはいつものことで、彼がそれ以上のものだというそぶりを見せたことは一度もなかった。マーセルが人生に最も求めるものは楽しみだと言ったのは何日前だろう。ヴァイオラは最初から知っていた。騙されていたわけではない。彼女も楽しみを求めて一緒に来たのだから。ヴァイオラもマーセルを渇望していたし、それは今でも変わらない。

彼女は風に向かって顔をあげ、目を閉じた。カモメが——先のほどのカモメだろうか？——また悲しげに鳴いた。たまらないほど強い孤独を感じた。しかしそれは当然の報いだ。

ヴァイオラは向きを変え、浜辺を歩いて戻った。マーセルはヴァイオラが彼のそばを離れたまさにその場所に立っていた。彼女は少し距離を空けて足を止めた。

「家に帰らないと」ヴァイオラは言った。

それからひどく生々しいパニックに陥った。

山高帽を深くかぶり、ケープが何枚もついた厚手の外套を着てロングブーツを履いたマーセルは、とても大きく見えた。遠く離れているようにも感じ、その表情は険しかった。いつもの半ば閉じた目が帽子のつばの影になって普段より暗く見える。奇妙にも見知らぬ人のように、むしろ近寄りがたい他人のように思えた。

「きみから言いだしてくれてよかったよ、ヴァイオラ」マーセルが口を開いた。「かかわりを持った女性たちのことはいつだって傷つけたくないものだ」

マーセルの軽くやさしい口調さえもなじみなく響いた。いずれにしてもヴァイオラは傷ついた。マーセルはあえてそうしたのだろうか？　彼女を傷つけたくないと言いつつ、傷つけるようなことを言ったのだろうか？　それともただ本心を口にしているだけ？　ヴァイオラに飽きていたので、自分で告げる前に関係の終わりを告げられて喜んでいるのか。

「家族に会いたいの」ヴァイオラは説明した。「わたしのことを心配するだろうから」

「家族には手紙を書いたと聞いたように思ったが」マーセルが言った。

ヴァイオラはここに着いた直後にそのことを伝えていた。

「でも、詳細も説明も書かなかった」ヴァイオラは続けた。「それに、二週間以上経ったから」

「そんなに？」マーセルが言った。「楽しみに浸っているとこれほど時間があっという間に過ぎてしまうとは驚きだな」

わたしを侮辱しているのだろうか？　言葉そのものには侮辱的な意味合いはなかったが、ヴァイオラはマーセルの口調に何か冷ややかなものを感じた。「今まで楽しかったわ」ヴァイオラは言った。

「まさしく」マーセルが相槌を打った。「これ以上の経験はめったにない」

〝めったにない〟という言葉は、わたしを傷つけるために慎重に選んだ表現なのだろうか？だとしても、ヴァイオラが腹を立てる理由はない。これは単なる情事にすぎず、彼女にとってだけ重大なことなのだから。

「あなたもお子さんたちのもとに帰れてうれしいでしょう」

「たしかにそうだ」マーセルが答えた。「スタミナを取り戻さなければならないな。きみのおかげでもうくたくただ、ヴァイオラ」

ああ、間違いなく侮辱している。最もさりげないやり方で。ヴァイオラは実に満足のいく愛人だったが、今は——あるいは回復のために短い期間を置いてから——次の愛人に乗り換える準備ができていると伝えている。彼女が貪欲な女だったとほのめかしている。実際そのとおりだったけれど。

「わたしたちの別れに苦い思いは必要ないわよね？」ヴァイオラは尋ねた。

「〝苦い思い〟だと？」マーセルが眉をあげ、片眼鏡の柄を握るかのように片手をあげた。けれども手は外套に隠れていた。「もちろん、どの女性にも苦い思いはしてほしくない、ヴァイオラ。われわれは友人として別れ、きみがうわべだけの生活に戻ったあとも、われわれのひそかな交流を懐かしく思いだしてくれることを願っている」

〝どの女性にも〟

マーセルは自分が抱くであろう懐かしい思い出については触れなかった。ひと月もすればおそらくヴァイオラのことなどすっかり忘れてしまうだろう。

最初からわかっていたことだ。

「明日はどう？」ヴァイオラは訊いた。「明日、家に向けて出発するのは？」

マーセルはしばらく返事をしなかった。顔は御影石《みかげいし》のようで、鋭いまなざしからは何も読み取れない。そしてヴァイオラは愚かにも、出発をあと数日延ばそうと懇願されることを期待していた。

「こう夜が長いと、明日まで待つほうが賢明だろう」マーセルが言った。「そうだね、早めに出発しよう」

ったのだ。

ヴァイオラは平手打ちを食らったかのように感じた。マーセルはできれば今日出発したかったのだ。

谷をのぼって引き返すのに一時間とかからなかった。足を止めてあたりを見まわしたり、鳥のさえずりに耳を澄ましたり、呼吸を整えたりはしなかった。ふたりはぬかるんだ水たまりを避け、触れあうこともなしに落ちた木の枝を黙々と越えた。木の幹を乗り越えるヴァイオラを手伝おうとマーセルが一度だけ立ち止まって手を差し伸べたが、彼女は気づかないふりをした。次のときはマーセルも手を貸そうとはしなかった。互いにひと言も話さなかった。口論をしたわけではない。友好的に話ができない理由も、かたくなになる理由もまったくなかった。いずれにしても今日の残りと一夜をやり過ごし、何日もかけて帰ることになる。ヴァイオラはマーセルにわざわざヒンズフォードまで送ってもらうのではなく、バースまで連れていってもらうつもりだった。バースであればそれほど日数はかからないだろう。ここに来たときのようなゆったりとした旅にはならないはずだ。

わかっていても、一時間一時間が永遠にも思えた。ヴァイオラはこのことについて事前に考えていなかった。ふたりの関係が終わったときのことを頭に思い描いてはいたものの、それは自分が家に戻ってひとり寂しく人生を続けていく姿だった。実際にここから自宅に到達するまでのことは考えていなかった。ヴァイオラは谷の向こう側の町から駅馬車で帰ると申しでようかと思った。

けれども、それでは自分のほうが侮辱しているように思える。

マーセルがいきなり立ち止まり、ぎょっとするような悪態をついた。驚いたヴァイオラも足を止めて彼を見た。しかしマーセルは彼女のほうを見てはいなかった。目を細くし、ちょうど視界に入ってきたコテージを見あげていた。ヴァイオラも前方を見あげ、そして凍りついた。

玄関前の土のポーチに馬車が停まっていた。マーセルの馬車ではない。地元の馬車でもないのはたしかだ。豪華すぎる。まだ遠すぎて細かなところまでは見えないが……。

「来客だな」マーセルが歯のあいだから絞りだすように荒々しく言った。

「誰なの？」ヴァイオラは愚かにも尋ねた。マーセルにヴァイオラ以上のことがわかるわけがないのに。けれども質問しているあいだに、三人の姿が視界に入ってきた。男性ふたりと女性ひとりだ。

男性のひとりはアレグザンダーだった。

もうひとりは――ジョエルだろうか？　こちらの方向を指さしている。

女性はアビゲイルだ。

マーセルはふたたび荒々しく悪態をつき、今回もそのことを謝らなかった。

丘の斜面をのぼってコテージに向かいながらも、マーセルは心の中で悪態をついていた。どうやってこの場所を見つけたんだ？　マーセルがここへ来るための馬車を買いに行っているあいだに、ヴァイオラは娘たちに手紙を書いたと認めていたが、一、二週間出かけることしか伝えていないと言っていたし、マーセルもそれを信じていた。彼は馬車のドアの紋章がリヴァーデイルのものだと気づいてから、男が誰なのかを認識した。ウェスコット家の当主だ。間違いない。そしてあの若い女性はヴァイオラの娘のひとりに違いない。近づくにつれて、マーセルは確信した。彼女はヴァイオラに少し似ている。もうひとりの男は見たことがなかったが、教師で芸術家の義理の息子だろう。

マーセルが持ちあわせている不謹慎な言葉の膨大な在庫は底をついた。彼は初めから繰り返した。丘はのぼるたびに以前よりも急で長くなっているように思える。ヴァイオラはマーセルよりも少し先を歩いていた。数分前にヴァイオラが発した〝誰なの？〟という質問は、浜辺をあとにしてから彼女が口にした唯一の言葉だった。

明日、決闘することになったとしたら、あのふたりの男のどちらがその栄誉を手にするのだろう。情事が終わった翌日にヴァイオラの親族のひとりの心臓を撃ち抜いたり、右腕を負傷させたりしたらどんな惨事になるか。あるいはこちらが親族に殺される可能性もある。この情事はロマンティックな悲劇に変わろうとしているのかもしれない。それも喜劇的な要素を伴うものに。

若い女性がポーチをおりて、膝まであるシダの茂みの中に立った。柳のごとくほっそりとして目が大きく、両頬をかすかに染めた青白い顔に不安そうで無防備な表情を浮かべている。いや、顔色と容貌がある程度似ているところを除けば、母親とは似ていない。マーセルはヴァイオラの後ろ姿からだけでも、彼女がいつもの落ち着いた品位をまとっているのがわかった。ふたりが互いの腕の中に飛びこみそうになった瞬間もあったが、女性はためらい、ヴァイオラも無理に抱擁しようとはせず、結局ふたりはしばらく手を取りあっただけだった。

「お母さま」若い女性が言った。高い声はかすかに震えていた。おそらく普段の声ではないのだろう。

「アビー」ヴァイオラが言った。「あなたったら。アレグザンダーとジョエルと一緒に来たりして、叱ろうと思っていたところよ。いいえ、むしろふたりがあなたを連れてきたことを叱ろうとしていた。でもエリザベスが同行するという賢明な判断をしてくれたみたいね」

もうひとり、少し年上の女性が馬車の後ろから姿を見せた。彼女はたった今コテージから出てきたに違いない。なんとなく見覚えがある気がするが、とっさに名前は出てこなかった。エリザベスなんとかだ。

「ヴァイオラ」その女性は温かい笑みを浮かべた。「あなたの顔を見ることができて本当にうれしいわ。それにとても元気そう。ここは息をのむほど美しい場所ね」思慮深い女性はこの状況下でなんらかの正常な状態を生みだそうとしている。まるで彼女たち一行は通りがかりにお茶に呼ばれて立ち寄っただけであるかのようだ。

男たちはマーセルから視線を外さなかった。

「謎は解けたわけだ」リヴァーデイル伯爵の口調はかたく冷ややかだった。「ドーチェスター、ドーチェスター侯爵だ」隣の男に説明する。

ヴァイオラがすばやく振り返り、驚きに大きく見開かれた目をマーセルに向けた。マーセルは肩をすくめた。「リヴァーデイルか？　久しぶりじゃないか」

「お母さま」若い女性が言った。彼女がアビゲイル、下の娘だ。「いったい何があったの？　なぜ家に帰らなかったの？　どうしてここに来たの？　なぜ……この人と一緒に来たの？　なぜ手紙をくれなかったの？　みんな心配しすぎて、頭がどうにかなりそうだったのよ。家族みんなが」

「もう一度手紙を書くべきだったわ」ヴァイオラが言った。「友人の家にいるからまったく心配ないと説明するために。そうしなかったのはわたしが怠慢だったからよ、アビー。でも……こんなふうに追いかけてくるなんて。どうやってわたしを見つけたの？」

「もう一度？」アビゲイルが訊き直した。「もう一度ってどういうこと？」

「つまり」ヴァイオラは少々困惑している様子だ。「あなたとカミールに送った手紙は受け取ったでしょう。ミセス・サリヴァンもわたしからの手紙を受け取っているはずよ」

若い女性の頬から血の気が失せ、顔全体が青白くなった。「いいえ」返事はささやき声に近かった。「誰も受け取っていないわ」

リヴァーデイルが気をそらすことはなかった。マーセルから目を離さずにいる。もうひとりの男も同じだ。ふたりは復讐《ふくしゅう》に燃える天使のようだった。マーセルがそんな天使を見たことがあるとすればだが。そして案の定――。

「この状況について納得のいく説明をしてもらおうか、ドーチェスター」リヴァーデイルが静かに切りだした。

「それならぼくの後ろに並ぶことだな」もうひとりの男が口をはさんだ。「アレグザンダー、きみはウェスコット家の当主かもしれないが、その女性はカミールの母親で、ぼくの義理の母だ」

ふたりは女性たちの注目を集めていた。「こんなのはばかげているわ、ジョエル」ヴァイオラが言った。「あなたもよ、アレグザンダー。わたしは誘拐されたわけではないんだから。自分の意思でここに来たの。おまけにわたしは家族の男性たちに世話を焼かれるような世間知らずの娘じゃない。四二歳なのよ」

リヴァーデイルが冷たい視線をヴァイオラに向けた。

「ああ、お母さま」アビゲイルが言った。「どうしてそんなことを」

「みんなで中に入って、とても感じのいい家政婦さんが全員にお茶を用意してくれるかどうか訊いてみましょう」エリザベスと呼ばれる女性が提案した。「客間にはとても心地よさそうな暖炉の火が燃えているわ」

誰も応えようとしなかった。

「ばかげてなどいないよ、お義母さん」ヴァイオラの義理の息子が言った。マーセルはその男の名前を思いだせなかった。聞いたことがあっただろうか？「お義母さんのしたことはカミールを傷つけた。アビーのことも。ウィニフレッドも。あの子も多少はものごとを理解できる年齢だから。お義母さんのお母さん、それに聖職者の弟さんもだ。ウェスコット家のみんなも。あなたを家族の一員だと思っているからね、お義母さんがときにそんなふうに接してほしくないといった態度を取ったとしても。お義母さんを迷わせた男を罰したいと願うのはばかげたことじゃない」

「ジョエル」ヴァイオラの声も今は冷ややかになっていた。

「どうやら」マーセルは常に視線を集めると知っている、やや穏やかな声を発した。今回も例外ではなく、誰もが話をやめて注目した。敵意のこもった視線かもしれないが、注目したことに変わりはない。「どうやらみんな誤解しているらしいな、ヴァイオラ。すぐにもわたしをご家族に紹介してくれないか。だがまずはわれわれが婚約していることを、ここへ来る前から婚約していたことを説明しなければ」

つかの間、コテージの外の光景はいかにも不自然な絵画のように見えたに違いない。誰も動かず、何も言わなかった。ヴァイオラがマーセルの言葉の呪縛から解き放たれる前に彼は彼女に歩み寄り、その手にきつく指を絡めてから口づけた。

「わたしたちの愛情は何年も前から続いていた」マーセルは続けた。「俗な言い方をすれば、ふたりが恋に落ちたとき、名誉のためにそれを認めることは許されなかった。ふたたび会うことさえも。しかし数週間前、それぞれが馬車の問題で足止めを食らったときに、ある田舎の宿で再会した。一度視線を交わしただけで、実際には決して消えることのなかった情熱がまた燃えあがった。その日が終わるまでに、もう一日も離れ離れにならないと決心していた。わたしたちは婚約した。ここに来るという衝動的でおそらく無謀な決断をしたのは、家族に知らせて必要な発表をし、結婚式の計画を立てるといった長い手順を踏む前に、しばらくのあいだふたりきりで幸せを祝うためだった。違ったかい、いとしい人《マイ・ラブ》？」

マーセルはようやくヴァイオラの顔をのぞきこんだ。彼女の顔は娘の顔と同じくらい青ざめていた。青白くてまったく無表情だ。ヴァイオラと目が合った。彼女はマーセルを見つめ、そして……微笑んだ。

「あなたの無謀さを責めることはできないわ、マーセル」ヴァイオラが言った。「一緒に逃げだそうと言いだしたのはわたしですもの」

「ああ、しかしわたしはひと言も反対しなかっただろう？」マーセルは話を合わせた。「互いに責任を負うことにしよう。さあ、わたしを紹介してくれ、いとしい人《マイ・ラブ》」

ヴァイオラの娘はアビゲイル・ウェスコット。アビゲイルよりも年上で、それでもマーセルやヴァイオラよりは若い女性はレディ・オーヴァーフィールド、リヴァーデイルの姉。そう、マーセルはロンドンで何度か彼女を目にしていたが、正式に紹介されたことはなかったはずだ。マーセルは彼女の亡き夫を知っていた。義理の息子はジョエル・カニンガムだった。

「お母さま」アビゲイルが言った。「ドーチェスター侯爵と結婚するつもりなの？」

「ヴァイオラ――」リヴァーデイルも口を開いた。

「わたしたちの中ではエリザベスが一番賢明ね」ヴァイオラがリヴァーデイル伯爵夫人だったときのきっぱりとした冷静な声で言った。「コテージに入ってお茶をいただきましょう。ここは寒いわ。暖炉のそばで落ち着いてから、みんなで思う存分話せばいい」

ヴァイオラが握られた手を引き抜き、マーセルに冷たく無表情な視線を送ったが、そこには紛れもない本心が表れていた。優雅で品格のある、経験によって体得した外見の下で、彼女は怒りに燃えていた。

ヴァイオラはマーセルが怒りに燃えていないと思っているのだろうか？

彼は人生でこれほど怒りを覚えたことはほとんどなかった。おそらく一度もないだろう。

マーセルはすぐにはみんなのあとから客間に入らなかった。帽子と外套を脱ぐためだと見せかけて二階へあがった。ヴァイオラは手を洗って髪をとかし、靴を履き替える必要があると言い訳をして彼のあとを追った。マーセルの寝室までついていってドアを閉める。マーセルがヴァイオラに向き直った。眉をあげ、まぶたを半ば閉じた顔は傲慢で、ほとんどあざ笑っているような印象を与えた。それはマーセルが普段世間に見せている顔だった。

「ドーチェスター侯爵ですって？」ヴァイオラは詰め寄った。最初に言いたいことはたくさんあったが、どういうわけか最も傷ついたのはそんなささいなことだった。彼女が関係を持ったこの人は誰だったのだろう。多少なりとも彼のことを知っているのだろうか。

マーセルが外でしたときと同じようにまた肩をすくめた。「おじが二年前に亡くなってね。かなりの高齢だった。おそらくどうしようもなかったんだろう。長生きはしたものの、娘にしか恵まれなかったから、たまたまわたしに順番が回ってきた。称号などわずらわしい付属物だと常に思っていたが、どうすればよかったというんだ？　弟のほうが年上だと言い張ったところで、誰も納得しなかっただろう」

ヴァイオラはその説明を聞き流した。ほかにも聞きたいことは山ほどある。山ほど。

「どういうことなの？」ヴァイオラは言った。「わたしたちが婚約していると言いだすなんて。その考え自体が滑稽だわ」

「滑稽だと？」部屋にいるのはヴァイオラだけにもかかわらず、マーセルはいつも人前で話すときのように穏やかな声を出した。「傷ついたよ、ヴァイオラ。きみにしてみればわたしはただの物笑いの種にすぎないのか？」

「アレグザンダーはこんなのは茶番だとわかっているはずよ」ヴァイオラは言い返した。「エリザベスもわかっているでしょうね。この話が公になれば、誰もが、世間のみんなが知ることになるのよ」

「噂は当然広がるだろうな」マーセルが言った。「貴族の結婚はいつもそうだ。ドーチェスター侯爵となると私生活はほとんどない。侯爵夫人にしてもそうだ」

「まさか本気ではないわよね」ヴァイオラは返した。「わたしを厄介払いするのに明日まで待てなかったというのに」

「わたしがそんなことを言ったか、ヴァイオラ？」マーセルがあざ笑っているようにも聞こえる腹を立てた口調で反論した。「わたしとしたことがなんて無礼だったんだ。きみを嘘つきと呼ぶつもりだったが、それも同じくらい無礼なことだ。なんと言えばいいのか」

「わたしとの結婚なんて望んでいないでしょう」

嘲笑的な表情が消え、マーセルはより厳しい顔に変わった。「わたしが何を望んでいるかはもはやなんの意味もない。きみが何を望んでいるかもだ。われわれは数週間前に非常に軽率な行動に出たんだ、ヴァイオラ。見つかったからには代償を払わなければならない」

「くだらないわ」ヴァイオラは言った。「あなただってわかっているはずよ。アレグザンダーはこのことについてひと言も漏らさないわ。ほかのみんなもそうよ」

「それはどうかな」マーセルが言った。「リヴァーデイルはこの話を妻にひそかに伝えるだろう。カニンガムも妻に話し、妻とミス・アビゲイル・ウェスコットはきみの母親に内密の話として伝える。きみの母親はきみの弟に告げる。ウェスコット家の人々はみな、きみのことをとても心配しているから安心させてあげなければならない。わたしが思うに彼らは嘘をつかれたりはしないだろう。つかれたとしても、すぐに嘘だと気づくはずだ。使用人たちは当然ながらその話を耳にする。使用人とはそういうものだ。そしてそれを絶対にここだけの話としてほかの使用人たちに漏らし、その使用人たちは雇い主に伝える。わたしの言いたいことがはっきりしてきたか？　きみの美徳は損なわれたんだ、ヴァイオラ。そして妥協するのはわたしだ。わたしがときおりものごとをどうにかおさめるように、きみと結婚する名誉にあずかるわけだ。きみに不満を言う筋合いはない。わたしは自分の家族に手紙を書いてはいない。わたしの家族は地獄の責め苦を味わわせてやると言いながらここに現れてはいない、そうだろう？」

　そのとき、ふたりは同時にその音を耳にした。窓は閉まっていたものの、聞こえないはずはなかった。谷は普段はとても静かだ。ヴァイオラはアレグザンダーの馬車を移動させているだけだと思いつつ、急いで外を見た。けれども馬車はいまだに家のドアのそばにあり、帰ってよいとの指示は受けていなかった。いや、ふたりが聞いたのは別の馬車が到着する音だった。馬車は私道で停まったが、一部はまだ斜面にかかっている。マーセルがヴァイオラの隣に並び、谷にいたときと同様に悪態をついた。

御者が御者台から降りてドアを開け、昇降台を用意した。見覚えのある人物が降りてきて、谷を見渡した。あの宿でマーセルと一緒にいた若い紳士だった。マーセルの弟だ。けれども彼はひとりではなかった。弟よりもはるかに若く、長身でほっそりとしていて目と髪が濃い茶色で、すばらしい美貌を約束された少年が続いて降りてきたあと、振り返ってまずは年配の女性に、続いてボンネットのつばで顔が隠れた少女に手を貸した。

「ときに」マーセルが口を開いた。「芝居の終盤の茶番がやりすぎなせいで、せっかくのおもしろみが損なわれることがある。そんな芝居を観たことはあるかい、ヴァイオラ？」

〝わたしの家族は地獄の責め苦を味わわせてやると言いながらここに現れてはいない、そうだろう？〟

どうやら現れたらしい。

13

アンドレはいったいどういうつもりでここに来たのだろうか。しかもよりによってエステルとバートランドを連れてくるとは。おまけにジェーンまで。世界はどうにかなってしまったのか？　マーセルは窓に背を向け、足早に階段をおりてポーチに出た。

「まったく」アンドレの声が聞こえた。「ほかにひとつも建物が見あたらない。ここは地球上で最も寂しい場所だろう。ぼくならここで多くの時間を過ごしたいとは思わないな」

「幸いだったな」マーセルは言った。「おまえはここで過ごすよう招待されていない、アンドレ」

「おや、これはこれは」弟が振り返ってマーセルに向き直った。「本当にここにいたんだな、マーク」

ほかの人たちもマーセルのほうを向いていた。ジェーンは口を閉ざし、背筋を伸ばして立っている。その表情と姿勢はとりわけマーセルに向けてのものだろう。ジェーンはマーセルに好意を持っているふりや、彼を認めているふりはしない。アデリーンとの結婚の意思を表明したときから、かたくなにそうだ。数年前に急激に成長し、細身で非常に長身となったバートランドがマーセルのほうへ二、三歩踏みだした。エステルは小柄で同じようにほっそりしていて、細面で目が大きく、あまりかわいらしくはないが並外れて美しくなる可能性を秘めている。彼女はジェーンが定めた若いレディの適切な立ち居ふるまいの規則では間違いなく禁じられているようなやり方で、大股で歩み寄った。

「お父さま！」エステルが叫んだ。驚いたことに娘は激怒していた。「お父さまはすべてを台なしにしたのよ。帰ると言ったから、その言葉を信じたの。わたしが愚かだった。お父さまが言ったことを決して実行しないのはわかっていたはずなのに。お父さまの特別な誕生日だったから、お父さまもわたしたちと一緒に過ごしたいだろうと思ったから信じたの。お父さまを驚かせるためにパーティーを企画したのよ……わたしにとって初めてのパーティーを。本当に細かいところまですべて計画したの。何も忘れたりしないように長いリストも作ったわ。それなのに、お父さまは帰らなかった。自分の馬車でアンドレおじさまを送りこんだってことは、お父さまははなから帰るつもりがなかったということでしょ。それでもかまわない。だけど、だったらそもそも帰ると言うべきじゃなかったのよ。お父さまを捜しに来たのは、二度とお父さまの言葉は信じないと……いっさい信じないと知ってほしかったからよ。でも、いいの。どうでもいいわ」

マーセルはあまりに驚いて片眼鏡に手を伸ばすことさえできなかった。娘が生まれてからこの一七年ほどのあいだに聞いた言葉よりもおそらく多くを聞いたからだ。

「エステルは動揺しているんです、サー」バートランドが言った。「あなたを驚かせるためにすべてを注ぎこんでパーティーを計画したので」

「エステル、あなたったら」ジェーンが注意した。「上品な若いレディが父親に向かって使う言葉とはほど遠い――」

「静かに」マーセルが穏やかにさえぎったので、ジェーンは即座に口をつぐんだ。

アンドレが咳払いをした。「ごきげんよう、ミス・キングズリー」マーセルが首をめぐらせると、ヴァイオラはたしかに外に出ていたものの、距離を置いていた。

「あの方は――」エステルがますます怒った顔をして、父親の背後にいるヴァイオラに視線を移したが、マーセルが手をあげたので同じく口をつぐんだ。

マーセルは振り向いてヴァイオラに片方の腕を差し伸べ、彼女が近づいてくる様子を見守った。その姿は冷たい大理石のような品格に満ちていた。「わたしの家族もわれわれを見つけたようだ」マーセルはヴァイオラに言った。「ちょうど会いに行こうとしていたときに。ミセス・モローはわたしの亡き妻の姉で、妻の死後は中心となってわたしの子どもたちの面倒を見てくれている。アンドレはわたしの弟、エステルとバートランドは娘と息子だ」

アンドレがにこやかにうなずいた。ほかの人たちはヴァイオラがお辞儀をしても、彫像のように突っ立っていた。

「ミス・キングズリーは長年の知り合いで、わたしは彼女を尊敬していた」マーセルは家族に注意を向けながら説明した。「数週間前に偶然再会したとき、もはや互いへの好意を隠す必要はなく、彼女はわたしとの結婚に同意してくれた。もちろん、両家の家族にはすぐに知らせるべきだった。婚約を公に発表し、結婚式の計画を立てはじめるべきだった。それがわたしたちのすべきことだったが、実際には代わりに二週間ほどふたりきりで過ごすことにした」

ジェーンは鼻孔をふくらませていたものの、沈黙は保っていた。

マーセルはヴァイオラの手を取って唇を寄せた。彼女の手は氷のように冷たかった。

「配慮に欠ける身勝手な行為でした」ヴァイオラが言った。「わたしの娘のひとりが義理の息子とほかの家族と一緒に少し前に到着したばかりです。そして、ほどなくあなた方がいらっしゃった。みなさんには謝らなければなりません」

エステルは濃い茶色の目を見開いてふたりを見比べた。一瞬、マーセルは娘が今までにないほど激怒していると思った。けれども、一転してエステルはにっこりした――うれしそうに。

「パパ？」エステルが訊いた。「結婚するつもりなの？　そうしたら家に戻ってきて暮らすことになるわよね。これからずっと」最初はエステルがこちらに飛びついてくるかと思ったが、娘はその場で体を揺らし、手袋をはめていない手を胸にあてただけだった。その手は白くなるほどきつく握りしめられていた。

マーセルは子どもたちが進んで自分に触れたときのことを思いだせなかった。ふたりを抱きしめたり、キスをしたりしたときのことを思いだせなかった――アデリーンが亡くなる前の、あの魔法のような最初の年を除いては。ふたりのどちらかにパパと呼ばれたことも思いだせなかった。

バートランドがぎくしゃくとお辞儀をした。「おめでとうございます、サー」息子が言った。「おめでとうございます、ミス・キングズリー」

「なんとね」アンドレが言った。

ジェーンはいまだに黙っていた。

「今日は寒いですから」ヴァイオラが口を開いた。「どうぞ中にお入りください。ちょうど客間でお茶を飲むところだったんです。そこには暖炉もあります。ミセス・モロー、どうぞこちらへ」

「ミス・キングズリーですって?」ジェーンが立ちつくしたまま言った。「お嬢さんがいらっしゃるの?」

「娘がふたりと息子がひとりいます」ヴァイオラが答えた。「それから三人の孫も。熱いお茶をお渡ししてから、その背景を喜んでお話ししましょう。さあ、どうぞ。マーセル、お子さんとミスター・ラマーをお連れして」

「ミス・キングズリーはかつてウェスコット家の一員だったんだ、ジェーン」アンドレが説明した。「そしてリヴァーデイル伯爵夫人だった」

ジェーンは家に入ることにした。エステルはバートランドの腕に手を通してあとに続いた。アンドレは最後に残って兄ににやりと笑いかけた。

「なあ、マーク」アンドレが言った。「復讐に燃える両家の家族の到着で、ついに結婚するはめになったのかい？」

「当然ながら」マーセルは静かに言った。「子どもたちをここへ連れてきたのには相応の理由があるんだろうな、アンドレ」それにしても、いったいどうして行き先がわかったんだ？

「兄さんを見つけるのは恐ろしく難しかったよ」弟が言った。「ミス・キングズリーの家族がたどるべき道筋を残してくれていなかったら、ここに到着するまでにあと一日か二日はかかったかもしれない。彼女の娘のひとりと義理の息子以外に誰が来たんだい？」

マーセルはその質問を無視した。「なぜあの子たちを連れてきた？　ふたりは一、七歳だぞ、アンドレ。しかも非常に厳格に、かなり狭い世界で育てられてきた」

「それは誰のせいだ？」アンドレが訊いた。「ぼくは誰も連れてきていない、マーク。エ、エ、エステルとバートランドがぼくを連れてきたんだ。思うに、幼かった兄さんのエステルは成長している。あの子が怒っているところなんか見たことがなかったし、穏やかでおとなしい内気な女の子としか思っていなかった。一週間ほどは来る日も来る日も一時間おきに外を見て兄さんの到着をじりじりしながら待っていたけど、そのあとはたとえ一緒に来るよう誰かを説得できなかったとしても、ひとりで兄さんを捜しに来ただろうね。バートランドはもちろんエステルと一緒に来ただろう。ジェーンはついてこないとしたら、あの子を部屋に閉じこめてパンと水を与えるしか選択肢はなかった。彼らがぼくを引っ張ってきたんだ。兄さんを最後に目撃した場所まで案内できるから。とはいえ、あの村を見つけるのは相当難しかった。どの村も似たように見えるからね。兄さんはミス・キングズリーとひと晩かふた晩楽しんだだけで、そのあとさらなる気晴らしを求めてひとりでどこかへ行ってしまっていたかもしれないだろう？　何しろ女性関係は数日しかもたないことで知られているんだから」

「中に入ったほうがいい」マーセルはぶっきらぼうに言った。なんであれ、地球上に存在するそれ以外のことをするほうがましだ。すぐにでも厩舎の馬に鞍《くら》をつけ、地平線の彼方《かなた》へと走り去ればいいのに。しかし、エステルがここにいる。バートランドも。

「足枷《あしかせ》をはめられたわけか」アンドレがまたもやにやりとした。「上流社会の笑いぐさになるだろうな、マーク」

「もしミス・キングズリーが下品な冗談のねたにされているのを聞いたら、このわたしが容赦しないからな、アンドレ」マーセルは一行に続いてコテージに入りながら言った。

けれども、弟は含み笑いを漏らすばかりだった。

ヴァイオラはあとから振り返って思ったのだが、その後の一時間で実に奇妙だったのは、それがすぐさま完全に礼儀正しい社交の場になったことだった。両家を代表する人々が田舎の屋敷の客間に会し、一緒に紅茶とケーキを楽しみながら、デヴォンシャーの田園地帯、道の状況、ひっそりとした谷の美しさ、コテージの揺るぎない心地よさ、そしてまもなく行われる結婚式について語りあった。ヴァイオラは自分とマーセルが特定の会話の流れに――あるいはどの会話にも――ほとんど参加していないことに誰か気づいているだろうかと考えた。ミセス・プレヴィットにはここについている必要はないと言い聞かせたので、少なくともヴァイオラは紅茶を注いだり、ケーキを配ったりと忙しくすることができた。マーセルは初めは暖炉の前に、そのあとは窓辺に立っていたが、背を向けて外を見ていたかったにしてもその誘惑には屈しなかった。

マーセルは厳粛な顔をしており、何を感じているにしてもそれをうまく隠していた。しかし、それはヴァイオラも同じだ。二〇年以上の結婚生活で身についたふるまいを頼りに、優雅な女主人の役を演じた。

ふたりはロンドンで結婚すべきだ。もちろん、ハノーヴァー広場の聖ジョージ教会で。社交シーズンのあいだ、上流社会の結婚式はすべてそこで行われる。そう提案したのはアレグザンダーだった。彼の妻レンは人生のほとんどを世捨て人として過ごしてきたにもかかわらず、あるいはだからこそ、今年初めにアレグザンダーとそこで結婚した。レンは顔の片側をほぼ覆っている生まれつきのあざを厚いヴェールで隠していた。おそらくアレグザンダーは、いきなり結婚を発表したせいで起こりうるスキャンダルを鎮める唯一の方法は、堂々とそこで式を挙げることだと考えたのだろう。

その提案に賛成する人は誰もいなかった。いずれにしても、ヴァイオラが希望を尋ねられていたなら拒否しただろう。

ふたりは今すぐ結婚特別許可証を得て、村の教会か最寄りの町で手配が整い次第、ここにいる家族八人が列席して式を挙げればいい――もちろん体面を繕うためだが、それを提案したミセス・モローははっきりそうは言わなかった。

ジョエルはその案が気に入らなかった。ほかの誰も乗り気であるようには見えなかった。

「カミールは母親の結婚式に出席したいだろう」ジョエルが言った。「それにミセス・キングズリーも娘の結婚式に出席したいはずだ」

それならバースで結婚してはどうか。バースなら誰もが来られるし、滞在するのに適切なホテルも見つかる。おそらくはカミールとジョエルが昨年に結婚したバース寺院で。なんといってもバースはヴァイオラの故郷だ。この提案をしたのはアビゲイルで、口を開くまでは静かで物憂げだった。ジョエルとアレグザンダーとエリザベスはこの提案をある程度好意的に受け止めたが、ほかの人たちは違った。招待客がバースじゅうのさまざまなホテルに分散することや、新郎新婦のどちらもそこに自分の家を持っていないことを考えると温かみが感じられない。

レッドクリフ・コートで結婚することにしようと、レディ・エステル・ラマーが決めた。結婚のことを心躍らせながら考えているのは彼女だけのようだった。それは結婚によって父親が落ち着き、家にとどまることを望んでいるからだと気づくと、ヴァイオラは心が沈んだ。この少女はどうあってもひどく傷つくはめになるだろう。すでに一生分の傷を心に抱えていると思われるのに。結婚式は数週間以内に行われ、エステルが計画していた誕生日パーティーに代わる予定だ。当初の計画をもとに、もっと大規模なものにする。それはすばらしい挑戦になるだろう。それにバートランドが手伝ってくれるはずだ。おばもきっと手を貸してくれると確信していたが、エステルは自分が主導権を握るつもりでいた。

「わたしが豪華な結婚披露パーティーを企画するわ」エステルがまわりの重苦しい顔に向かって微笑みかけた。「舞踏室で」

「あなたが思い浮かべている規模の結婚式をそんなにすぐに計画するのは不可能よ、エステル」ミセス・モローが言った。「それにどれほど大変な作業が伴うか、まったく想像がついていないでしょう。おまけにあなたのお父さまのおばさまといとこは、すでにマーガレットの結婚式の計画に熱心に取り組んでいるわ。とてつもなく手のこんだ費用のかかる計画であることを、つけ加えてもいい」

「結婚式はブランブルディーン・コートで執り行われるべきだ」アレグザンダーが言った。「クリスマスの時期に。それこそ結婚式にふさわしい場所だ。ヴァイオラはかつてリヴァーデイル伯爵夫人で、ブランブルディーンは彼女の屋敷だった。そしてぼくと妻が結婚式を主催するのにふさわしい。ぼくはウェスコット家の当主なのだから。レンも喜ぶだろう。レンとヴァイオラは今年初めに特に親交を深めている。今からクリスマスまでに、必要な計画を立てて招待状を送る時間はたっぷりある」

ヴァイオラは自分がウェスコット家の一員ではない点をあえて指摘しなかった。

「すばらしい案ね、アレックス」エリザベスが言った。「それにあなたは今、ブランブルディーンにかつての輝きを取り戻そうとしはじめているんだから、クリスマスとヴァイオラとドーチェスター侯爵の結婚式を一種のお披露目《ひろめ》会にできるわ」

「リヴァーデイル伯爵の提案のほうが賢明だと思いますよ、エステル」ミセス・モローが言った。

「はい、おばさま」エステルは返事をしたが、にわかに落胆した様子だった。エリザベスもそれに気づいたに違いない。

「こういうのはどうかしら」エリザベスが提案した。「あなたが念入りに計画した誕生日パーティーを婚約パーティーに変えるのよ、レディ・エステル。少し遅れたかもしれないけれど、それでも誕生日パーティーを開催することはできるわ」

少女の顔がそれに応えて明るくなった。「ああ」エステルが言った。「それはすてきな考えだわ、レディ・オーヴァーフィールド。そうでしょ、バート？　そうでしょ、パパ？」

マーセルが初めて会話に加わった。「わたしはのみこみが速くてね」物憂げな様子で静かに言った。「結婚式は新郎新婦以外の人たちのものだとわかった。パーティーを準備してくれ、エステル。クリスマスの結婚式の準備をお願いしたい、リヴァーデイル。わたしは両方に出席することで役目を果たそう。わたしの婚約者も間違いなく同じようにしてくれるはずだ」

「もちろんです」ヴァイオラが答えた。

こうしてすべてが決まった。数週間後にレッドクリフで婚約パーティーが、クリスマスにはブランブルディーンで結婚式が行われる。

どちらも行われないとなれば、ひどい混乱が起きて傷つく人も出るだろうとヴァイオラは思った。彼女はアビゲイルからエステル、バートランドへと視線を移した。

もちろん婚約などしていない。
そして結婚話もなくなるだろう。

コテージには八つの寝室があり、ことによるとみんながそこにおさまりきったのかもしれないが、全員がコテージで夜を過ごすのが現実的でないことは誰の目にも明らかだった。最初はマーセルとその家族が川の向こうの町の宿屋に移り、ヴァイオラとその家族がコテージに残ってはどうかという話が出た。けれども結局は男性が町へ移動し、女性がそのままとどまることになった。いずれにしてもマーセルは自分の家から離れることとなった。おそらく婚約者と同じ屋根の下で寝るのは不適切だと見なされるからだろう。

最終的にはリヴァーデイルが決断をくだし、ドーチェスターと個人的に話しあう必要があるからだと説明した。マーセルは自分より一〇歳は年下で社会的地位も一段下ではあるが、間違いなく一家の長としての威厳を帯びた男に自分の適格性について問いただされるのだろうと予想した。

そういうわけで男性五人がリヴァーデイルの馬車に押しこまれ、ありがたいことにひとりずつに部屋を提供してくれる宿へと向かった。茹《ゆ》でたビーフ、じゃがいも、キャベツを一緒に食べ、さまざまな話題について会話したが、婚約や結婚式、結婚前の新婚旅行などについては触れなかった。すべてが非常に和やかで礼儀にかなったものだった。しかしカスタードではないが、ほかの何かであるとも判断できないものがかかったスエットプディングを食べ終えると、アンドレが立ちあがってバートランドの肩を叩いた。

「おいで、バート」アンドレが言った。「酒場に行って何があるか見てこよう。エールを一杯飲んだって、お父さんは異議を唱えないだろう。きみも一緒にどうだ、カニンガム」

「ありがとう」ジョエル・カニンガムが言った。「だが、ぼくはここに残る」

ということは、ふたりがかりで詰問するのか？　弟と息子が食堂を出ていくあいだ、マーセルは椅子に寄りかかってコーヒーカップの取っ手をもてあそんでいた。

いまだに気が立っていた。

〝わたしは濡れた砂浜の手前まで行ってくるわ〟――そんなふうにヴァイオラが〝ふたりで行ってみましょうか〟と言えたかもしれないところを、単数の〝わたし〟を選択したことで、マーセルは終わりを感じてぞっとした。彼はヴァイオラをひとりで行かせ、立ちつくしたまま彼女を見つめていた。ヴァイオラが折り返して戻ってくるまで、どれくらいのあいだそうしていたのかはわからない。

〝家に帰らないと〟ヴァイオラがそう言ったとき、その言葉になぜあれほど動揺したのかはすぐにわかった。情事の相手から終わりを告げられたのは初めて――ほぼ間違いない――だったからだ。一四年前、彼女を口説きにかかったマーセルに消えてくれと言って戯れに終止符を打ったのとちょうど同じように。自分はそのときの経験から学んでいなかったのか？

明らかに学んでいなかった。浜辺ではひどい態度を取ってしまった。傷つけられたのだから、お返しに傷つけてやろうとした。ああ、もちろん言葉とほのめかしだけで。ヴァイオラには指一本触れなかった。しかしあれは本当に自分の意図したことだったのだろうか？　傷つけられたら傷つけ返す？　そうしてしまったことはマーセルにもわかっていた。

そして今、ふたりは残りの人生をともに過ごす運命にある。あるいは少なくとも残りの人生を夫婦として過ごす運命にある。このふたつは必ずしも同じではない。マーセルはリヴァーデイルが間違いなく準備をしていた話を始める前に口を開いた。

「わたしには爵位と財産がある」マーセルは言った。「彼女にどちらかが欠けているとしても、一瞬たりとも問題にはならない。その娘に財産がないという問題も解決される。それに必要とあらば言わせてもらうが、彼女は大人で、自分が選んだ相手と結婚するのに誰の許可も必要ない」

「〝その娘〟と言ったが」カニンガムが口をはさんだ。「娘には名前がある」

「〝彼女〟にもだ」リヴァーデイルが続けた。

どうやら口論を始める準備はできているらしく、自分には悪役が割りあてられた。マーセルはカップを持ちあげてコーヒーを口に運んだが、薄くて冷めきっていた。いったいなぜ誰もワインやポートワインを注文しておかなかったのか。

「わたしはクリスマスにヴァイオラと結婚する。おそらくはブランブルディーンで」マーセルは言った。「これは正式な結婚だ。わたしはどこかにこっそり妻を隠したりはしていない。これからの人生で彼女が必要とするすべてを満たし、わたしが先立つことになった場合も安心して暮らせるよう彼女のために準備をしておく。ミス・アビゲイル・ウェスコットはわたしの家に喜んで迎えられ、充分な支援を受けられるだろう」

「彼女が必要とするすべてだと？」リヴァーデイルが突っかかってきた。静かに礼儀正しく投げかけられた質問だったが、紛れもなく敵意がこめられているとマーセルは判断した。ヴァイオラの血縁者でもなければ姻族ですらない、このどこまでも品行方正でどこまでも自分の務めに忠実な伯爵を心底嫌いはじめていた。

答えたいように答えないためには努力が必要だった。ヴァイオラの親戚の誰からも好かれる必要はない。実際、好意など寄せられなくても充分に生きていけるだろう。しかしヴァイオラには無理だ。それは浜辺で証明された。ヴァイオラは彼らを恋しがった。なんてことだ。彼女はマーセルよりも彼らを選んだのだ。

「すべてだ」マーセルは静かに強調した。

「アビゲイルは婚外子だ」カニンガムが言った。「ぼくの妻と同じように。ぼくもそうだ。アビゲイルを自宅に住まわせることで、自分の子どもたちの名誉を傷つけるつもりか？」

マーセルは新たな敬意を持ってその男を見た。心遣いからのちに問題になる可能性が出てくるまで誰も口にしなかったであろうその質問の答えを知りたがったからだ。

「ぼくの義理の母は二〇年以上も重婚をしていた」カニンガムがつけ加えた。「義母《はは》に落度はなかったが、上流社会は概して義母をつまはじきにした。結婚後、あなたにその状況を受け止める心づもりはあるのか？」

「もし上流社会がわたしの妻に対してドーチェスター侯爵夫人としてふさわしい敬意を払わ

ないのなら、わたしが容赦しない」マーセルは答えた。「決して口先だけではないことは保証しよう。そして、アビゲイルが婚外子であるために彼女が育ったような生活を送る資格がないといった考えも侮辱と見なす」

しばらくのあいだ、三人は顔を見合わせていた。

「婚約などしていなかったんだろう」ついにリヴァーデイルが口を開いた。「今日の午後、谷底から戻ってコテージの外にいるぼくたちを見るまでは」

「何か問題でも？」マーセルは訊き返した。

「ああ」カニンガムが言った。「ヴァイオラはぼくの義理の母親だ。妻と義理の妹は義母を深く愛している。ぼくの娘たちも同じだ。ぼくも深い愛情を抱いている。もしぼくたち一〇人のあいだで取り決めたもっともらしい話をして、真実の全容を漏らさないことで義母の幸せが買えるなら、ぼくはそうするつもりだ」

リヴァーデイルは何も言わなかった。

それが逃れる方法だとマーセルは思った。ヴァイオラにとっても。ふたりにとって耐えがたい状況からの逃げ道だ。誰もヴァイオラの不名誉を知る必要はない。とはいえ、四〇歳を超えた女性が自らの意志で始めて大いに楽しんだ情事――もはや楽しめなくなってしまったが――を不名誉と呼ぶとは、なんてばかげているのだろう。今日の午後にコテージでふたりを見つけた八人以外、知る必要はない。そしてマーセルが以前ヴァイオラに言ったように、八人が真実を打ち明けるであろうすべての人々、打ち明けられた人々が信頼するすべての人々、さらにはプレウィット夫妻とジミー・プレウィットの姪の娘以外は。

加えてマーセルは自分のことを根は紳士だと思っていたし、少しでも紳士の名に値する者の心には、道義心の核となるものがあると思っていた。

「きみの義理の母親はわたしと一緒にいれば幸せになれるだろう」マーセルはカニンガムに言ってから、リヴァーデイルを一瞥した。「そうなるように取りはからう」

ふたりはまったく納得していないようだったが、放っておけばいいとマーセルは思った。

「わたしは一四年前に彼女に恋をした」マーセルはコテージで語った話をさらに誇張した。「彼女も同じだったが、当時は非常に貞淑な妻だったので、そんな気持ちは認めなかった。惹かれあう気持ちが言葉や行動で表される前に彼女はわたしを遠ざけ、わたしは去った。彼女は結婚している身だった。少なくともふたりともそう思っていた。しかしときに気持ちが本物であるなら、愛は死なない。息を潜めているだけだ」

「きみの評判からすると、ドーチェスター」リヴァーデイルが口をはさんだ。「きみの〝愛〟の定義はぼくのそれとは違う」

「ほう」マーセルは言った。「それならわたしの辞書に加えたい言葉がもうひとつある。辞書を作ってみたいと思っているんだが、ヴァイオラは懐疑的でね。載せる言葉はこれまでたったの一語――動詞の〝お祭り騒ぐ〟だけだったからな。これで〝愛〟という言葉を無数の意味とニュアンスを添えて加えることができる。その一語だけで数ページは必要だと思わないか？」腹が立ってきて、あえてゆっくりとした呼吸を繰り返した。

「義母と適切に接すると保証してくれれば、それで手を打とう」カニンガムが言った。

マーセルは怒りを抑えきれなくなりかけたところで、何が起こっているのかに気づいた。彼は真の愛を前にしていた。ここにいるふたりの男はヴァイオラと血縁関係はないが、どちらもヴァイオラを気にかけている。彼女は家族の一員であり、家族は彼らにとって大切な存在だ。家族は団結し、家族を守る。

マーセルはしばらく言い表せないほど暗い気持ちになった。罪悪感と自己嫌悪の名のもとに、そして自分のものだと主張する価値が自分にはないとして遠ざけてきたもののために、いったい何を無駄にしてきたのだろう？

「保証しよう」マーセルはそっけなく言った。「きっと貞操のことを言っているんだろう。それなら保証する」

「おそらく」リヴァーデイルが言い足した。「きみの辞書に貞操という言葉も加えたほうがいい、ドーチェスター。明白な意味よりはるかに広義の意味があるからな」

マーセルは立ちあがった。「息子を酒場から救いださなければ。エールを試し飲みしすぎているかもしれない」

ふたりは追ってこようとはしなかった。

気持ちよく椅子やテーブルを壊し、窓を何枚か割れるだろうとマーセルは思っていた。けれども結局バートランドを叱ったり、アンドレをなじったりしてうっぷんを晴らすことすらできなかった。息子は水を飲んでいた。

「バートはまったく酒に手を出さなかった」アンドレは少年の肩を叩いた。「手を出すつもりもない。そろそろこの子をおじとおばの手中から救いだす頃合いじゃないか」

マーセルは息子に目をやった。息子は鼻孔をかすかにふくらませていたが、何も言わなかった。弟と同感だ――いや、そうだろうか？　それにエステルが双子のきょうだいに使う愛称をアンドレに覚えてほしくなかった。

「バートランドは一七歳だ」マーセルは言った。「もうすぐ一八歳になる。自分で決断できる年齢だろう」

息子は父親には理解できない視線を投げてから、グラスを手に取った。自分も一七歳の頃はバートランドにそっくりだったに違いない。そしてそう、いいか悪いかは別として、自分でものごとを決められる年齢だ。怒りは憂鬱に変わった。

それでもまだ椅子を何脚か叩き壊したいという思いは消えなかった。

コテージでの夜は長く、言葉にできないほど退屈だったが、どういうわけか礼儀正しさは保たれていた。それはみながレディであり、かなり厄介な社交の場面にも対処できるように育てられたからかもしれないと、夜が明けたときにヴァイオラは思った。

もっとも、これより気まずいことはほとんどないだろう。

ミセス・モローは礼儀正しいが、冷然としている。けれどもヴァイオラはミセス・モローの表面上の品のよさのすぐ下で、明らかにわきたっている敵意を責めることはできなかった。

ミセス・モローは軽蔑にも値しない女とつきあわざるをえないのだから。そして本当の感情を表に出していないにもかかわらず、生まれた直後から育ててきた年若い姪を大切に思っていることは見て取れた。年配者の前でのレディ・エステル・ラマーの控えめで従順な態度は、彼女のおばが施した訓練の賜物だ。

ヴァイオラが身につけた社交界の女主人としてのふるまいと長年の経験も役に立った。おかげで恋人のコテージで女主人役を務めるという恐ろしい状況を乗りきれた。夕食や飲み物を準備し、慣れた様子で気軽に会話をしているかに見せることができた。

エリザベスはいつものように温かくて感じがよく、当たり障りのない会話をする貴重な存在だった。ミセス・モローが歓迎する多くの話題に共通点を見いだし、ときおりレディ・エステルを話に引きこむことにも成功していた。両親の結婚後はエステルとアビゲイルは姉妹になると指摘したのもエリザベスだった。明らかな興味と関心を持ってその晩ずっとアビゲイルを盗み見ていたエステルは、はじかれたようにうれしそうな顔をした。

「ええ、そうよ」エステルはアビゲイルに言った。「もちろんあなたも一緒に住むことになるわ。わたしたちは特別な友達になるかもしれない。レッドクリフにはいとこたちがいるけど、きょうだいみたいに感じたことはないの。もちろん、バートは別よ。母が亡くならなければ、女きょうだいが欲しかったとよく思ったものよ」

アビゲイルは見るからにとても憂鬱そうだったが、親切にも言った。「姉妹がいるのはすてきなことね。あたしは姉さんのカミールといつも仲がよかったの。でも姉さんは今は結婚してるから……さっき紹介したジョエルと結婚してるから、思うほど頻繁には会えないの。母親違いの姉さんもいるけど、ほんの数年前に会ったばかりだし。ネザービー公爵夫人のアナよ」

「みなさんと会って、知り合いになるのが待ち遠しいわ」エステルが言った。「ずっと何年も願っていたの。パパが再婚して家に帰ってきてくれたらって」

ヴァイオラはこの二年間で感じたことがないほどみじめな気持ちでベッドに向かった。おまけにベッドは大きすぎて空っぽに見えた。アビゲイルが個人的に話をしに来ることを期待したが、それはなかった。ヴァイオラはさらにみじめな気持ちになった。どうやらアビゲイルはあまりにも傷ついていて、面と向かって話すこともできないらしい。

そしてあのかわいそうな子――マーセルの娘――のことを、彼は恥知らずにもずっとなおざりにしてきたのだ。つい先日も帰宅すると知らせておきながら、その約束を反故《ほご》にした。結局、結婚式は行われず、父親が家にとどまるつもりがないと知ったとき、彼女はさらに傷つくことになるだろう。あの少年もだ。少年はマーセルをかなり若くした姿に痛々しいほど似ていて、父親のことを〝サー〟と呼んでいた。

〝きみから言いだしてくれてよかったよ、ヴァイオラ。かかわりを持った女性たちのことはいつだって傷つけたくないものだ〟

ヴァイオラが家に帰らなければならないと伝えたときに、浜辺でマーセルはそう言った。

〝かかわりを持った女性たち〟

マーセルはヴァイオラをつかの間の愛人に貶《おとし》めた。彼女の前に存在したその他大勢の女性と同じように。

もちろんそうだ。最初からわかっていた。けれどもそんなふうに言葉にして、意図的に侮辱したのだ。そして愚かにもヴァイオラは傷ついた。

そのわずか一時間後、マーセルはふたりの婚約を発表した。

とはいえ、すべてを彼の思いどおりにはできないだろう。婚約の事実はないのだし、結婚式もない。その点ははっきりしていて、揺るぎようがない。おそらくマーセルのプライドは傷つくだろうが、それでも大いにほっとするだろう。

マーセルもヴァイオラと同じく結婚を望んでいない。

ヴァイオラは結婚だけはしたくなかった。

14

アンドレが同行すると言い張ったとはいえ、少なくとも自分の馬車で移動できる。マーセルは長い道のりを自宅へ向かいながらそう考えていた。

「ジェーン・モローと狭い場所に閉じこめられるなんてとんでもないよ」アンドレが言った。「あれほど陰気な顔をした女性はなかなか見つからないだろう、マーク。こっちにちらりと目を向けるたびに、ぼくが石の下から這いだそうとしているヒキガエルも同然で、願わくは永遠に石の下にとどまっていてほしいと思っているような顔をする。エステルとバートランドがどうやって耐えているのかわからないよ」

「ふたりには選択の余地がなかったからな」マーセルはそっけなく言った。

「気持ちが沈んでいるんだね」アンドレが兄を見て明るく言った。「たった一時間、婚約者と離れただけで、もう失恋した気分なのかい、マーク？」弟がにやりとした。「それとも首に巻かれた縄に締めつけられているのを感じているだけか？」

「ひとつはっきりさせておこう」マーセルは言った。「仮にどうしてもしゃべらないと気がすまないなら、天気について話してもかまわないし、自身の健康や知り合いの健康について話してもかまわない。政治や戦争、芸術や宗教、読んだことのない本や月の住人について話すこともできる。わたしの婚約や心境についてすら話題にしてもいい――ただしひとり言を言いながら人けのない道の脇をとぼとぼ歩いたり、ほかの馬車に追いつこうと道沿いを走ったりするのが好きならという話だが。おまえがしてはならないのは、この馬車の中やわたしの耳が届く範囲で、いずれかの話題について話すことだ。言っておくが、わたしは耳がいいからな」

アンドレはにやにやしたまま黙っていた。

この旅でもうひとつ幸運なのは、ジェーンがマーセルと同じように旅を終えたい一心で、日が陰って安全に旅を続けるのが難しくなるまで日々前進したがったことだ。ジェーンはエステルと旅をすることを強く主張し、マーセルも反対はしなかった。バートランドは姉のそばについていることを選んだ。いずれにしてもバートランドは、マーセルとは違う馬車を選んだだろう。

婚約パーティーに変わった誕生日パーティーは、マーセルの実際の誕生日からかなりあとの三週間後に開かれる予定になっていた。エステルが自分と同じくらいこの集まりを心待ちにしている人が誰もいないことに気づいているのかどうか、マーセルにはわからなかった。ヴァイオラから、アビゲイルが望むなら一緒に連れてくるものの、ほかの家族の出席は難しいと告げられてもなお、エステルはパーティーの計画をどんどん進めた。

「孫の洗礼式のためにみんなバースで数週間過ごしたばかりなの」ヴァイオラはやさしく説

明した。「クリスマスはあっという間にやってくるし、みんなブランブルディーンに行きたがるでしょう。レッドクリフ・コートにも来てほしいというのは期待しすぎだと思うの」

エステルはがっかりしていたが、アビゲイルが必ず母親と一緒に来ると約束すると、顔を輝かせた。「それならしばらくはあなたを独り占めできるわ。姉妹になる前にあなたのことをもっと知る機会が持てるわね」

マーセルは当然ながら、ヴァイオラが何をしようとしているかよくわかっていた。朝食後すぐに男性陣がコテージに戻り、出発の準備で慌ただしくしている中、ヴァイオラはふたりきりで話をしようと言い張った。シダの茂る丘を少しくだったところで、マーセルは足を止めて腕組みした。

「これは悪夢よ」ヴァイオラが冷ややかに言った。「昨日はあなたの気遣いに感謝したけれど、そもそもそんな必要はなかったし、状況はますます複雑になった。ここで一緒に過ごしていたところを見つかったのはたしかに恥ずかしいことだったわ。特に子どもたちに見つかったのは。でも、誰も騒ぎたてるつもりはなかった。まあ、アレグザンダーとジョエルが決闘のことをぶつぶつ話していたけれど、そんな愚かな行為はわたしがすぐに思いとどまらせたでしょう。まったく、とんでもないわ！　ここにいる人たちは誰も話を広めなかっただろうし、もし誰かが広めたとしてもそれがなんだというの？　わたしには失うようなすばらしい評判はないし、あなたの評判は高まるだけでしょう」

「つまりきみは、二年前に結婚とともに評判も失ったと思っているのか？」マーセルは尋ねた。

ヴァイオラは片手でいらだちを表した。「上流社会の人たちとつきあっていれば、そんなことは簡単にわかるわ。女性ならね。わたしにはどうでもいいことよ。四二歳のわたしには、自分のために少し時間を取って、好きな人と好きなように過ごす自由がある。その事実をわたしの家族や、わたしの家族ではないウェスコット家の人々が受け入れられないなら、彼らのほうに問題があるわ。わたしの問題ではないのよ」

「ヴァイオラ」マーセルは言った。「きみは自分を偽っている」

「もしそうだとしても、あなたには関係ない。わたしはあなたとは関係ない。わたしはあなたと結婚するつもりはないの、マーセル。出発する前にその事実をみんなに伝えておいたほうが、特にあなたの娘さんにとっては思いやりがあるというものよ」

しかしヴァイオラはみんなのところへ行って自ら伝えると脅したわけではなかった。マーセルは彼女がそれに気づいているのだろうかと思った。そしてなぜ自分は丘を引き返し、ヴァイオラが求めたとおりにしないのだろう。何しろマーセルはまた結婚生活に縛られ、残りの人生を飼い慣らされた家畜のようにレッドクリフで過ごし、婚約前から相手にうんざりさせられていたわけではないと自分に言い聞かせるつもりは毛頭なかった。

「馬たちはうずうずしている」マーセルは言った。「コテージにいる人たちもみなそうだ。この議論は、必要であればレッドクリフで再開しよう」

「それでは遅すぎるわ」ヴァイオラが反論した。「公式に発表していなくても、わたしたちが婚約していることは周知の事実になるでしょう。エステルはパーティーを計画してお客さまを招待するだろうし。そのときには彼女の心が今よりもっとひどく傷つくことになるのに、それでもかまわないの？」

「わたしの娘と息子のためだ」マーセルは言い返した。「そしてきみの娘と息子のためでもある。この件についてわれわれ自身がどう思うかは関係なく、正しいことをしなければならないんだ、ヴァイオラ」

「いつからなの？」ヴァイオラがまったく信じられないといった顔で尋ねた。「自分の子どもたちの気持ちを少しでも気遣うようになったのは」

いい質問だった。

おそらく昨日エステルにパパと呼ばれてからだ。それまで娘はお父さまとしか呼んだことはなかったし、生まれてこのかた、顔をあげてマーセルと視線を合わせることも、尋ねられた質問に対してほんのひと言で答える以外に口をきいたこともほとんどなかった。マーセルは娘が実は父親を恐れているのか、それとも単に嫌っているのかとしばしば考えた。彼はほぼ毎回、訪問を予定よりも短く切りあげた。バートランドは相変わらず父親を〝サー〟と呼び、相変わらず礼儀正しくもよそよそしい態度を取っていた。

「もっともな質問だ」マーセルは言った。辛辣な怒りをぶつけるのではなく、冷静で傲慢な口調で話すよう自分を抑えた。「それなら、わたしの中の独裁的な部分が自分の主張を押し通そうとしていると思えばいい。きみはわたしと結婚するだろう、ヴァイオラ。きみ自身のため、きみの子どもたちのために。きみは自分の評判が落ちても気にしないかもしれない。わたしはまったく信じていないが。それにきみの評判が落ちていることさえも信じていない。しかし、きみはわが子たちの評判は気にするはずだ。子どもたちがつい最近経験したことに加えて、別の醜聞に対処しなければならない状況に陥ってほしいのか？　母親が尻軽女と呼ばれるのを子どもたちに聞かせたいのか？」

ヴァイオラが息をのむ音が聞こえた。「よくもそんなことを！」彼女は声を荒らげた。

「わかっただろう？」マーセルは眉をあげた。「話はこれで終わりだ。ノーサンプトンシャーで会おう、ヴァイオラ。今からそのときまでの毎日は、一週間であるかのように感じられるだろう」

「ごまかすのが本当に上手ね」ヴァイオラはマーセルほどごまかすのがうまくはなかった。苦々しさを押し隠して言い返すことができなかった。

たった三週間前に存在していた自分に何が起きたのかとマーセルは不思議に思った。他人にどう思われようが、何を言われようがまったく意に介さず、世界とその規則や慣習や判断を、ひねくれた無関心な態度で見ていた男に。けれども彼の心は、浮かんだかもしれないあらゆる答えを退けようとしていた。

あと何日か――さらに幾晩かあったなら。マーセルはきっとヴァイオラのことを頭から追いだしていただろうし、捜索者たちが到着したときには、間違いなく別の行動を取っていただろう。彼女と結婚せずにすむよう、想定されるあらゆる議論を――想定されない議論までも考慮していただろう。あるいはまったく議論などしなかったかもしれない。そのほうが自分らしい。もしリヴァーデイルかカニンガムとの決闘を強いられたなら、ばかにしたように空に向かって発砲し、相手がどう出るかに——相手の腕の正確さに賭けていただろう。

では、いつもの習慣を破って結婚を主張したのは、欲望が残っていたせいだろうか？　マーセルはヴァイオラと過ごした最後の夜以来、歯痛にさいなまれるように彼女を恋しく思っていた。そして前回この道を通ったときは、ヴァイオラが隣にいてしばしば手を握り、ときには彼女がマーセルの肩に頭を預け、すばらしい逃避行のすべてが目の前に続いていたことが繰り返し頭に浮かんだ。

自分を残酷だと感じた。

それは習慣になりそうな感情だった。

誰もがバースに残っていた。そのことはヴァイオラにとって最後の屈辱だった。弟のマイクルさえもとどまっていたが、彼は教区で代わりに職務を遂行してもらうために別の牧師を急遽《きゆうきよ》手配しなければならなかった。ロイヤル・ヨーク・ホテルに宿泊している者にとっては、予想外の大きな追加の出費だった。

バースに向かう前に、馬車はまずジョエルの家に停まった。カミールは馬車を待っていたに違いない。寒さにもかかわらず薄手の室内履きのまま、サラを抱きかかえ、ウィニフレッドをすぐ後ろに従えて飛びだしてきた。ヴァイオラの足が地面に着くなり、片方の腕で母を抱きしめた。

「お母さま」カミールが声をあげた。「ああ、お母さま、ずっと具合が悪くなるほど心配していたのよ。ああ、お母さま。本当に心配だった。どこに行っていたの？」

「パパ！」カミールに抱かれたサラが叫んで身を乗りだし、両腕を伸ばした。

これがほんの数年前まで母親以上にとりわけ堅苦しく、冷然と抑制された態度を取っていた娘なのだろうか？

芝生の上には見知らぬ人たちが集まり、イーゼルを前に暖かい外套の中で身を縮めて絵を描いている。

「お母さまは手紙を書いてたの、カム」アビゲイルは声を張りあげ、ジョエルが気を取られているあいだに手助けなしに馬車から降りた。まずウィニフレッドが父親の腰に抱きついて輝く顔で見あげ、次にサラが彼の首に両腕をきつく回して唇に音をたててキスをした。「あたしたちとミセス・サリヴァン宛に。どういうわけかどちらの手紙も届かなかったけど。お母さまは婚約したのよ、カム」

ヴァイオラは到着と同時に事実をはっきりさせようとしたが、結局そうできなかった。カミールも、一時間以内に家に駆けつけたそれ以外の家族も、とりわけ婚約者が誰かを知ってからは婚約の知らせに沸きたったりはしなかったものの、声高に反対したり、手遅れになる前に考え直すよう要求したり、提案したりする者もいなかった。アレグザンダーとほかの人たちがヴァイオラを見つけるまでの数週間、彼女とドーチェスター侯爵がともに過ごしていた事実は隠しようがない。とはいえ、誰もそれを口にしなかった。しばらくデヴォンシャーに行ってふたりきりで過ごすことを決める前に婚約していたので、婚約していなかった場合ほど不面目な行為ではなかったという話を信じたか、信じているふりをしていた。

ヴァイオラは家に向かうあいだずっと真実を話そうとかたく心に決めていたにもかかわらず、結果的に不可能になった。というのも彼らが良識のある、とても愛されていて、尊敬される人々だったからだ――生涯の大半をバースの社交界で広く知られてきた母親、聖職者の弟とその妻、七一歳にしてバースまでわざわざ来てくれたヴァイオラの元義母リヴァーデイル伯爵未亡人、かつての義理の姉妹、かつてハリーの後見人だったネザービー公爵エイヴリーと、ハンフリーの唯一の嫡出子である公爵夫人のアナ、エイヴリーの異母妹でアビゲイルの親友ジェシカ。

加えてヴァイオラ自身の娘たち。そして孫たち。ただでさえ、娘たちはこの二年間、充分に苦しんできたのではないだろうか。マーセルはどう表現したのだったか。思いだすのにたいした努力はいらなかった。母親が尻軽女として知られていなくても、子どもたちは充分に苦しんできたのではないだろうか。

ヴァイオラはマーセルを嫌悪した。嫌いで嫌いでしかたがなかった。

自分が本気でそう思っているとヴァイオラは信じていた。

それにマーセルと結婚するつもりはなかった。けれども今はそう宣言するときではない。

では、いつならよいのだろう？

ああ、彼女は当然の報いを受けていた。自分の不幸を責める相手は自分しかいない。問題は、ときに自分の不幸や愚行に罪のない人々を引きずりこんでしまうことだ。

マーセル。客間でカミールとジョエルがヴァイオラの話を続ける声が響く中、ヴァイオラはしばらく目を閉じた。なぜふたりは同じ田舎の宿で足止めされなければならなかったのだろう？　それはどれくらいの確率で起こるものなのだろう？

なぜマーセルは弟と一緒に立ち去らずに残ったのだろうか？

なぜわたしに話しかけたのか？

どうしてわたしは返事をしたのだろう？

ヴァイオラは自分の腕に肩が押しつけられているのを感じて目を開けた。ウィニフレッドを見おろして微笑み、彼女の細い肩に腕を回した。

「『天路歴程』を読み終えたのよ、おばあちゃま」ウィニフレッドが言った。「とても勉強になったわ。あたしのことを誇らしく思う？　次の本を選ぶのを手伝ってくれる？」

エステルがまだアビゲイルと一緒にデヴォンシャーのコテージにいたとき、エステルは彼女に家族全員の名前と住んでいる場所のリストを欲しいと頼んだ。アビゲイルは母親と一緒にパーティーに来ることになっており、婚約祝いを近所の人たちが盛大に楽しんでくれたらそれで充分だと父親から言われた。バートランドも同感で、結婚式自体が二カ月後に予定されており、両家の全員がウィルトシャーのブランブルディーンまではるばるやってくるのだから、今回のパーティーに期待できるのはその程度だと言った。おばのジェーンからは、これがエステルの企画する初めてのパーティーであり、今でもかなり大がかりなものになっていると釘を刺された。

「さらに規模が大きくなれば圧倒されてしまうだけよ、エステル」おばは親切にも言った。「あなたにはきっと想像もつかないわ」

エステルは父親の誕生日パーティーのために作った招待客リストを律儀に取りだし、ミス・キングズリーとアビゲイル・ウェスコットの名前を加えた。ここから三〇キロしか離れていないところに住む、おばのアンヌマリーとおじのウィリアム・コーニッシュも加えるところだったが、当然ながらふたりの名前はすでにリストにあることに気づいた。もし全員が来るとすれば――もちろん来るだろうが――その数は三〇人をゆうに超える。実際はこの家で暮らす一三人も含まれているものの、それでも一〇月に開く田舎のパーティーとしてはかなりの人数だ。何もかもたまらなくわくわくする。

でも、それほど心が躍るものにはならないかもしれない。もし……。

エステルはつい最近になって自分に翼があることに、つまり、秘められた能力に気づいたばかりだったので、その翼を広げて飛べるかどうか確かめたいと思っていた。正確にはまだ一八歳にはなっていなかったが、もう大人の女性と言える年頃だ。エステルの望みは……まあ、うまくいくとは期待せず、彼女は自分のリストにアビゲイルのリストを加え、招待状を書くという骨の折れる作業を始めた。バートランドとおばのジェーンの両方が、そしておばの娘のカズン・エレンさえも手伝うと申しでてくれたが、エステルはことごとく断った。

バースではカミールが何も言わずにジョエルに招待状を手渡し、それを読む夫の顔を見つめていた。

「ぼくの記憶に間違いがなければ、その週はふたりとも正式な予定は入っていなかったね」ジョエルが言った。

「入っていないわ」カミールは答えた。

「子どもたちにとっては長い旅になるだろう」

「わたしたちにとってもね」カミールは夫に微笑んだ。「あなたは長い旅から帰ってきたばかりなのに、大変ね」

「ウィニフレッドは大喜びするだろうな」ジョエルが言った。

「ええ」カミールは同意した。「サラもね。ジェイコブは眠っているでしょうけど」

「キングズリーおばあちゃんも一緒に行きたいんじゃないかな」ジョエルは言った。「きっと招待されているだろう」

「わたしが春の数カ月をロンドンで過ごしていた頃、ドーチェスター侯爵を見かけたから覚えているわ」カミールは言った。「当時はただのミスター・ラマーだったけれど。恐ろしいほどのハンサムよ」

「こ、恐ろしいほど？」

「ええ」カミールは答えた。「恐ろしいほど。あなたは気づかなかったと思うけど。お母さまがあの人と結婚するなんて、いまだに信じられない」

「あるいは誰かと結婚するなんて？」ジョエルが尋ねた。

「そうね」カミールは考えたのちに言った。「母親が誰かと結婚したいなんて想像もつかないもの。それじゃあ、行くのね？」

「もちろん」

そしてもちろん、ミセス・キングズリーは喜んで同行することになった。「あの人を見てみなきゃ」ミセス・キングズリーが言った。「彼について耳にしたことで、いくつか気に入らない話があるの」

ドーセットシャーでは、マイクル・キングズリー牧師が妻と話しあっていた。マイクルは当初の予定よりはるかに長い休暇を取ったばかりだった。姪の息子の洗礼式に夫婦で出席するために数日間バースに行くはずが、姉の失踪後、数週間滞在した。クリスマスの時期——復活祭を除けば、彼のような職業の男にとって最悪の時期——に、ヴァイオラの結婚式に参列するためにまたもや休暇を取らなければならない。姉の婚約パーティーに出席するためだけに一〇月にノーサンプトンシャーまではるばる足を運ぶのが妥当だという理由をうまく説明できなかった。

「行ってもかまわないだろうか、メアリー？」マイクルは尋ねた。

「ヴァイオラはあなたのただひとりの姉よ」妻がマイクルに言った。「数年前、ヴァイオラがここに来てしばらくあなたと暮らすことになったとき、彼女はひどく傷ついていた。自分の殻に閉じこもっていたとあなたが話してくれたのを覚えているわ。当時、わたしたちはまだ結婚していなかったから、ヴァイオラに会う機会はそれほどなかったけれど、わたしも同じように感じていた。あなたは行きたいんでしょう？　相手を見たいのよ。心配だから」

「リヴァーデイル――姉さんの夫だった男は人として最低だった」マイクルは言った。「同じ人間に対してこんな判断をくだすことを許してほしい。わたしはあの男から一五キロ圏内にいることに耐えられなかった。それゆえ恥ずかしいことに、わたしはその数年間、姉さんや姪や甥にほとんど会わなかった。姉さんがまた同じ過ちを繰り返すかもしれないと思うと耐えられないんだ、メアリー。みんなでバースにいるときに現リヴァーデイル伯爵と話をしたし、モレナー卿――ウェスコットの姉妹のひとりの夫だ、覚えているだろう？　彼とネザービー公爵とも話した。ドーチェスターは、分別のある者なら自分の娘や姉の相手には望まないたぐいの男だ。だが姉さんが結婚すると決めているなら、わたしにできることは何もないだろう？」

「その場にいてあげることはできる」メアリーが言った。「あなたがいることが無意味だとは言いきれないわ、マイクル。少なくともヴァイオラは愛されていること、家族が気にかけてくれていることを確信できるはずよ。それにあなたは驚くかもしれない。あなたの不安がすべて解消されるかもしれない。なんといっても、侯爵はまっとうなことをしようとしているんだから」

「だがそれは、現場を押さえられたからだ」マイクルは言った。

「それはどうかしら」メアリーが朝食のテーブル越しに夫の手を取った。「行かなければあなたはみじめな思いをするわ、マイクル。どことなくヴァイオラを裏切った気分になるでしょう」

「またもやね」マイクルは顔をしかめた。

「それに」メアリーが夫に微笑みかけた。「わたしはあの悪名高いドーチェスター侯爵を初めて見るのにクリスマスまで待てないわ。カミールが侯爵は恐ろしいほどハンサムだと教えてくれたの」

「恐ろしいほど？」

「そう言ったのよ」メアリーが答えた。

少しあとに椅子に座って出席の返事を書いたのはメアリーだった。夫は椅子の後ろに立っていた。マイクルは背中で両手をしっかり組んで眉をひそめ、妻のうなじにキスをしたいという不適切な誘惑にあらがっていた。

ネザービー公爵の田舎の屋敷であるモーランド・アベイでは、ルイーズ・アーチャー公爵未亡人（旧姓ウェスコット）が、現公爵夫妻と自身の娘ジェシカが朝食の席に着いたところで、招待状を振りかざした。

「あなたたちの分もあるわよ」ルイーズはアナの皿とエイヴリーの皿のあいだに置かれた小さな手紙の山を示した。

「うれしくてたまらないな」エイヴリーは義母に告げながら、憂鬱そうなため息をついた。「それで、ぼくたちになんと言ってきたのかな？　アナが読まなくてすむように話してくれませんか」

「レッドクリフ・コートへの招待状よ」ジェシカが思わず声をあげた。「ヴァイオラおばさまとドーチェスター侯爵の婚約パーティーの。ヴァイオラおばさまと一緒にアビーだけが招待されたのかと思ったけど、きっとあたしたち全員が招待されたのね。レディ・エステル・ラマーがあたしたちだけに招待状を送って、家族のほかの誰にも送らないなんてありえないでしょ？　行かなくちゃ、お母さま。お願い、お願い、エイヴリー。侯爵に会うのが待ちきれないの。侯爵はお年を召してるはずなのに、恐ろしいほどハンサムだってカミールは言ってるわ」

「この子ったら」ルイーズはとがめるように言った。

「恐ろしいほど？」エイヴリーが目の近くまで片眼鏡を持ちあげた。

「そのとおりにカミールが言ったの」ジェシカが説明した。

エイヴリーが苦々しい顔をした。「ジョセフィンにとっては長い旅になるだろう」アナを見ながら言った。

「あの子なら、旅ではいつもいい子にしているわ」アナが言った。「それに、その恐ろしいほどハンサムだという男性に絶対に会わなくては。クリスマスまで待つなんて長すぎるわ」

「認めざるをえないわね」ルイーズはつけ加えた。「カミールの言葉はあの男性を完璧に表現しているわ。けれどヴァイオラが彼と結婚するという考えには賛成できないわね。わたしと姉妹とで怖がらせて追い払えるかもしれない。とはいえ、簡単に怖じ気づくような男性だとは思えないけれど」

「全員分の招待状に返事を書きましょうか？」アナが申しでた。

「ええ、そうして」未亡人がそう答えるそばで、ジェシカはテーブルの端を両手で握りしめていた。「ジェシカの楽しみを断ったら、穏やかな気持ちではいられないでしょう。それに、わたし自身もお相手を見てみたい気持ちは否定できませんからね」

ブランブルディーン・コートでは、レンが執事室でアレグザンダーを見つけて招待状を見せた。アレグザンダーは執事にふた言三言告げたあと、レンに続いてメインホールに入ってから招待状に目を通した。

「デリケートな時期に不必要な旅行をすべきじゃない」アレグザンダーは言った。

「す、す、すべきじゃない？」レンが口元をゆるめた。

アレグザンダーははっとして顔をあげた。「ぼくはまた堅苦しい独裁者になっているのか？」

「デ、デ、デリケートですって？」レンが眉をあげてみせた。

「きみのお腹には赤ん坊がいるんだ、レン」アレグザンダーは先ほどの発言を悔いるような顔をした。「ぼくにとってきみはデリケートだ。ぼくの子ども――いや、ぼくたちの子どもも。ふたりともぼくの甘やかして守ってあげたいという最悪の本能を引きだすんだよ」

「あるいはあなたの最高の本能を、ね」レンが夫の腕に手を置いた。「人生でこれほどすてきな気持ちになったことはないわ、アレグザンダー。それにあなたが家族の長よ」

「もしその本能が実際に目の前にあったら、一番高い崖から海の一番深いところまで投げ落とすだろう」アレグザンダーはため息をついた。

「でも、そうではない」レンが瞳を輝かせた。

「でも、そうではない」アレグザンダーはまたため息をついた。「ひとりで行かせてくれ。きみはここに残ってほしい」

「あなたがいないとわたしはやつれてしまうわ」レンの目はもはや笑っていた。「あなただってわたしがいないとやつれてしまうでしょう。認めてちょうだい」

「言いすぎだ」アレグザンダーは抗議した。「だが、大いに迷惑し、機嫌が悪くなるだろう」突然、にやりとした。「きみはクリスマスの前に悪名高い侯爵に会いたいんだろう」

「カミールが恐ろしいほどハンサムな人だって表現していたわ」レンが言った。

「本当にそう言ったのか？」アレグザンダーは返した。「恐ろしいほどと？　彼にあるのは、気取った態度におびえがちな人に恐怖心を植えつける力だ」

「だけど、あなたはそんな人じゃない。わたしのヒーローよ」レンが笑い、アレグザンダーも一緒に笑った。

「それなら行くのかい？」アレグザンダーは訊いた。「本当に大丈夫か、レン？」

「わたしはヴァイオラが大好きなの」レンが言った。「わたしたちが結婚したとき、ヴァイオラはロンドンに長くはいなかったけれど、彼女とのあいだにはすぐに絆《きずな》が生まれたわ。ヴァイオラを人生で初めてできた本当の友人のように感じたの。最初からわたしにとてもやさしく接してくれたあなたのお母さまとお姉さまを除けばね。ヴァイオラのことでは少し動揺しているの。あんな状況になったせいで、彼女が心から望んでいないことを強いられているのではないかと心配で。もちろん、それについては何もできないけれど……その場にいることはできる。でも、そんなの、たいしたことではないわよね？」

「それこそが彼女にしてあげられるすべてかもしれない」アレグザンダーは言った。「どうしてぼくたちはこんなに長いあいだここに突っ立っているんだ？　きみはめまいがしてくるだろう。招待状の返事を書いてくれるかい？　出席の返事を？」

「そうするわ」レンが夫の頬にキスをした。「あなたは先ほどまでしていた仕事に戻って」

「きみの許可がおりたということかな？」

「もちろんよ、サー」レンが言った。「気づいているかもしれないけれど、わたしも堅苦しい独裁者になれるのよ」

　アレグザンダーがリヴァーデイルの称号を受け継ぎ、それに伴ってブランブルディーンを相続する直前まで住んでいたケントのリディングス・パークでは、彼の母親のミセス・アルシーア・ウェスコットがエリザベスに招待状を読みあげていた。

「長い年月のあいだに、ドーチェスター侯爵には一〇〇回は会っているはずね」アルシーアは言った。「それなのにどうしても名前と顔が一致しないの」

「カミールが侯爵のことを恐ろしいほどハンサムだと表現したと聞いてもだめなの、お母さま?」エリザベスは目を輝かせて尋ねた。「それにカミールの言うことは正しいわ。彼女の意見に賛成するしかない。侯爵はハンサムで、同時に恐ろしくもあるもの。彼の意志に逆らうつもりはないわ。数年前まではドーチェスター侯爵ではなかったのよ。以前はただのミスター・ラマーだった」

「そんな人と結婚するなんて、ヴァイオラは正気なの?」アルシーアが尋ねた。

エリザベスはそのことについて考えた。「いいえ」そう答えたものの、声には少しためらいが含まれていた。「とはいえ、結婚せざるをえなくなったのは間違いないわ。ともあろうに侯爵の若い息子と娘、それにヴァイオラの娘を含めた八人に見つかってしまったんだもの。たしかにしかたなくそうなったけれど、のちのちふたりでそういう結論にたどり着いたかどうか、わたしにはまったくわからない。でも、何かがあるの……わたしのことを夢見がちな女と呼んでくれてもかまわない。ただ……何かがあるのよ。今朝は言葉が出てこないけれど」

「ふたりは愛しあっているの?」アルシーアが尋ねた。

「あら」エリザベスは言った。「それは見当もつかないわ、お母さま。侯爵は絶対に恋に落ちるような男性じゃない。充分な証拠から、心のない人だと広く信じられているのよ。それに、ヴァイオラも恋に落ちるような女性なのかどうか。自制心がありすぎるもの。大人になってから、ずっと規律を守るよう強いられてきたから、それがしみついてしまっているのではないかと心配だわ。でも……その……」

「何かがある」母は笑みを浮かべていた。

「まさにその言葉を探していたの。ありがとう、お母さま」エリザベスも笑みを浮かべた。

「何かがあるの。それじゃあ、出席するのね？」

「もちろんよ」アルシーアが答えた。「疑問の余地がある？」

イングランド北部では、ミルドレッド・ウェイン（旧姓ウェスコット）がまだ化粧室で朝の髪型の最後の仕上げをしているところに、夫のモレナー卿が招待状を手にして入ってきた。モレナー卿は妻がメイドをさがらせるまで待った。

「ドーチェスターの若い娘から、レッドクリフで行われるヴァイオラと娘の父親の婚約パーティーに招かれた」モレナー卿は言った。「わたしたちはバースから戻ったばかりだ。息子たちは学校に行っていて、行儀よくしているかどうかはわからないが、クリスマスと結婚式のためにみんなでブランブルディーンに出発するまで、ふた月以上も静かな夫婦の幸せが待っている。だが、きみはレッドクリフにも行きたいと言い張るんだろうね」

「あらまあ、トマス」ミルドレッドが自分の姿を最後にもう一度確認してから、明らかに満足げに鏡から視線を外した。「もちろんよ」

「もちろんだな」モレナー卿は素直なふりをして腕を差しだし、朝食のために妻と階下へ向かった。「招待状の返事を書いてくれてかまわないよ、ミルドレッド」

「もちろんよ」ミルドレッドは繰り返した。「いつもそうじゃない？」

モレナー卿は階段を五段おりるあいだ、そのことを考えた。「いつもそうだ」彼は同意した。

そして伯爵が相続したこまごましたもののひとつであるリヴァーデイル伯爵未亡人の家で、故リヴァーデイル伯爵ハンフリーの一番上の姉で独身のレディ・マティルダ・ウェスコットは、あらゆる緊急事態に備えてどこにでも持ち歩いているブロケードのレティキュールに入っていた気付け薬入れを母親に差しだした。

「もちろん、わたしたちは行かないわよね」レディ・マティルダは言った。「お母さまは動揺したりしてはいけないもの。食事が終わったらすぐに断りの手紙を書くわ」

「そんなものはしまってちょうだい」気付け薬入れを見た未亡人がいらだたしげに目をしばたたいた。「においでトーストがまずくなってしまうわ。ヴァイオラは家族の大切な一員ですよ、マティルダ。ハンフリーが亡くなるまで二三年も結婚生活を送ってきたのですから。結婚が法的に無効なものだったのは、ヴァイオラのせいではありません。わたしは二五年間、あの子を娘として愛してきましたし、お墓に入るまで愛しつづけるつもりです。わたしが知りたいのは、あの子が愚かな過ちを犯しているのかどうかよ。またもやね。その若者の評判はハンフリーに負けず劣らず悪いと聞いていますよ」

「わたしにはわからないわ、お母さま」レディ・マティルダはレティキュールの上で気付け薬入れを持ったまま、なかなかしまうことができなかった。「わたしはいつもあの侯爵や、彼みたいな実際には紳士の名に値しない人たちを細心の注意を払って避けてきたから。それに侯爵はさほど若くもないわ。でも、ヴァイオラには選択の余地がないのよ」レディ・マティルダは顔を真っ赤にした。「ふたりは一緒に暮らしているところを見つかったんですもの」

「まあ！」未亡人が言った。「ヴァイオラはよくやったわね。あの子も少しははめを外していい頃ですよ。だけど、悪党と結婚するのだとしたら心配だわ。ヴァイオラはただ楽しく過ごしただけなのに、なぜ結婚しなければならないの？　社交界の半分――つまり女性ということだけれど、それを知ったらひそかに嫉妬するでしょうね。間違いないわ。出席しますよ、マティルダ。レディ・エステルに返事を書いてちょうだい。いいえ、わたしが書きましょう。その若者をじっくり見てみたいわ。見たうえでもし気に入らなかったら、そう伝えるまでよ。そしてヴァイオラには愚かな子ねと伝えます」

「お母さま」レディ・マティルダは反対した。「興奮しすぎよ。わかっているでしょう、お医者さまがなんと――」

「ただのやぶ医者ですよ」未亡人はそう言って、この議論を終わらせた。

15

家に戻って二週間が経ってもなお、マーセルのいらだちはおさまらなかった。今までレッドクリフでこれほど長い時間を過ごしたことはなかった。しかしここで充分な時間を過ごしたために、自分自身について気がかりなことが判明した。意志が弱いということだ。いつもその正反対であることを誇りにしていた男にとって、それは不快な気づきだった。

マーセルは自宅に戻り次第、自らの主張を押し通して家の秩序を取り戻し、つまらない口論を終わらせ、自分の領域の支配者となるつもりでいた。けれども二週間が経ったとき、自分は何かを達成しただろうかと自問した。それはヴァイオラ・キングズリーの到着によって、彼の生活がさらに混乱する前のことだった。

マーセルのおばである侯爵未亡人のオルウェンはかなり高齢で、たやすく動きまわれるわけではないが頭はさえており、どっしりとした体つきにはどこか威厳があった。彼女の娘でマーセルのいとこにあたるイザベル（レディ・オート）は、金髪が白髪になりかけていて、娘マーガレットを含め、まわりの人たちを威圧するのが好きだった。そこにはイザベルの夫アーウィン（オート卿）も含まれていた。アーウィンは痩せた男で、妻より頭四分の一分ほど背が低く、金髪は後退し、顎も引っこんでおり、緊張して唾をのみこむたびに喉ぼとけが上下するのだが、常に緊張しているので嘆かわしいほど頻繁に上下した。

　この世で最も簡単なのは、彼らを集めて全員で寡婦用住居へ移るよう言い渡すことだったはずだ。残酷な宣言ですらなかっただろう。寡婦用住居は母屋から見て湖の向こう側の一・五キロ離れた公園の中にあり、かなり大きく、手入れも行き届いていた。マーセルはそこまで散歩して、自分の目で確かめていた。全員で使ってもまだ余裕がある。そうすればジェーンとチャールズのモロー夫妻が成人した子どもたちと一緒に屋敷にいることで、常にいらいらさせられる状況からも逃れられるというものだ。

　当事者たちが声の聞こえる範囲に誰もおらず、反論できる状況にないときに、イザベルがマーセルに漏らした。「あの人たちは称号を持っていないのよ、カズン・マーセル。ラマー家の人ですらなく、ずっと前に亡くなったあなたの奥さまの親戚にすぎないのに」

「妻はラマー家の人間だった」マーセルはイザベルに言った。「そして彼らはわたしの娘と跡継ぎの正式な後見人だ」

　イザベルはどういうわけか当惑したようだった。おそらくマーセルの口調と、彼が目の高さよりわずかに低い位置で片眼鏡に手を添えていた事実に。それでもイザベルは負けを認めようとはしなかった。「だからといって、あの人たちがお母さまやアーウィンやわたしよりも優先されるわけではないわ。ときどきそんなふうにふるまうのよ」

「今朝、寡婦用住居を見てきた」マーセルは明らかに脈絡のない話を口にしたが、どちらの女性もすぐに彼の言わんとすることを完全に理解したのは明らかだった。

「湖に近すぎますよ」オルウェンが言った。「あそこに住んだらリウマチの症状がひどくなってしまう」

「一二月初めにマーガレットとジョナサン・ビリングズ卿の結婚式があるのよ」イザベルが言った。「この屋敷はお客さまでいっぱいになるわ。わたしたちが計画しはじめたとき、あなたはここにいなかったから相談できなかったのよ、マーセル。でもあなたがあの子の地位と財産にふさわしい結婚式にするのに出し惜しみしたりするはずがないでしょう」

たしかに出し惜しみはできない。とはいえオートに財産があるなら、なぜマーセルの気前のよさに頼ってレッドクリフに居座り、娘の結婚式を自宅で盛大に行わないのか疑問に思った。マーセルはマーガレットの結婚式が終わったら、その件と寡婦用住居への引っ越しの両方について話を切りだすつもりでいたが、結婚式の計画がかなり進んでいる今はタイミングが悪いように思えた。だがもしマーセルが自分で思っているような人間なら、一時間も待たずに切りだしただろうと考えずにはいられなかった。

ジェーンとチャールズのモロー夫妻の子どもたち――つまりマーセルの姪と甥はどちらも成人していた。双子が生まれたとき、オリヴァーは七歳か八歳で、エレンはそれより二、三歳年下だった。けれどもふたりともレッドクリフに住みつづけている。マーセルはふたりと、あるいは甥とどのみち話をするつもりだった。エレンは母親の心配の種だったが、なぜまだ結婚していないのかはわからなかった。うっとりするほどの美人でもなければとりわけ陽気なわけでもなく、かといってそうした点を打ち消す何かを持っているわけでもなかった。チャールズ・モローは貧困に陥ってはいないものの、特に裕福な男でもない。チャールズの息子は永遠に怠惰な生活を送る余裕はないだろう。レッドクリフに住みつづけない限りは。それは問題外だ。マーセル自身がここで暮らすことになるのだから――妻とともに。

その話題についてはあまり考えたくなかった。

オリヴァーはマーセルの執事と一緒に敷地内を歩き、押しつけがましい意見や提案や助言をするのが好きだった。チャールズは何度かそれを命令に変えようとしたが、当然ながら執事は憤慨した。

問題は簡単に解決できるはずだった。マーセルは執事を支持し、チャールズに干渉すべきでないことには干渉しないよう忠告し、甥にお役御免の通達をするべきだった。しかしながら、このところ何も簡単なことなどなかった。というのも、実際に執事と長い話をしたり、農場を少し歩きまわったり、帳簿を詳しく調べたりしたところ、これらすべての行動はマーセルの性分に合わないものだったが、甥の言うことにも一理あるという結論に至らざるをえなかった。執事は年配で、厳密には老いぼれているわけではないものの、たしかに盛りを過ぎており、自分のやり方に固執し、担当の領域がもはや求められるほどには機能的にも適切にも切り盛りされていないという事実に気づいていなかった。

マーセルは自分が本当にすべきなのは、執事をお払い箱にして新しい執事を雇い、甥に退去命令をくだすことだと悟った。時間があるときにロンドンの代理人に手紙を書こう。もちろん、時間があることは半ばわかっていた。田舎での生活は予定がぎっしり詰まっているわけではない。それなら、この厄介なパーティーのあとで取り組もう。その一方で、マーセルはバートランドが年上のいとこにかなりの好意を持っており、尊敬の念を抱いていることに気づいていた。そしてチャールズは少々堅苦しいところはあるけれども、きちんとした性格で、間違いなく善意の人だった。

アンドレはここには趣味のいい人を楽しませるようなものは何もないにもかかわらず、レッドクリフにとどまっていた。マーセルは弟の借金を全額返済し、地所からの手当を増やしたが、浪費と賭けごとの問題を恒久的に解決する方法を弟に強要したりはしなかった。アンドレが指摘したとおり、それは家族に共通する欠点だった。けれどもマーセルはどうにか自分の悪癖を抑制した。ほかに選択肢はなかった。爵位と財産を相続するはるかに前から、養わなければならないふたりの子どもがいた。収入は充分すぎるほどあったものの、無限ではない。

家政婦がすぐ後ろに料理人を従えて、自分たちにはあまりにも大きな期待があまりにも多くの人たちから寄せられていると不満をこぼした。レディ・オートの娘の結婚式の計画に関しては、レディ・オートはこの家の女主人ではなく、女主人だったことすらないにもかかわらず、ますます要求が厳しくなっている。ミセス・モローはただでさえここで働く人たちが猛烈に忙しそうにしているところを見たことがないとして、追加の人員を雇うのを一貫して拒否している。さらにミセス・モローは毎日、朝食の前に行う客間での朝の祈りに全員の参加を求めている。そして今は、レディ・エステルが計画しているパーティーもある……。

マーセルは少なくとも彼らの問題は解決できた。「この家で命令を出す権限を持つ者はひとりしかいない」眉をあげ、ふたりを見つめた。「きみたちが今見ているのがその人物だ。ミセス・クラッチリー、もし屋敷に人手が必要なら雇ってもらうべきだ。ミセス・ジョーンズ、厨房で人手が必要なら、ミセス・クラッチリーに伝えるように。そうすれば手配してくれるだろう。それから今後は朝の祈りへの参加は任意とする」屋敷に戻って以来、マーセルは日々の試練には自主的に参加していなかった。「ミセス・モローにはわたしから話そう。それだけか？」

どうやらそれだけだったらしい。ふたりともお辞儀をして、主人に礼を言い、報われたという顔をして戻っていった。

それはあまりにも多くの改善点の中の小さな成功だった。

そして今度はこれだ。

マーセルが戻ってから二週間後のある日、居間でジェーンとエステルと出くわした。彼はどこかに置いて見あたらなくなった本を捜してそこへ入ったのだが、ふたりはどちらも立ったままだった。ジェーンは窓辺に、エステルはドアから入ってすぐのところに。娘の横顔の一部しか見ることはできなかったが、落ちこんでいる様子だった。対照的に彼女のおばは威圧的でいらだっているように見えた。ジェーンは片手で一通の手紙をひらひらと振り、もう片方の手にも二、三通の手紙を持っていた。ドアが開くと、彼女は説教を中断した。エステルは振り返らなかった。

「最近のエステルはどうしてしまったのか、まったくわからないわ」マーセルが居間に入ってドアを閉めると、ジェーンが言った。「エステルはずっと従順で素直だった。迷惑をかけたことなど一度もなかった。それなのに、最初はデヴォンシャーまであなたを追いかけると言い張るし。それ以来、間違いなくその決断をひどく後悔しているでしょうけれどね。そして次はこのパーティーを開くと言い張る。あなただってこれはやりすぎだと認めているはずよ、マーセル」

「わたしが？」マーセルは静かに訊き返した。

「そして今は」ジェーンはマーセルの口調に含まれている危険な響きを感じ取ることなく続けた。「常軌を逸した行動に出てしまった。もうどうしていいのかわからないわ。普通のお仕置きでは不充分だと思うけれど、自分の部屋で数時間、あるいは丸一日静かに反省しても害はないでしょう。それにしても、このすべては……」ジェーンが片手に持ったままの手紙を振ってから、ほかの手紙も振ってみせた。「もはや取り返しがつかないわ、マーセル。この子は完全にひとりで、誰の助言も求めず、誰にも気づかれずにこっそりしたのよ。まったく腹立たしい。チャールズに知らせたら激怒するでしょうね。あなたも間違いなく激高するわ」

「そうなのか？」マーセルは室内をゆっくりと進み、娘と彼女のおばのあいだに立って娘と向かいあった。「何をしたんだ、エステル？　そんなにひどいことをしたのか？」

をあげて制した。

「この子は――」ジェーンが口をはさみかけた。しかしマーセルはそちらを見もせずに片手

「エステル？」

エステルが視線をあげて父親と目を合わせることはなかった。「ごめんなさい、お父さま。書いていいと許可をもらっていない招待状を書いたの」

マーセルへの呼びかけがまた〝お父さま〟に戻っている。家に着いてからは、ずっとそうだ。

「おまえのパーティーへの？」マーセルは尋ねた。「おまえが企画しているのになぜ許可が必要なんだ？」

「マーセル」ジェーンが声をかけた。「エステルはまだ子どもよ。忘れているようだけれど」

「何も忘れてはいない」マーセルは言った。「この子の母親がわたしと結婚したのと同じ年齢だ」

マーセルは背後から返ってきた大きな沈黙によって、義姉がそのことをあまりよく思っていないのを確信した。エステルはいっとき視線をあげて父親の顔を見てから、ふたたび目を落とした。

「みんなに来てほしかった」エステルが言った。「きちんとした婚約パーティーに、本物のお祝いにしたかった。コテージで過ごした夜に、アビゲイルが全員の名前を教えてくれたの。でも、全員が招待を受けてくれるとは思っていなかった。わたしはただ、何人か来てくれる

といいなと……ひょっとしたらアビゲイルのお姉さんと、一緒にミスター・カニンガムも来てくれないかと思っただけなの。誰も来ないとか、返事さえくれなかったとしても、まったく驚かなかったわ」

なんだと？

「それで、何人来るんだ？」マーセルは訊いた。

「招待状を九通送って、昨日とおとといで五通の返事を受け取ったわ。あと四通は今日届いた。今朝わたしがおりていく前にジェーンおばさまがそれを目にしたの。わたしはドレスの背中の紐が一本切れたから遅れてしまって」

「なるほど」マーセルは言った。「それで、出席するのは何人だ？」

マーセルはエステルの返答がほとんど聞き取れなかったが、娘はもう少し大きな声で繰り返した。「全員」

全員……？

ジェーンが息を吸う音が聞こえて、マーセルはふたたび片手をあげた。

「それで」マーセルは問いかけた。「いつこの話を打ち明けるつもりだったんだ？」

エステルが答えるまで、しばらく間が空いた。マーセルはじっと待った。「わからない。ちょっと怖くなって」けれどもふいに顔をあげた。その姿はデヴォンシャーのコテージの外で父親に飛びかからんばかりに怒っていた小さな娘のように見えた。「自分がしたことを後悔してはいないわ、パパ。もしわたしが尋ねていたら、ジェーンおばさまはだめと言ったでしょう。パパだってきっとだめと言ったわ。でも、みんなここにいるべきよ。少なくともここにいる機会を与えられるべきだわ。みんなパパの親族になる人たちよ。わたしとバートの親族になる人たちだもの。ミス・キングズリーのためにもアビゲイルのためにも、彼らにここにいてほしい。これは両家のお祝いになるべきで、わたしたち家族だけのお祝いじゃない。ええ、結婚式が両家のお祝いになることはわかっているけど、わたしはみんなにここへ来てほしい。もしパパがわたしに腹を立てているのなら――」

マーセルが手をあげると、エステルは口をつぐんだ。わたしは腹を立てているのか？　どうにかしてこの結婚から逃れられるのではないかと期待していた部分があったのだろうか？　あのときは潔く結婚しても別にかまわなかった。ヴァイオラが反発したときでさえ、結婚を主張した。しかし、今はどうだ？　実のところ、マーセルは考えることを避けてきた。ヴァイオラのことやそのことを――〝そのこと〟とは婚約と、迫りくる結婚だ。そしてすべての考えを頭から締めだせないときには、こんなふうに思っていたのかもしれない。もし彼女がひとりで来るか、下の娘だけを連れてきて、この前に話したときと同様に結婚に強く反対するなら、おそらく……。

かすかな希望が残っていたとしても、それは今や奪い去られてしまった。向こうの親族全員がレッドクリフに婚約を祝いにやってくる。マーセルを油の中でぐつぐつ煮るか、不満をぶつけるために大挙してここへ来るのでなければ。その可能性も否定できないが、あてにもできない。いずれにしても、マーセルは自分の人生と自分の問題処理能力に対する制御を失っていた。今回もだ。

「どうして腹を立てるというんだ？」マーセルは問いかけた。「とはいえ、おまえのおばさんはお仕置きが必要だと信じている、エステル。わたしもそれに同意せざるをえない」

エステルはふたたび目を伏せ、父親の前におとなしく立っていた。ああ、なんてことだ。娘はこんなふうに育てられてきたのか？　若い女性はみなこうして育てられるのか？　エステルはこぶしを振りあげ、両目をぎらつかせて父親に向かってくるべきだ。エステルの母親ならそうしただろう。

マーセルは言った。「わたしの話が終わったら、すぐにミセス・クラッチリーを見つけて包み隠さず打ち明けるんだ。それからミセス・ジョーンズを見つけて、包み隠さず打ち明ける。そして室内履きに穴が開くほど一生懸命ふたりを手伝って、家がいっぱいになるほど来ると予想される華々しい客人たちに備えるんだ。たとえひざまずいて床を何箇所か磨かなければならないとしても」

「マーセル――」ジェーンに背後から抗議されても、マーセルは無視した。

エステルがふたたび顔をあげて輝かんばかりに微笑むと、かなり美しい小悪魔に変身した。

「はい、パパ」エステルは返事をすると、マーセルが息を吸いこんでそれ以上言う前にすばやく部屋から出ていった。

ジェーンが話しはじめる前に、マーセルは娘のあとを追って部屋を出た。

心の中で、これまで耳にしたあらゆる冒瀆《ぼうとく》的な言葉と悪態を繰り返した。さらには自分でもいくつか創造した。
そう、マーセルは絶望的なほどに意志が弱かった。

今回は自分の馬車で自分の使用人とともにヒンズフォード屋敷に戻るとなったとき、ヴァイオラはカミールとジョエルと子どもたちのもとに残るよう、アビゲイルに勧めた。アビゲイルが姉や姪たちや甥といることや、芸術家、音楽家、作家、孤児院の子どもたちなどが絶えず出入りする中に身を置くことが好きなのは知っている。けれどもアビゲイルは母親とともに家に帰ると言い張った。

ヴァイオラが本当に望んでいたのは、ひとりでレッドクリフに行くことだった。日が経つにつれ、この数週間の出来事がどんどん現実味を失い、自分の置かれている苦境がますます耐えがたいものになっていった。いったいなぜデヴォンシャーで自分の意見をはっきり言わなかったのだろう。自らの家族とマーセルの家族に、知ってしまった事実を彼らがどうするかは自由だが、自分は結婚はしないとどうして伝えなかったのか。自分の行動がこれから数週間、あるいは数カ月にわたって、社交界で噂の的になるかもしれないことを本当に気にしていたのだろうか。今はもう、上流社会と交わることはなく、ごく狭い友人づきあいと近所の人たちとのつきあいしかない。ほかのどこで何か言われようと傷つくことはない。

なぜもっと断固としてマーセルに立ち向かい、無理強いされるのをきっぱり拒まなかったのか。どのみちマーセルはヴァイオラと結婚したいわけではない。道義心から申しでたのであって、あの場に現れた人たちの中に自分の子どもたちが含まれていなければ、道義心すらどうでもよかったのではないかと彼女は疑っていた。ただ、マーセルが婚約の話を口にしたのは、彼の子どもたちが来る前だった。では、マーセルがそうしたのはアビゲイルのためだったのだろうか？　アレグザンダーやジョエルから決闘を申しこまれるのを恐れたせいでないことはたしかだ。

けれどもヴァイオラが声をあげなかった理由はもちろん、マーセルが声をあげた理由とまったく同じだ。お互いの子どもたちに見つかったからには、子どもたちが目にした卑しむべきものから彼らを守らなければならない。彼らの親は婚約していて、ふたりでコテージに滞在していたときにはすでに婚約していたので、実際には少しも恥ずかしいことではないと納得させなければならない。

今はどうにかして、婚約という茶番劇を終わらせなければならない。ただし、子どもたちにできるだけ痛みを与えない方法を見つけなければならない。ヴァイオラが自分のせいで苦痛を味わうのは至極当然だ。何年も自制を続け、常に不幸せだと感じていたうえに、極度に悲惨な二年間を過ごして精神的に耐えられなくなり、女たらしで悪名高い男性と短期間の逃避行に出るという決断を衝動的にくだすことと、すでに充分苦しんできたヴァイオラの子どもたちや、とても純真で無防備に思えたマーセルの子どもたちに自らの苦痛を押しつけるのは別の話だ。あいにく彼女はこの世にひとりきりでいるわけではない。そう言ったのは誰だったか……？　どこかで目にした言葉だ。ウィリアム・シェイクスピア？　ジョン・ミルトン？　いや、ジョン・ダンだ。彼は、人は孤島のようには生きられない、誰もが大陸の一部であり、誰もが他人の苦しみに影響を受けるというようなことを書いた。その一節を全部覚えていたらよかったのに。たしか鐘が鳴り、誰を弔う鐘なのかと尋ねる人が来るといった内容だった。〝それが鳴るのはあなたのため〟。少なくとも、その正確な一文は思いだすことができた。

彼の、ジョン・ダンの言うとおりだ。ヴァイオラの大冒険は彼女の大いなるわがままでもあった。

けれども、この状況から抜けだすのだ。抜けださなければならない。ひとつの過ちをもっとひどい過ちにしてはいけない。だからアビゲイルにはカミールと一緒にバースに残ることを選んでほしかった。そうすればヴァイオラひとりでなんとかすることもできた。けれどもそれは叶わなかったので、この状況の中で最善を尽くさなければならない。

ヒンズフォードに戻ってから二週間、ほとんど絶え間なく雨が降りつづいた。だがようやく空は晴れ渡り、それ以来、完全に秋色に染まった木々の見事な眺めとすばらしくすがすがしい天気を楽しんだ。旅をするには絶好の時期だ。ただ、旅の終わりが怖いのが残念だった。

ヴァイオラはマーセルの子どもたちとの短いつきあいに心を乱されていた。レディ・エステル・ラマーは若い女性ならではの激しく変化する感情と、父親の予測できない行動に明らかに傷ついている感情を抱えており、痛みをもたらす可能性のあるものに対してとりわけ敏感だ。双子の片割れのバートランドは表面的にはエステルとまったく正反対で、静かで品位のある、自制心を備えた若者のように見えた。けれどもヴァイオラは、ふたりが見かけ以上に似ているのではないかと思っていた。婚約パーティーを企画しているのはエステルだ。ヴァイオラは計画が入念に練られたり、招待客リストが広範だったりしないことを願っていたものの、田舎でのもてなしなのでどちらもあてはまりそうにはなかった。幸運なことに――実に幸運なことに――それはエステルの父親の少し遅れた誕生日パーティーでもある。婚約がなかったことになったあとでも、誕生日パーティーとして進められるだろう。

とはいえ、少女はがっかりするに違いない。八人の中で父親が結婚することを知って素直に喜んでいるように見えたのは彼女だけだった。もちろん父親が結婚したらレッドクリフに身を落ち着けて、おそらく彼女がずっと望んでいた家庭生活を与えてくれると思っているからだろう。ヴァイオラはそれだけでマーセルを揺さぶりたくなった。子どもに対してなんの責任も負わない父親を許せそうにない。ときに金銭的な責任だけは負う場合もある。まるでそれで充分だと言わんばかりに。

けれどもヴァイオラは、マーセルの娘を喜ばせるためだけに結婚することはできない。

ハリーはまだ知らなかったものの、ヴァイオラは手紙を出していた。ハリーが知らずにすむかもしれないという期待のもとに、初めは事実と思われている婚約の知らせを隠しておこうと考えていた。しかしながら、ハリーに手紙を書くのは彼女だけではない。カミールとアビゲイルは頻繁に手紙を書いていた。年若いジェシカも同じで、おそらくはハリーのおばの何人かと、祖母のどちらか、あるいはどちらも書いているだろう。息子に秘密にしておくのは無理だ。ヴァイオラが帰宅したときには手紙が一通届いており、二日後にもう一通が届いた。彼女はそれを手紙と呼んでいるが、いつもの短くて明るいひと言で、ハリーは大いに楽しんでいて、たくさんのすばらしい仲間と出会い、数々の印象的な場所も目にしたと書いてあった。彼がむごたらしい戦争のただ中にいるとは、誰も想像できないだろう。しかし心配しても無駄だった。

もっと厳密に言えば、心配しないようにしても無駄だった。

「きっとあれだと思うわ、お母さま」アビゲイルが言った。たしかに馬車は村のすぐ手前で急カーブを描き、広い並木道に入った。道は部分的に落ち葉で覆われていたが、木にはまだたくさん葉が残っていた。

森の中を数分走ると、木々が点在する起伏のある芝生のあいだに出た。落ちたばかりの葉は別として、芝生はきれいに掃かれていた。表面にレーキの跡が残っている。

そして道が曲がる前にちらりと見えたあの屋敷。柱廊のあるポーチと、巨大な正面玄関へと続く幅の広い石段を備えた、石造りでどっしりとした灰色の古典的な建物だった。訪問者や請願者に感銘を与えるために、あるいは畏敬の念を抱かせるために建てられたのかもしれない。ヴァイオラの鼓動が速まった。避けたい状況にも対処してきた長年の経験をとてもありがたく思った。ヴァイオラは表面上は平然として無関心な態度を保っていたが、アビゲイルは窓に鼻がつきそうなほど顔を近づけて前方を見つめていた。

「わたしたちが近づいていくのが見えたみたいよ」エリザベスが言った。「ドーチェスター侯爵がいるわ。それにレディ・エステルも。ワトリー子爵も」

一瞬、ヴァイオラはワトリー子爵が誰なのか思いだせなかった。しかしもちろん、それは父親の跡継ぎとしてのバートランドの儀礼上の称号だった。

馬車は道を曲がり、速度を落としてポーチで停まった。ヴァイオラは歓迎するために待ち受けている人たちを自分の目でも確かめられた。

彼女はそのうちのひとりだけを見つめていた。

胃が締めつけられ、同時にひっくり返りそうになるのを感じた。息切れと吐き気に襲われる。マーセルはカールトン・ハウスでの皇太子との祝賀会にふさわしい、一分の隙もない身なりをしていた。険しい表情で笑顔はない。彼がどれほどハンサムだったか忘れていたなどと言うのはばかげている。もちろん忘れていたわけではない。ただ……。

ああ、忘れていたのだ。

歩み寄って馬車のドアを開け、昇降台をおろしたのはマーセルだった。彼は手を差し伸べてヴァイオラが降りるのを助けた。そして……ああ、マーセルの暗く情熱的な瞳を忘れていた。そして手を握られたときの息が止まるような感覚も。

「ヴァイオラ」マーセルがいつもの背筋を撫でおろすような、穏やかで控えめな声で言った。

「レッドクリフへようこそ」それでも彼はまだ笑っていなかった。ヴァイオラも同じだ。ああ……。マーセルを前にして石畳のポーチに立っていると、手を取られて口元に寄せられた。

ヴァイオラはマーセルのことを親密なまでに知っていた。彼の体、声、癖、好き嫌い、さらには心までも。それでもマーセルについて知っていることは夢であるかのようだ。彼女の前に立ついかめしい貴族は見知らぬ人だった。彼のことがまったくわからなかった。

「ありがとう」ヴァイオラは言った。

マーセルの息子が馬車を降りるアビゲイルに手を貸していることにヴァイオラは気づいた。マーセルの娘は頬を赤らめて目を輝かせ、抑えきれない活力に満ちあふれている。

「ミス・キングズリー」エステルが急いで父親の隣に並び、ヴァイオラに温かい笑みを向けた。「やっとだわ。この三週間がいつまでも終わらないのではないかと思っていたんです。まるで三カ月くらいに感じたわ。もちろん、あなたが最初に到着されたのよ。このわくわくすることが始まる前に、一日かそこらはパパとわたしたちだけで過ごしたいのではないかと思って」

「ご親切にありがとう」ヴァイオラは少女に微笑みかけた。「あまり苦労されたのでなければいいのだけれど」

「アンヌマリーおばさまとウィリアムおじさまは明日到着します」エステルが言った。「悪天候で遅れなければ、ほかの人たちも」

ほかの人たち?

「みんなに会うのが待ちきれないわ」エステルが続けた。「あなたのもうひとりのお嬢さんと子どもたち、あなたのお母さま、リヴァーデイル伯爵夫人、ネザービー公爵夫妻、それに……そう、みんなよ」

ヴァイオラはマーセルと目を合わせた。彼の目は半ば閉じていてうつろだった。おそらくその奥にはかすかに嘲りも潜んでいるのだろう。

「ミス・キングズリーの表情からすると」マーセルが口を開いた。「彼女にとってはまったく初耳だったようだぞ、エステル」

「ああ、アビゲイル」エステルが体の向きを変えてヴァイオラの娘を抱きしめた。「また会えてうれしいわ。わたし、待ちきれないの……」

ヴァイオラは耳を傾けるのをやめ、マーセルの目を見据えた。

「あなたの仕業?」ヴァイオラは尋ねた。

「とんでもない」マーセルが眉をあげた。「どうやらわたしの娘は勉強部屋を出て、繭から抜けだし、翼に慣れるのを待たずに翼を広げて飛びたってしまったらしい」

ヴァイオラは言葉を失った。

マーセルが腕を差しだし、正面玄関へと続く階段へいざなった。

ヴァイオラの心も言葉を失っていた。

16

新たに到着した客たちはエステルに部屋へ案内され、三〇分後に客間におりてきた。そのとき初めて、マーセルは一四年前のヴァイオラを思いだした。若々しく、幼い子どもが三人いたにもかかわらず、ほっそりしていて落ち着きと品格があった。まるで彼女が村の祭りを楽しんでいた記憶をマーセルの心が締めだしているかのようだった。マーセルが買ってやった派手な宝石で飾りたて、村の空き地でワルツを踊った。デヴォンシャーへ向かうのんびりとした旅の途中で通り過ぎる城や教会や市場のすべてに立ち寄りたいと言い張り、趣味の悪い金の房飾りがおもしろいからという理由だけでマーセルに黒い傘を買い、宿屋で彼の木の杖がふたつに折れたときには大笑いした。両腕を大きく広げてシダのあいだの斜面を駆けおり、橋の上でピルエットを披露し、生き生きと輝き、奔放な喜びを感じながら体を重ねたこともあった。

ヴァイオラの幾分成熟した体形と、一四年前ほど若くはない愛らしい顔とともに、すべてがよみがえってきた。マーセルは当時よりも今のほうがヴァイオラに魅力を感じていることを思いだし、その思いを新たにした。おそらく自身も彼女と同じく年を重ねたせいだろう。

ヴァイオラは今、まさに美しく、おそらく完璧ですらあった。

そして、この数週間の記憶とともに、マーセルはまだヴァイオラのことを忘れられないという思いを強く抱いた。そのことに気づいて喜ぶべきだった。何しろ彼女は自分の妻になるのだから。しかし、マーセルはどちらの側にも感情が絡む結婚は望んでいなかった。足枷になることと自分を見失うことは別問題だ。もし彼女を忘れられなければ、自分自身の何かを失いそうだった。欲望なら受け入れられる。アデリーン亡きあと、ほかの女性に感じたのは欲望だけだ。二〇年ほどのあいだ、彼は自由で、安全で、自分自身の主であり、自分の世界の長だった。その状態を好んでいた。

マーセルはヴァイオラ・キングズリーが彼の世界を脅かしているという事実にひどく憤慨していた。

マーセルの未来の婚約者に正式に紹介されるため、みなが客間に集まっていた。彼はドアのところでヴァイオラを迎え、軽く改まったお辞儀をして手を差しだした。ヴァイオラがその上にそっと手を置くと、マーセルは彼女をまず、暖炉のそばの大きな椅子に威厳を持って座っているおばの侯爵未亡人であるオルウェンのところへ案内した。

「わたしの理解するところによると、ミス・キングズリー」オルウェンが言った。「リヴァーデイル伯爵の死後、あなたとの結婚が重婚だったことがわかるという不幸に見舞われたそうですね」

「それがわかったのはつらいことでした、奥さま」ヴァイオラは答えた。「わたしよりも子どもたちにとって」

おばが――あるいはほかの人が――この件に触れたのはそれだけだった。ヴァイオラは自分がかわいそうな被害者だったと厚かましく説明したりしなかった。実際、彼女はマーセルが知るリヴァーデイル伯爵夫人のままだった。案内してまわるあいだ、ヴァイオラは完全にくつろいで見えた。紹介された人たち全員の名前を繰り返し――もちろんそれは記憶するための工夫で、口にしたのは何もかも適切なことだった――立ち居ふるまいは非の打ちどころがなく、態度も落ち着いていた。

全員の紹介が終わると、ヴァイオラはチャールズ・モローとマーセルのいとこであるイザベルのあいだに座り、エレン・モローから紅茶を受け取りながら感謝の意を表してうなずき、両脇に座るふたりと礼儀正しい会話を始めた。

そのあいだ、ヴァイオラの娘はエステルに連れまわされており、マーセルの親族はヴァイオラの婚外子がエステルをけがすか何かするのではないかと恐れるかのようにある種の警戒心をもってアビゲイルを見つめた。

マーセルはまだヴァイオラのことを忘れていなかった。神に誓って忘れていなかった。彼女とふたたび逃げだしたかったが、今度は家に帰る道を見つけられない、見つけたいとも思わないほど遠くへ行きたかった。互いのこと以外に何も考えず、思い悩むこともなかったあの日々や夜を懐かしんだ。しかし、望んでも意味がない。浜辺で最終的に問題と向きあう前から、コテージでの最後の一日か二日のあいだにヴァイオラが徐々に離れていくのを感じていた。享楽は彼女にとってそれほど楽しめないものになっていた。彼のことも、それほど楽しい存在ではなくなっていた。もう終わりだ、家に帰るとヴァイオラは言った。

マーセルはまだ終わりだと思っていなかったが、ヴァイオラは関係が終わったと思っている。

客間の空気は息が詰まりそうで、おしゃべりは耐えがたかった。マーガレットは母親と一緒にいて、一二月初旬に行われるジョナサン・ビリングズ卿との結婚式の計画についてヴァイオラに話している。ほかの若者たち——双子とアビゲイル・ウェスコット、オリヴァー・モローとエレン・モロー——は集まって、かなり大きな声で、口々に話している。アンドレはオート卿であるアーウィンと語りあっている。そして全員に紅茶が行き渡り、ほとんどの人が二杯目を飲んだあともティートレイの後ろに座って口を閉ざしているジェーンの沈黙は、どういうわけか部屋の中の実際の話し声と同じくらい大きく感じられた。

マーセルはかなり唐突に立ちあがった。「ヴァイオラ、一緒に外を散歩しよう」

ヴァイオラは驚いたようにマーセルを見あげ、視線を窓に向けた。

「外はずいぶん暗いわ、マーセル」ジェーンが指摘した。

「まだ日が暮れはじめたばかりよ」オルウェンが言ったが、ジェーンに反論するためだけだったのではないかとマーセルは考え、どちらにも取りあわなかった。

「ありがとう」ヴァイオラが立ちあがった。「外套とボンネットを取ってこなくては」

「暖かい格好をしてくださいね」イザベルが助言した。「この時期は日が暮れると、外は真冬のように感じることもありますから」

「そうします」ヴァイオラは請けあい、マーセルにもう一度目を向けることなく部屋を出ていった。マーセルはアンドレのにやけた顔にはまったく注意を払わずに、彼女のあとを追った。

五分後、階下に戻ってきたヴァイオラはハーフブーツに冬用の長い灰色の外套、ボンネット、子山羊革《キッド》の手袋という格好をしていた。マーセルと目が合ったが、にこりともしなかった。玄関ホールで勤務についていた従僕がふたりのためにドアを開け、背後で閉めるまで、どちらも口を開かなかった。

外は実際には客間から見たときよりも明るかった。階段をおりながら、マーセルは左側の小道を示した。小道は芝生を横切り、オークやブナが点在する中を曲がりくねって延びており、さらに深い森と湖、そしてその先の寡婦用住居へと続いていた。今日は森まで行くつもりはない。この時期は日が暮れるのがかなり早く、田舎では真っ暗になることもある。

ヴァイオラがマーセルの腕を取り、ふたりで道を歩きはじめてから、マーセルは言うべきことを心の中で探したが、ひと言も思い浮かばなかった。まったく自分らしくなく、腹立たしかった。ヴァイオラに腹を立てていたが、それ自体が少しも筋が通らないことで、いっそう不当だった。ヴァイオラをほとんど憎んでいると同時に、彼女のことを吹っきれなかった。気をつけなければ子どもじみた癇癪を起こして地面に体を投げだし、かかとやこぶしを道に打ちつけてしまうだろう。それは少なからず憂慮すべきことだ。

ヴァイオラがマーセルに代わり、責任を持って話題を選んだ。「こんなことは耐えられない」声が怒りで震えているのが聞き取れた。

「こんなことと？」ヴァイオラが言う〝こんなこと〟にあてはまりそうなものはいくつもある。

「わたしの家族全員とウェスコット家の人たちが明日ここに来るのよ」ヴァイオラが言った。

「全員ですって？　母も？　弟も？　伯爵未亡人の七〇代の元義母も？　全員が来るというの？」

「招待状の返事が信じられるなら」マーセルは答えた。

「こんなことは耐えられない」ヴァイオラが繰り返した。「あなたが止めるべきだったのよ」

「わたしが知る前に招待状は送られ、承諾の返事も届いていた」マーセルは言った。「さらに言うなら、ほかの誰も知らなかった。わたしがジェーンと出くわしたとき、彼女は顔を真っ赤にしていた。ちょうど何通かの返事を奪い取ったところだった。エステルはバートランドにすら話したのかどうか。話していないとすれば、ひどく驚くべきことだ」

「それなら、知ったと同時に止めるべきだったわ」ヴァイオラが言った。「自分の子どもたちを監督することもできないの？」

マーセルも今や少々いらだちはじめていた。「いくら悪名高いドーチェスター侯爵でも、すでに承諾の返事を書いた客人の招待を取り消すのは常識外れだろう。それにエステルはよかれと思ってしたんだ。わかっているだろう。あの子はきみを喜ばせたかった。奇妙に思えるかもしれないが、娘は実際きみに好意を持っている」

ヴァイオラは最後の言葉を聞いていなかったらしい。「なぜ自分はドーチェスター侯爵だと言わなかったの？」

この件については以前、話したのではなかったか？　おそらく話していないのだろう。

「どういうわけなのか、わたしにはよくわからないんだが」マーセルは説明した。「人々のドーチェスター侯爵に対する対応とミスター・ラマーに対する対応はかなり違う。きみの対応も変わるかと思ってね」

「怖がって逃げだすと思ったの？」ヴァイオラが尋ねた。

「怖がって逃げだしたのか？」ボンネットのつばのせいで、マーセルはヴァイオラの顔全体を見ることができなかった。

「ええ」ヴァイオラが答えた。

マーセルは少々驚いたが、まさにその理由からヴァイオラに真実を隠していたのだ。「どうして？」

「あなたと再会したとき、わたしは堕落した女というわけではなかったのよ、マーセル」ヴァイオラが言った。「でも、けがれた女だったし、今でもそう。知らなかったとはいえ、二三年間も重婚生活を送った。婚外子を三人産んだ。真実を知ったとき、わたしは旧姓に戻って静かな生活を送るようになったの。できるだけ上流社会から距離を置いて。それ以来、わたしがもとの世界に帰ったという状況に最も近かったのは、アレグザンダーとレンの結婚式のためにロンドンへ行った今年の春のことだった。ある晩、彼らと劇場へ出かけた。わたしがネザービー公爵のボックス席に入ったとき、憤慨する声はあがらなかったけれど、楽しい経験ではなかった。また静かな生活に戻れてうれしかったわ。そして数週間前、あなたが侯爵だと知った」

「きみはわたしと逃げだしたんだ。侯爵とではない」マーセルは言った。「わたしがきみと逃げたように。けがれた元リヴァーデイル伯爵夫人とではなく。それにしても、なんてばかげた言葉なんだ、ヴァイオラ——けがれたとは」

「あなたはそれを知ったうえで決断した」ヴァイオラが言い返した。「わたしはそうではなかった。あなたは核心にかかわる情報を伏せていた」声はまた少し震えていた。いまだに激怒しているたしかな証拠だ。

「ドーチェスター侯爵とベッドをともにしていると知っていたら、わたしとの時間をそこまで楽しめなかったというのか？」マーセルは訊いた。ふたりは大きなブナの枝の下で足を止めていた。「その男もマーセル・ラマーと同じようにベッドをともにする。もしわれわれが過ごしていた場所がふたりで一緒にいるときに突き止められていなければ、わたしの肩書きの持つ意味は違っていたのか、ヴァイオラ？　もしきみが家に帰ってからその事実を知ったとしたら？　何かが違っていたのか？」

「でも、実際そうはならなかった」ヴァイオラが言った。「わたしたちは見つかって、あなたはわたしたちが婚約しているという愚かな発表をした。それで今、こんなひどい状況に陥っている」

「愚かな？」マーセルは返した。「それで、われわれはひどい状況に陥っているのか？」

「ええ、愚かよ」ヴァイオラは今や目にも炎をたぎらせていた。「単純に真実を伝えればよかったのよ。息抜きのために一、二週間あそこに来ていて、もうすぐ家に帰るところだったと。そして自由に解釈してもらえばよかったの。まったく、わたしたちは子どもでもなければ大人になりたての若者でもない。わたしたちがなぜそこにいたかは、子どもたちには関係ないでしょう。どんな不快感や気まずさも、もう吹き飛んでいたはずだわ。わたしたちはふたりとも自由になっていたはずよ」

「そして、そのあとはずっと幸せに暮らしましたというわけか」マーセルは言った。

「そして、その後はずっと別々に暮らしました、よ」ヴァイオラは訂正した。「当初の計画どおり、望んでいたとおりに。わたしたちは終わりを迎えていたの、マーセル。それなのにあなたの愚かな発表が問題を複雑にして長引かせた。その結果がこれよ」ヴァイオラが片方の腕で屋敷を示した。「わたし自身の家族とウェスコット家の全員が明日、わたしたちの婚約を盛大に祝うためにやってくる。あなたがわたしの生活をどれほど手に負えないものにしたかわかっているの？」

マーセルは目を細くし、冷めた心でヴァイオラを見つめた。「わたしとベッドをともにすることに喜びを感じても、結婚には喜びを感じないのか？」マーセルは訊いた。

「何を愚かなことを」ヴァイオラが返した。「愚かもいいところだわ」それが今日のお気に入りの言葉らしい。

「きみは侯爵との結婚という試練を乗り越えるだろう」マーセルは言った。「実際、きみにとって手柄じゃないか。少なくとも、上流社会の人たちは間違いなくそう言うだろう」

今では夕暮れがそこまで迫っていた。老木の陰になっているせいもあって、ヴァイオラの顔をはっきりと見ることは難しかった。けれども彼女の体のあらゆる線が怒りを物語っている。

「あなたは傲慢な……」ヴァイオラはその形容詞に続ける痛烈な名詞を見つけられないようだった。

「ろくでなし？」マーセルは助け舟を出した。

「ええ」ヴァイオラの声は冷えかけている空気よりも冷たかった。「あなたは傲慢なろくでなしよ」

マーセルはヴァイオラがその言葉を今までに一度でも口にしたことがあっただろうかと思った。

「きみとの結婚を望むことが愚かなのか？」マーセルは尋ねた。「つまり、わたしはきみの伴侶としてふさわしくないと？」

ヴァイオラはマーセルをしばらく見つめてから、明らかに憤慨した様子で屋敷へと向き直った。けれども一歩踏みだしたところで、マーセルが手を伸ばして彼女の腕をつかんだ。

「そうなのか？」マーセルはもう一度詰め寄った。するとヴァイオラの怒りがおさまっていくのが感じられた。

「マーセル」ヴァイオラが言った。「そんなことはありえない。客間でのわたしに対するご家族の反応を見たでしょう。アビゲイルに対する反応は言うまでもなく。わたしをロンドンに連れていくなんて想像できる？　社交シーズン中に？　そんなことは許されない。それにもっと個人的な理由からもこのまま進めることはできない。わたしたちはこの状況から抜けだすなんらかの方法を考えなければならないけれど、とりわけ今はそう簡単にはいかない。ふたりとも考えないと。あなただってわたしと同じで、この結婚を望んでいないことは百も承知しているわ」

「結婚は充分に耐えられると思える理由をひとつは思いつく」マーセルは言った。

「ああ、人生は……それだけじゃないの」ヴァイオラがきっぱりと言い返した。

「体の交わり？」

「ええ」ヴァイオラが言った。「人生はベッドをともにすることだけじゃない」

「だが、ベッドをともにすることは人生の重要な一部だ」マーセルは反論した。

「生涯、結婚した相手だけとベッドをともにすることが？」ヴァイオラが尋ねた。薄暗い中でも、マーセルには彼女がこちらの目をまっすぐ見つめていることがわかった。

　それはかつてマーセルが心に誓ったことだった。ずいぶん昔だ。アデリーンの死後、ひたすら避けてきたことだ。それは――。

「そうではないと思ったわ」ヴァイオラがそっけなく言った。今回は彼女が屋敷のほうへと歩きだしても、マーセルは止めようとはしなかった。マーセルは追いつくと隣に並んで歩調を合わせたが、ふたりはそれ以上ひと言も話さなかった。

翌日の朝食後、ワトリー子爵バートランド・ラマーがヴァイオラとアビゲイルに湖の案内を申しでた。湖は屋敷の東側の木々のあいだにあるという。バートランドの口調は堅苦しく形式的だったので、そうしたいという気持ちからではなく義務感から申しでたのではないかとヴァイオラは思った。とはいえ、少なくとも今のところは体裁を保たなければならない。彼女はぜひお願いしたいと答えた。父親は執事と話があって一時間ほど手が離せないだろうとバートランドはヴァイオラに話した。早くても午後の半ばを過ぎなければ客人は誰も到着しそうにないので、レディ・エステルも一緒に来ることになった。

若い女性ふたりは腕を組んで先を歩いた。どうやらしゃべっているのはほとんどエステルで、アビゲイルは微笑んでいるようだ。ヴァイオラは娘がこの一連の状況についてどう感じているのかよくわからなかった。奇妙に思えるかもしれないが、ふたりはここに来るまでの三週間、ヴァイオラの婚約と、婚約に至るまでの話題をどうにか避けていた。表面上は母と娘の関係は変わっていなかったものの、ふたりのあいだにはある種の気まずさがあった。

バートランドとヴァイオラは後ろを歩いた。バートランドは腕を差しださず、手を後ろで組んでいる。それでもヴァイオラの歩幅に合わせてすぐそばを歩き、ヴァイオラが話しているときは礼儀正しく顔を彼女のほうに向けた。バートランドには用意していた話があった。公園についての詳細、ヒンズフォードについての質問、ここでの滞在が満足のいくものであることを願う気持ちなどだ。バートランドはヴァイオラの質問に喜んで答えた。彼らはイースト・サセックスのエルム・コートに住んでいたが、二年前にここへ移ってきた。エルム・コートにはバートランドの家庭教師がいた。近くに住む引退した学者であらゆる科目を教えてくれたが、とりわけ古典と古代史についての指導は優れていた。ここに来るために家庭教師と別れなければならず、それがバートランドにとっては最も残念なことだった。それ以来、バートランドもエステルの家庭教師に教わっていた。尊敬すべき女性で、バートランドが最も苦手とする数学にもっと多くの時間と労力を費やすよう強いた。

「そのことで彼女には一生感謝するでしょう」バートランドが真剣な口調でつけ加えた。「子どもは、大人もそうだと思いますが、気が進む方向だけではなく、気が進まない方向にも自分の心の限界を広げる意欲と熱意を常に持つべきだとぼくは信じています」

「ほとんどの人は」ヴァイオラは目を輝かせて言った。「心の限界を広げること自体、気が進まないのよ、ワトリー卿」

「ああ、やめてください」バートランドは言った。「ぼくのことはバートランドと呼んでください」

ふたりは昨夜ヴァイオラがマーセルと口論したブナの木を通り過ぎて森のほうへと進み、それから森の中を歩いた。道は広かったが、今はほとんどが落ち葉で覆われ、足元でザクザクと音をたてた。ヴァイオラはまわりから切り離されているという心地よさを感じた。

バートランドは来年オックスフォード大学に進む予定で、これまで学校に通った経験がなく、最初はきっとかなり緊張するだろうがとても楽しみだと話した。それはエステルを残していくことを意味していた。

「エステルとはとても仲がいいんでしょう？」ヴァイオラは尋ねた。

「生まれたときからいつも一緒ですから」バートランドが説明した。「もちろん、いとこたちもずっといました。ですが、いとこたちはぼくたちより年上です。たしかに年はそれほど離れていないものの、子どもにとって年齢差は大人よりもずっと大きく感じると聞きました。エステルとは同い年で、双子なんです」

「どちらが上なの？」ヴァイオラは尋ねた。

「エステルです。三五分の差で」バートランドが答えた。「その事実を忘れることは許されなかったし、これからも決して忘れないでしょう」ヴァイオラに向かってちらりと笑みを見せた。一瞬、彼が本来のハンサムな少年に見えた。そして父親にとてもよく似ていた。彼女は一七歳の頃のマーセルの姿を見ていたのだろうか？　しかしどんな父親も息子の中に自分を完全に再現することはできないし、マーセルが息子のようなきまじめさや礼儀正しさを備えていたことがあるとは思えなかった。マーセルもオックスフォード大学に進んだが、面倒を起こすため、あるいはむしろ彼の無謀な行動がもたらしたに違いない面倒を避けるために時間を費やしていたようだ。マーセルが学問を真剣にとらえたことがあったのかどうかヴァイオラは疑問に思ったけれど、彼が読書家なことを思いだした。

突然、思いがけず湖に到着していた。湖は森林に囲まれたいんげん豆のような形の大きな水域で、今日はとても穏やかで、静かな水面には木々の葉のさまざまな色が映っていた。前方には夏のあいだビーチとして使われていたと思われる傾斜した砂地が広がり、右手にはボート小屋があった。けれども森は湖を完全に囲んではいなかった。湖の向こう側は森の一部が切り開かれ、大きな窓と水辺に向かって傾斜した庭のある家が立っていた。デヴォンシャーのコテージとはまったく似ていないはずが、どこか似ているように思えた。おそらくはその大きさが。おそらくはひっそりとした場所が。ボート小屋以外にほかの建物は見あたらなかった。

「寡婦用住居です」バートランドが言った。「ぼくはあそこが大好きなんです。あそこにいると、いつも少し故郷が恋しい気持ちになります」

「エルム・コートが？」ヴァイオラは尋ねた。

「ええ」バートランドが答えた。「おばのジェーンは大おばのオルウェンがあそこに移るべきだと信じていて、頻繁にそうほのめかしています。ご存じのように、そのために建てられたのですから。新しい侯爵がレッドクリフに引っ越してきたあと、家族の年長者が暮らす寡婦用住居として」

「でも、彼女は住みたがらないの？」ヴァイオラは訊いた。

「そうなんです」バートランドが言った。「おそらくカズン・イザベルが移りたくないんだと思います。マーガレットが結婚して夫と暮らすようになれば、カズン・イザベルの気持ちも変わるかもしれない。とはいえ、カズン・イザベルの気持ちが重要かどうかはわかりません。父の結婚式が終われば、彼らはどうあってもあそこに引っ越さなければならないんですから」

エステルとアビゲイルが寡婦用住居に向かう一方で、バートランドとヴァイオラは湖とその向こうの家を眺めて立っていた。ヴァイオラは自分の娘には避けていた話題を切りだした。

「あなたはそれについてどう思っているの、バートランド?」ヴァイオラは尋ねた。「つまり、お父さまとわたしの結婚についてだけれど。どうか正直に話して」

「ああ」バートランドが言った。「どうしたら正直に話せるというんです?」

ヴァイオラは内心で顔をしかめたが、必要なのは本心を聞くことだった。次にマーセルに挑むときに攻撃材料を準備しておきたい。「ただ思ったことを口にしてほしいの」彼女は促した。

「父には憤慨しています」バートランドは少し押し黙ったあと、静かな張りつめた口調で言った。「何ごとも常に父を中心に回っていた。ぼくたちが子どもの頃、父は母を亡くした悲しみに打ちひしがれていて、ぼくたちと過ごせないことになっていた。ぼくたちが大きくなってからも、父はまだ悲しみに暮れていた。とはいえ、ぼくたちはさまざまなことを耳にしました。子どもとはそういうものです。おわかりでしょう? どんなにしっかり守られても——実際、とてもしっかり守られていましたが。ぼくたちは父がそれほど悲しんでいるとは思えないようなことを聞きました。エステルは今年、父の四〇歳の誕生日パーティーを開こうと決めていました。ぼくは姉に注意しようとしました。おばのジェーンもです。しかし姉は耳を貸そうとしなかった。そしてぼくたちが父を見つけて婚約を聞いたとき、姉は喜ぶことを選んだんです。今でも喜んでいます。姉がこれほど……はしゃいでいるのは見たことがない。姉はいつも静かで聞き分けがよかった。ぼくたちがふたりきりのときはたまにそうではないときもありましたが。ぼくたちの子ども時代は終わったというのに、姉は今、すべてうまくいくと思っています。姉はおそらくあと一年かそこらで結婚し、ぼくはいなくなる。それなのに、姉はまだ末永く幸せに暮らせると信じている。まだ父を信じている。父はあなたと結婚するつもりはなかった。そうでしょう？」

正直さを求められるなら、それに備えておいたほうがいい。ヴァイオラは適切な答えを口にしようとしたものの、何も言うべきことを思いつかなかった。

「どうか正直に話してください」バートランドはヴァイオラの言葉を繰り返した。

「そうよ」ヴァイオラは答えた。「わたしたちのふるまいはとても自分勝手だったわ、バートランド。わたしがなぜ短い期間逃げだしたいと強く感じたのか、なぜ機会が訪れたときにそれをつかんだのか、説明しようとは思わない。あなたが気にかける理由がないから。あなたたちがお父さまの帰りをそれほど待ちわびていたとは知らなかった。あなたもお姉さんと同じくらい待ちわびていたはずよ。わたしはあんなふうに逃げだしても害はないように思えた。わたしたちふたり以外に害はなく、誰も関心がないと思ったの。もっと分別を備えていてもよかったのに。わたしは最近、ジョン・ダンが随筆に書いたことについて考えていたの」

「〝人は孤島のようには生きられない〟？」バートランドに言われてヴァイオラは驚いた。

「ええ」ヴァイオラはうなずいた。「わたしは結局、自分の家族を傷つけ、あなたのお父さまも自分の家族を傷つけてしまった。お父さまはまったく自分のことしか考えていないわけではないのよ、バートランド。アビゲイルがあのコテージの前にいるのを見た瞬間、お父さまは償いをしなければならないと思ったの。そしてあなたとあなたのお姉さんを見た瞬間に、その決意は固まった。あんな発表をしたのは自分のためでもわたしのためでもない。最初はわたしのためだと、わたしの評判を落とさないためだと思った。でもアビゲイルがわたしの義理の息子とほかの人たちと一緒に来なければ、あんなことを言ったとは思えない。お父さまはあなたと、あなたのお姉さんと、アビゲイルのためにあんな発表をしたの。ごめんなさい。いいえ、言うのは簡単よね。謝罪というのはたいていそうだけれど」

「あなたたちは何年も前に恋に落ちたと父は話した」バートランドが言った。「それは本当ですか？」

ヴァイオラはためらった。「ええ。だけどわたしは当時、結婚していた……結婚していると思っていた。そしてあなたのお父さまとわたしは、どちらもその結婚の絆を尊重した。どちらもよ。あのとき、わたしたちのあいだには何もなかった。思いはあったけれど、お互いを避けることで抵抗したの」

「ありがとうございます」バートランドが少し間を置いてから言った。「寡婦用住居のまわりを歩いてみますか？」

アビゲイルとエステルは家の周囲を散策していた。

ヴァイオラはバートランドに彼の父親と結婚するつもりはないことを告げるべきだろうかと考えた。それともマーセルとどうするかを決める前に話すのは、マーセルにとって不公平だろうか？

「そうね」ヴァイオラは答えたが、ふたりがふたたび歩きはじめる前に背後で葉を踏みしめる足音がして振り返った。マーセルだった。

ヴァイオラは昨夜、屋敷に戻って以来、マーセルを避けていた。今朝はマーセルを見かけなかった。マーセルとまた顔を合わせるのを恐れながら、アビゲイルと朝食をとるために階下に行ったときには、彼はすでに執事と部屋にこもっていた。

マーセルはデヴォンシャーにいたときと変わらず、ケープが何枚もついた厚手の外套にロングブーツという暖かい格好をしていて、山高帽を深くかぶっていた。ヴァイオラは彼を見ただけで喜びがわきあがる自分を嫌悪しながらも、胃がひっくり返りそうになった。いや、喜びではない。体が反応しているだけで、心と自分という存在そのものは違うと告げているのだから。もしマーセルに恋をしているとしたらそれは無分別であり、決して望んだり喜んだりすることではない。

マーセルがヴァイオラの目を見つめてから、息子に視線を移した。初めて見たマーセルの無防備な表情の中に、彼女は何かを読み取った。感情を揺さぶられ、またもや決意を鈍らされた。とはいえ、それが何かはわからなかった。誇り？　愛？　切望？　少年の中に、自身の何かを見たのだろうか？　自分よりも優れた何かを？

「ありがとう、バートランド。客人をもてなしてくれて」マーセルが言った。

彼の息子はふたたび堅苦しく、よそよそしい表情でお辞儀をした。「こちらこそ光栄でした、サー」バートランドが言った。

マーセルが湖の向こうに目をやり、娘が煙突か寡婦用住居の屋根、あるいは上の窓を指さしているのを見た。アビゲイルも見あげている。

「寡婦用住居を見たいかい？」マーセルがヴァイオラに尋ねた。

「バートランドが案内してくれるところだったの」ヴァイオラは言った。

「そうか」マーセルがヴァイオラに腕を差しだした。「鍵も持ってきた。すてきな家だ。おばが望まないなら、自分がそこに移るべきかもしれないと思うことがある。子どもたちと。そしてきみと」ヴァイオラがマーセルの腕に手をすべりこませると、彼の視線が彼女に注がれた。「おまえはどう思う、バートランド？」

「ドーチェスター侯爵であるということには、本邸で暮らす責任も含まれていると思います、サー」湖のまわりの小道を歩きはじめたところで、バートランドが答えた。

「寡婦用住居やほかの場所ではなくということだな」マーセルが言った。「つまり、人は責務からは逃れられないのだな？　あるいは逃れるべきではないと？」

「ぼくが言えるのは自分の意見だけです、サー」バートランドが言った。「寡婦用住居、もしくはほかの場所であなたと奥さまと一緒に暮らせたら、エステルにとっては夢が叶うんですよ」

ヴァイオラはマーセルの腕がわずかに動くのを感じた。

「おまえは夢を信じていないのか？」マーセルが息子に問いかけた。

バートランドはしばらく答えなかった。「夢は信じています、サー。でも、夢が叶うことなどほとんどないという現実も信じているんです」

マーセルが視線をヴァイオラに移した。「きみはどう思う、いとしい人《マイ・ラブ》？」

「夢は、それを現実にしようという強い決意を抱いた人にしか叶えられないものよ」ヴァイオラは言った。

「決意？」マーセルが訊き返した。「それだけで充分なのか？」

誰も答えようとはせず、その問いは三人の頭上で形あるもののように漂っていた。

17

ヴァイオラは寝室を見るために若者たちとともに二階へあがった。マーセルには彼らが話しているのが聞こえた。四人全員の話し声がした。マーセルは息子の声が少年から青年へと変わっていくところを聞き逃していた。娘がおとなしくて精彩を欠いた少女から意欲的で力強い女性へと変わっていく様子も見逃した。しかし、その変化が起きたのは最近ではないかと思っていた。実際、すべてを見損ねたわけではないのかもしれない。マーセルが家に帰ると約束していたのに帰らなかったことに対する失望から始まって、その結果生じた怒りが娘を大人へと成長させたのかもしれない。

マーセルは一階の客間にとどまっていた。今、立っているこの部屋が客間と呼べるほど立派なものであるならだが。そこは広々とした部屋で、居心地はよかった。暖炉に火が燃えていれば、なおさら居心地よく感じただろう。家に入って帽子と手袋を取ったとき、彼は外套を着ていてよかったと思った。大きな窓から森と湖、ボート小屋、さらにその向こうの森を眺めて立っていた。そのすべてが、幸せに過ごしたコテージを思い起こさせた。

幸せ？

口にするには奇妙な言葉だった。マーセルはそこで楽しく過ごした。とても楽しく。少なくともあと一週間は退屈せず、落ち着かない気分にもならずに過ごせたはずだ。もしヴァイオラがそのどちらかを感じはじめなければ。そうなったときに家族が押しかけてくるようなことがなければ。

そう、マーセルはそこで幸せを感じてもいたのだ、いまいましいことに。彼は暖を求めてポケットに手を突っこみ、階上から聞こえてくる声に耳を傾けた。何を言っているのかまではわからないが、聞いているとなんだか……泣きたくなった。

いったい全体どうしたというんだ?

わたしはこの人生でいったい何をしてきたというんだ?

楽しんだ。ただそれだけだ。

〝寡婦用住居、もしくはほかの場所であなたと奥さまと一緒に暮らせたら、エステルにとっては夢が叶うんですよ〟

〝夢は信じています……でも、夢が叶うことなどほとんどないという現実も信じているんです〟

〝夢は、それを現実にしようという強い決意を抱いた人にしか叶えられないものよ〟

取るに足りないと思われる決断が人生の軌道を変え、混乱を引き起こす場合もあるというのは不思議なことだ。アンドレを馬車で先に帰らせ、自分は宿に残ろうと決めてからまだ二カ月と経っていない。あのときとっさに、元リヴァーデイル伯爵夫人と話をして午後は村の祭りに一緒に参加し、その夜もともに過ごしてくれるよう頼もうと決めたのだ。それまでの一七年間の彼の人生を象徴するような、ほんのささいな決断だった。

そこからこんなことになった。

もし違う決断をくだしていたら、酒場の向こうの食堂にいるヴァイオラに軽く会釈するだけで満足して弟と出発していたら、マーセルは家に帰り、エステルが企画した誕生日パーティーという言いようのない恐怖に耐え、新しいお楽しみを求めてとっくにここを離れていただろう。そして無事でいられたはずだ。

「どうしてオルウェン大おばさまがここに住みたがらないのか、理解できないわ」エステルが背後から言った。「わたしが大おばさまの立場ならそうするのに。ここでなら、とても幸せに過ごせると思うのよ、パパ。それほど狭いわけでもないでしょ？　寝室は八つもあるし。とにかく居心地がいいわ」

マーセルは窓から振り返った。「ここにどんな娯楽があるというんだ？」

エステルはぼんやりと父を見つめてから肩をすくめた。「わたしが今、何をしていると思う？　本を読んだり、絵を描いたり、刺繍をしたり、日記を書いたり、誰かを訪ねたり、誰かに訪ねてきてもらったり、ここでも向こうでするのと同じことができるわ。だけどここは平和で、もっと家庭らしい感じがすると思う」

「この家もさほど文明から切り離されているわけではありません」バートランドがヴァイオラとその娘に説明した。「家の裏の林を抜けたところに厩舎と馬車置き場もあります。今はもちろん空ですが、使い勝手はいいですし、広い小道を通って馬車道にも出られるんですよ」

「厩舎を見に行きましょう」エステルが提案し、先に立って部屋を出た。アビゲイルとバートランドが続いた。マーセルは動かなかった。ヴァイオラも動かなかった。玄関のドアが開き、そして閉まった。

ふたりは数秒間、見つめあった。

「思いだすかい？」マーセルは尋ね、窓のほうを顎で指した。「少しでも思いだしたりはしないか？」

「デヴォンシャーのことを？　そうね。でも、あそこではわたしたちはふたりきりだった」

「それがよかった。そう思わないか？」

ヴァイオラは窓のほうに顔を向けて外を見つめた。「そうね。あのときはまさにふたりきりであるべきだったのよ。人生からのつかの間の逃避。それを永遠に続けるつもりはなかった。あなたもわたしも望んではいなかった。そして、終わったの。あなたは浜辺で、わたしが家に帰ると言ったおかげでわたしを傷つけずにすんだと言ったわね。かかわりを持った女性たちのことは傷つけたくないとあなたは言った」

なんてことだ！　本当にそんなことを言ったのか？　いや、わかっている、たしかに自分はそう言った。

「このわたしがそんな失礼なことを言うとでも？」それでもマーセルは認めなかった。

「あなたは正直だっただけよ。あなたにはほかにも愛する女性がたくさんいる。それは知っているわ、マーセル。今までも、これからもずっとそれは変わらない。あなたと逃げようと決めたとき、わたしは幻想を抱いてはいなかった。その場の勢いで決めたことだし、それで満足していた。でも、今は……これでは満足できない」

「これからもずっと、と言われるのは心外だ」マーセルは言った。「結婚するとなれば、ヴァイオラ、それは永遠に続くものだ。死がふたりを分かつまで」

ヴァイオラが窓から振り向き、マーセルを見て眉をひそめた。「何があったの？」

マーセルは眉をあげ、胸のあたりが冷たくなるのを感じた。彼女が何を訊こうとしているのかはわかっていた。

「あなたの結婚に何があったの？」ヴァイオラが言葉を足した。「奥さまとのあいだに何があったの？　彼女はどうして亡くなったの？」

マーセルはそのことについて話したくなかった。考えたくもなかった。部屋の空気が急に薄くなり、呼吸がしづらくなったように感じられた。

「妻は二階の窓から下のテラスに落ちたんだ」そっけなく言った。「即死だった」マーセルは窓のほうを向いたが、その向こうの景色など気にしてはいなかった。ヴァイオラに立ち去ってほしかった。若者たちのところに行ってくれればいいのにと思った。しかし、彼女が歩み去る音は聞こえなかった。それでマーセルはつけ加えた。「わたしが彼女を殺したんだ」

沈黙がおりた。耳の中で自分の鼓動が鈍い音をたてて響くばかりだった。彼は立っていたことを後悔した。ひとりになりたかった。自分も死んでしまいたかった。本当に。

「それですませるわけにはいかないでしょう」背後からヴァイオラが言った。マーセルははじかれたように振り向いて彼女をにらみつけた。怒りで目もくらまんばかりだった。

「どうしてだ？　きみには関係のない話だ、ヴァイオラ。わたしがきみに飽きたり、きみがわたしを怒らせたりしたときに、わたしがきみに同じことをするかもしれないと思っているなら話は別だが。出ていってくれ。でないと、今ここでそうしてしまうかもしれない」

ヴァイオラが眉根を寄せた。「ごめんなさい。深い傷をえぐるような真似をしてしまって、申し訳なく思うわ。でも、どうか教えて」

「なぜだ？　きみはわたしと結婚しないと決めた。わたしの目にはそう見える。たとえきみの気が変わったとしても、きみにはわたしの最初の結婚について詮索する権利はない。わたしもきみの過去を詮索したりはしない」

「あなたが殺しただなんて、信じられるわけがないでしょう」ヴァイオラが言った。「あなたは絞首刑にされていないし、監獄に入ってさえいないのだから」

「事故死と判断されたんだ。悲劇的な事故だったとね。ヴァイオラ、もうその話はいいじゃないか。わたしはこれ以上話さない。二度と。現時点ではわたしがきみに飽きる前に、きみがデヴォンシャーにいるわたしに飽きてしまったわけだ。婚約するくらいなら、きみはこの状況をどうにか乗りきりたいと思ったんだろう。それからずっと、きみの気は変わっていない。ゆうべ、はっきりわかった。そういうわけだから、今日でも明日でも好きなときに発表すればいい。決してきみを止めはしない」

自分の心が壊れる場合もあるのだと気づかされるのはとんでもなくひどいことだ。いや、もしかしたらすでに壊れているのかもしれない。いつの間に、わたしは心を手に入れたんだ？　もしかしたら、ヴァイオラが拒絶したのは本気ではなかったのかもしれない。もしかしたら、彼女が口にしたほど結婚をいやがっているわけではないのかもしれない。もしかしたら……。

〝もしかしたら〟などない。ヴァイオラは自分がどう思っているかを包み隠さず明らかにしたのだ。

マーセルが彼女への思いを吹っきれていないし、これからもそんなことはできそうにないなどと今さら打ち明けても恥をかくだけだ。とにかく結婚してくれと懇願すれば、迷惑がられるだけだ。とはいえ子どもたちのため、そしてヴァイオラ自身の幸せのためにも、彼は結婚を迫りつづけるだろう。

なんてことだ！　今、アデリーンを殺したのは自分だと言ってしまった。実際、それがマーセルのしたことなのだ。

「あなただってうれしいでしょう」ヴァイオラが言った。「わたしと結婚なんてしたくないんですものね、マーセル。わたしたちの計画では、そんなことになるはずではなかった。そんなことになるとは思ってもみなかった」

「つゆほども思っていなかったな」マーセルは同意した。「しかし、われわれは大変な目に遭うことになりそうだぞ、ヴァイオラ。今日の午後には妹がやってくる。きみの家族全員を連れてだ。盛大なパーティーになるだろう。わたしたちの子どもたちは互いのことが気に入ったらしい」

　ふたりは振り返り、湖を回って家のほうへと戻ってくる三人の若者たちの姿を見つめた。バートランドが真ん中で、片方の腕にはエステルが、もう片方の腕にはアビゲイルがつかまっていた。

「そういうわけで」ヴァイオラが言った。「わたしたちは楽な逃げ道を選んで、ここで婚約を祝う。そしてクリスマスにはまた楽な逃げ道を選んで、結婚式を挙げる。それから残りの人生をどうするかに向きあうことになるのね」

「まるで暗い未来が待っているみたいに言うんだな」

　ふたりは顔を見合わせ、視線が交わった。

「実際は結婚していなかったわけだけれど、最初のときみたいな結婚生活を送るのはわたしには無理よ、マーセル」ヴァイオラは言った。

　マーセルは心に痛みを覚えながらも、何も言わなかった。

「そしてあなたは……」ヴァイオラはそう言いながら片手で空中に輪を描いたが、その先に続ける言葉は見つからなかった。

「そしてわたしは治る見込みのない放蕩者だ」マーセルは言った。

「まあ」ヴァイオラはふたたび眉根を寄せた。「治らないの？」

「結婚しているときは別だ。さっきもそう言っただろう。しかしわたしは実に長いあいだ結婚していない状態だったし、そのあいだはたしかに放蕩者だった。きみの言うとおりだ、ヴァイオラ。わたしの放蕩はたしかに不治の病だ」

だが、マーセルは自分が傷ついているのを感じた。懇願し、抗議し、弁明したかった。彼が望んでいるのは……。

ヴァイオラはマーセルを望んでいない。彼女は牧歌的な生活を楽しんだが、それに飽き、家に帰りたいと思っているのだ。マーセルがそうすべきだったように。

弟を馬車で帰らせるとは、なんという愚か者だったのだろう。自分も弟と一緒に行って、元リヴァーデイル伯爵夫人のことなど忘れるべきだった。

「わたしは家に戻るわ」ヴァイオラが告げた。

「そしてわたしは紳士らしく、きみをエスコートしよう」

歩いていくあいだ、ふたりは互いに触れあうことも、言葉を交わすこともなかった。マーセルはデヴォンシャーの海岸からコテージまでの帰り道を思いだした。あのとき、コテージが見える前にヴァイオラの腕をつかみ、すべてを打ち明けるべきだった。真実を。すべての真実を、それ以外の何ものでもない真実を、すっかり話してしまうべきだった。今、彼はそうしたいと思っていた。

だが今になって愛を打ち明け、忠誠を誓い、永遠の愛を約束するなどというくだらないことを口にするのはヴァイオラに対して不公平であり、自分自身にとっても屈辱的だ。ヴァイオラはマーセルに飽きた。彼女が愛しているとか、マーセルと将来をともにしたいとか、ほのめかしたことは一度もなかった。

恥ずかしさに襲われ、マーセルはまるでハンマーで腹を殴られたような衝撃を覚えた。ヴァイオラは彼を愛していない。彼女がはっきりとそう伝えてきたのだ。マーセルはヴァイオラを自由の身にし、この混乱からなんとかして抜けださなければならない。自分からはできないことだ。紳士たるもの、婚約を破棄するなどありえない。ましてやヴァイオラを自分の家に招き入れ、彼女の親族と自分の親族が一堂に会し、近所の人たちとともに祝杯をあげようとしているときには。

なんてことだ！　マーセルはうなじの毛が逆立つような恐怖を覚えた。

家までの道のりは果てしなく長く感じられた。

マーセルとともに寡婦用住居から戻ったあと、ヴァイオラは自分の部屋に引きこもって、ここを出ていきたい誘惑と格闘した。できるものなら、三〇分以内に馬車が玄関前に来るよう手配して、アビゲイルにもすぐに荷物をまとめるよう伝言したかった。ここを立ち去りたかった。すべてを忘れたかった。

二カ月ほど前、ヴァイオラはバースから逃げだした――家族の息苦しい愛から逃れるために。その二日後にはまた逃げだしたのだ――今度は自分自身から逃れ、放蕩者との情事という無分別な快楽に身をゆだねるために。それが自分にとっていかにすばらしいことだったか。

しかし、それによってこの状況に追いこまれた。これまで経験したことのないほど複雑に絡みあった状況に。

もちろん、今度は逃げだすわけにはいかない。エステルは明日の夜の婚約パーティーのために多大な労力を費やして準備を進めてくれた。エステルは興奮を抑えきれない様子だった。おじ夫婦のもとで隔離されたような生活を送ってきて、自分の人生に父親がいてくれたらと願ってきた一七歳の少女は、今まさに望みが叶うと思っているのだ。

ヴァイオラは逃げだすわけにはいかない。母もここに向かっている。カミールとジョエル、その子どもたちも。マイクルとメアリーも。ウェスコット家の全員が、かつての義母さえも来ることになっていた。ハンフリーの正妻の娘であるアナまでも。そして、春に思いがけず友情を育んだレンも。レンは身ごもっていたが、それでも来るというのだ。彼らがここに到着したときに、ヴァイオラ自身がいないなどありえない。

そしてここにはマーセルがいる。彼は今朝、現実を受け入れ、婚約はないとヴァイオラが発表することに反対はしないと言った。もちろん、発表できるのは彼女しかいない。名誉の観点から、男性にはできないことだった。

そして今朝、マーセルは妻がどんなふうに亡くなったかを話し、自分が妻を殺したと言った。ヴァイオラは一瞬たりともマーセルの言葉を信じなかったが、彼が妻を殺したと思いこんでいるのは間違いない。いったい何が起こったのか？　どうしても知りたかったけれど、答えを強く要求する権利は彼女にはなかった。マーセルとは結婚しないのだから。しかし今朝、ヴァイオラは、彼が長年抱えてきた思い出を今では共有するのも拒んでいることに耐えがたい痛みを感じた。

いったい何が起こったのだろう？

マーセルに愛していると伝えたかった。浜辺で家に帰らなければならないと言ったのは、関係に飽きたからでも、彼に対してなんの感情も残っていないからでもなかった。だが、そうは言わなかった。マーセルが婚約を発表したのは、ヴァイオラを愛し、結婚したいと思ったからではない。それについては確信があった。ヴァイオラは何年も前からマーセルを知っていて、評判も耳にしてきた。彼は家庭に落ち着くような人ではない。マーセルはヴァイオラに、自ら言いださずにすんでよかったと言った。彼はかかわりを持った女性たちを傷つけることはしたくないと言った。

女性たち。

複数形だ。

そんなことは最初からわかっていた。逃避行に同意したときから知っていた。

ヴァイオラは逃げだすことはできない。しかし、とどまることもできない。マーセルと結婚はできないが、婚約破棄もできない。マーセルを愛せないが、彼への愛を断ちきれもしない。

ここにとどまるのだ。もちろんそうするしかない。ヴァイオラはマーセルの妹や自身の家族の到着を待つ覚悟を決めた。リヴァーデイル伯爵夫人という、長年親しんだ仮面をかぶっわたしはいったいどうすればいいのだろうか？　マーセルとは結婚できないのに。

だけど、どうするつもりなのだろう？

て心の準備を整えた。


最初にアンヌマリーとウィリアムのコーニッシュ夫妻が到着したのは昼過ぎだった。夫妻は幼い子どもふたりを連れていた。マーセルと双子の子どもたちはテラスで出迎えた。エステルは七歳と五歳の子どもを抱擁し、バートランドはウィリアムと握手をし、マーセルは気づけば妹に強く抱きしめられていた。

「とうとう再婚してくれるのね。とてもうれしいわ、マーク」アンヌマリーが言った。「遅すぎたくらいよ。わたしったら、うれしくてずっとそのことばかり話していたんだから。そうよね、ウィル？」

コーニッシュは冷静な目を義兄に向けたが、何も言わなかった。

彼らが客間に入ると、たちまちアンヌマリーがいつものごとく主役の存在感を示した。彼女はアビゲイルとヴァイオラを含め、その場にいた人全員を抱擁し、そのあいだもずっと話しつづけた。

「たった今、兄にわたしがどんなに喜んでいるか話していたところよ」アンヌマリーはヴァイオラに言った。「結婚すれば、兄さんももっとよくなると思うの。そろそろ落ち着くべきよ。だって、もう四〇歳ですもの。想像してみて！　それに、来年の春の社交シーズンにはあなたがロンドンにエステルを連れてくればいい。あなたの娘さんがエステルのいい話し相手になるでしょう。あの子たち、姉妹になるんですものね。エステルにとっては夢が叶ったようなものよ。継母《ままはは》が後見人になってくれるんだから」

ウィリアムが咳払いをすると、アンヌマリーは問いかけるように彼を見つめてから、さっと振り向いてジェーンに微笑みかけた。

「わかっているわ、ジェーン。エステルをロンドンに連れていく役目はあなたが喜んで請け負ってくれるつもりだったのよね。でも、今はあなた自身の中断された人生をやり直したいと望んでいるはずよ」

「ええ、たしかに、中断されたわ、アンヌマリー」ジェーンは認めた。「突然、思いがけず、うちの子どもたちが今のあなたの子どもたちと同じくらいの年齢のときにね。でもチャールズとわたしは、必要ならまた同じことをすると思うわ。その期間が倍の長さになってもいいくらい。アデリーンのことを本当に愛していたの。もちろんアデリーンの子どもたちのことは今でも愛しているわ」

マーセルはこれまで、ジェーンとチャールズのモロー夫妻が過去一七年間にどんな犠牲を払ってきたかについて考えたことがなかった。自分がモロー夫妻を必要としていることは認識していたが、それは常にマーセルの視点からの見方であり、決して彼らの視点からではなかった。子どもたちを自らの手で育てないことを選んでおきながら、マーセルはジェーンとチャールズが子どもたちに及ぼす影響力を恨めしく思っていた。モロー夫妻は自分たちの家を出て、わざわざエルム・コートに移り住んだのだ。彼らの家はつい最近まで、退役した海軍大将とその妻に貸しだされていた。

しかし、マーセルは今さら他人の視点からものごとを見るようになりたいとは思わなかった。自分の視点から見るだけでも充分に厄介だ。

そして、これは始まりにすぎない。ヴァイオラ自身の家族であるキングズリー家とウェスコット家の面々が今日のうちにやってくる予定になっていた。子どもたちを除くと一七人になるだろうと、エステルはマーセルに告げていた。一七人？　しかもそこにアビゲイルとヴァイオラが加わるのだ。

マーセルはここから立ち去りたい衝動に駆られた。とにかくここを出て、馬車に乗る。あるいは馬に鞍をつけるだけでもいい。荷物と従者はあとから来ればいい。誰にも何も説明する必要はない。警告も、別れを告げる必要もない。彼は以前も同じふるまいをしたことがあった。それも一度ではない。ほんの二カ月前なら、マーセルはためらわず、振り返りもせず、良心の呵責《かしゃく》も感じなかっただろう。

今回はそんなことをするわけにはいかない。娘が――そして息子も――行く手を阻んでいた。周囲でおしゃべりが続く中、マーセルは子どもたちを順に見つめ、憤りと同じくらいに痛切な愛情を感じた。エステルは頬を紅潮させ、おじとおばが到着したことに興奮してとめどなくしゃべりつづけている。明日の夜のパーティーに近所から何人集まるのか、マーセルは確認していなかった。自分からは尋ねなかった。知りたくもなかった。

なぜあの子はそんなことをしたのだ？　なぜ誕生日パーティーを開かなければならなかった？　わたしを愛しているから？　どうしてそんなことがありえようか。この地球上で最もだめな父親だというのに。それになぜ婚約パーティーなど開くのか？

そしてバートランドだ。まだ一八歳にもなっていない。手に負えない、反抗的な年頃だ。若者でもなく、大人の男でもない。姉を黙って支え、あの粗末なコテージに父親と一緒にいるのを見てしまった女性のことも丁重にもてなした。今はおじとオートと話をしているところだ。見さげはてた父親に対しても変わらぬ礼儀正しさで接してくれている。

だめだ、逃げだすわけにはいかない。マーセルは二度と逃げだすような真似はできないという確信をどんどん深めていた。それはこの一七年間で胸に抱いた最も恐ろしい考えだった。彼はアンヌマリーとエレン・モローと話しているヴァイオラに目を留めた。今朝あんなことが起こらなければよかったのに。昨夜もひどいものだったが、今、みなが集まって祝ってくれようとしている婚約が破綻を迎えんとしていることは疑いようのない事実だ。しかし、マーセルは結婚しようとしているふりを続けなければならない。それが現実ではないとわかるまで。そのあとは？　それはそのときが来たら考えよう。

アンヌマリーはヴァイオラに、自分たちの母親がフランス人で、子どもたちには全員フランス風の名前をつけるべきだと主張したことを説明していた。アデリーンは義母をとても尊敬していたので、自分の子どもたちにもフランス風の名前をつけることにこだわった。

「あたしの姉さんはカミールというの」アビゲイルは言った。「どうして姉さんにフランス風の名前がついてるのかはわからないけど」

「わたしは気に入ったわ。あなたが生まれたとき、アビゲイルという名前を気に入ったのと同じくらいにね」ヴァイオラは言った。

「また馬車が来ました」バートランドはそう言って窓から向き直り、部屋の向こう側にいる父を見た。

これがまだまだ続くわけだ。マーセルはまたしても、客間を出て右に曲がり、正面階段とその下のホールに向かうのではなく、左に曲がって主に使用人が使う裏階段に向かいたい衝動に駆られた。ここから逃げだしたい。一七年前にしたように、以来ずっとそうしてきたように。

だが、今はもう違う。

「きみの家族の誰かだろう」マーセルはヴァイオラに言った。「エステルとバートランドとわたしと一緒に、きみも迎えに出たらどうだろう？　アビゲイルも一緒にどうだ？」

到着したのはモレナー卿夫妻だった。レディ・モレナーはウェスコット家の出で、かつてはヴァイオラと義理の姉妹だった。ほかの人たちも続々と現れた。リヴァーデイル伯爵夫妻、ネザービー公爵夫妻。彼らの赤ん坊はネザービーの異母妹であるレディ・ジェシカ・アーチャーが抱いている。そしてレディ・ジェシカ・アーチャーの母親であり、ヴァイオラの元義理の姉妹でもある公爵未亡人。なぜ家族関係はこうも複雑なのだろう？　さらにヴァイオラの母親のミセス・キングズリーが、カニンガムとその妻でヴァイオラの上の娘カミール、その三人の子どもたちとともに到着した。牧師であるヴァイオラの弟とその妻や、レディ・オーヴァーフィールドことエリザベスと、彼女とリヴァーデイルの母親であるミセス・ウェスコットもやってきた。最後に現れたのはヴァイオラのかつての義母であるリヴァーデイル伯爵未亡人と、その娘のレディ・マティルダ・ウェスコットだった。子どもたちを除いて一七人。マーセルが一七人を数えていたわけではない。彼には七〇人もいるように思えた。

その全員がここを去る前に起こるであろう出来事に、さらに一七の紛糾の種が加わった。ヴァイオラが確実に起こすはずの出来事――それはマーセルも承認している。いったい全体なぜ自分はデヴォンシャーのあの忌まわしいコテージの前で、柄にもなく騎士道精神を発揮して婚約を発表したのだろうか？

最後の二台の馬車が到着したのはほぼ同時で、マーセルは老齢の伯爵未亡人に腕を差しだし、彼女をゆっくりと家の階段まで導いた。バートランドとアビゲイルはリヴァーデイルの母親のミセス・ウェスコットを伴って後ろからついてきた。エステルはレディ・オーヴァーフィールドと旧知の仲であるかのように楽しげに話している。ヴァイオラは母親が疲れすぎてしまったのではないかと心配するレディ・マティルダ・ウェスコットをなだめようと声をかけていた。

ヴァイオラはこの親族一同にどういう話をして、ここに来たのは無駄骨だったと伝えるつもりなのだろうか？　それに二カ月以内に結婚式が執り行われるというのに、なぜ彼らは愚かにもわざわざ集まってきたのだろうか？

ヴァイオラを愛しているから?

「お若い人」伯爵未亡人が低い声でマーセルだけに聞こえるように言った。「お嬢さんが明日のために計画したパーティーと、そこで正式にあなたの婚約が発表される前に、内々に話がしたいわ。わたしはまだそれが新聞に書かれたのを目にしていませんからね。ヴァイオラは今もかつても自分がわたしの義理の娘だったことはないと言い張るでしょうが、そんなのはまったくばかげているわ。彼女はわたしの三人の娘たちと同じくらい、わたしにとって大切な存在よ。みんな大切なの。娘というものはいつだってそう。あなたもそれが真実であることをいずれ身をもって知るでしょう。わたしはあなたの口から、わたしの義理の娘があなたにとってどれほど大切な存在であるか聞かせてもらいたいわ」

なんてことだ! この老ドラゴンに問いただされるはめになるのか? マーセルに対して声をあげたのは、デヴォンシャーで意見してきたリヴァーデイルとカニンガムを除けば、彼女が初めてだ。しかしヴァイオラの母親は到着したときから彼を推しはかるようにじっと見ていたし、弟の牧師はまるで説教を始めるのにふさわしい瞬間を見はからっているかのように重々しいまなざしでこちらを見ていた。レディ・マティルダはテラスでヴァイオラから紹介されたとき、不機嫌そうな表情を浮かべていた。一方、レディ・オーヴァーフィールドは、これから降りかかるであろう出来事に同情するように、マーセルに微笑みかけた。

〝わたしたちが何を聞かされることになるのかはわかっているのよ……〟

「奥さまと秘密の話ができることを楽しみにしていますよ」マーセルは息をするように嘘を

つき、伯爵未亡人に請けあった。

そう、神に懸けて、彼らはみなヴァイオラを愛している。

そして、そう、神に懸けて、マーセルはここから逃げだすわけにはいかない。エステルは誇らしさと幸せでほとんどはちきれそうだ。これから二四時間のうちに必ずや起こるであろう出来事が現実になれば、エステルは地獄の底に突き落とされるだろう。マーセルはそこから逃げだすのではなく、とどまって対処しなければならない。

まったく、なんてことだ。

18

「こちらにはすてきな温室があるそうね、ドーチェスター卿」翌日の朝食後、リヴァーデイル伯爵未亡人が言った。マーセルはしばらく執事室に隠れていたいと思ったが、それは叶わぬ望みだった。今日はすべきことが満載で、早めに夕食をとったあと、舞踏室で盛大なパーティーが開かれる予定になっていた。

「ありますよ、奥さま。ご覧になりますか？」マーセル自身は温室を一、二度見たことはあったが、そこで育てている植物については何も知らなかった。しかし、伯爵未亡人がどんな植物があるか見たがっているとは思えない。

「お母さま、わたしが暖かいショールを取ってきて、そちらに持っていくわ」レディ・マティルダ・ウェスコットが言った。

「あなたにそんなことはさせませんよ」伯爵未亡人は言った。「暖かいショールが欲しいと思ったら、メイドに取りに行かせるわ。それに、わたしはドーチェスター卿とふたりきりで話がしたいのよ」

　マーセルが観察したところ、レディ・マティルダは母親を支え、寄り添うために結婚もせずに家に残っていたが、母親はどちらも必要としていないようだ。

温室は花よりも緑でいっぱいだった。大きな植物と小さな植物、葉の大きなものと細いもの、葉の緑が薄いものと濃いものがうまく組みあわされて置かれていた。ガラスがふんだんに使われ、三方の壁と屋根はガラス張りだった。よく晴れた朝で、温室は明るく、とても暖かかった。面談にはもったいないほどロマンティックな場所だ。窓際にはやわらかいクッションつきのベンチもあったが、彼はかたい背もたれのソファに老婦人を座らせ、自分は向かいの窓際のベンチに腰かけた。

「わたしに訊きたいことがおありなのでしょう、奥さま」名前も知らない植物について話しはじめても意味はない。マーセルはにこりともせず、老婦人をまっすぐに見つめた。その表情が多くの人に威圧感を与えることはわかっていたが、彼女に対しても同じ効果があると思っていたわけではない。もしかするとそれは無頓着を装った姿勢と同様、防御を示す表情だったのかもしれない。

「わたしの息子はね、ドーチェスター卿、わが人生における最大の失望でした」リヴァーデイル伯爵未亡人が言った。「それは息子が生きているあいだのこと。その後、息子はわたしの人生最大の恥となった。息子の不品行のせいで、孫娘のひとりは家族のぬくもりとは無縁の孤児院で育ったわ。ほかのふたりの孫娘ともうひとりの男の孫は、自分が何者なのかについて誤った考えを抱いて育ち、真実が明らかになったとき、それまで知っていた世界が崩壊するのを経験しました。義理の娘は息子の悪行のせいで筆舌に尽くしがたい屈辱を味わい、四半世紀近くも自分の家族だと思っていた人たちから引き離された。ヴァイオラの心の中で、引き離されたの。わたしたちがそう考えているわけではなくてね。彼女がほかのみんなと同様にウェスコット家の一員であることに変わりはありません。たとえヴァイオラが旧姓に戻って、それを使いつづけているとしても」

伯爵未亡人は言葉を止め、マーセルをにらみつけた。あなたのことなど怖いとは思っていないと言わんばかりだ。

「ミス・キングズリーは幸運ですね。これほど愛情深く誠実な家族がいるんですから」マーセルは言った。その言葉はぎこちなく、まるで説得力がなかった。

「わたしたちの家族をあなたのもとに預けるべき理由をひとつ教えていただけるかしら？昨年ジョエル・カニンガムを、今年の初めにはレン・ヘイデンを家族の一員として迎え入れたように、あなたを家族として迎え入れるべき理由はあるの？」

マーセルは彼女をまっすぐ見つめ返した。「お答えできません、奥さま」

その言葉にはたしかに効果があった。伯爵未亡人はのけぞるようにして背もたれに身を預けた。まるで彼が手を伸ばして突き飛ばしたかのようだった。

「間違いなく、あなたはわたしの評判をご存じのはずです」マーセルは言った。「あなた方全員がご存じでしょう。苦労して築きあげた評判ですから、それについて謝罪するつもりはありません。たとえわたしが人生で後悔していることがあるとしても、その後悔はわたしのものです。社交界の人々や、婚約する女性の家族がわたしを認めないからといって、どうこう言われる筋合いはありません。わたしが貴族の生まれで、あなたの義理の娘を一生支えていくだけの地位と財産があることは疑いようのない事実です。しかし、そんなことは問題にしていないでしょう。あなたはミス・キングズリーに幸せになってもらいたいと思っている。なぜなら、彼女を愛しているから」

「あなたは彼女を愛しているの、ドーチェスター卿？」伯爵未亡人が尋ねた。

それは避けられない質問だった。それでも、マーセルは避けたかった。自分でも答えがわからない。一四年前に恋に落ちたことは間違いないが、一四年という歳月はあまりに長い。マーセルはもはやあの頃のマーセルではない。いずれにせよ、愛するというのはどういうことだ？　意味などあるのか？　アンドレを馬車に乗せて先に帰すという無謀なリスクを冒したとき、マーセルがヴァイオラを欲していたのはたしかだ。これまでに情事を楽しんだどの女性とよりもヴァイオラと過ごす時間を楽しんだことも、彼女が関係に見切りをつけたときにマーセルのほうではまだ何も終わっていなかったことも間違いない。ただ、それは愛なのか？　愛とは永遠に続くものではないのか？　病めるときも健やかなるときも、死ぬまで続くのが愛ではないか？　それは揺るぎなく、すべてを懸けた何より大切なものだ。二〇年近く続けてきたことのすべてを断ちきってもかまわないと思えるもの。しかし、マーセルの心はそれ以上先に彼を進ませようとはしなかった。そんなことをしても意味がない。ヴァイオラとは結婚しないのだから。

「はい」マーセルは静かに答えた。

長い沈黙が続いた。

「家族の誰が何をしようと、わたしがそれをどうこうすることはできないわ」伯爵未亡人がやっと口を開いた。「特にヴァイオラに関しては。あなたはよくおわかりでしょう、ドーチェスター卿。わたしをここに連れてくることに同意するくらいなら、悪魔のもとへ行けと言ってくれてもよかったのよ。でも、あなたはわたしの言葉に耳を傾け、わたしの問いに答えてくれた。わたしには率直で誠実な答えに思えるわ。そのことに感謝します。あなたがヴァイオラを幸せにできるかどうかはまだわからないけれど、結婚するときにそれをわかっているカップルなんていないものよ。わたしはあなたを信じます。ヴァイオラだけでなく、ひとりの年老いたレディの心も傷つけずにいてくれるだろうと」

「ありがとうございます、奥さま」マーセルはそう言って腰をあげた。

けれども伯爵未亡人をほかのみんながパーティーの準備で慌ただしく動きまわる使用人たちの邪魔にならないよう集まっている部屋に送り届けたあとも、彼は休む暇もなかった。うまい口実を見つけて逃げる前に、ミセス・キングズリーが急にマーセルの書斎を見たいと言い、その息子のマイクル・キングズリー牧師も、家から一冊しか本を持ってきていないのでぜひ書斎を見せてほしいと言いだした。

それはその前の面談と同じようなものだった。ミセス・キングズリーは、亡き夫がほとんど面識もなかったリヴァーデイル伯爵から彼の息子とヴァイオラの結婚話を持ちかけられてどんなに喜んだかを語った。伯爵は息子が放蕩者で困窮していることを隠そうともしなかったが、両家の父親は、キングズリー家の懐から多額の資金が投入されるという条件つきではあるが、これでこの若者が安定を手に入れるだろうと結婚に同意した。そしてその若者は、とミセス・キングズリーはかなり苦々しい口調でつけ加えたのだが、途方もない借金を返すためにはほかに方法がないところまで追いこまれていたのだろう。ただ、彼が肺病で死の淵《ふち》にある女性とすでに結婚しており、娘も生まれていたのにヴァイオラとの結婚に同意したということは、彼の父親もほかの誰も知らなかった。

「わたしも同意しましたよ、ドーチェスター卿」ミセス・キングズリーは言った。「でもかつてヴァイオラはわたしの友人の息子と恋に落ち、彼もまたヴァイオラに恋していました。親は子どもにとってよかれと思えば、そんなものは幼い恋だと簡単に片付けてしまうものなのです。わたしは自分を許すことができません。ここ数年でますます、自らの欠点に悩まされるようになりました」

「残念ながら、母さん」マイクル・キングズリー牧師が言った。「われわれは自分の決断がもたらす結果を先に見通すことなどできない」これ以上に真実を突いた言葉があるだろうかとマーセルは思った。「われわれは頭に最善の決意を浮かべ、心に愛を抱いて決断をくだすしかない」

ヴァイオラの弟には少々もったいぶったところがあった。しかし姉のことが心配でたまらず、信徒たち《フロック》（羊の群れの意味もある）を置き去りにして、わざわざドーセットシャーから飛んできたのだ。マーセルは聖書のどこかに、迷える一匹の羊を捜しに行くために群れを見捨てた羊飼いの話があったことを覚えていた。無謀な行動ではあるが、その話には教訓が含まれていたはずだ。おやおや、キングズリーは聖書の引用を始めるつもりか？　マーセルは心がざわついた。

「心配なさっているのは、ヴァイオラが最初のときと同様に、またもや幸せになれない結婚に踏みだそうとしているのではないかということでしょう。もしかしたら不幸になってしまうのではないかと」マーセルは言った。

キングズリーのいいところは、遠まわしな言い方をしないところだった。「わたしたちは死ぬほど心配しているんですよ、ドーチェスター。姉の最初の結婚のとき、わたしは不道徳に目をつぶっていた。リヴァーデイルのことが好きではなかったし、彼を認めてもいなかったので避けたんです。そうなると、必然的に姉も避けることになる。わたしはその怠慢を恥じています。二度とそんなことはしない。あなたが姉に何かしたら、必ず見つけだして責任を取らせます」

その言葉は滑稽に聞こえてもおかしくなかった。マーセルは頭の中で決闘を思い描いた。何歩か歩いて振り返り、ピストルなど人生で手にしたこともないであろうこの男の眼前に銃口を向ける様子を思い浮かべた。しかし、頭の中の聖職者を滑稽な人物としてとらえることはできなかった。

「彼女を傷つけたりはしません」マーセルは言った。

「教えてちょうだい、ドーチェスター卿」ミセス・キングズリーはそう言ってから、避けられない質問を口にした。「あなたはヴァイオラを愛している?」

今度は考えるまでもなかった。もっとも、マーセルは一時間前と同様、その答えの意味がよくわかっていなかったが。

「はい」彼は短く答えた。


ヴァイオラは一日じゅう、慌ただしく準備に追われるパーティー会場をできる限り避けた。難しくはなかった。朝食後の一時間は子どもたちと部屋で過ごした。ウィニフレッドはアンヌマリーのふたりの子どもたちの母親役を得意げに演じ、自分よりも年下で明らかに敬意を向けてくる相手の世話をかいがいしく焼いた。サラは祖母と手を叩いて遊び、カミールとアナは赤ん坊をあやしながらおしゃべりをしていた。ふたりが半分血のつながった姉妹であるという事実にどんどんなじんでいる様子は、見ていて好ましいものだった。最初のうちは、特にカミールにとっては難しいことだったが。そしてヴァイオラ自身も、アナを愛しはじめていた。そうしようと決意したからというのもあるが、そうせずにはいられなかった。

ヴァイオラはかつての義母と一緒に朝食室でコーヒーを飲み、義母は悪党と結婚しなければならないのであればドーチェスター侯爵とするほうがましだと告げた。彼は人生の新しいページをめくる準備ができており、恋をしているのは明らかなのだからと。それからヴァイオラはエリザベス、レン、アンヌマリーと散歩に出かけた。ヴァイオラとエリザベスは先を歩き、そのあいだにマーセルの妹はレンに、彼女がおじから相続して経営しているガラス工場のことを尋ねていた。

「ジェイコブの洗礼式のあと、あなたのことを心配していたのよ」エリザベスは言った。「この二年間のことが突然襲いかかってきて、あなたがまいっているように見えたんだもの。もちろんわたしたちも問題の一部だったから、あなたを慰める手立てがないと思えたの。誰だってひとりになりたいときもあるし、その人を愛する者にできる最善の手助けは、ただ放っておくことだけだったりする。でも、それってとても難しいことなのよね」

「たしかにそうね」ヴァイオラは同意した。「愛する人が苦しんでいるのを見るのは、自分が苦しむよりもつらいことがあるから」

「でも、あなたは完璧な解決策を見つけた」エリザベスが笑った。「まあ、デヴォンシャーのコテージへ一緒に逃げた相手が誰なのかわかったときは、恐怖に震えてもおかしくないと思ったけれど。わたしはドーチェスター侯爵と少しだけ面識があって、評判もよく知っていたのよ。もちろん彼はとんでもなくハンサムで、それは驚くほど魅力的な男性にとっては危険な要素になりうるわ。だけどあなたに心から愛情を抱いていることは明らかだったし、ここに来てそれがさらに明白になった。あなたが自分のほうを見ていないと思ったときに侯爵がどんな目であなたを見つめているか、一度見てみるべきよ。わたしならうらやましく思うわ。あなたが侯爵の気持ちに応えていることも明らかだもの。わたし、ハッピーエンドが大好きなのよ」芝居がかったため息をつき、また笑った。「今はあなたのお母さまと弟さんがドーチェスター侯爵と話をしているはずよ」

「義母はもう話をしたわ」ヴァイオラは言った。

「彼も気の毒に」エリザベスが言い、ふたりは笑った。

そこにアンヌマリーとレンが追いつき、会話はよもやま話へと移っていった。

ヴァイオラは午後の早い時間を二階の肖像画が陳列された部屋で過ごした。カミールとジョエル、エレン・モローとその兄が一緒だった。ジョエルが家族の肖像画を観察し、エレンがそれぞれ誰の絵なのか特定するあいだ、カミールは微笑みを浮かべてヴァイオラに近づき、ふたりは部屋の端まで歩いた。そこには家の裏の公園を見渡せる窓があった。

「ここは美しいわね、お母さま」カミールは言った。「幸せになってね。わたし、ドーチェスター侯爵を嫌いになるつもりで来たのよ。だって、彼はいつだって恐ろしいほどハンサムだし、ええと、その……」彼女はまた微笑みを浮かべた。「でも、考えが変わったわ。わたしがどう思うかなんてどうでもいいの。去年わたしがジョエルとそうしたように、お母さまは自分の幸せを選んだんだから。わたしは幸せよ、お母さま。自分で夢見ていたよりもずっと幸せ。お母さまにもそうであってほしい。アビーにも。そしてハリーにも」

ハリーの名前が出た瞬間、ふたりは互いの手を強く握りしめた。どちらも涙をこらえて目をしばたたいた。

それからヴァイオラはマイクルとメアリーと一緒に散歩に出かけた。弟は真剣な面持ちで、ヴァイオラの幸せを心から願っているが、今度こそ幸せになると約束してほしいと告げた。そう言ったマイクルは、珍しく目を輝かせていた。

「マイクルはあなたの最初の結婚について懸念を表明しなかったことを今も後悔しているのよ、ヴァイオラ」メアリーが説明した。「彼がここに来たがったのは、もしそうすべきだと感じたら今度ははっきり意見を言うためなの」

ヴァイオラは弟に問いかけるような視線を向けた。

「わたしは異を唱えるべきだと感じている」マイクルが眉根を寄せながら言った。「聖職者として、そして弟として。ドーチェスター侯爵はわたしからすると評判のいい人物ではない。だがもし結婚に反対したら、とんでもない間違いを犯すような気がしてならないんだ。母さんも同意見だよ」

そしてヴァイオラが母親と侯爵未亡人、イザベルと一緒に朝食室で紅茶を飲み、マーガレットの結婚式の計画についてまたもやすべてを聞いたとき、ヴァイオラの母は娘の手をぽんぽんと叩いた。

「あなたの行動力には感心するわ、レディ・オート」ヴァイオラの母は言った。「わたしもドーチェスター卿とヴァイオラの結婚式のことで同じくらい忙しく走りまわるべきなのかもしれない。でも、わたしは何もかも若い人たちに任せておけばいいと思うの。リヴァーデイル伯爵夫人はクリスマスにブランブルディーンで結婚式を挙げたがっているみたいよ」娘に微笑みかけた。

ヴァイオラの三人の元義理の姉妹たちは、午後、温室に彼女を連れだした。

「温室があるのはうらやましいわ、ヴァイオラ」レディ・モレナーことミルドレッドが言った。「トマスを説得して、うちにも建ててもらおうかしら」彼女は笑った。「あなたを頻繁に訪ねてくるほうが簡単かもしれないわね」

「正直に言うと、ヴァイオラ」マティルダが言った。「あなたがバースを突然去ってからの行動については納得できないものがあるわ。でもジェイコブの洗礼式という家族のお祝いがなんらかの形であなたの古い傷口をふたたび開いてしまったことは、わたしたちみんなが理解しているの。だからあなたがドーチェスター侯爵と出会ったのは偶然だったと認めるし、あなたには幸せになってほしい。あなたは今もこれからもわたしたちとは姉妹よ。だから、わたしたちからは率直な意見が飛んでくると思っていてね。あなたが再婚しても、それは変わらないわ」厳しい目でヴァイオラを見つめた。

「それにあなたをこれほどまでに苦しめたのは、わたしたちのきょうだいのハンフリーなのだから」ネザービー公爵未亡人のルイーズがつけ加えた。「あなたが復讐を果たせるのなら、わたしたちはうれしいとしか言えないわ、ヴァイオラ。わたしたちは今でも、ハンフリーが生きていたらこの手で絞め殺してやるのにと思っているのよ」

「そのとおり」ミルドレッドがうなずいた。「ねえ、ちょっと、このクッションつきの窓際のベンチを見て。ここなら何時間でも座って外を眺めていられるわ」

誰もヴァイオラに、手遅れになる前に婚約を解消するよう急かしたりはしなかった。誰ひとりとして。信じられないことだ。

しかし、ヴァイオラ自身はどうなのだろう？　もちろん、マーセルと結婚することはできない。なぜふたりが一緒に逃げたのか、その狙いがなんだったのか、ふたりのほかに全貌を知る者はいなかった。マーセルにとっては欲望に突き動かされたいつもの情事であり、ヴァイオラにとっては自己憐憫の衝動だったことを知る者はいない。ふたりのあいだに愛の告白があったわけでも、自然な終わりを迎えてもなお関係を長引かせる意図があったわけでもないことは、誰にも知られていなかった。関係はもう終わっていた。ヴァイオラは自分の生活に戻りたいと切望していたし、彼女がそう口にしなかったら、マーセルはすぐに彼女に飽きていただろう。実際、浜辺でのマーセルの言葉は、彼がその段階に近づいていることをはっきりと示していた。すでにヴァイオラのことを、自分がかかわりを持った女性たちのうちの単なるひとりとして扱っていた。

そのことを思うと、やはり胸が痛んだ。

みんなが誤解している。ヴァイオラを愛し、彼女の幸せを願う親族たちは、マーセルに自分たちの望む姿を見いだしている。ヴァイオラが婚約を解消しなければ、マーセルは紳士らしく、みんなの期待に応えていた。結局、ヴァイオラが婚約を解消しなければ、マーセルは彼女と結婚せざるをえなくなる。だが、彼がそんな窮地に追いこまれて喜んでいるはずがない。マーセルはヴァイオラを愛していなかった。ヴァイオラと結婚して、彼女にも自分にも永続的な幸福をもたらすことなどできるはずもなかった。ヴァイオラは若さも、若々しい美しさも持ちあわせていない。マーセルよりも年上なのだ。それにたとえマーセルがある程度家に落ち着いたとしても、彼女が愛のない暮らしで妥協できるわけがない。ヴァイオラは結婚しなければならないわけでもない。成人してからずっと、実質的にはひとりだった。これからだってひとりでいられる。彼女を結婚へと駆りたてるのは唯一、愛だけだ。愛とは何かを定義することさえできなかったが、そんな必要はなかった。たとえ説明できなくても、愛を知っていた。

ヴァイオラはマーセルを愛していた。

だが、マーセルはヴァイオラを愛していない。マーセルから愛されていると信じさせるようなことを、彼はひと言も口にしなかった。みんなは誤解している。そう、みんなが間違っている。

少なくとも日中は、マーセルとはほとんど顔を合わせなかった。彼は午前中は善意にあふれたヴァイオラの家族から問いただされ、午後は子どもたちと過ごしたのだろう。時が経つにつれ、ヴァイオラは気分が悪くなった。時間はどんどん過ぎていく。正式な婚約発表は今夜行われる予定だが、まだマーセル以外の誰にも真実を話していなかった。

わたしは何を言えばいい？　それはいつ？

時は過ぎていく。婚約発表などするわけにはいかない。夕食の席で婚約を破棄すると言わなければならない。パーティーが始まる前に。

彼女は気分が悪かった。

朝食の席で頬を紅潮させ、目を輝かせていたエステルのことを思うと、さらに気分が悪くなった。

どうして、ああ、どうしてマーセルがコテージの前でヴァイオラの家族にあのとんでもない発表をしたときに異議を申したてなかったのだろう？　あのときは不可能に思えた。だが、今よりはまだましだったはずだ。

いったいどうなるのか……。


昼食のあと、マーセルはそろそろ自分からあちこちに話を聞いてまわらなければならないと決心した。彼はバートランドがオリヴァー・モロー、ネザービー公爵、アンドレ、ウィリアム・コーニッシュとビリヤード室にいるのを見つけた。エステルは今夜のパーティーの準備のための終わりなきリストを手に、家政婦の部屋にいるところを見つかった。マーセルとバートランドがエステルを連れだしたとき、彼女はほとんどあからさまなほど感謝の表情を浮かべた。

三人は準備の進捗状況を見るべく、舞踏室へと向かった。そこは上から下まできれいに磨きあげられていた。木の床は新しい磨き粉で磨かれて光り輝いていたが、一部にはシーツが敷かれ、その上にシャンデリアが置かれていた。クリスタルは輝き、銀食器もマーセルが最後に見たときのような黒ずんだ色ではなく本来の輝きを取り戻していた。燭台には新しい蠟燭が立てられている。

「シャンデリアはあとで吊りさげるわ。花も持ってきて生けるつもり。ぎりぎりまで待ったほうが、今夜ずっと新鮮に見えると思うから」エステルが説明した。

隣の控え室のテーブルには糊《のり》のきいた白いテーブルクロスがかかり、軽食やパンチの入ったボウル、その他の飲み物が置かれることになっていた。

「ピアノがあればどうにかなると思っていたんだけど」エステルは言い、部屋の向こう側にある管弦楽団の壇を見た。「でもバートが村の集会で演奏する三重奏団のことを教えてくれたので、彼らを雇ったのよ」

「ピアノだけではなく、ヴァイオリンとチェロ、それにフルートも演奏するんです」バートランドが言った。「当初、客間ではなくこの部屋にしようと提案したのは単純に人数が多いからですが、ここならダンスもできると思ったんです」

「バートとわたしはまだ一八歳になっていないけど、ジェーンおばさまが許してくれたの」エステルが言った。「人が大勢いるところでダンスをするのは初めてよ」

「だったら、今夜はわたしと踊ってもらおう」マーセルは言った。「ふたりともよくやってくれた」背中で手を組み、ふいに話題を変えた。「教えてくれ。おまえたちが明らかに結婚を認めているように見えるのは、わたしにこの先ずっとレッドクリフで一緒に暮らしてほしいからなのか？」彼はふたりに顔を向けた。並んで立っている双子は、身長と性別を除けばとてもよく似ていて、とても若々しかった。「それとも、まずはおまえたちが認めてくれるかどうか、そして本当にわたしにここで暮らしてほしいのかどうか尋ねるべきか？」

ふたりはそれぞれに反応したが、どちらもすぐには口を開かなかった。バートランドは体をこわばらせ、心の中で何かを締めだしたかに見えた。エステルは頬を赤らめ、唇をかすかに開いて目を輝かせた。先に話しだしたのはバートランドだった。

「ミス・キングズリーはすばらしい女性です。ぼくは彼女のことが好きですし、あなたが彼女と幸せになれるとお考えならぼくもうれしいです。あなたがここに住む件については、ぼくは今年のうちにオックスフォード大学に行くつもりなので、あなたがどこに住もうとぼくには関係ありません」

「バート」エステルが非難するように言ったが、マーセルは片手をあげて制した。

「いいんだ。わたしが訊いたんだから。おまえはどうだ、エステル？」

エステルは唾をのみこみ、顔をしかめた。「どうして出ていってしまったの？　なぜちょっと立ち寄る以外は家に戻ってこなかったの？」

ああ、少なくとも今はこの質問を避けたかった。だが、それは叶わぬ望みだったらしい。

「わたしはおまえたちを、おまえのおじとおばの手にゆだねた」マーセルは言った。「ジェーンとチャールズはおまえたちのもとにとどまり、おまえたちを育てる心づもりができていたし、彼らなら見事にその役目を果たしてくれるだろうと思った。今もそう思っている。ジェーンとチャールズはとてもよくやってくれた。おまえたちはすばらしい若者に育った。ふたりといて、幸せではなかったのか？」

「なぜ出ていったの？」エステルが再度尋ねた。「ジェーンおばさまはいつも、お父さまは嘆き悲しんでいるからだと言ったわ。わたしたちが五歳になったときも、一〇歳のときも、一五歳のときも、尋ねるたびにそう言った。誰かを亡くしたとき、みんなそんなに長く悲しむものなの？　わたしたちも悲しむとは思わなかった？　お母さまがいなくて、お父さまがいなくて、わたしたちが悲しむとは思わなかったの？　もちろん、お父さまがいなくて寂しいと思った覚えはないわ。だってすべてが起こったとき、わたしたちは一歳になったばかりだったから。お母さまのことなんて何も覚えていない。でも、親がふたりともいなくて寂しかったはずよ。わたしたちは子どもの頃、よくゲームをしたの。エルム・コートにある屋根裏部屋にブランケットやビスケットを持ちこんで、あまり役に立たない古い望遠鏡を置いて見張り台に見立ててね。わたしたち、交代で見張り役をしたわ。お父さまが戻ってくるのを待ちながら、どんな冒険をしたんだろう、わたしたちのところへ帰ってくるまでにどんな危険を乗り越えなければならなかったんだろうと、いろいろな話をした。ねえ、バート、覚えている？　『オデュッセイア』を聞かされて、オデュッセウスがイターキにいる妻と息子のもとへ戻るのに何年もかかったことを知ったわよね。わたしたちは、お父さまが戻ってくるのにそんなに長くかかりませんようにとずっとずっと願っていたわ」

「帰ってくるつもりがないことは、比較的すぐに理解できましたよ」バートランドが言った。「たまに短い期間戻ってくるだけで、それも約束していたよりもどんどん短くなっていきました。あなたはいつも出ていく言い訳を探していた。そうではないときもありましたが。ときには、ただ去っていった」

「どうしてなの、お父さま？」エステルが尋ねた。

マーセルは自らに別の質問を投げかけていた。どうしたら一七年間も自分の人生を避けつづけるなどということができたのだろう？　いつだって、自分はすべての男の夢を叶えたような暮らしをしていると思っていた。行きたいところに行けて、したいことをして、強い執着や面倒な良心の呵責に縛られず、誰にどう思われて何を言われようと気にしない。裕福で権力があり、愛と良心というわずらわしい厄介ごとをまとめてモロー家に預けている。

そして、ヴァイオラと出会った。

一四年後にもまた出会った。

もし戻れるなら……すぐにでも戻りたかった。しかし、それは誰の人生においても不可能だ。人生はやり直せはしない。

「わたしはおまえたちにふさわしくないと思っていた」マーセルは言った。「わたしは……おまえたちを傷つけるのが怖かった」

ふたりとも顔が青ざめていた。背筋を伸ばしたバートランドの姿勢と顔つきには、険しさが浮かんでいた。マーセルがときおり鏡で見たことのある表情だった。エステルは当惑した顔で顎をあげた。

「ふさわしくないですって？」

マーセルはきびすを返して舞踏室を歩いていき、管弦楽団の壇の端に腰をおろした。膝に肘をついて、指で髪をかきあげた。「母さんの死について、何を知っている？」

「落ちたんでしょ」エステルが答え、マーセルの隣に座った。「窓から。事故だった」

バートランドは動かなかった。

「夜はたいてい、わたしが子ども部屋でおまえたちといた」マーセルは言った。「ふたりとも歯が生えはじめた頃で、機嫌が悪く熱もあってなかなか寝つかなかった。わたしは交互に、ときにはふたり一緒におまえたちを抱っこした。それぞれの腕に抱いて、片方ずつ肩に頭をもたせかけさせて。ふたりのことがいとおしかった。あの一年間、おまえたちはわたしの人生の光だった」

なんと、自分は今、声に出して言ってしまったのか？　自らの言葉がふたりにどんな影響を与えているかを見ることはできなかった。見てしまったら、話を続けられなくなるだろう。

「母さんもおまえたちを愛していた。昼間、家にいるとき、母さんはおまえたちと延々と遊んでいた。わたしたちふたりともがそうだった。おまえたちをくすぐったり、変な顔をしてみせたりしたときの、笑顔や笑い声を愛していたし、わたしたちを見つけて興奮し、小さな手足を宙でばたばたさせるのがたまらなくかわいかった。だがあの晩、おまえたちをいつまでも起こしていたことで、彼女はわたしに腹を立てた。だから乳母を雇ってあるのにと彼女は言った。だが、わたしはその乳母をベッドでやすませていた。疲れはて、耐えがたいほど頭が痛むと訴えていたからだ。わたしがようやくおまえたちふたりを寝かしつけた明け方、おまえたちの母さんは部屋に入ってきた。彼女はエステルをわたしの手から奪い、ベビーベッドに寝かせたが、おまえは目を覚ましてまた泣き叫んだ。彼女はバートランド、おまえのところにも行ったが、おまえも目を覚ましてしまった。母さんはいらだって、わたしに乳母を呼んでくるよう言った。そしてその日はピクニックに行く予定だったのに、あなたは疲れているから参加できないでしょうと言ったんだ」

マーセルは大きく息を吸いこみ、ため息として吐きだした。

「わたしもいらだっていた。ふたりを寝かしつけるのに何時間もかかったんだ。わたしは空いているほうの手で母さんを突き飛ばした。彼女の足が……ガウンの裾を踏んだんだと思う。そうに違いない。彼女はよろめいて後ろにさがり、壁に手を伸ばして体を支えようとした。でも、それは窓だった。おまえたちが熱っぽかったので、わたしは窓を大きく開け放していた。わたしは……なんとかして……だが、もういなかった。母さんは落ちた。即死だった。わたしは彼女をつかむことができなかった。彼女を救えなかった。妻なのに守れなかった。むしろ、危害を加えてしまったんだ」

「それであなたは出ていった」しばしの沈黙のあと、バートランドが言った。息子が少し近づいてきたのがマーセルの視界に入った。バートランドの声は冷たく、こわばっていた。

「そして戻ってこなかった。ぼくたちを捨てたんです」

「バート」エステルの声には悲痛と非難が表れていた。

「いや」マーセルは言った。「それはもっともな意見だ、エステル。そう、葬儀が終わるとすぐにわたしは去った。おまえたちのおばのジェーンとおじのチャールズ、いとこたちがそこにいた。おまえたちの祖母とおじのアンドレ、おばのアンヌマリーも来ていたと思う。わたしは出ていった」言い訳できることは何もなかった。「おまえたちを置いて立ち去った。わたしは妻を守ることができなかった。愛していたにもかかわらず、腹を立てて突き飛ばしてしまったんだ。そんなわたしがおまえたちを安全に守れると、どうして確信できる？」

「あなたが幸せに暮らしていたことを願いますよ」バートランドの声には皮肉がこもっていた。

マーセルは顔をあげて息子を見た。背が高く、頑固で屈することなく、心の奥底まで傷ついている息子。不在の父親によってつけられた傷。

「すまない」マーセルは言った。「言葉は簡単に口にできるが、それでは全然足りないことはわかっている。だが、本当にすまない。いいや、わたしは幸せではなかった、バートランド。幸せになる資格などなかった。自分を責め、自分から逃げ、おまえたちのためにはこれが最善なのだと自らに言い聞かせることで、わたしはおそらく人生最大の過ちを犯したんだ」

マーセルは低くした頭を両手で抱えた。

「わたしはおまえたちの母さんを愛していた。彼女は活気にあふれ、美しく、いつも楽しく笑っていた。わたしたちはよく口論したが、いつも互いを傷つけずに問題を解決していた。ほとんどいつもだ。彼女が身ごもったとわかったときは、本当に幸せで有頂天になった。ふたりも授かっただなんて！　エステルが無事に生まれて安堵していたところに、今度はバートランド、おまえが生まれてきてくれたんだ。ひとり生まれただけでも、わたしは誇らしさで胸がいっぱいになった。そこにさらにもうひとり生まれた。怒って泣き叫びながら」マーセルは唾をのみこみ、さらにもう一度のみこんだ。「そして、わたしが引き起こした事故で彼女は死んだ。おまえたちをわたしよりも立派に育ててくれる人たちに預けて、わたしは逃げた」

長い沈黙が続いた。エステルがマーセルの腕に手を回し、彼の肩に顔をうずめた。荒い息遣いが聞こえた。バートランドは動かなかった。

「パパ」エステルの声はこみあげる感情に震えていた。「事故だったのよ。わたしもいつもバートを突き飛ばすし、バートもわたしを突き飛ばす。本当に腹が立ってそうすることもあるけど、意図的にじゃない。お互いを傷つけるつもりはないし、実際、傷つけたことなんてないわ。事故だったのよ、パパ。そのことだけでパパが暴力的な人だなんて言えない。パパは暴力的じゃない。絶対に」

マーセルは目を閉じた。エステルは許しを与えようとしてくれているのだろうか？　母親を奪った彼に？　そんなことができる人がいるのだろうか？　エステルはマーセルをパパと呼んだ。

「そして今、パパはまた恋に落ちた」ふたたびの沈黙のあと、エステルが口を開いた。「人生はここからまた変わるわ。そして今度は帰ってきて、ここにとどまることになる。来年か再来年、わたしは全然急いでいないけれど、血のつながらないお母さまがロンドンでのわたしの社交界デビューをあと押ししてくれるわ。それまでは、バートが学期の合間にオックスフォードから帰ってくるだろうし、わたしたちは家族になれるわ」

そして、いつまでも幸せに暮らしました……。

「本当に家に戻って暮らすつもりだ」マーセルは言った。ほとんど寝ずにひと晩過ごしたあいだに決心した。四〇歳にもなって人生をやり直すのが可能かどうかはわからないが、このままではいけないことは確信していた。二カ月前までの自分のままではいけないと。なぜはっきりとわかるのか自分でも不思議だったが、そう確信していた。あの生活は突然終わりを告げたのだ。「どこかよそへ行くときは……ロンドンでもブライトンでもどこでもいいが、そのときはおまえを連れていこう、エステル。おまえが結婚して自分の家庭を持つまでは。バートランド、おまえもそうだ」

息子はまだ動かなかった。言葉、しぐさ、表情、そのどれにもこのすべてに関するバートランドの気持ちは表れていなかった。少なくとも、先ほど皮肉を言ったときを除いては。そう簡単に許すつもりはないらしい。当然だ。

エステルがマーセルの腕をつかんだ。「それか、バースに行くのでもいいわ。ミセス・キングズリーはそこに住んでいるし、カミールとジョエルと子どもたちもいる。彼らはわたしの姪や甥になるのよ。ジェイコブはまだほんの赤ちゃんだけど、とても――」

「エステル」マーセルはさえぎった。「ミス・キングズリーとは結婚しない」とどめの一撃だ。

エステルがマーセルから離れ、彼の顔をのぞきこんだ。しかし腕はつかんだままだった。バートランドは微動だにしなかった。

「無理やり婚約を迫ったんだ」マーセルは説明した。「ミス・キングズリーはわたしに、家に帰るつもりだと告げたところだった。家族のもとに帰りたがっていた。ちょうどそのとき、リヴァーデイルが姉やヴァイオラの娘と義理の息子を連れてコテージに到着した。おまえたちふたりもそれからすぐにやってきた。わたしは衝動的に行動を起こし、彼女に相談もせずに婚約を発表した。ふたりきりになったとたん、ミス・キングズリーは抗議してきた。デヴォンシャーを発つ前にもまた抗議したが、わたしは聞く耳を持たなかった。それからずっと、彼女の考えは変わっていない」

「でも――」エステルが言いかけたが、マーセルは手をあげて止めた。

「そして正直に言うが、わたしも彼女と結婚したいとは思っていない」自分が率直に話しているのかどうかまったく確信が持てなかったが、そうではないと言いきる自信もなかった。心と感情は混乱の渦の中にあった。

「お父さまはミス・キングズリーを愛しているんだと思っていたわ」エステルは叫んだ。「ミス・キングズリーだってお父さまを愛しているんだとばかり思っていた」

マーセルはエステルの手から腕を引き抜き、娘の肩に回した。「愛とはそんな単純なものではないんだ、エステル」

「ぼくたちのときと同じというわけですか」バートランドの声は静かで、抑揚がなかった。「ぼくたちを愛していたと言いながら、ぼくたちを捨てた。そして今度はミス・キングズリーを愛しているのに、彼女を拒絶する。あるいはミス・キングズリーのほうが拒絶するのかな。どちらになるんでしょうね？」

それは厄介な問題で、マーセルが昨夜眠れなかった主な原因でもあった。婚約を破棄する場合は、女性から申しでなければならない。紳士たるもの、約束を破って女性を辱め、社交界やほかの求婚者たちの目に彼女が傷物として映るようなことはしてはならない。だが、それが公正なやり方だったのだろうか？　マーセルの親族とヴァイオラの親族は結局は実現しない出来事を祝うために彼の家に集まった。そしてマーセルはヴァイオラにその成り行きを説明させせなければならないのか？　彼が自分の口で説明するのは紳士らしからぬふるまいだからというだけの理由で？

エステルはマーセルが話したことの意味を理解した。「ああ」叫んで立ちあがった。「わたし、彼女の親戚全員をここに来させてしまったのよ。それに、アンヌマリーおばさまとウィリアムおじさまも。遠方からもみんなを招待したのに、結局のところ婚約はしませんだなんて。ああ、どうしたらいいの？」

バートランドがとうとう前に進みでて、エステルの肩に腕を回し、自分のそばへと引き寄せた。「姉さんは知らなかったんだよ、ステル。誰も姉さんに話さなかった。姉さんは知らなかったんだ」

「でも、わたしはいったいどうしたらいいの？」エステルは泣き叫んだ。

「近所の人たちにこのパーティーが婚約を祝うものだと伝えてあるのか？」マーセルは尋ねた。

「い、いいえ……」エステルが言った。「バートが今夜遅くにパーティーの席で発表するつもりだったの。みんなは誕生日パーティーだと思っているわ。だけど……」

「それなら誕生日パーティーにしよう」マーセルは言った。「わたしの四〇回目の誕生日だ。おまえが最初に計画したとおりだ。近隣の住人や遠方からの大切な客を招待して、盛大に祝おう。子どもたちからの贅沢で貴重な、まったくもって分不相応な贈り物というわけだ」

あるいは、客たちにはそう思わせなければならない。

マーセルに応えたのはバートランドだった。その声はしっかりとしていて品格があったが、かすかに苦々しさがまじっていた。「愛は必ずしも報われる必要はないのかもしれませんよ、サー。姉さんはずっと変わることなくあなたを愛していました」決まり悪そうに唾をのみこみ、続いて吐きだした言葉は不本意そうだった。「それはぼくも同じです」

マーセルは目を閉じ、親指と中指でこめかみを押さえた。

「すまない、バートランド」もう一度言った。「すまない、エステル。本当に申し訳ない。ほかになんと言ったらいいのかわからない。だが、今日の残りの時間は楽しく過ごそう。そして、将来に向けてもっとうまくやれるよう、わたしに考えさせてくれ。償いをするためではない。それは不可能だ。だが……そう、もっとうまくやっていきたい」

「じゃあ、それでもパーティーは開催するのね?」エステルが尋ねた。「婚約パーティーではなくて、誕生日パーティーということにすればいいのね?」

「最高のパーティーにしよう」マーセルは言った。「四〇歳の誕生日を祝えるのは人生で一度きりだ。きっといいパーティーになる。おまえががんばってくれたんだから、エステル。おまえもだ、バートランド」

マーセルは子どもたちを見つめ、子どもたちも彼を見つめ返した。ひとりはせつなそうに、もうひとりは困惑し、まだかすかに敵意をにじませてはいたが。三人とも幸せそうではなかったものの、それでも……。

「でも、うちの家族はどうするんですか?」バートランドが尋ねた。「彼女の家族は? それにミス・キングズリー本人は?」

「そういうことはすべてわたしに任せてくれ」マーセルは言った。

彼は最も不適切な瞬間に、あることに気づいた。

自分はヴァイオラを愛している。ああ、なんてことだろう。

そしてマーセルは彼女を自由の身にしてやらなければならない。たとえ紳士としての評判が地に落ちようとも。

19

昨夜はまさにこれだけの人数が集まっていたのだな、とマーセルはテーブルの長辺に沿って目をやりながら思った。向かいの端にはおばの侯爵未亡人が座り、その右隣にヴァイオラ、左隣にマイクル・キングズリーが陣取っている。昨日の夜は人数の多さなど特に気にしていなかったが、今になって気づいた。これだけの人がみなマーセルとヴァイオラの親戚で、ふたりの家族としての結びつきを祝うために集まっている。食事中に、右隣のミセス・キングズリー、左隣のリヴァーデイル伯爵未亡人と礼儀正しい会話を交わさずにすんだらよかったのに、とマーセルは思った。

長いテーブルのほぼ中央に座っているエステルは、顔を赤らめ、少し不安そうだ。その向かいに座るバートランドは厳粛な顔をしているが、それがいつもの息子だ。そして隣のレディ・モレナーの話に熱心に聞き入っているように顔を近づけていた。マーセルが見ていると、バートランドはレディ・モレナーのほうを向いて笑った。

「あれはヨーロッパで最も美しい景色のひとつよ」ミセス・キングズリーが話しているのはバースのロイヤル・クレセントにある自宅の正面の窓から見える景色のことだ。「わたしはとても幸運だわ」

「あなたのおっしゃる景色ならわかりますよ」マーセルは言った。「二年前にバースに数日滞在したことがあるので」長くとどまりはしなかった。彼が楽しめるものがなかったからだ。バースは主に高齢者や病人の保養地となっていた。

食事の時間は果てしなく続くかに思われたが、急に終わりを迎えた。マーセルは決めておいたタイミングを逃しそうになった。おばがテーブルの端でゆっくりと立ちあがり、女性たちにあとは男性陣に任せましょうという合図を送った。一時間後には親族以外の客が到着することになっていた。ヴァイオラも立ちあがり、テーブルを見まわした。何かを言おうとして息を吸いこむ。

マーセルは立ちあがり、手をあげた。「もう少しだけ、お座りください」おばがかすかに驚いた様子で彼を見つめ、椅子に戻った。立ちあがろうとしていたほかの数人の女性たちも同様にした。ヴァイオラはマーセルと目を合わせ、ためらいながらも席に座った。マーセルは使用人たちに部屋を出るよう合図した。

「みなさんにお話ししたいことがあります」ドアが閉まると、言葉を続けた。「多くの方は驚かれるでしょう。嘆く方もいるかもしれません」

それまでは充分に関心が集まっていなかったとしても、今では全員がマーセルに注目していた。マーセルは自分の言動が他人にどう思われようが気にしないという、自身の有名な姿勢で臨もうとしたが、今回ばかりはそれもうまくはいかなかった。

「ミス・キングズリーには心から敬意を抱いていますし、はばかりながら彼女もわたしに敬意を持ってくれていると信じています」マーセルは話を続けた。「しかしながら一カ月近く前、わたしは独断でミス・キングズリーの家族四人と自分の家族四人に婚約したと発表し、彼女がこの婚約を受け入れざるをえない状況を作りました。それはわたしの過ちです。その一時間ほど前に、ミス・キングズリーは自分の家族がいる家に帰り、自分の人生に戻りたいという希望を表明していたのです。わたしの衝動的な発表により、彼女は非常に厄介な状況に置かれ、それ以来、その影響にどんどん巻きこまれていきました。ミス・キングズリーはわたしに何度も、わたしとの結婚を望まないと告げています。ですから、わたしはここで最初の発表を訂正したいと思います。婚約はありません。結婚式も挙げません。そして、ミス・キングズリーにはまったく非がないことを強調しておきたいと思います」

場はしんと静まり返り、誰もがマーセルの言葉に耳を傾けていた。彼が話をやめるとざわめきが聞こえ、話が終わったのだとわかるとそれは騒ぎへと変わった。マーセルは気にしなかった。視線はヴァイオラに注がれていた。彼女は大理石の女神のようだった。記憶の中の氷の女王。顎をあげた顔は青白く、表情はうかがい知れない。ただ揺るぎない品格だけが感じられた。

質問する者はいなかった。抗議の声をあげる者も、決闘を申しこんでくる者もいなかった。しばらくしてマーセルは手をあげ、ふたたび場に沈黙が訪れると、テーブルの両側に並ぶ面々を見やった。

「今夜のパーティーは娘が念入りに計画しました。娘が初めて企画したパーティーで、娘はこんな盛大な催しにしてくれました。わたしが四〇歳という節目の誕生日を迎えたので、何か特別なことをしたいと考えたのです。特別なパーティーです。このお祝いをみなさんもお手伝いくださると信じています」

「もちろんお手伝いします」最初に口を開いたのはヴァイオラだった。「マーセル、お誕生日おめでとうございます。そしてエステル、このパーティーがすばらしいものになりますように」

「ヴァイオラおばさまのおっしゃったとおりよ」ネザービー公爵夫人のアナが言った。「ドーチエスター卿、お誕生日おめでとうございます。そしてエステル、わたしたちをパーティーに招待してくれてありがとう。ここに来られてうれしいわ。実はさっき、舞踏室をのぞいてみたんです。なんてすてきな花園だろうと思いましたわ」

テーブルの向かいで妻から少し離れた場所に座っていた公爵は、彼女に片方の眉をあげてみせたが、どこか少し楽しんでいるふうにも見えた。

バートランドがグラスを手に立ちあがった。中身は水だ。「みなさんのグラスにまだワインが残っていることを願います。父の四〇回目の誕生日を祝って、乾杯しませんか？　父はその数字を思いださせられるのはうれしくないでしょうが、そろそろ観念してください。来年はもっと数字が増えるんですからね」

バートランドが冗談を言ったのか？

気まずそうな、あるいは少しばかり大げさな笑い声が起こり、あちこちで椅子が引かれる音がして、全員が乾杯するためにグラスを掲げて立ちあがった。どうやら彼らはこの件を文明的なやり方で片付けようとしているらしい。実際はマーセルの皮をはいでやりたいと思っているに違いないが。

「ありがとう」マーセルは言った。「紳士諸君、今夜はパーティーの準備もありますので、ポートワインのお楽しみは控えていただけることと思います。一時間後に舞踏室でお会いしましょう」

最悪の事態は過ぎ去った。リヴァーデイル伯爵未亡人に腕を差しだしながら、彼は思った。間一髪で、ヴァイオラが自ら発表する事態は避けられた。

アンドレが部屋の向こう側からマーセルを見てウインクをし、にやりとした。

「まったく、お若い人」周囲にざわめきが広がる中、老婦人が言った。「こんなくだらない話は聞いたことがないわ。あなたはきっと後悔しますよ。ヴァイオラも。でも、どうしようとあなたの勝手だわね」

伯爵未亡人は差しだされた腕を取った。

ヴァイオラは常々、結婚生活の苦しい歳月を耐え抜くことができたのは、はかり知れないほどすばらしいものがひとつ、いや、三つあったからだと思っていた。彼女は感情を表に出すほうではなく――これも結婚生活の産物だ――おそらく子どもたちは自分たちがどれほど愛されているかをまだ充分に理解していないかもしれないが、自身はよくわかっていた。子どもたちこそ、結婚生活で得られた唯一の宝だとしばしば考えたものだ。しかし、それは間違いだった。

二三年間、ヴァイオラは家族や友人、そして社交界から視線を浴びる中で耐えることを学んできた。ひとりでいるとき以外は常に、まるで外套をまとうように優雅な品格に身を包むことにしていた。それはつまり、起きている時間のほとんどを意味する。この夜、その能力に彼女は救われた。

あのときは激しい鼓動と膝の震えを感じながら、自分の口から発表しようとした。息を整え、口を開いた。数人の視線が向けられた。だがその期に及んでもなお、何を言うべきかわからなかった。話す内容は用意していなかったし、用意していたとしてもひと言も覚えていなかった。ただ、今、言わなければならないことだけはわかっていた。もう時間切れだ。言うか、言わずに終えるか。言わずにすませたいという誘惑だけは断ちきらなければならない。マーセルは紳士としての名誉を傷つけるようなことをして、さまざまな影響を覚悟のうえで、自ら口を開いてヴァイオラを救った。しかし、実際にはなんの影響もなかった。彼女の知る限り、ジョエルはマーセルに決闘を申しこんではいない。アレグザンダーもエイヴリーもだ。マイクルも非難の声をあげたりしなかった。彼女の親族のほとんどは偽りの理由で半ば無理やりここまで足を運ぶことになったにもかかわらず、衝撃的な発表を驚くほどの礼儀正しさで受け止めていた。娘たちが食堂を出る前に母親のそばに駆け寄ってきて、ヴァイオラはふたりに微笑みを向けた。

「マーセルが言ったことはすべて真実よ」ヴァイオラは言った。「それを自ら発表し、すべての責めを引き受けてくれたのは立派だったわ。わたしは彼を憎んでいない。嫌ってさえいない。マーセルもそう。わたしを憎んでも、嫌ってもいないわ。ただ、お互いに結婚を望まなかっただけなの」

「お母さま」アビゲイルはそれ以上何も言えないようだった。言葉の代わりに、心配と苦悩の表情を浮かべた。

「お母さまに幸せになってもらいたかったのに」カミールは寂しげに言った。

「パーティーを楽しみましょう」ヴァイオラはふたりに思いださせた。「エステルのために。それに、バートランドのためにもね」

「彼らは知らされてたはずよ」アビゲイルが言った。「今夜の前に、ドーチェスター侯爵があのふたりには話したに違いないわ」

「ええ」ヴァイオラは同意した。「そうでしょうね。さあ、わたしはウィニフレッドにキスをしてくるわ。パーティーの前に会いに行くと約束したの。パーティーには遅れずに顔を出すわ。あなたもジョエルと来てちょうだいね、カミール」

そして一時間後、パーティーは舞踏室で盛大に始まった。まずは若者たちがカントリーダンスを踊り、それから着席式の豪華な食事会が開かれた。そのあいだ、バートランドと隣人たちが代わる代わる乾杯の音頭を取り、祝辞を述べ、挨拶をした。マーセルは娘と息子を褒め称え、客人に礼を言い、四〇歳になることについて皮肉を言った。用意されたケーキは幸いどんな場面にも合うもので、彼はそのフルーツケーキに最初にナイフを入れた。

隣人たちの中に今夜は婚約発表があるという噂を耳にした人がいたとしても、誰もそれには触れず、ことさらにヴァイオラに関心を寄せる人もいなかった。万事順調に進み、エステルのパーティーは大惨事となるところを救われた。

「本当に運がよかったわね」パーティーが始まってまもなく、ネザービー公爵未亡人のルイーズがヴァイオラに言った。「今夜は誕生日のお祝いもあったなんて」

「ドーチェスターは今夜のことを生涯忘れないでしょうよ」妹のミルドレッドが同意した。「あなたもよ、ヴァイオラ。わたしは正直、少しがっかりしているの。姉たちとドーチェスターを質問攻めにして、ゼリーみたいにぐずぐずに溶かしてやろうと思って準備してきたのに。でもあなたも彼も、自分の考えはちゃんとわかっているみたいね」

「本当にごめんなさい」ヴァイオラは謝った。「みなさんに無駄足を踏ませてしまって」

「泣きわめきたい気分よ」ルイーズは舌打ちした。「バートランドがあんなに若いのは残念ね。ジェシカは彼に夢中みたい。無理もないわ。あの青年は、運命の相手を見つける前に何人かの女性の心を傷つけることになるでしょう」

レディ・ジェシカ・アーチャーは春に社交界デビューしたところだった。彼女が望めば、最初の社交シーズンが終わるまでにふさわしい結婚相手を見つけられただろう。美しくて活気にあふれ、しかも裕福な家の娘でネザービー公爵の妹なのだ。しかし、ジェシカは社交シーズンが終わる前に田舎に戻ると言いだした。親友のアビゲイルが一緒にデビューできなかったことに腹を立てていたのだ。アビゲイルが非嫡出子であるという事実のせいで自分と同じように社交界に出られなかったことが、ジェシカにはどうしても承服できなかった。

「バートランドは父親にそっくりね」ミルドレッドが言った。

ヴァイオラは自分のせいで起きたわけでもないことについて謝罪してばかりで、気づけば夜も半分過ぎたようだった。

「姉さんたちふたりの相性が悪かったんだと、今認めたほうがいい、ヴァイオラ」弟が言った。「来年の一月になってから認めるよりはね」

「だけど、みんなで来られてよかったわ」少しあとになってから、エリザベスがヴァイオラを力づけた。エリザベスの母アルシーアは同意するようにうなずいた。「心の支えになるのがアビゲイルしかいなかったら、あなたにとって今夜は最悪の夜になっていたでしょうから」

「ヴァイオラおばさま」ネザービー公爵エイヴリーは、アナと赤ん坊を連れてはるばる来てくれたのにこんな結果になったことを詫びたヴァイオラに、ため息まじりに告げた。自分の家畜や農作物が近隣の農場をしのぐ豊作ぶりだったことを延々と自慢しはじめたとある紳士から、ヴァイオラを救いだすために近寄ってきたのだ。「いつまでも謝ってばかりいると、退屈な人だと思われてしまいますよ。おばさまがそんな人になってしまうかと思うとぞっとします。踊っていただけますか？　この曲のステップは覚えていますから、失望させることはないと思いますよ」

「謝る必要などないですよ、ヴァイオラ」アレグザンダーもパーティーの少し前に彼女に言った。「われわれはあなたを驚かせるために招待されたのに、かえって決まりの悪い思いをさせてしまったのはあなたのせいではありません。それにわれわれがここにいてあなたの支えになれることが、ぼくにはうれしいんです」

「本当に申し訳ないと思っているなら、ヴァイオラ」そう言ったレンの目にはいたずらっぽい光が浮かんでいた。「今夜のことはさておき、クリスマスにはブランブルディーンに来てくださいね。結婚式はなくなっても、みんな来るでしょう。わたしはあなたをよく知っているから、あなたが来たくないであろうことはわかります。でも、来なければだめ。家族は大切なものです。本当ですよ。わたしはおじとおば以外に家族はいないと思って育ちました。だけど今、わたしの人生に弟が戻ってきてくれた。それに、アレグザンダーの家族もいる。あなたもそうでしょう。お母さまがいるし、弟さんも、義理の姉妹もいる。彼らにも来てくれるよう頼んだところです。あなたも絶対に来てください」

「レンは人を説得するのが得意なんです」アレグザンダーが言った。「ぼくなんか、言い負かされっぱなしですよ」

ヴァイオラは二カ月も経たないうちにまた親族が集まることを思うと怖くなった。だが、そのことは考えないようにした。今はまだ考えられない。「また連絡するわ」

「今のところは、そういうことにしておきましょう」レンが言った。「でも、この春、お互いに世の中へ踏みだす勇気を奮い起こし、実際にそうして自分自身をとても誇らしく感じたことは覚えておいてくださいね」

けれど、わたしは世の中へ踏みだす勇気を奮い起こしたわけではない、とヴァイオラは思った。家族の中に飛びこんでくるよう言われ、彼らの抱擁を受け入れただけだ。

「踊りましょう、ヴァイオラ」アレグザンダーが言った。

パーティーのあと、ヴァイオラが失礼にならないように部屋に戻ることはできるだろうかと迷っていると、彼女とイザベルと牧師夫妻の前にマーセルが現れた。マーセルとはその晩じゅうお互いを避けつづけていたが、ヴァイオラはずっと彼を意識していた。白と黒の衣装に身を包んだ姿は優雅で、悪魔的な美しささえ感じさせた。銀の刺繍を施したベストを着て、クラヴァットの複雑なひだからひと粒のダイヤモンドがちらりと見える。マーセルは厳格で人を威圧するような印象を与えていたが、すべての客人と交流し、年配の客には特に軽食が行き渡るよう気を配っていた。マーセルがエステルと踊りはじめると、ヴァイオラはまったく同じカントリーダンスを彼と村の広場で踊ったことを思いだし、気がふさぐのを感じながらそれを見ていた。

ヴァイオラはマーセルに恋していた。恐ろしいほど、胸が痛くなるほどに。その事実が恨めしかった。彼女はもはやハンサムな顔や姿に心を奪われるような少女ではない。もちろんマーセルはハンサムどころではなかったが。そんな言葉ではとても言い表せない。

ここから出ていきたかった。この舞踏室からも、レッドクリフからも。家に帰りたかった。

すべてを忘れたかった。それは最悪な願いで、そんな願いはねじ伏せなければならないことはわかっていた。だが、ヴァイオラは明日にはここを出ようと決めていた。ほかのみんなはパーティーのあとも数日は滞在するつもりで来ているだろう。この環境を楽しみ、婚約によって新しい家族ができることをもっとじっくり祝うつもりだったはずだ。ヴァイオラは自分が立ち去ることでほかの人々にどういう影響が及ぶかなど、まったく考えられなかった。婚約が解消され、彼女がいなくなったあともここにとどまるとなると、彼らには少なからず気まずい思いをさせることになるだろう。それにヴァイオラの家族のほとんどは数日かけて旅をして、昨日ここに着いたばかりなのだ。しかし、そんなことは考えないようにした。ときには——またしても！——自分のことだけを考えてもいいだろう。手配ができたらすぐさま、朝のうちに出なければならない。

それなのに、今、目の前にマーセルが立っている。正確には四人の前にだが、彼はいとこや牧師夫妻のことはまるで気に留めず、ヴァイオラだけを見ていた。

「ヴァイオラ、わたしと踊ってくれないか」マーセルが言った。

なんと薄情な、なんと残酷なことを言うのだろう。彼はふたりのあいだにわだかまりがないこと、つまりヴァイオラが娘たちに言ったように、お互いを憎んでいるわけではなくただ結婚したくないだけであることを自分たちの家族に示すためにそう言っている。それはわかるが、よりによってこんな方法を選ぶべきではなかったのに。

「ありがとう」ヴァイオラは彼の手を取った。ダンスフロアに導かれるあいだ、マーセルの

長い指が彼女の手を温かく包みこんだ
「わたしたちは完璧に息が合っている」マーセルが言った。「もし今夜婚約を発表していたら、ヴァイオラ、招待客はみなあらかじめそう計画されていたのだと思っただろう」

ヴァイオラは銀のレースをあしらった銀のシルクのイヴニングドレスをまとっていた。控えめな優雅さがあり、慎《つつ》ましくて、体の線を美しく見せてくれると思っていた。年齢に合っていて、老けて見えることもない。実際、お気に入りのドレスで、自信を高めるために選んだものだ。

「ありがとう」ヴァイオラは言った。

「何に対して?」マーセルが眉をあげた。

「ディナーのときに話してくれたことに対してよ」

「それと、きみが自分で言わずにすんだことに対してかな?」マーセルは言った。「きみは別に言おうとしていた。そうだろう? でなければ、わたしに感謝する理由などない。きみは別に、わたしへの変わらぬ愛といつまでも幸せな結婚生活を続けるという約束を発表しようとしていたわけじゃないだろう?」

ヴァイオラは微笑まずにはいられなかった。マーセルが濃い茶色の瞳で彼女を見つめる。

「あなたの理解は間違っていないわ」彼女はマーセルに言った。

「ああ。そうだろうと思った」

楽団が和音を奏で、ヴァイオラはまわりを見渡して驚いた。みんなは列に並んではいなかった。彼女はどういうダンスが始まるのかという告知を聞いていなかった。ダンスフロアには何組かのカップルがいたが、どれも若者ではなく、列を作る者もいなかった。アレグザンダーとレン、ミルドレッドとトマス、カミールとジョエル、アナとエイヴリー、アンヌマリーとウィリアム、そのほかにふた組のカップルがいた。最初の和音が鳴り終わる前に、ヴァイオラは理解した。

「ワルツだわ」ヴァイオラは言った。

マーセルがヴァイオラの腰に右腕を回し、左手をあげて彼女の手を待っていた。マーセルが目をヴァイオラの目からそらすことはなかった。彼女はマーセルの手に自分の手を重ね、もう片方の手を彼の肩に回して……そう、ふたりはふたたびワルツを踊りはじめた。すべてが気ままな冒険だったあのときのように。村の空き地のでこぼこした地面の上で、ほとんど暗闇の中、彼らは踊ったものだった。ここでは磨きあげられた床の上で、花に囲まれ、シャンデリアの揺らめく多数の蠟燭の光に照らされて、ほかのカップルたちとともに踊った。

しかし、ヴァイオラの目にはマーセルだけが映っていた。彼の体のぬくもりと手の感触だけを意識し、彼のコロンの香りだけをかいでいた。マーセルはヴァイオラの顔から視線をそらさなかった。彼は常にダンスのパートナーに全神経を集中させていた。そういうところも男らしい魅力になっていた。ヴァイオラは微笑んだが、心の中ではまったく理不尽な苦々しさを感じていた。彼に不満を覚えるところは何ひとつない——コテージの前で勝手に婚約を発表したこと以外は何も。

音楽がふたりを包みこんだ。

「わたしは本当にきみを愛していた」ダンスが終わりに近づいたとき、マーセルが言った。

「一四年前のこと？」

彼は答えなかった。

「あなたはわたしのことなど何も知らなかった」ヴァイオラは言った。「知らなければ愛は生まれないわ」本当に生まれないのかどうか、彼女にはわからなかった。

「そうだろうか？」マーセルが言った。「だとすれば、わたしはきみを愛してはいなかったんだな、ヴァイオラ。わたしの勘違いだ。それはそれでいいんじゃないか？」口元には謎めいた笑みが浮かんでいた。

そのとき、ヴァイオラはある考えに襲われた。マーセルが話しているのは本当に一四年前のことだろうか？　しかし、そんなことは重要ではなかった。

音楽が終わり、彼はヴァイオラをダンスフロアから彼女の母のいるほうへと導いた。母はマーセルのおばの侯爵未亡人と並んでソファに座っていた。しかし、ヴァイオラは彼女たちのところで足を止めなかった。そこを通り過ぎ、足取りをゆるめようと努めながら笑顔を作ってすれ違う人々と目を合わせ、ドアに向かった。ドアまでたどり着くと、ほとんど走るような勢いで自分の部屋へと駆けこんだ。閉じたドアに背中を預け、まぶたをきつく閉じた。

ヴァイオラの心は張り裂けそうだった。

20

ここがロンドンであれば、ダンスや豪華な食事を伴うパーティーは夜明けまで続いただろう。幸い、ここはロンドンではない。近隣から招かれた客たちは真夜中を過ぎると徐々に帰りはじめ、その流れはとぎれることなく続いた。親族たちもマーセルのもてなしとエステルのすばらしいパーティーに感謝の言葉を述べて、静かに自分の部屋へと戻っていった。

マーセルは始まりから終わりまで、すべての瞬間がいやでたまらなかったが、パーティーそのものはたしかにすばらしかった。いや、すべての瞬間がというのは真実ではない。エステルは婚約解消については大いに動揺していたとはいえ、今夜のパーティーの成功に頰を赤らめ、目を輝かせていた。バートランドのふるまいには品格と魅力が満ちていた。マーセルはふたりを誇らしく思った。もっとも、彼に誇らしく思う権利などないのだが。そして、あのワルツの時間があった……。

マーセルはテラスに出て、帰路につく最後の客を見送った。夜のあいだに話をする時間はたっぷりあったにもかかわらず、近隣の住人たちは帰り際にどうしても伝えなければならないことを発見したようだ。そして誰もが何度もマーセルに礼を言った。

家に残っている人々がベッドに向かうのを見送り、エステルを抱擁し、バートランドと握手をして、ふたりに最も貴重な誕生日プレゼント、すなわちパーティーの礼を言うのにもう少し時間がかかった。しかしあとを追ってきそうな気配を見せていたアンドレに厳しい視線を送って退けると、マーセルはようやくひとりで書斎に引きこもることができた。しばし部屋の真ん中に立ち、〝少し読書をする〟から〝ベッドに直行する〟のあいだの選択肢のどれを取るか考えた。

結局、ヴァイオラの部屋まで行き、ドアの前に立って迷った。確信は持てなかったが、ドアの下からかすかに蠟燭の光が漏れているように見えた。あるいは彼女はカーテンを開け放し、部屋には月光が差しこんでいるだけなのかもしれない。今は少なくとも一時半を過ぎているはずだ。書斎を出る前に時計を見たわけではないものの、一時だろうと、一時半、二時だろうとたいした違いはない。すでに社交上の訪問をするには遅すぎる時間だった。たとえ午後の一時だったとしても、寝室にレディを訪ねるのは不適切だ。この状況下では、それは少々ばかげた考えだった。

マーセルは指の関節でドアを軽くノックした。自分でもほとんど聞こえないくらいの音だった。普通の速さで一〇まで数えるあいだにヴァイオラが反応しなければ、彼は立ち去るつもりだった。一……二……。

取っ手が音もなく回り、ドアが少し開いた――それから、さらに大きく開いた。蠟燭の光だった。鏡台に蠟燭が一本立っている。

ヴァイオラはナイトガウンを着ていた。髪は背中に垂らされて揺れている。表情はいつもどおりかたく、感情は読み取れない。背後にあるベッドはその夜のために整えられていて、まだそこに寝た形跡はなかった。ベッドの足元で蠟燭の光が何かを照らしている。何かというより、いくつかのものが置かれていた。派手なピンクの巾着袋もそこにあった。

誰かが何か言ったほうがいい。それもできるだけ早く。それは自分の役目だろうとマーセルは思った。「中に入れてもらえないか」彼は静かに言った。

「なぜ？」ヴァイオラの声も同じように静かだった。

マーセルはかすかに頭を傾けたが、それ以上何も言わなかった。ヴァイオラには選択肢があった。ドアを大きく開け、一歩さがってマーセルを通すか、目の前でドアを閉めるか、それとも夜が明けるまでそこに立ったままでいるか。マーセルは彼女に決断をゆだねた。

ヴァイオラはドアを開けたまま、きびすを返して歩いていった。つまり、四番目の選択肢を選んだわけだ。彼は室内に入り、そっとドアを閉めた。

「お宝の鑑定をしているところを邪魔してしまったかな？」マーセルはそう尋ねながらベッドを指さした。

ヴァイオラはそこに広げられた安物の宝石をちらりと見て、狼狽した様子だった。

マーセルは大股で歩いてそちらに近づき、見おろした。「やっぱり。今夜きみがつけていた真珠のネックレスは、これと比べるとかなり小さくて地味だった」

「わたしに全然見る目がないってことね」ヴァイオラが言った。

「それにダイヤモンドかエメラルドかルビーか、そういった色や輝きを加えるものもつけていなかった。きみはほとんど……」

「お上品だった？」ヴァイオラが先を続けた。

「そのとおりだ」マーセルはナイトガウンと室内履き姿の彼女に目を向けた。「まさにそう言いたかった。きみはいつも、そしていつまでもお上品だ」

「いつもとは限らないわ」ヴァイオラは小声で言うと、彼の横まで歩いていって、宝石を本当に貴重なものであるかのように集め、巾着袋にしまって紐を締めた。

マーセルは自分の夜会服の内ポケットにあの忌まわしいハンカチを入れていた。あのハンカチのことを考えるといつも〝忌まわしい〟という形容詞をつけずにはいられなかった。彼は夕食の席で言いにくいことを発表する勇気を得るために、それをポケットに入れておいたのだ。

「もう何日か滞在するつもりなんだろう？」

「いいえ」ヴァイオラが答えた。「荷造りしているところよ。アビゲイルにも荷物をまとめさせているの。わたしたちは明日発つわ――いいえ、こんな時間だから、もう今日ね。わたしたちが出発してしまうと、ここに残ったわたしの親戚はいたたまれない思いをすることになるでしょうけれど、わたしがすべてに対処することはできないわ」

「彼らがここにいたいだけいてくれるのは大歓迎だ」マーセルは言った。

「ありがとう」彼女はピンクの巾着袋を置いた。「あなたもすぐにここを出て、数カ月前に中断した生活をまた始められる。そのほうがあなたも幸せでしょう」

マーセルの胸にこみあげたのは怒りと……傷ついた気持ちだったのだろうか？「ああ、喜んでそうさせてもらう。そしてきみは家に帰って、立派で上品な暮らしに戻ればいい」

「ええ」

それはヴァイオラがあのみすぼらしい貸し馬車でバースを発ったときに逃げだそうとしていたものだ。彼女はマーセルのせいで冒険を途中で中止させられ、彼とその娘のせいで大いに恥をかかされたあと、一周してもとの場所に戻っていくのだ。今となっては安全な場所に戻れるのだから満足だろう。それなのに、なぜこんなに怒りを感じるのだろう？マーセルはこの先の人生すべてに悪影響を及ぼす厄介な関係から、まさに幸運にも逃れられたのだ。そして、それはヴァイオラのおかげだった。彼女はあの風が吹き抜ける浜辺で、自分の気持ちをはっきりと伝えた。家に帰りたいと。情事はそれなりの役目を果たしたが、ヴァイオラはもはやそれに、そして彼に飽きてしまった。あれ以来、ふたりで話をするときはいつも、ヴァイオラはそれ以外のことは何も言わなかった。

マーセルは一歩近づいた。ヴァイオラがさっきまでつけていた、おなじみの香水の香りがほのかに残っていた。彼女の体温が、女性らしい魅力が伝わってくる気がした。

「きみに前に訊かれた問いの答えはイエスだ」マーセルは言った。「一四年前、わたしはきみを愛していた、ヴァイオラ。愛していなかったら、きみに消えてくれと言われたときに去りはしなかっただろう」なんとも奇妙な逆説だ。しかし、それが真実だった。今までそう考えたことはなかった。

ヴァイオラは目をあげないまま、手をあげてマーセルの胸にあてた。彼女は自分の手を見つめていた。マーセルはベストとシャツ越しにその手のぬくもりを感じた。「わたしもあなたを愛していたわ。そうでなかったら、あなたに消えてとは言わなかったでしょう」ああ、これもまた奇妙な逆説だ。

「そして、わたしは今年またきみを愛するようになった」マーセルは言った。ヴァイオラの目が一瞬、彼に向けられた。「それが続いているあいだはとてもよかった。そうだろう？あのばかげた村の祭りと、そのあとのあのみすぼらしい宿での夜。たまたまあの宿に泊まるはめになったのは不運だった。だが今回に限っては、幸運だったと言えるだろう。それに、あんなふうにのんびりと気ままに旅をするというのは、普段のわたしならどんな状況下であろうと考えられない。そしてあのコテージと渓谷。恐ろしいほど新鮮な空気を吸い、体を動かし、自然の美しさを堪能した。そして夜になると、またときには昼も、コテージの中で起きたこと。あれはとてもよかった。そうじゃないか、ヴァイオラ？」

「ええ」彼女は同意した。「とても楽しかったわ。それが続いているあいだは」

マーセルはしばらくのあいだ、ヴァイオラを見つめたまま黙っていた。蠟燭の光が彼女の後ろの壁に影を落としている。「もちろん、永遠に続くはずなどなかった。そんなことはありえない。きみはわたしに飽きてしまい、わたしもきみに飽きかけていた。家に帰るときが来たんだ。もしわれわれの家族が追いかけてこなかったら、きみとわたしは最も友好的な関係のまま別れていたはずだ。彼らがどうやってわたしたちの居場所を見つけたのか、どうしてそこまでしてわれわれを追ってこなければならなかったのかはよくわからない。いずれにしても残念だった。そして、わたしが事態を悪化させてしまったことは本当に申し訳なかった」

〝続くはずなどなかった〟〝そんなことはありえない〟〝わたしもきみに飽きかけていた〟そう、自分の言ったことは真実だ。それなのに、なぜ見え見えの嘘に思えてしまうのだろう?

「あなたは正しいことをして、子どもたちにちゃんと償いをしたのよ」ヴァイオラが言った。

「ありがとう。パーティーに出てくれたことに感謝する。きみは一五〇〇キロも離れた場所にいたかっただろうに」

「エステルのためにしたことよ」ヴァイオラは視線をあげて彼の目をのぞきこんだ。「それとバートランドのために。双子のお姉さんを愛しているすばらしい弟さんだわ。それに、そうするのが上品なことだと思ったの」

「とにかくありがとう」マーセルは言った。「わたしはこれから近所の連中に、ことあるごとに自分が四〇歳になったことを思いださせられるはめになるだろうが、それに耐えてみせよう」

それ以上、言うべきことは何もなかった。ここに来る前から、話すことなど何もなくなっていた。ヴァイオラは手のひらをマーセルの胸にあてたまま、彼を見つめた。マーセルは片手をあげてヴァイオラの顔の前に垂れていた髪をかきあげて耳にかけてやり、そのまま彼女の顔の片側を包みこんだ。ヴァイオラは身じろぎもしなかった。

「ときどき思うんだ。子どもや孫、両親やおばやいとこやきょうだいが同じ屋根の下にいると知っていることは、呪いなんじゃないかと」

「そして、ときにそれはすばらしい祝福でもあるわ」

ヴァイオラの言うとおりだ。もしその事実を知らなければ、マーセルは彼女をベッドに誘おうとしただろう。それはとんでもなく間違ったことだ。もちろん長年マーセルが貫いてきた生き方においては、そうするのは当たり前のことだったが。しかし、今はどうだろう？アデリーンが亡くなったとき、地球の軸は傾いた。最近、そして彼自身もまだ完全には理解できていない理由で、ふたたび軸が傾いた。

「きみはロマンス向きではないようだな、ヴァイオラ」

「あなたが考えていることはロマンスではないわ」ヴァイオラが言った。

「たしかに」マーセルは親指の腹で彼女の唇をなぞった。「だがそれでもなお、きみは安全だ。この屋根の下にわたしの子どもたちがいる。きみの子どもたちもだ。そしてきみの孫も。そのうちのひとりには今朝、二階の廊下で会ったよ。すばらしい子だ。彼女はウィニフレッド・カニンガムと名乗り、わたしのことをドーチェスター侯爵と呼びかけて自己紹介すると、貴族の威厳をもってわたしの手を握り、自分の祖母の幸せとわたしの幸せを祈っていると言った」

「ウィニフレッドはときどき、正統な慣習の権化みたいになるのよ」ヴァイオラは言った。「とても愛らしい子だわ」

「ウィニフレッドはわたしの書斎を使わせてもらってもいいかと尋ねてきた」マーセルは言った。「わたしの知る限り、残念ながらそこに子ども向けの本はないと思うと告げると、彼女は全然かまわないと言った。最近バニヤンの『天路歴程』を読破したそうで、今では文学の世界のどんなものにも取り組める気がすると言っていたよ。きみと結婚していたら、彼女もわたしの孫になっていたんだな」

そんなことは言わなければよかった。まったく、なぜ口に出してしまったのだろう。それに、なぜ急にこんな渇望を感じているのか？　何に対しての渇望を？　ここに来たのが間違いだった。もちろん間違いだ。それが間違っているなどとは考えたこともなかった。そもそもそれがすべての元凶なのだ。マーセルは考えるということをしてこなかった。

「わたしはもう行ったほうがよさそうだ」マーセルは言った。

「ええ」

もちろんマーセルは動かなかった。代わりにため息をついた。「ヴァイオラ、こんなことになっていなければよかったのに」それが何を意味しているのかははっきり言わなかった。彼自身もわからなかった。マーセルはヴァイオラの髪に指をすべらせて頭の後ろへ回し、もう片方の手を彼女の腰に回した。ヴァイオラが彼を抱きしめた。そしてマーセルはヴァイオラにキスをした。あるいは、ヴァイオラがマーセルにキスをした。

ふたりはキスをした。

永遠とも思える長いあいだ。ふたりとも口を開けて深いキスをし、腕で互いをしっかりとつなぎ止めていた。まるで相手になり代わろうとするかのように。あるいはどちらでもなく、どちらでもある、唯一無二の第三の存在になろうとするかのように。マーセルが体を離したとき、ヴァイオラは彼と同じことを感じているように見えた。なんらかの感情の深い奥底から、ぽっかりと急に表面に浮かびあがってきたかのようだった。

「愛が消え去ったあとも欲望はしばしば残るものだというのは、人類にとって悲しい矛盾だ」マーセルは言った。「そう、同じ屋根の下に数えきれないほどの親族がいるのは、たしかにはかり知れないほどの祝福だな」

〝愛が消え去ったあとも〟これほど愚かな言葉を口にしたことがあっただろうか？　何度も口にしていれば、自分でもそれを信じるようになるのだろうか？

マーセルはヴァイオラの手を取り、自分の唇まで持ちあげた。そうしながら深々とお辞儀をした。「おやすみ、ヴァイオラ。きみはせいぜいあと数時間耐えればいい。そうすれば、別れのときだ」

彼はきびすを返して部屋を出ていくと、ドアを閉めたまましばらくじっとしていた。なんらかの力がドアを開けて、我慢の限界を超える誘惑に駆りたてようとしているかのように。

〝せいぜいあと数時間耐えればいい。そうすれば、別れのときだ〟なんてことだ。マーセルにしてみれば、その数時間はあっという間に過ぎ去ってほしい数時間だった。

マーセルが恋に落ちた女性は、彼のことをなんとも思っていなかった。これぞ因果応報というものだろう。これから味わうことになる不幸な瞬間はすべて、受けるべくして受ける罰なのだ。しかし、きっとそれを乗り越えるだろう。すべきことはたくさんあり、気を紛らわせるには充分だ。

手始めに、彼にはふたりの子どもがいる……。

子どもたちとの関係修復にはいずれ取り組むことになるだろう。だから今はもちろん、マーセルは振り返ってヴァイオラの部屋のドアを開け、室内に入ってドアを閉めた。

ヴァイオラは安物の宝石が入ったピンクの巾着袋を口元にあて、目をきつく閉じて、実際に痛みが感じられるほど強力な暗闇と闘っていた。そしてはじかれたように目を開け、振り向いた。怒りがこみあげる。嘘でしょう。彼ったら、こんな真似をするなんて……。

「わたしたちは恐ろしいほど、危険なほど若かった」マーセルが言った。「ふたりは恋に落ち、ともに過ごす時間の半分はなんの不安もなく愉快に過ごし、残りの半分は口喧嘩をしていた。まるで……」片方の手を前後に振った。「まるで……何みたいだと言おうとしたんだったかな。思いだすのを手伝ってくれ」

「マーセル、なんの話?」ヴァイオラは言った。マーセルが何を話そうとしているのかはわかっていた。だけど、なぜ今その話を?

彼は部屋を横切り、カーテンを押し開けて窓の外を眺めた。そこには完全な闇が広がっていた。

「きみが知りたがっていたからだ。きみに話しに来たんだ。結婚したとき、アデリーンは一八歳だった。わたしは二〇歳だった。法できちんと縛るべきだ。われわれは結婚する準備ができていなかった、まるで……今夜はいいたとえが出てこない。われわれは子どもだった。乱暴で、規律というものを知らない子どもだった。時間が経てば、成熟した関係を築けただろうか？　それはわからない。彼女は二〇歳で死んだ。わたしが殺したんだ。アデリーンを」

ヴァイオラは持っていた巾着袋をベッドの端に置き、その横に座ると、膝の上で手を組んだ。マーセルの言うとおりだ。ヴァイオラは知りたかった。そして今、すべてを知ることになりそうだった。

「アデリーンが子どもたちを身ごもったときから、わたしはあの子たちを愛していた」マーセルが言った。「いや、アデリーンが身ごもったと告げた瞬間からと言ったほうが正確だろうか。当時は双子だとは知らなかった。エステルが生まれてから三〇分ほど経って初めて知ったんだ。わたしは一時間のうちに娘と息子を授かった。ふたりとも真っ赤で、しわだらけで、醜くて、ずっと泣いていたが、わたしは天国にいる気分だった。わたしたちはふたりの子どもをとてもかわいがった。抱きしめ、一緒に遊び、笑いながら歓声をあげることを教えてやった。濡れた服を着替えさせたりもした。だがあの頃はわたしたちこそが落ち着きのない、無責任な子どもだった。わたしたちはすぐにダンスや酒、夜遅くまで開かれるパーティーといった忙しい社交生活に戻った。もちろん、それは問題ではなかった。有能な乳母を雇っていたから、親としての務めよりも優先すべきことがあると思えば、いつでも安心して子どもたちを任せられた」

彼は窓枠に手を置き、額をガラスに押しあてた。ヴァイオラは膝の上で手を強く握りしめた。

「歯が生えはじめてしばらく経っていたが、いつもはどちらかが泣くことはあっても、ふたり同時に泣くことはなかった。だがそのときはふたりとも泣いていて、乳母もほとんど眠れない夜が何日も続いていた。わたしたちはとある集まりから夜遅くに帰宅した。アデリーンは寝室に行き、わたしは子ども部屋をのぞいた。それからすぐに彼女のあとを追うつもりだった。わたしたちは、その……情熱的になっていたんだ。ところがかわいそうに、子どもたちは苦しんでいた。乳母は青い顔をして目の下にくまを作り、わたしが問いつめるとひどい頭痛がすると認めた。おそらく疲れがたまっていたせいだろう。わたしは乳母をベッドでやすませた。わたしを探してアデリーンがやってくると、わたしは彼女も追い返した。アデリーンはわたしに、そして姿を消した乳母に激怒していた。わたしがずっと子ども部屋で子どもたちの面倒を見ていると、夜明けに彼女がまたやってきた。わたしは両肩それぞれに子どもを抱えて寝かしつけ、そろそろベビーベッドにおろしてもいいかと考えていた」

ヴァイオラは膝の上で指を広げ、マーセルが言葉を止めると、うつむいて指を見た。しばらくのあいだ彼は黙りこみ、なかなか話を再開しなかった。

「アデリーンはまだ激怒していた。一睡もできなかったから、朝になったらすぐ乳母をクビにすると言ってきた。わたしは声を潜め、おかしなことを言うな、静かにしてくれと返した。すると彼女は怒りに任せて突進してくると、わたしの腕からエステルをひったくってベビーベッドに寝かせた。正直に言うと、わたしは小声ではあったが、アデリーンにやさしく話しかけたわけではなかった。エステルは当然目を覚まし、また泣きだした。するとと今度はバートランドも目を覚まして泣きだした。アデリーンがわたしからバートランドを引き離そうとしたとき、わたしは……」言葉を切り、音をたてて息を吸いこんだ。「わたしは空いているほうの手でアデリーンを突き飛ばした。彼女はよろめいてあとずさりし……ガウンの裾を踏みつけたんだと思う。そして、壁に手をついて体を支えようとした。だが、そこは大きく開け放たれた窓だった。子どもたちが熱っぽかったので、わたしは窓を開けていたんだ。乳母もアデリーンもこんな状況で子どもたちに新鮮な空気を吸わせることに強く反対していたのに。彼女は……」マーセルはまた言葉を切って、荒い息を整えた。「わたしはアデリーンに手を伸ばそうとした。つかまえようとしたが、彼女はもういなかった。自分がバートランドをどうしたのかはわからない。どうやって階段をおりてテラスに出たのかもわからない。誰が叫んでいるのかもわからなかった。アデリーンは死んだからもう叫べないことに思い至るまで、わたしは彼女が叫んでいると考えていたと思う」

「マーセル」ヴァイオラは立ちあがったが、彼に近づこうとはしなかった。マーセルは自分の話を聞いていた人がいることに初めて気づいたかのように、窓から振り向いた。

「それから数時間、あるいは数日間のことはあまり覚えていない。誰がわたしを彼女から引きはがしたのかも記憶がない。覚えているのは、アデリーンの姉と義理の兄、つまりジェーンとチャールズが来たことだ。何を言われたかまでは思えていないが、とにかくいろいろ話していた。葬儀のことは覚えている。母がいた。まだ生きていたんだ。まだ幼かった弟と妹もいた。きょうだいたちが去ったことは覚えていない。わたしが先に出ていったのかどうかも覚えていない。赤ん坊たちに腹を立てて危害を加えるようなことをしてしまうのが怖くて、あの子たちに近づかないようにしていたのは覚えている。出ていったときのことは覚えていない。ただ出ていった。そして、そのまま戻らなかった」

ヴァイオラはマーセルとの距離を縮め、彼の背中に手をあてた。マーセルは振り向かなかった。

「マーセル」ヴァイオラは呼びかけた。「事故だったのよ」

「わたしが死なせたんだ」マーセルが言った。「窓を開けた。彼女を突き飛ばした。どちらもわたしがしなければ、アデリーンは死ななかった。まだ生きていて、子どもたちは両親のもとで育っていたはずだ。こんなことは起こらなかっただろう。わたしがきみにとんでもない恥をかかせることもなかっただろう」

マーセルは向き直ってヴァイオラを見た。蠟燭の光に照らされた彼の顔はこわばり、暗く沈んでいた。本質的には事故だった出来事を、マーセルはずっと自分のせいだと責めていたのだ。たしかに妻を突き飛ばしたのは彼だ。それにはなんの正当な理由もなかった。しかしその代償は大きく、すべてが奪い去られた。マーセルは妻の死と子どもたちから母親を奪った責任は自分にあると判断した。そして愚かにも、子どもたちから父親までも奪ったのだ。マーセルは心を切り刻み、社交界でよく知られた、ヴァイオラもよく知るあの彼になってしまった。

「約束してほしいことがあるの」ヴァイオラは言った。

マーセルが片方の眉をあげた。

「いいえ」ヴァイオラは顔をしかめた。「約束してほしいんじゃない。ただ……あなたが真剣に考えてくれるという保証が欲しいの。その朝、何も起こらなければ、あなたたち夫婦の口喧嘩はとっくに忘れ去られ、ほかのさまざまな思い出に次々と塗り替えられていたでしょう。マーセル、あなたが責めを負うべきは妻を突き飛ばしたことだけよ。悲惨な結末は予測できなかったし、まったくの偶然だった。あなたは妻が死ぬことなど意図していなかった。彼女を傷つけようとさえ考えていなかったはずよ。どうか自分自身を許してあげて」

「そして、いつまでも幸せに暮らしました」マーセルが笑おうとするように口の端を持ちあげた。

「自分を許すのよ。子どもたちのために」ヴァイオラは言った。

ふたりはしばし見つめあった。いったいなぜこんなことになったのだろう。こんなことになるのなら、どうして今夜マーセルはヴァイオラを自由の身にしたのだろうか？　彼の告白はいったい何を意味しているのだろう？　心の重荷をおろす必要があるという以上の意味は何もないはずだ。しかし、なぜ彼女に話したのか？

「わたしもきみに約束してほしいことがある」マーセルが言った。「いや、約束しなくていい。ただ真剣に考えてほしい。きみはとても若い頃にろくでなしと結婚して、愛を抑えつけることを学んでしまった。愛を葬り去るのではなく、深く押しこめてしまったんだ。きみは子どもたちを愛している。もしかしたら子どもたちが気づいているよりもずっと強く。デヴォンシャーでの二週間、きみは自分に現実から逃げだすことを許した。だが、今のきみはふたたび伯爵夫人だった頃の自分を取り戻している。ヴァイオラ、考えてほしいんだ……愛することを。自分を許して、きみを愛してくれる男を愛するんだ。きみにもそういう男がいるはずだ。自分を許せば、きっとその男を見つけることができるだろう」

ヴァイオラは驚きをもってマーセルを見つめた。「あなたから、そんなことを言われるなんて」

「ポローニアスがわが子に説いた知恵と同じくらい疑わしく思えるだろうな。それは認めよう」マーセルは言った。「愚かな男が語る知恵だ。だが、それでも知恵には違いない。もしかしたらシェイクスピアは洞察力のある人物だったのかもしれない。そのことに気づいたのは、わたしが最初というわけではない」

彼は『ハムレット』を引き合いに出して語っていた。そして、自分自身をあざ笑っている。間違いなく、ヴァイオラのことも。〝きみにもそういう男がいるはずだ。自分を許せば、きっとその男を見つけることができるだろう。考えてほしいんだ……愛することを……きみを愛してくれる男を愛するんだ〟

マーセルはヴァイオラの右手を取り、自分の唇に近づけると手を放し、それ以上何も言わずに彼女の横を通り過ぎて部屋を出ていった。ドアがマーセルの後ろで静かに閉められた。

ヴァイオラは呆然《ぼうぜん》としてベッドに戻り、ピンクの巾着袋を手に取ってふたたび口元にあてた。これ以上みじめな気持ちになることが可能だとしたら、絶対に経験したくはない。

21

最初の三〇分間、ヴァイオラはただひたすら肺に空気を吸いこみ、吐きだすことしかできなかった。呼吸に集中しなければ、息をすることを忘れてしまいそうだった。あるいは、息をすることを忘れるという誘惑に駆られそうだった。呼吸に意識を集中し、回数を数え、車窓の向こうの景色を目で追いつづければ、充分な距離を置くことができるだろうか。自分と……何からの距離かはわからなかった。適切な言葉を探そうともしなかった。ただ、距離を置くことができれば、すべてがもとどおりになる気がした。

アビゲイルは自分の側の窓から外を眺め、ありがたいことに黙っていてくれた。

気まずい雰囲気だった。親族の誰も、当初の予定どおりあと一日か二日滞在すべきか、それともヴァイオラを追ってすぐ帰ったほうがいいのか、わからないようだった。彼女が先に発つのは信じられないほど無作法に見えたに違いない。ヴァイオラがいるからこそ、彼らはわざわざここまで足を運んだのだから。しかし、そんなことは気にしていられなかった。彼女は最近、とどまるべきときに立ち去るという習慣を身につけてしまったらしい。ヴァイオラを愛するほかに何も悪いことをしていない人たちに、ひどくいやな思いをさせるという習慣を。

彼女はマーセルの家族全員と握手をし、歓迎してくれたことに礼を言った。バートランドはヴァイオラの頬にキスをして彼女を驚かせた。エステルはヴァイオラを強く抱きしめ、アビゲイルにも同じことをする前に、しばらく無言でヴァイオラにしがみついていた。

ヴァイオラは慌ただしく、陽気すぎる別れの挨拶を交わしながら、自分の家族と抱きあった。サラは小さな唇でヴァイオラの唇にキスをした。ウィニフレッドはヴァイオラを強く抱きしめ、顔を輝かせて見あげた。

「『ロビンソン・クルーソー』の始まりについて話したかったんだけど、おばあちゃま」ウィニフレッドが言った。「でもクリスマスまでには、この本の全部について話してあげられるかもしれないわ。クリスマスにはみんなでカズン・レンのところに行くのよ」

「それか、一章読み終えるごとに手紙を書いてくれる?」ヴァイオラは提案した。

「ママはあたしのほうが字が上手だって言うの」ウィニフレッドが言った。「でも、それは正しくないと思う。ママの字は完璧だから」

ジェイコブが顔をしかめ、息を吐いた。

マーセルは朝食の席にも、その後の別れの挨拶にも現れなかった。ヴァイオラは、自分が去るまでは姿を見せないでほしいと願った。そして、彼が本当に姿を見せないままなのではないかという不安と闘った。ヴァイオラとアビゲイルが馬車に乗りこみ、ドアが閉められ、御者が御者台にあがると、ついにマーセルが玄関の階段の上に登場した。遠く離れていて、厳粛で、完璧に優雅な姿だった。彼は急いで階段をおりてきて別れを告げたりはしなかった。代わりに窓越しに彼女の目を見つめ、頭を傾け、右手を少しあげると、御者にうなずいて馬車を出すよう合図した。

それだけだった。それでおしまい。息を吸い、息を吐き、過ぎ去っていく距離標識を眺めた。安全な家が待っている。そして壊れた心はいつかは癒える。心が壊れるなどという考えはばかげている。それは感情であり、感情はすべて頭の中にある。現実のものではない。現実とは日常生活であり、友人や家族であり、ヴァイオラに与えられた数々の祝福だった。

ハリー。彼女は唾をのみこみ、息子から手紙が届いているかと考えた。

そんな三〇分ほどが過ぎ、ヴァイオラはやっと呼吸に集中するのをやめた。ほうっておいても自然に息ができそうだ。ヴァイオラは振り向いてアビゲイルを見た。

「若い人は落ち着くまでに人生で一度や二度、波乱に満ちた時期を経験するものよ」ヴァイオラは言った。「母親の知恵による穏やかな安らぎを必要としているのは、若い人たちのほうなのよね。最近はわたしたちの役割が逆転してしまったみたいで、ごめんなさいね、アビゲイル。これからはもっとうまくやるから。家に帰ると思うといい気分だわ。そうじゃない？」手を伸ばして娘の手を取った。

「お母さまはドーチェスター侯爵を愛してるんだと思ってたわ」アビゲイルが言った。「ドーチェスター侯爵のほうもお母さまを愛してると思ってた。あたしはロマンティストすぎるのかもしれないわね」

「わたしは自分勝手な人間よ」ヴァイオラは言った。「もしわたしが真剣に結婚を考えていたら、あなたの生活はまたもや大きな変化を強いられていたでしょうね」

「そうね」アビゲイルは顔をしかめた。「でもお母さま、女性が子どもを産むのは、子どものために自分の人生や幸せを犠牲にするためじゃないでしょ？　女性が自分の力で生きていきたいと望むことが、どうして自分勝手なの？」

ヴァイオラは娘の手を握りしめた。「ほらね、わたしたちの役割が逆転したと言ったとおりでしょう？」

「大事なのは、お姉さまは自分の進むべき道を見つけたということよ」アビゲイルは言った。「お姉さまが孤児院で教師として働くと決めたとき、おばあさまとあたしはぞっとしたわ。孤児院で暮らすことにしたと言われたときにはもっと動揺した。でも、お姉さまは自分の道を見つけたのよ。ジョエルとウィニフレッドとサラを見つけたし、ジェイコブも授かった。お母さま、お姉さまの人生には変化ばかりが起きてるけど、お姉さまはそんな中で望みうる限りの幸せを手にしてると思うわ」

「ときどき自分で思うほど、わたしは重要ではないということ？」ヴァイオラは悲しげに尋ねた。「だけど、あなたの言うとおりね。ハリーは軍隊に入ることを自ら選んだし、それを可能にしてくれたのはエイヴリーが軍職を購入してくれたからだし」

「そんなことない。お母さまは何よりも重要だわ！」アビゲイルが叫んだ。「でも、それは母親としてよ。あたしたちが欲しいのはお母さまの愛だけなの。それと、あたしたちがお母さまを愛する機会だけ。あたしたちは自分の力で生きていかなければならない。お母さまがずっとそうしてきたように。そして、これからもそうしてくれることを願ってるわ」

ヴァイオラはため息をついた。「あなたはどうなの、アビー？　あなたはロンドンの社交界にデビューする機会を奪われてしまった。ふさわしい結婚をする機会も。あなたは――」

「お母さま」アビゲイルが言った。「あたしの人生がこれからどうなるのかは、自分でもわからない。だけど、それを生きるのはあたしよ。お母さまに代わりにあたしの人生を整理してほしいとか、あたしのために決断したり計画を立てたりしてほしいとは思わない。これはあたしの人生なんだから、心配しないで」

「あなたがわたしの呼吸を止めてしまったほうがよほど簡単かもしれないわね」ヴァイオラは微笑んだ。

アビゲイルも微笑み返した。どういうわけか、ふたりにはヴァイオラの言葉がどうしようもなく愉快に思えて、涙が頰を伝うまで笑いつづけた。

「お母さま」アビゲイルがハンカチで目をぬぐいながら尋ねた。「彼を愛してるの？」

ヴァイオラはつい口走りそうになった安易な答えをぐっとのみこんだ。ため息をつき、自分のハンカチをレティキュールから取りだした。「ええ、そうね。でも、それでは充分ではないの。マーセルはわたしを愛していない。少なくとも、一生続く関係を結びたいとは思っていない。彼はどこかに、あるいは誰かの隣に落ち着くような人ではないのよ。かつてはそんなこともあったのかもしれないけれど、奥さまが早くに亡くなってから変わってしまった。

あまりに長い時間が経ってしまったから、もとに戻ることも、本質的な意味で変わることも、もうできない。マーセルと一緒に一、二週間ほどどこかへ行ってしまおうと決めたとき、わたしたちはそれが永遠に続くとは思っていなかった。わたしはただ……しばらく逃げだしたかっただけ。彼はいつだって自分に楽しみをもたらしてくれる冒険を求めているの。ゆうべマーセルが言ったように、わたしはすでに家に戻ると決めていたし、あなたがジョエルとエリザベスとアレグザンダーと一緒にあのコテージに現れなかったら、なんの騒ぎも起こさずに家へ帰っていたでしょう」

「あたし、悲しいわ」アビゲイルが言った。「人生ってときに悲しいものよね?」

どういうわけかこの会話も愉快に思えたので、ふたりはまた笑いだした。ただ、今度はその笑いにいくらか後悔の響きもまじっていた。

マーセルがその後の数カ月で発見した奇妙なことは、ロンドンに駆け戻って以前の生活に戻りたいとか、射撃大会やハウスパーティーに誘われても行きたいとはまったく思わなくなった点だった。あるときなど、知人の射撃用ロッジで恥じらいもなく開かれる乱痴気パーティーに招待されたが――美人で魅力的で上流社会のたしなみを身につけた若い女ばかりが集まるんだ、ドーチェスター、きみも絶対に来るべきだよ――行く気になれなかった。

あのパーティーから二日のうちに、家に泊まっていた招待客はアンヌマリーとウィリアムを含めた全員が帰っていった。

「正直に言うわね、マーク」アンヌマリーはひそかにマーセルに打ち明けた。「イザベルのことがあまり好きじゃないの。それにマーガレットは一二月に花嫁になるというのに、どうもぱっとしないわ。それからジェーンと一緒に朝の礼拝に出るのを避けるためにこれ以上言い訳を考えなければならないなら、いっそ礼儀を忘れて彼女に本当のことを言ったほうがいいわね。ジェーンは双子を立派に育てたけれど、それとこれとは別よ。あと五年か六年もしたら、市場に出てくるすべての若い女性にとって、バートランドは理想的な相手になるでしょうよ。エステルも本当に美人になるわ。わたしは長いあいだそうは思っていなかったけれど——エステルは目と髪はきれいだけど、顔に対して歯が大きすぎたのよ。ジェーンのしつけのおかげで、エステルはパーティーですばらしい仕事をしたわ。社交界に出てくれば、すぐに求婚者が列をなすでしょう。来春かしら?」

「エステルは急いではいないと言っている」マーセルは答えた。「本人に決めさせるつもりだ。わたしも急いでエステルを追いだすつもりはないからな」

「兄さんが決めさせるの?」アンヌマリーが眉をあげた。「ジェーンじゃなくて?」

「わたしはここに残って暮らす」

「何週間?」アンヌマリーは笑った。「それとも何日? 今から数えてもいい?」

アンドレはほかのみなより数日遅れて出発した。

「どうして一緒に来てくれないんだよ、マーク。ぼくはもしあと一日でもここに残れと言われたら、退屈しのぎに木のぼりでもしなきゃならなくなるよ」

「誰もおまえにもう一日残れとは言わない」マーセルは答えた。「あと半日でもな」

「兄さんは本気でとどまるつもりなんだね。じゃあ、あと一週間だけ待つよ。一週間経ったらロンドンで会おう。あの噂は聞いたことがあるかい、新しい娼館が——」

「いや」マーセルは言った。「ないね」

「そうか」アンドレがにやりとした。「兄さんには娼館なんて必要ないもんな」

たしかにマーセルは一度も必要としたことがなかった。これからも必要ないだろう。もうほかの女性を求めることもないだろうと思っていたが、それは結論を急ぎすぎだ。そんな結論に飛びついてしまったのは、この前の情事からひどく重い気持ちを引きずっているせいに違いない。いまいましいヴァイオラ・キングズリーめ——それは公平さに欠ける物言いだが、マーセルが心の中で彼女をののしっているのは事実だった。

彼はこの二カ月を、複雑に絡みあった糸をほどいて人生を整理することに費やした。おばといとことその娘には、来たるべき結婚式の計画を自由に立てさせることにした。ただし、ひとつ条件があった。どんな状況であろうと、細かい点でマーセルに意見を求めないこと。さらに、結婚式のあと、遅くとも一月の初めには寡婦用住居に移り住むよう言い渡した。家も馬車置き場も厩舎も好きに整えてかまわないが、引っ越しは必ず行うようにと。

誰も異議を唱えなかった。

ジェーンとチャールズとも話をし、双子ももうそろそろ大きくなって、今ではマーセルと暮らすようになったのだから、彼らもようやくもとの生活に戻れるのではないかと提案した。

ジェーンは疑わしげな表情をした。

「でも、それがいつまで続くのかしら、マーセル」ジェーンが言った。「そのうちまたあなたは出ていってしまうのではないの？」

「そんな予定はない」マーセルは答えた。「だがたとえそんなことになっても、そのときはエステルとバートランドもわたしと一緒に出ていくだろう」

ジェーンとチャールズの家をこの一五年のあいだ貸していた相手はつい最近退去した。ジェーンが告白したところによると、彼らはずっと家に帰ることを望んでいたが、アデリーンの子どもたちの面倒を見るのが自分たちの務めだと思ってとどまっていたのだという。

二週間ほどで問題はすんなりと丸くおさまった。エレンは彼らについていった。彼女が年老いた両親の支えとなるべく家に残ることをよしとするかどうかマーセルには確信が持てなかったが、両親に支えが必要となるのはまだ少し先だろう。オリヴァーはついていかなかった。マーセルは執事に暇をやり、年金をたっぷり与えて広大な敷地の端にあるコテージに住まわせてやることにした。そしてロンドンの代理人に連絡して後任を探させる前に、マーセルは甥にその仕事を勧めた。オリヴァーはまさに適任だ。マーセルは誕生日パーティーのあいだ観察していたが、オリヴァーは隣家の令嬢に恋をしているらしく、就職を受け入れた。バートランドは大喜びした。息子は明らかに、年上のいとこをある種の手本として尊敬していた。

マーセルは父親になろうとした。それは容易ではなかった。子どもたちの養育にはほとんどかかわってこなかったし、今さらあまり干渉したくもなかった。一方で、よそよそしかったり、無関心だったりという態度を取るつもりもなかった。子どもたちが自分のことを好いてくれているのかどうかさえわからなかったし、彼らに愛される権利もないことは重々承知していた。しかしジェーンとチャールズのおかげで、子どもたちはあからさまに敵対したり反抗したりはしなかった。双子は紳士淑女として育てられたのだ。父親と呼ぶに値する人物でなかったとしても、親に対しては常に礼儀正しく敬意を払った。

時間はかかるだろう。そしてマーセルは時間をかけるつもりだった。自ら喜んでここにとどまり、努力しようとしていることがときどき自分でも不思議に思えた。人生に対する見方がなぜこれほど短期間のうちに、これほど根本的にすっかり変わってしまったのだろう？　一七年前に起こった変化には、もちろん明確な悲劇的理由があった。だが、今回は？　ヴァイオラに恋をし、彼女に飽きられる前にまたふられる機会を与えられなかったから？　そんなふうに考えるのはばかげている。

しかし、心がかすかに痛んだ。いや、自分に向きあって正直になってみると、かなり痛んでいた。

結局のところ、正直にならないほうが楽だった。

この数カ月であまりにいろいろなことがあったにもかかわらず、ヴァイオラはすぐにもとの生活に戻り、もとの自分を取り戻していた。全力で逃げださなければならないという思いから解放されて、少しばかり落ちこんでもいた。いったい何が変わったのだろう？　あの騒ぎで何がもたらされたのか？　彼女は大胆に、反抗的に、向こう見ずに、情熱的になれることを自分自身に証明したのかもしれない。そして、幸せだと。けれど、今はその激しい反動を味わっていた。それは避けられない。マーセルが〝あがったものは必ずさがる〟と言っていたことを思いだした。

ヴァイオラはマーセルのことは考えないようにしていた。

近隣の人たちや友人たちと交流をはかった。牧師と数人の女性たちと協力して、子どもたちのためのクリスマスパーティーを企画した。縫い物や刺繍をし、手紙を書き、読書をし、公園や家のまわりの田舎道を散歩した。数年間放置していたピアノをまた弾きはじめた。アビゲイルとその若い友人たちのために茶会を開き、音楽室でダンスに興じる彼らの伴奏をした。

ヴァイオラはよく眠れなかった。昼間は自分の心を律し、マーセルのことを考えるのは一時間にせいぜい一度か二度ですんだ。それも、考えにふけりだしていることに気づくまでのほんの一瞬だけだ。夜になって心が落ち着くと、あふれだす記憶を押しこめるのはもっと難しくなった。記憶に支配されるのは頭だけではない。体や心もだ。彼女はこの数週間のあいだに見つけたものを切望するあまり痛みを覚えた。だが、切望したのは見つけた〝もの〟だけではない。〝人〟もだ。

一四年前、若くして不幸な結婚生活を送っていた頃のヴァイオラは立ち直るのが大変だった。だが少なくともその頃は、恋に落ちていたにすぎない。マーセルを愛していたわけではなかった。愛という言葉を使えるほど、彼のことを知らなかった。いずれにしても、忘れるには長い時間がかかった。今回はもっと長くかかるだろう。それは承知していたので、辛抱しようと彼女は心に決めていた。

服が少しゆったりと着られるようになったのが、心の痛みがもたらしたせめてもの前向きな効果だった。ヴァイオラはしばらく前から少し体重を落とそうと考えていた。二年前に月のものが止まるまで保っていた体形を取り戻したかった。

そして、クリスマスにはブランブルディーンに行くつもりだった。行く義務があると感じていた。アビゲイルのために、またヴァイオラの母親とマイクル、メアリーのために。ヴァイオラが行かなければ、彼らは決まりの悪い思いをするだろう。もちろんみんなが手紙をよこして——ヴァイオラからもみんなに手紙を書いていたが——全員がさまざまな表現で彼女が来ることを期待し、求め、懇願していた。なぜそこまでするのだろうと不思議だった。ハンフリーが亡くなってこのかた、ヴァイオラは家族を大切にしてこなかった。しばらくのあいだは家族が大目に見てくれていたことも理解できるが、ものには限度がある。二年、いや、もう三年近く経つのだ。それでもまだ彼女がすねて、不安定な行動や無礼な態度を取っているように見えていたに違いない。しかも、ヴァイオラは家族の名誉を傷つけた。夫ではない男性との逃避行の最中に発見されたのだ。

真実の愛には限界がないというのは本当だろうか？　本当に無条件の愛が存在するのだろ

うか？　マーセルから人生に一番望んでいるものは何かと尋ねられたときのことを思いだし、ヴァイオラは恥ずかしくなった。母として、娘として、姉として、あるいはその他どんなものであろうとなんらかの肩書きで呼ばれる存在としてではなく、ただ自分を――彼女自身を愛してくれる人が欲しいと答えたのだ。ヴァイオラは恥ずかしく思った。なぜなら家族は彼女のことを、そしてお互いのことを心から思っていると何度も何度も証明してくれていたからだ。ハンフリーが家族の構造を壊してしまったとしても、その下にあるもの――純粋な愛までは破壊できなかった。

ヴァイオラは感謝とお返しに捧げる愛を示すために、ブランブルディーンに行くつもりだった。ウィニフレッド、サラ、ジェイコブという子どもたちにも会いたかった。アナとエイヴリーのあいだに生まれたジョセフィンにも。ミルドレッドとトマスは息子たちを連れてくることになっていて、ヴァイオラはその子たちにはもう何年も会っていなかった。当時はいたずら好きな男の子だった彼らは、今や学校で問題を起こしては両親に怒りと苦悩を味わわせるやんちゃ盛りの少年になっているだろう。いつも変わらぬ冷静な常識と輝く目を持つエリザベスと、世捨て人のごとく育ったレンにも会いたかった。レンは顔の一方を覆うあざを隠すためにいつもヴェールをかぶっていたが、勇気を出して世の中と向きあい、アレグザンダーと恋に落ちた。母とカミールのことも恋しかった。かつての義理の姉妹たちも。ああ、みんなに会いたい。

数カ月前、ヴァイオラは家族の息苦しいほどの愛情から逃げだした。しかし今ではその愛情を受け入れる準備ができていた。おそらく、この騒動と心の痛みからも何かよいものが生まれたのだろう。

ヴァイオラが行くのは孤独だからという理由もあった。心がばらばらに壊れてしまって、もとどおりにするための破片を見つけられそうにないからだ。

彼女が行くのは、自分が孤独でも心の傷に苦しんでいるわけでもないことをみんなに示すためでもあった。

みんながヴァイオラを心配してくれている。その彼らに、心配しないで、わたしは大丈夫だからと言いに行くのだ。


マーセルは湖のほとりのボート小屋に入り、ひっくり返ったまま置かれている二隻の手漕ぎボートを見た。うれしくなる眺めではなかった。

「まるで世紀が変わってから一度も使われていないみたいだな」マーセルは言った。

「さあ、どうでしょう」バートランドが言った。

マーセルは振り返ってバートランドを見た。「使ってみたいとは思わなかったのか？」

「ジェーンおばさまに、それは賢明ではないと言われていたので」息子は答えた。

ジェーンは子どもたちの生活に喜びをもたらすようなことをあまり許さなかったらしい。そのことを示す例をマーセルは日々いくつも発見していた。双子は決して不平を口にしなかった。驚くほどおとなしい若者に育っていた。エステルが激怒して反抗し、はるばるデヴォンシャーへと旅したのは例外だ。生涯かけてしつけられてきた限界を突破するほどの感情だったと思うと、驚くしかなかった。マーセルに対して相当腹を立てていたに違いない。これは未来に向けた明るい兆しなのか？　ふたりのどちらからも、ほかにはそういった兆しはあまり見られなかった。ふたりは父親であれば誰もが望むような模範的な子どもたちだった。

「あててみせようか」マーセルは言った。「エステルの体が弱かったから、それとおまえが跡継ぎだったからだろう」

「たしかにぼくは跡継ぎです」バートランドが申し訳なさそうに言った。「唯一の跡継ぎですよ、サー」

「責任はわたしにある」マーセルは小声で言った。「そうだ、わたしの責任だ。おまえはあまりに完璧だった、バートランド。だから、わたしは同じような子どもが作れるとは思わなかったんだ」

「ぼくは完璧ではありません」息子が眉根を寄せた。

「わたしからすれば完璧だ」マーセルは言った。「来年の夏までにこれを直してもらわなければならないな。おまえに湖の向こう岸まで漕ぎださせる前に、わたしが自分で試してみよう。もしわたしが沈んで泡しか残らなかったとしても、少なくとも跡継ぎは残せるんだから」

バートランドは少し驚いた様子だった。小屋の入口に立っていたエステルはくすくす笑った。そう、ただ笑みを浮かべたのではなく、笑い声をあげたのだ。父親の耳には心地よい音楽だった。バートランドはエステルをちらりと見て、自分も笑った。

「あなたは泳げるんでしょう、サー」バートランドが言った。

「ああ、もちろん泳げる」マーセルは認めた。

三人はそのまま湖のまわりを歩きつづけた。マーセルは毎日、子どもたちと過ごす時間を取るようにしていた。非常に堅苦しかった関係がいくらか和らいできたように思えた。父親がオックスフォード大学で怠惰な日々を送っていたのではなく、実際に優等学位を取得していたことを知ると、バートランドはほとんど興奮状態になった。マーセルがたまには若い人たちを家に招待してはどうかと提案すると、エステルは最初は疑わしげな表情をしていた。どうやらジェーンは、ドーチェスター侯爵の息子と娘は下級階層の人たちとは距離を置くべきだと信じていたらしい。もうすぐ一八歳で、品性も充分に養われているのだから、その規則は多少ゆるめてもいいかもしれないとマーセルが言うと、エステルは有頂天になった。バートランドですら、うれしそうな顔をした。

「姉さんが喜びますよ、サー」バートランドは言った。「姉さんは友達といるのが好きなので。ぼくもそうです」少し間を置いてつけ加えた。

マーセルは敷地内の土手で足を止め、屋敷を眺めた。とりわけヴァイオラとともに立っていたあの大きな客間の窓のあたりを。ヴァイオラのことは考えないようにしていたが、ときおり無意識のうちに思いだすことがあり、心の平穏をたびたび乱されていた。息子と娘もマーセルの両側で立ち止まった。

「彼女はクリスマスにブランブルディーン・コートに行くわ」エステルが言い、マーセルの意識は思い出から引き戻された。彼は鋭い目でエステルを見た。「ウィルトシャーにあるの」娘はつけ加えた。「リヴァーデイル伯爵の家でクリスマスを過ごすんですって」

「そうなのか?」マーセルは言った。〝彼女〟が誰なのかを尋ねるのは愚かというものだ。彼はわざとそっけない口調にしていた。これ以上は聞きたくない。

「ええ」エステルが言った。「アビゲイルがそう言っていたわ」

マーセルは歩きだそうとしたが、エステルは動かなかった。バートランドも同様だった。

「わたしが手紙を書くと、アビゲイルはいつも返事をくれる」エステルが言った。「ジェシカもそうよ」

ジェシカ。マーセルはしばらく考えなければならなかった。ああ、そうか、アビゲイルの若いいとこで友人の――レディ・ジェシカ・アーチャー。ネザービーの異母妹だ。

「彼女は不幸なの」エステルが続けた。

「ジェシカが?」マーセルは尋ねた。「アビゲイルか?」この会話を続けたくなかった。

「ミス・キングズリーよ」エステルは言った。「自分では決して認めないけど、とアビゲイルは言っているわ。いつも明るくふるまっているんですって。でも痩せてしまって、目の下にくまができているそうよ」

マーセルはエステルに向き直った。「それがわたしになんの関係があるんだ、お嬢さん? 彼女が不幸だからなんだというんだ? ミス・キングズリーはわたしと結婚したくなかった。

おまえたちに見つかる前に、デヴォンシャーでわたしを置いて去るつもりだったんだ。ここを去ることも喜んでいた。覚えているだろう、彼女はほかの家族よりも先に出ていったんだぞ。それ以上早くは発てないというタイミングで。ミス・キングズリーの気分やクリスマスの計画がどうだろうと、わたしにはまったく関係ない。それははっきり理解できたか？」

エステルは顔色を失い、下唇を震わせた。今にもマーセルの足元に崩れ落ちるのではないかと思ったが、持ちこたえた。

「お父さまも不幸なのね」娘は言った。

「くそっ、なんだと？」マーセルは娘をにらみつけた。

「そうですよ、サー」背後からバートランドが言った。「あなたもわかっているでしょう。ぼくたちにもわかっています。それに紳士たるもの、レディの前で人を中傷したりするものではありません」

いったい全体、なんだというんだ？　マーセルは息子に向き直った。「そのとおりだ」ぶっきらぼうに言った。「すまなかった、エステル。もう二度とこんなことはしない」

「あなたはやつれて見えますよ」バートランドは言った。「それにひとりでぶらついたり、ひとりで馬に乗って出かけたり、夜中じゅう起きていたり、誰よりも早く起きたりしていますよね」

「いったいどうしたんだ？」マーセルは息子を獰猛《どうもう》な目でにらみつけた。「自分の家で、子どもたちに監視されず、好きに行動することも許されないのか？　わたしはこれまでだってずっと、ひとりで散歩し、ひとりで馬に乗り、夜更かしをし、早起きをしてきたのかもしれない。そう考えたことはあるか？　それがわたしの好きな生き方なのかもしれないじゃないか」

「あなたはもとの生活に戻りたいのでしょう」バートランドは言った。「だからそんなに不幸なのかもしれない。ですが、ステルとぼくはそうは思いません。ミス・キングズリーが原因だと思っています。そして、彼女が不幸なのはあなたのせいです」

「そして……」マーセルは信じられない思いでふたりの顔に順に目をやった。「そして、おまえたちは父親の縁結びをしようと考えているというわけか」

ふたりとも険しい表情でマーセルを見つめ返した。最初に口を開いたのはバートランドだった。

「誰かがしなければなりません」

「誰かがしなければならない？」マーセルは奇妙な夢の中にいるような気がした。

「パパは人生を台なしにしようとしているわ」エステルが言った。「彼女もそう。すべてはふたりそろって頑固すぎるからよ。ミス・キングズリーに愛していると伝えたの？　結婚を望んでいるとちゃんと言った？」

「伝えていないほうにぼくは賭けますよ」バートランドは言った。「それにミス・キングズリーのほうが先にそう言ってくれるなんて期待しているわけではありませんよね。育ちのいいレディはそんなことはしないものです」

これは怒りを爆発させているのか、それとも……。

マーセルはのけぞり、声をたてて笑った。エステルの唇がぴくりと動いた。バートランドは眉根を寄せた。

「それで、わたしの、その、恋愛がなぜそんなにも子どもたちの関心事になるんだ？」マーセルは真顔に戻って尋ねた。

バートランドはまだ眉根を寄せたままだった。「ぼくたちはあなたにとってはまだ〝子ども〟なんですね？ ぼくはあなたに関心など持っていません。さほど興味もない。あなたがここを出てロンドンに戻ろうが、あるいはどこに行こうがどうでもいい。あなたが残りの人生を無駄に過ごしても、ぼくは気にしません。あなたはそうするのが得意なようだから。どうぞ出ていってください。あなたがいなくても、エステルとぼくはここまでちゃんと大きくなった。残りの人生もあなたなしでうまくやっていけます。まったく、ぼくたちはどうして、あなたがミス・キングズリーを……あるいはほかの誰であれ、愛しているなんて考えたんだろう。あなたは自分以外の誰のことも愛していないのに。サー」

「バート！」エステルは叫び、弟の腕をつかもうとした。しかしバートランドはエステルを振り払い、来た道を引き返すべく歩きだした。マーセルは一瞬、エステルが走ってバートランドを追いかけるのではないかと思った。けれども、マーセルはエステルの腕に手を置いた。

「行かせてやれ」マーセルは言った。「あとでわたしが話をする」

エステルは父を見つめた。その目には戸惑いが浮かんでいる。「わたしたち、生まれた年のことは何も覚えていないけど、ジェーンおばさまの話からお母さまの顔を思い浮かべようとしてみたわ。当時のパパのことも思いだそうとした。もちろん、それは無理な話よ。わたしたちは赤ちゃんだったんだから。でも物心ついたときからずっと、わたしたちはパパの帰りを待っていた。パパを愛せるようになるのを待っていた。そしてパパにもわたしたちを愛してほしかった。わたしたちは困惑し、怒りを感じてもいた。そして年を重ねるごとに、わたしたちはもうパパを必要としていないし、戻ってきて生活を乱されるのもごめんだと自分に言い聞かせるようになった。だけど、わたしたちはずっと望んでいたのよ、パパ。たぶん、わたしよりもバートのほうが強く。バートは尊敬し、称賛し、手本にできる父親を望んでいた。いいえ、そういう父親がバートには必要だった。褒めて、励まして、一緒に何かをして、自分を誇らしい目で見てくれる父親が。バートは自分がパパによく似ていることを知っていた。パパが来ると、バートはいつも鏡の前に立って、パパの姿勢や表情、しぐさを真似しようとしていたわ。わたしはただパパが欲しかった。岩のようにがっしりとして頼れる存在のパパが。チャールズおじさまはいい人よ。でも、おじさまはパパではなかった」

マーセルはエステルが弟のあとを追いかけてくれればよかったのにと思っていた。ふたりの話を聞くうちに真実が姿を現しはじめていたが、それはとぎれとぎれで、難解で、必要で、痛みを与え、いとしいものでもあった。ときには今エステルがぶちまけたとおり、堰を切ったように真実が押し寄せてくることもあった。先ほどバートランドがそうしたように、苦々しさを伴って否定されることもあった。だが、マーセルはそのすべてに耐えなければならない。自分がどんなに父親としてふさわしくない人間だったとしても、子どもたちを取り戻す機会があるのなら。

「わたしたちはずっとパパを愛していた」エステルが言った。「わたしたちが愛するか愛さないかを選べるようなことではなかったのよ。愚かだと思いたければそう思ってくれていい。でも、わたしたちはパパに幸せになってほしいの」

「失われた歳月を埋めあわせることはできない」マーセルは言った。「だが今からでも、おまえたちに与えたいと思う。それがわたしにできるすべてだ。この先、わたしたちに許された時間のすべてを使ってそうしたい。わたしは幸せだ、エステル。というか、ほんの一五分か二〇分前までは幸せだった」

「いいえ、それは違う。幸せじゃなかったわ」エステルが言った。「これからだって、わたしたちはパパにとって充分満足できるような子どもにはなれないし、わたしたちのどちらも、パパに充分満足することはないと思う。わたしはまだ社交界デビューを熱望しているわけではないけれど、そのうちそうなるわ。わたしは夫と家族を築き、自分の家を持つことを望むようになる。バートランドは妻を持ちたいと思うようになる。わたしたちは、お互いがいればそれで充分という存在にはなれないわ。でもこれまではそうだったし、今もまだそうよ。わたしたちはパパに完全に幸せになってほしかった。そしてわたしたちの目には、パパが人生で一度くらいは立派なことをしたいと思ったせいでその機会をあきらめたように映るの」

「〝人生で一度くらい〟だと?」マーセルが眉をひそめ、エステルは顔を赤らめた。

「ごめんなさい」エステルが言った。「きっと、ほかにもたくさん立派なことをしてきたはずよね。デヴォンシャーで婚約を発表したときだって立派だったわ」

マーセルはエステルを見つめた。娘は自分の意見をきちんと主張でき、確固たる信念とかなりの勇気を持った若い女性であることが最近ようやくわかってきた。エステルは彼の目の前で花開いた。

「言っておくが、エステル」マーセルは言った。「わたしはおまえとバートランドを誇らしく思っている。子どもを誇らしく思う父親として、ほかの誰にも負けないほどに。バートランドにもそう伝えるつもりだ。それはそうと……おまえたちふたりがわたしにどうしてほしいのか、具体的に教えてくれないか？」

エステルはにっこりし、マーセルの腕に自分の腕を絡め、家に帰るべく向きを変えさせた。

「わたしが思うに、その答えはもうわかっているんじゃないかしら、パパ」

22

ヴァイオラとアビゲイルはクリスマスの四日前にブランブルディーン・コートに到着した。数日前から空に雲が重く立ちこめており、天気予報があたると村で評判の鍛冶屋がクリスマスには雪が降る、しかもかなりの大雪になると言いだしたので、予定より早く行くことにしたのだ。

ブランブルディーンはリヴァーデイル伯爵家の本邸とはいえ、ヴァイオラは伯爵夫人としてそこで暮らしたことはなかったため、今回行くのに気まずさはまったくなかった。アレグザンダーとレンは夏からずっと、長年放置されていたせいで荒れはてた庭園と屋敷の修繕に追われていたが、中でも農場の復興と労働者たちのコテージの修理に力を入れていた。すべきことはいくらでもあった。一二月の庭園は彩りが乏しかったものの、芝生はきれいに刈られ、木や生け垣から多くの枯れ枝が取り払われていた。私道は舗装し直され、何年ものあいだにつけられた車輪の跡は消えていた。家は相変わらずみすぼらしかったけれど、主な部屋のカーテンとクッションは新調され、壁はペンキや壁紙で新しくなっていた。すべてが清潔で磨きあげられている。

「まだ自慢できるほどの家にはなっていません」レンは大きくなったお腹を抱えながらヴァイオラとアビゲイルを二階の部屋に案内した。「でも、居心地はいい。そう自分に言い聞かせているんです。ここがわたしたちの家です。いずれは新居披露パーティーみたいなものをするつもりでいます。おふたりが来てくださって本当にうれしいわ。家族全員がそろわないと、アレグザンダーと迎える初めてのクリスマスが完璧なものになりませんもの」

けれど、ハリーはいない。ヴァイオラは声には出さずに考えた。ノーサンプトンシャーから戻ったあと、一度だけ手紙が届いた。ヴァイオラの来たるべき結婚を祝福しながらも、婚約が正式に発表される前にドーチェスター侯爵にいろいろ話を聞けたらよかったのにと書いてあった。ハリーはミスター・ラマーとして記憶していたが、ハリーと若い友人たちはマーセルのことを〝魅力的な悪魔〟——そう手紙に書いていた——として畏怖の念を抱いており、息子から見て母親の結婚相手に望むような人物ではなかったという。それ以来、ハリーからの手紙は一通も届かなかった。息子が次に送ってくる手紙にはきっと安堵の気持ちが綴《つづ》られているはずだ。

「ハリーはいないけれど」レンがつけ加えた。「来年の今頃には戦争が終わって、全員がそろうことを願いましょうよ。この子も一緒に」レンはそう言って腹部を撫でた。

ヴァイオラたちが着いたのはかなり早かったが、一番乗りではなかった。アレグザンダーの母アルシーアと姉のエリザベスは前の週に来ていた。トマスとミルドレッドのモレナー卿夫妻が到着したのは前日だった。三人の息子たちも連れてきていて、そのうちのひとりはヴァイオラに、ぼくたちは休暇で学校から解放されたんだと説明した。ヴァイオラはすぐに彼らが好きになった。ボリスは一六歳、ピーターは一五歳、アイヴァンは一四歳。礼儀正しく、チャーミングな少年たちだ。まるで今にも爆発しそうな、活発でいたずら好きな三つの爆弾だとヴァイオラは思った。

次の日にはカミールとジョエルがヴァイオラの母と三人の子どもたちを連れてきた。サラはたちまちボリスに夢中になった。サラが子ども部屋に足を踏み入れるなり、ボリスは彼女を肩車して部屋じゅうを走りまわり、サラはボリスの髪をつかんだまま恐怖と喜びの叫び声をあげた。ウィニフレッドはアイヴァンをじっと見て、あなたはママのいとこだから、あたしにとってはいとこの子どもで、あなたのほうが四つ年上ねと告げた。誕生日を教えてくれたら四年と何カ月違いになるか、正確に教えてあげられるんだけどと言うウィニフレッドを、アイヴァンはまるで頭がふたつついている宇宙人を見るような目で見た。

「三月二四日だよ」ピーターがウィニフレッドに教えた。「ぼくの誕生日は五月五日」

「あたしは二月一二日」ウィニフレッドは言った。「だと思う」

「だと思う？」アイヴァンが言った。

「よくわからないの。ママとパパに養子にしてもらう前は孤児だったから」ウィニフレッドは説明した。「あたしは孤児院にいたの。あたしの前に、パパはそこで育ったのよ。それにアナおばさんも」

「本当に？」アイヴァンは興味を持ったようだ。ヴァイオラは母と話をしようと居間に戻っていった。

客はおおかた日が暮れる前に到着したが、すっかり暗くなってから予期せぬ客がひとり現れた。

「あれは誰かしら?」居間の下のテラスで車輪の音が聞こえると、マティルダが尋ねた。

「アナとエイヴリーとルイーズじゃないといいけれど」マティルダの母親が言った。「赤ちゃんはもうベッドで眠っている時間よ」

「それに、暗くなってから旅をするのは決して安全じゃないわ」マティルダがつけ加えた。

「きっと彼らじゃないわ。ルイーズは常識人だもの。それとも、雪が降るのが怖いから急いで来たのかもしれないわね」

アレグザンダーが笑った。「確かめる方法があります」彼は立ちあがった。「下に行って見てきますよ」

五分と経たないうちに、アレグザンダーは客人をひとり連れて戻ってきた。その若者はアレグザンダーに一歩遅れて部屋に入ると、楽しげに周囲を見まわし、両腕を広げて母親のほうへと歩きだした。

「貸し馬車ってやつはひどいもんだな」彼は言った。「全身の骨が出発したときとは別の場所にあるような気がするよ」

ヴァイオラは自分がどうやって歩いていったのかもわからなかった。

「ハリー!」彼女は叫び、ハリーの腕に抱きしめられた。息が詰まるほど強く。

「それで」まわりで歓声や喜びの声が飛び交う中、ハリーはヴァイオラを見おろして言った。「幸せな花嫁はどこにいるのかな?」

ヴァイオラは三年がかりの波乱万丈の旅がようやく終わった気がした。クリスマスの二日前の夕暮れどき、ブランブルディーンの居間にいて、家族に――二階の子ども部屋にいる幼い子どもたちを除く家族全員に――囲まれていた。心から満足していた。幸せという言葉を頭の中で言ってみたが、満足という言葉のほうがふさわしいと判断した。満足はいいものだ。とてもいい。

結婚は有効なものではなかったが、ハンフリーの家族もまた自分の家族なのだと、とうとう全身全霊で受け入れることができた。彼らがヴァイオラを選んで家族になってくれたのだ。二十三年間、家族でいたときは彼らには選択肢がなかったが、その後の三年は、彼女と縁を切ろうと思えば切ることもできた。そして今、ヴァイオラも彼らを選んで家族になった。

ヴァイオラは小さなソファでアレグザンダーの母アルシーアの横に座り、部屋を見渡した。キングズリー家、ウェスコット家、それぞれの配偶者と年長の子どもたちが勢ぞろいしている。アイヴァンとピーターは一台のピアノで音楽的に優れているとは言えない二重奏を奏でていた。ウィニフレッドはピアノに腕を置いて体を乗りだし、アイヴァンとピーターの手元を見ながら、彼らが間違った音を出したり、肘をぶつけあって真ん中の鍵盤を取りあったりするたびに、役には立ちそうにない助言をした。ヴァイオラの母とメアリーはハンフリーの母と話をしていた。ジェシカとアビゲイルは別のソファでハリーの両側に座り、ボリスは彼らの前のクッションに腰かけて、ハリーが語る話に聞き入っていた。カミールとアナは頭を寄せあって何ごとか話しあっている。レンとジョエルとエイヴリーはおしゃべりをしていた。

それはたしかに、ぬくもりに満ちた家族の集まりだった。それに家族も同然のホッジズ卿コリンも同席していた。レンの弟コリンは現在、レンがかつて暮らし、今から約一年前にアレグザンダーと出会ったウィジントン館から一五キロほど離れた場所に住んでいた。ハンサムでユーモアあふれる青年で、アビゲイルもジェシカもその日出会ってすぐに関心を寄せた。今、コリンは窓際に立ち、窓下のベンチに腰かけたエリザベスと言葉を交わしていた。

部屋はクリスマスらしく豪華に飾りつけられ、松の木の香りが漂っていた。アレグザンダーとモレナー卿トマスは昼食をすませると厩舎に出かけ、もし本当に雪が降ったら使えるかもしれないと、長年しまわれていたそりを見に行った。残りの人たちの大半は庭園から松の枝やヒイラギ、ツタ、ヤドリギといった緑を集めてくると、居間と正面階段の手すりの飾りつけに取りかかった。マティルダが一団を指揮して作ったキスバウ（クリスマスの装飾の一種でヒイラギの枝を球状にしたもの。その下ではキスをすることが許される）は今、天井の中央から吊りさげられ、何組かのカップルと、それよりは少ない何組かのカップルではない人々が、エイヴリーの表現によれば意図的な偶然のもと、その下を訪れていた。ハリーはウィニフレッドとおばのマティルダにキスをした。

「お行儀よくなさい、ぼうや」マティルダはくすくす笑って顔を赤らめた。

ボリスはジェシカにキスをして赤面したが、ジェシカには「わたしたち、いとこなのよ、おばかさん」とあしらわれた。コリンは勇敢にもジェシカとアビゲイルの両方にキスをし、ふたりとも顔が真っ赤になっていた。

ユールログ（クリスマス前夜に燃やす大きな薪）は明日には運びこまれるとアレグザンダーが約束した。そうなれば本当にクリスマスらしくなる。村からは合唱隊がやってくるだろう。彼らはその古き伝統を復活させると誓っていた。そして彼らをもてなすワッセイルボウル（クリスマスイヴに健康を祈って飲む香料入りのエールやワインを入れる大杯）とミンスパイを用意し、大広間の暖炉で火が燃え盛っているようにしなければならない。

クリスマスは幸せな時間だとヴァイオラは思った。目の前の光景に微笑みながらアルシーアが編み物をしているあいだ、ヴァイオラはしばし黙って満足感を味わった。それは家族の時間であり、恵みに感謝し、来たるべき一年に備える時間だった。新しい年には、いつも決まって変化が訪れる。その中には歓迎すべきものもあれば、難題もある。幸せな瞬間は、それができるうちにつかまえ、両腕できつく抱きしめておかなければならない。

ヴァイオラに訪れた恵みは本当に数多くあった。ハリーの部隊から誰かが一カ月ほどイングランドに戻り、第二大隊から新兵を選抜して厳しい戦闘訓練を施したうえでイベリア半島に送りこみ、第一大隊の戦力増強をはかるという任務を課されることになった。ハリーは母の結婚式に出席するため、不人気の任務に志願したのだった。結局のところ結婚式は行われないことになったと知らせるヴァイオラの手紙は、ハリーがイングランドに向けて出航するまでに届かなかった。軍はポルトガルとスペインのあいだで移動を繰り返しており、郵便物は正しい宛先に届くまで何度も転送された。

ヴァイオラは手紙が届かなかったことを喜んだ。ハリーは数カ月前、せっかく怪我から回復したというのに必要以上に早く復帰すると主張した頃よりも、健康そうでたくましく見えた。以前よりも痩せてはいたものの、強くなっていた。目、引きしまった顎、軍人らしい身のこなし……そこには言葉で表現するのは難しいが、変化があった。ハリーは大人になったのだ。息子は自分の世界がヴァイオラやカミール、アビゲイルの世界とともに崩壊する前の屈託のない、どちらかというとわがままな二〇歳の青年から成長を遂げていた。今や一人前の男性だ。相変わらず精力的で、陽気で、笑い声に満ちていた。そのすべての下に、強さの兆しが垣間見えた。

だが今、ハリーはここにいる。ヴァイオラはこれ以上の幸せを望むなどありえないと感じていた。クリスマスが過ぎて家に帰っても、この気持ちは変わらないだろう。家族はイングランド各地に離れ離れになるが、それでもヴァイオラが家族から幸せを得られることは変わらない。手紙を書くのに遠すぎる距離ではないし、彼女は手紙を書くのが好きだった。

「今度は誰が来たというの？」マティルダが尋ねると、一同は手を止めて耳を澄ました。間違いなくひづめの音がして、玄関の前に馬車が停まった。「レン、ほかに誰か来る予定になっていたかしら？」

「いいえ」レンは答えた。「近所の誰かじゃないでしょうか？」

しかし、招かれもしないのに近所の住民が今頃訪ねてくるのはおかしい。

「ぼくが見てこよう」アレグザンダーが言った。

数分経ってアレグザンダーが戻ってくると、全員が問いかけるように彼を見た。アレグザンダーは誰も連れていなかった。

「ハリー、ちょっといいかな？」

「ぼく？」ハリーはひょいと立ちあがると、ドアに向かって歩きだした。アレグザンダーはハリーを通し、向こう側からドアを閉めた。ほかの人たちは訪問者の正体や用件について何も知らされないまま取り残された。

「わたしに耐えられないものがあるとすれば」ネザービー公爵未亡人のルイーズが言った。「それは謎よ。軍務に関することかしら？　ハリーに何をしろと？」

ふたたびドアが開くまでに、少なくとも一〇分が経過した。戻ってきたのはハリーで、全身に軍人らしい厳格さをまとっていた。

「母さん？」彼は手招きをした。

「ねえ」ミルドレッドはヴァイオラが歩きだしたのを見て言いだした。「これは新しいパーティーゲームか何かなの？　わたしたち全員がひとりずつ順に呼びだされるとか？」

ヴァイオラが部屋から出ると、ハリーがドアを閉めた。

「ドーチェスター侯爵が書斎で話したいって」ハリーは言った。「彼と話したいならそうすればいい。話したくなければ、ぼくが行ってそう伝えるよ。母さんを悩ませるようなことはさせないと、はっきり言っておいたから」

壁に取りつけられた燭台で揺らめく蠟燭の光の中、ヴァイオラは息子を見つめた。

「マーセルがここにいるの？」

「母さんが会いたくないなら、ドーチェスター侯爵も長居はしないよ」ハリーが言った。「ぼくが玄関まで送って、彼が出ていくのを渋ったりしたら外までちゃんと連れていく」

「マーセルがここにいるの？」ヴァイオラはふたたび尋ねた。

ハリーが顔をしかめた。「母さん、大丈夫？　彼に会いたい？」

ヴァイオラは現実に打ちのめされていた。マーセルがここにいる。ブランブルディーンに。書斎にマーセルがいる。

「ええ」彼女は言った。「たぶん会うべきだと思うわ」

ハリーはまだしかめっ面のままだった。「本当にいいの？　母さんを動揺させたくない。クリスマスにはね。いや、どんなときもそうだけど」

「マーセルがここにいる」ヴァイオラは言った。今度は疑問形ではなかった。

「なんてことだ」ハリーが言った。「本気で侯爵を愛してるのか？　彼はまるで悪魔みたいに見えたけど」

「彼に会いたいわ、ハリー」

マーセルがここにいる。マーセルが来てくれた。

でも、なぜ？

ヴァイオラは息子の腕につかまって階下に行き、従僕が書斎のドアを開けるのを待った。

彼女はハリーの腕を放して室内に入った。

ああ、たしかに。ハリーが〝まるで悪魔みたいに見えた〟と言った意味がわかった。以前よりも顔がやつれ、険しくなっている。ケープが何枚もついた外套を着て——何枚あるかは数えたことがない——両手を後ろに組んだマーセルは、背後の暖炉の火に照らされて大きく威圧的に見えた。暗く翳《かげ》った目がヴァイオラの目と合った。

「マーセル」

「ヴァイオラ」彼はぎこちなく会釈した。


マーセルは猛々しい気分になっていた。ヴァイオラがかかわっている限り、それは決して珍しいことではなかった。これは彼がすべきことではない。彼がしたかったことでもない。自分を愚かに見せるのを楽しんだことなど一度もない。今そうしているように、わざとそうしてみせるなど狂気の沙汰だ。

なんてことだ。あの小僧はちょっとした弾みで踏みつぶす虫けらのようにマーセルを扱った。そしてリヴァーデイルはいまいましい看守のごとく、ドアのすぐ内側で険しい顔をして黙って立っている。

あの息子を二階に行かせたあと、ひと言も発さず、ただちに立ち去るべきだった。追いだされるのを待たずに、尊厳を少しなりとも保っているうちに、この部屋から、この家から出ていくべきだった。

だが、もう手遅れだ。尊厳などかけらも残っていない。

マーセルは自らを愚か者に仕立てあげた。

すべては双子に何かを証明したかったからだ。子どもたちを愛しているということを。それもまた頭の痛い問題だった。かかわりを持っているあいだにマーセルをふって去ろうとした女性に求婚することが、どうして子どもたちを愛している証明になるというのか？　婚約を発表したあと、ヴァイオラはそんなつもりはないとはっきり告げた。レッドクリフに来たときも同様に拒絶し、マーセルが婚約解消を発表したときにはひと言も異議を唱えなかった。その翌朝には地獄の門の番犬に追われているかのように慌てて彼の家を出ていったのだ。

ジェーンは双子をどんなふうに育てたのだろうと、マーセルはときどき不思議に思った。ヴァイオラが彼を愛していると信じられるほど、ふたりは愚かに育ったのだろうか？　どうしたら彼らは、マーセルがヴァイオラを愛しているかもしれない、結婚したがっているかもしれないなどと考えられたのだろう？　あんなふうにずっと自分たちをないがしろにしてきた父親を、なぜ気にかけることができるのか？

しかし今、マーセルはここにいた。双子は近くの村の宿屋で、贅沢とはとても言えないふたつの部屋に落ち着いている。彼らは道の途中で、まるで死刑台に送りだすかのようにマーセルを見送った。エステルは目に涙を浮かべて彼を抱きしめた。唇を引き結んだバートランドの表情は読み取れなかったが、その握手には相手の手の骨を粉々にしてしまうほどの力がこめられていた。

「幸運を、パパ」バートランドは言った。

そのひと言でマーセルは崩れ落ちそうになった。息子がパパと呼んだのはこれが初めてだ。それまでは〝お父さん〟ですらなく、ただ〝サー〟と呼んでいた。

リヴァーデイルはハリー・ウェスコット大尉を呼びに行く前に使用人に暖炉の火をおこさせ、自ら二本の燭台の蠟燭に火を灯して二階にあがっていった。そのあとはドアのそばに立って黙々と見張りをした。マーセルは背中に火のぬくもりを感じていたが、外套を脱ごうとはしなかった。自分がとんでもなく愚かに思えた。ひとつの部屋に黙って立っているふたりの成人男性がいる。礼儀正しい会話というものなど聞いたこともないとばかりに。せめて天気の話でもすればよかった。まだ雪は降っていないが、降るのは確実だった。

ドアが開いた。

エステルの言ったとおりだ。ヴァイオラは痩せていたが、美しさは損なわれていなかった。目の下にはたしかにくまがあったとはいえ、彼が想像していたほどではなかった。ヴァイオラの顔には血の気がなかった。唇までもが青白かった。姿勢の正しさは軍人の息子にも負けていない。

「マーセル」ヴァイオラは言ったが、唇はほとんど動いていなかった。

「ヴァイオラ」マーセルは軽く会釈をし、眉をあげてウェスコットからリヴァーデイルへと視線を移した。「われわれに子守りは必要か?」

第一声として最善の選択ではなかったかもしれないが、今にも駆け寄って剣で突き刺しそうな男ふたりが聞いている前で、結婚の申し込みをする気にはなれなかった。

「ハリー、居間に戻っていいわ」ヴァイオラが言った。「アレグザンダーも。みんな、誰が来たのか知りたくてうずうずしているわよ」

「外の廊下に従僕がいる。何かあったら呼んで」ウェスコットが言うと、ふたりは部屋を出ていき、後ろ手にドアを閉めた。

マーセルはヴァイオラを見つめ、ヴァイオラもマーセルを見つめ返した。彼は急いでボタンを外して外套を脱ぎ、近くの椅子へと投げ捨てた。

「質問はしないことにする」マーセルは言った。「少なくとも今は。きみに負担をかけることになるし、それは公正ではないとずっと言われてきたからな。わたしの声明を述べさせてもらおう。まず、あれはごく短期間のとても楽しめる情事になると思っていたと改めて言っておく。短期間という部分以外は、すべて思ったとおりだった。わたしは短期間では終わらなかった。きみが終わらせたとき、わたしはいらだった。そんなことは今までに一度もない。きみがあと一週間でも残っていてくれれば、わたしはきみとの関係を終わらせて前に進めただろう」

「マーセル」ヴァイオラが言った。

「いや」彼は片手をあげて制した。「話を続けさせてくれ。わたしはそう考えていた。そしてあの愚かで軽率な婚約発表をして、怒り、傷つき、きみを責めた。きみをわたしの世界から追いだすための時間が充分に与えられていなかったからだ。きみがレッドクリフに来たとき、きみはまだわたしの世界にいた。わたしがみなにきみとは結婚しないと告げたときも、きみはそこにいた。そして、きみが出ていったときも。わたしはきみを振り払うことができなかった」

「マーセル」ヴァイオラがもう一度呼びかけた。

「どうやらわたしはうまくやれていないようだな」マーセルは言った。「わたしはスピーチをした。少なくともしたと思っている。きみを振り払うことができなかったなどと言うつもりではなかった。言いたかったのは、きみがここにとどまっているからきみを忘れられなかったということだ。きみがずっとここに、わたしの中にいるから。わたしの心の中にと言うのはためらわれる。それはあまりにも愚かな気がする。そんなことを口にした言い訳をしなくてはいけなくなりそうだ。わたしがきみを忘れることは決してないだろう、ヴァイオラ。たぶん、恋しているんだ。いや、たぶんではない。わたしはきみに恋している。きみを愛している。あの浜辺へ行った日から、ほんのわずかでもきみの気が変わった可能性があるなら、そう言ってほしい。そうしたら、わたしは結婚を申しこむ。何も変わっていないなら、わたしはここを去る。きみは二度とわたしに会うことも、これ以上くだらない話を聞く必要もなくなるだろう」

マーセルは言葉を止めた。自分で自分に驚いていた。

「マーセル」ヴァイオラは数歩近づき、きらめく目をしばたたいた。「わたし、あなたに飽きたことなんてなかったわ」

彼は理解できず、ヴァイオラに向かって顔をしかめた。「それなら、なぜそう言った？」

「言っていないわ」彼女はさらに一歩近づいた。「家に帰らないと、と言ったの。家族や自分の人生から切り離されたような気がしたから。わたしは怖かった。自分の人生が生き生きと輝いて、とても幸せになって、あなたに恋をしているのに、このゲームのルールではあまり感情的になりすぎるのは禁じられていたから怖かった。終わりが近づいているのを感じて、自己防衛本能から、どう終わらせるかは自分で決めたいと思った。自分から終わらせれば、傷つかなくてすむと思ったの」

「きみは本当にわたしに飽きたとは言わなかったのか？」マーセルは眉をひそめ、ヴァイオラの言葉を正確に思いだそうとした。

「言っていないわ」

彼は目を閉じて懸命に思いだそうとしたが、思いだせたのは深く傷ついたことと、避けられない怒りに襲われたことだけだった。

「わたしはきみに怒りをぶつけたんじゃないか？」マーセルは尋ねた。

「わたしから言いだしてくれてよかったとあなたは言った」ヴァイオラが答えた。「かかわりを持った女性たちのことは傷つけたくないと」

「ああ、そう、そのとおりだ」マーセルは自分の卑小さに恐ろしさと恥ずかしさを覚え、その記憶を締めださんと目を閉じた。「まさにその瞬間に、きみがわたしの眉間を撃ち抜いてくれればよかったのに」

「銃は持っていなかったもの」

「きみはわたしを憎んでいるだろうね」マーセルは言った。

「どうしてわたしが？　この二カ月、あなたはどうしていたの、マーセル？　ロンドンで放蕩三昧の暮らしをして自分を罰していたとか？」

「とんでもない」マーセルは言った。「レッドクリフで怒りをぶちまけていたよ。あらゆる人と、あらゆるものごとを正しく導いていた。ジェーンとチャールズとエレンをもとの家に送り返し、マーガレットの結婚式に出席した。おばとイザベルとオートを寡婦用住居に住まわせた。執事を隠居させ、オリヴァーを後任に据えた。子どもたちのことを知り、彼らにいじめられた」

「ずっと家にいたの？」ヴァイオラは眉をひそめた。「でも、クリスマスに子どもたちを置いてここに来たの？」

「ふたりは村の宿にいる」マーセルは言った。「最初にロンドンに行ったんだ。クリスマスに結婚するつもりなら、結婚特別許可証が必要だと気づいてね。それからここに来た。雪が降る前に着くといいと思っていたが、その願いは叶ったよ。ここの牧師と話したが、明日なら式を挙げてくれるそうだ。きみの息子とも話をした。祝福してくれたよ。ただし、もしわたしがきみをいじめたり、つらい思いをさせたりしたら、すぐさまここから追いだすと脅してきたが」

「マーセル」ヴァイオラは言った。「わたしはけがれているの」

「なんてことだ」マーセルは言った。「きみが言っているのは、あの悪党がきみと子どもたちにしたことだろう。けがれたのはきみではない。そんなことを言うやつがいたら、打ち負かしてやろうじゃないか。くだらないことを言うな、ヴァイオラ。わたしにとって大事なのはきみだけだ。きみが人生で一番望むものは、自分という人間を気にかけてくれる誰かだとわたしに言ったのを覚えているかい？　きみだ。けがれた女だとか、元伯爵夫人だとか、母親だとか、祖母だとか、わたしより二歳年上だとか、そんなことはどうでもいい。大事なのはきみなんだ。きみは望んだものを手に入れた。きみにはわたしがいる。わたしはきみを愛しているだけじゃない。きみを心から大切に思っている」

マーセルはヴァイオラが息をのむのを見守り、ため息をついた。

「そのことを言い忘れるところだった」マーセルは言った。「スピーチで重要な役割を果たすはずだった部分だ。想像の中では、恐ろしくもすばらしいシーンになるはずだった。ロマンティックで、感動的で、整然と進んでいくはずだった。ひざまずいてプロポーズしたところで最高潮に達し、それから子どもたちと結婚特別許可証を携えてきたという感動的な告白が続くはずだった。そして、きつく抱擁する結末を迎えるはずだった」

「それで？」

「それで、とは？」マーセルは眉をひそめ、ヴァイオラをぼんやりと見つめた。

「ひざまずいているところをまだ見ていないけれど？」ヴァイオラが言った。

「ヴァイオラ」マーセルは顔をしかめた。「きみは本当にわたしを愛しているかい？」

マーセルを見つめた彼女の目が輝きを増した。「ええ」

彼は大きく息を吸い、そこでしばらく息を止め、静かに吐きだした。「わたしと結婚してくれるかい？」

「それについては、あとでじっくり考えさせてもらわなければならないわね」

「どうか慈悲を」マーセルは言った。「四〇歳を過ぎると、膝が痛くなるんだ」

「そうなの？」ヴァイオラが微笑んだ。ああ、神よ。彼はその微笑みの虜《とりこ》だった。いつだってそうだ。

マーセルはひざまずいた。そんな自分をさほど愚かだとは思わなかった。片膝をつき、彼女の手を取った。

「ヴァイオラ、わたしと結婚して、わたしを世界一幸せな男にしてくれるかい？　これは決まり文句で言っているわけじゃない。決まり文句だとしても真実の言葉だ」

今度はどういうわけか、ヴァイオラの唇よりも先に目と顔が微笑んでいた。彼女がこれほどまでに美しく輝いて見えたことはなかった。

「ええ、結婚するわ、マーセル」ヴァイオラは言った。

マーセルはポケットを探り、ロンドンで買ったダイヤモンドの指輪が入った箱を取りだした。エステルの指を使い、娘とバートランドの意見を取り入れてサイズを見積もった指輪だ。ヴァイオラの指にはめると、それは指の関節に引っかかることも抜け落ちることもなくおさまった。

「この前きみに買ったダイヤモンドほど大きくはないが。あんな贅沢三昧をしたあとでは、これが買える精いっぱいだ。さて、どうやって立ちあがったらいいか教えてくれないか？」

「まあ、おばかさん」ヴァイオラが言った。「あなたは四〇歳になったばかりで、八〇歳ではないでしょう」

そしてヴァイオラはマーセルの前に両膝をつき、両腕を彼の体に回し、彼の目を見つめながら微笑んだ。マーセルはヴァイオラを抱きしめ、彼女にキスをした。

何もかも完璧だ。まさにかくあるべし。マーセルはわが家を見つけた。ついに。安全な家を。ついに安らぎを見つけたのだ。

ただし……。

「思うに」マーセルは言った。「二階に行って発表して、みんなの反応を見たほうがいいんじゃないかな」

「そんなに難しいことだと思わないで」ヴァイオラが言った。マーセルは立ちあがり、手を貸して彼女が立ちあがるのを助けた。「結局のところ、マーセル、あなたはデヴォンシャーで練習したんですもの」

23

「本当に、本当にそれでいいんだね、母さん?」ハリーが尋ねた。母親の寝室の入口に立った息子は、誰かがブラシをかけてきれいにした緑色の軍服を着て、とてもハンサムで理知的に見えた。「ゆうべ、ほとんどの人がドーチェスターを見て大喜びして、彼とその発表を、まるでクリスマスが一日早く来たみたいに歓迎したのはぼくも知ってる。あれは驚きだったな。カムとアビーも喜んでた。マイクルおじさんさえも、満足そうに侯爵と握手してたよ。でも——」

「ハリー」ヴァイオラは言った。「それでいいのよ」

ハリーは見るからに安堵したようだ。「それならよかった。じゃあ、そろそろ出かけたほうがいいな。自分の結婚式に遅れたくないだろうからね」

「そうね」ヴァイオラは微笑んだ。「花嫁が遅刻するのは最近の流行《はや》りかもしれないけれど。だけどあなたの言うとおりよ。遅れたくないわ」

家族の中で最後まで家に残っていたのはこのふたりだった。ヴァイオラの母は数分前にマイクルとメアリーに伴われて家を出ており、アレグザンダーとレンも一緒だった。ハリーが母親をエスコートする役目を仰せつかっていた。「言わせてほしい」母親の姿を頭のてっぺんから爪先まで見渡した。「五ペンス硬貨みたいにぴかぴかに輝いて見えるよ、母さん」

ヴァイオラはクリーム色の上質なウールのドレスを着ていた。ハイウエスト、ハイネック、長袖の無地のドレスだ。祝いの場には少し地味すぎるかもしれないと思ったが、彼女はもうフリルたっぷりのドレスを着て顔を赤らめるような若い花嫁ではない。このドレスは数カ月前にバースへ行ったときに購入した新品だった。ひと目で気に入って、クリスマスに初めて袖を通すつもりだったが、一日早く、自分の結婚式に着ることにしたのだ。

「ありがとう」ヴァイオラが言うと、ハリーは歩み寄って、ドレスと同じ色の重厚なウールの外套を彼女に羽織らせた。

「それはいつもつけてる真珠のネックレスじゃないよね？」

「違うわ」ヴァイオラは静かに微笑んだ。「最近もらったの。それにイヤリングも」

「そう」ハリーが少々うさんくさそうな目でそれを眺めた。「とてもきれいだ」

雪雲が重く垂れこめる空の下、ふたりは村の教会へと向かった。数日前から雪を頑固に抱えこんだ雲は、その荷物を手放そうとしなかった。しかし彼女がそう考えた瞬間、雪のかけらがひとひら、またひとひらと馬車の窓の向こうに舞い降りた。

「見て、雪だよ。もっとたくさん降れば、あの古いそりを使えるかもしれないないな」ハリーが言った。

しかし、ヴァイオラはホワイトクリスマスの可能性についてはあとで考えることにした。ハリーは教会の門の前でヴァイオラに手を貸して馬車からおろし、彼女は息子の腕につかまって敷地内の小道を歩き、教会の入口へと入っていった。そこで外套を脱ぎ、フックにかけてから、ドレスのしわを伸ばそうと両手を動かした。その様子を誰かが見張っていたに違いない。ふたりが到着したとたんに古いオルガンが鳴りはじめた。ヴァイオラとハリーは教会の中に入って身廊を進み、祭壇へと向かった。

サラが「ばあば」と声をあげたが、すぐにしいっとたしなめられた。

ふたりは家族やこれから家族になる人々のあいだを歩いていった。エステルは左側の最前列に座り、その隣にはアビゲイルとカミール、ジョエルが座っていた。右側の席には父親の付添人として、ハンサムな顔に品格をたたえたバートランドが陣取っていた。そして……マーセルは、身廊の中央まで来ていて、ヴァイオラが近づいてくるのを鋭く翳った目と厳粛な表情で見守っていた。彼は茶色の上着を着ていて、くすんだ金色のベストと脚にぴったりした淡い黄褐色のズボンに白のリネンシャツを合わせていた。

世界は順調に回っているとヴァイオラは思った。人はときおりそんな感覚に陥ることがある。まるで自分の心が広がって世界中の愛と幸福で満たされていくような感覚だ。これからどんな困難が待ち受けていようとも、この内なる静けさを揺るがすことは決して起こらないと思える感覚。結婚式の日にそんなふうに感じられるのは、なんとふさわしいことだろう。

彼女にとって唯一の、本物の結婚式。

マーセルとの。

はるばるヴァイオラのもとに来て愛していると告げ、ひざまずいて結婚を申しこんでくれた人。

彼は結婚特別許可証をきちんと用意してくれていた。

ヴァイオラは心の中で微笑んだ。マーセルの目はますます鋭く、表情はいっそう厳粛になった。その目は一瞬たりとも彼女から離れなかった。

そして、ヴァイオラはマーセルの隣にいた。マーセルの目は変わらずヴァイオラに向けられていたが、彼女は意識を広げて自分の愛する家族や彼の子どもたちの存在を感じた。マーセルはあの子どもたちのために最終的に家に戻ることを決めたのだ。

ええ、本当に、世界は本当に何もかも順調に回っている。

オルガンが鳴りやんだ。

静かになったところに、サラがまた「ばあば」と言った。誰かがまたサラにしいっと注意した。

「親愛なるみなさん」牧師が言った。

昨晩、マーセルはブランブルディーンの客間に長くはとどまらなかった。発表を行い、数多くの祝福の握手と充分すぎるほどの抱擁をし、何回か背中を叩かれるのに耐えるあいだ、一歩入ればその場を抜けだせるブラックホールがあればいいのにと思っていた。しかしマーセルが最も驚かされたのは、大人たちにまじって居間で夜を過ごすのを許されたらしい幼いウィニフレッドが、彼が自分の新しいおじいちゃまになると喜びいっぱいで宣言したことだった。なんとか機を見て廊下に出たマーセルは無表情な従僕の目の前でヴァイオラとすばやくキスを交わすと、村の宿屋へとそそくさと戻っていった。宿屋では、明らかに不安そうな顔のエステルと、平静さを装ったバートランドがマーセルを出迎えた。任務成功を告げると、エステルから抱擁とキスを浴びせられた。そして息子からの骨が折れそうなほどの握手がマーセルを待っていた。

「ほら、パパ」バートランドが言った。「ぼくたちの言ったとおりだったでしょう」

たしかにそのとおりだった。

そして、結婚式の朝が来た。数カ月前の思い出に残るあの日のように、もしまたヴァイオラを連れていけるなら、マーセルは一番遠い地平線に向かって走って逃げだしただろう。ああ、それに、双子の子どもたちも。公平を期すために、ヴァイオラの娘たちと義理の息子、三人の孫も連れていかなければ。そのうちのひとりは明らかに彼を〝おじいちゃま〟と呼ぶつもりでいるらしい。なんてことだ。まだ四〇歳で、リウマチで膝が痛むようなこともないのに。おっと、それと彼女の息子も、もし連隊を脱走する気があるなら一緒に来てくれてもかまわない。

結局のところ、そうやって逃げだすよりは、結婚式と結婚披露パーティーの退屈な儀式をすべて耐え忍ぶほうが賢明だと思われた。結婚特別許可証を持参していたため、最近レッドクリフでマーガレットが挙げたような入念に計画された結婚式の恐怖は回避できたものの、抱擁やキスやその他もろもろが待っていた。イザベルは自分とその娘が用意した花の色に合わせて食堂を塗り替えてくれとまで言ってきた。マーセルはそれよりも花の色を変えることを提案したが、その案は悲しげな悲鳴とはねあげられた手で却下され、非難の声が返ってきた。「これだから男って！」

今、マーセルは教会にいた。右側にバートランド、左側の通路の向こう側にエステルがいることを強く意識した。そして宿屋に新しく到着した客が主人の差しだした宿帳に記入しようと身をかがめたところを目撃したあの日から、ほんの数カ月で激変した自分の人生の数奇さに思いを馳せた。

牧師が聖具保管室から出てくるのが見え、オルガンが音楽を奏ではじめるのを耳にして、マーセルが立ちあがって振り返ると、今日は軍服を凜々《りり》しく着こなしたあの若者が入ってきたのが見えた。そして……ああ……。

ヴァイオラ。

飾り気のないクリーム色のドレスが彼女の優雅さと美しさを際立たせていた。それはマーセルの心の奥底にまで大声で語りかけてくるようだった。というよりも、それは彼を輝かせ、温めていた。息子と腕を組んでこちらに近づいてくるヴァイオラを見つめる。もはやほかの誰も、何も目に入らなかった。そうすれば夢から覚めてもヴァイオラをここにとどめておけるというように、ひたすら彼女を見つめていた。

ヴァイオラは微笑んではいなかった。少なくとも口角があがっている様子はなかった。しかしマーセルが以前から気づいていたように、彼女は目と顔全体で微笑むので、唇が必ずしもカーブを描いている必要はなかった。

ヴァイオラ、わが心の愛――その甘い言葉をマーセルはあえて分析しようとはしなかった。ヴァイオラが隣に立って初めて、マーセルは彼女が身につけていた唯一のアクセサリーに気づいた。それは首と耳を飾る安物の大粒の真珠だった。

彼女は満面に笑みを浮かべた。誰の目にも笑顔とわかるあのすてきな笑みを。マーセルは改めて周囲にいる人々を意識した。自分の横には自分の息子。ヴァイオラの向こう側には彼女の息子がいる。通路の向こうにはエステルが、さらにその後ろにはヴァイオラの家族であり、すぐに彼の家族と呼べるようになる人たちが居並んで、教会の半分を占めている。オルガンが鳴りやむと、マーセルは静寂を意識した。まもなく自分の孫にもなる幼い女の子が祖母を見つけて声をあげ、しいっと制されるのを彼は聞いた。

「親愛なるみなさん」牧師が言った。

それがマーセルの残りの人生の始まりだった。

教会から出るときには雪が降っていた。分厚く白い雪片が舞い降り、地面に着くと同時に溶けていたが、地面の熱は雲からの猛攻撃に耐えられそうになかった。すでに草地は白くなり、馬車の屋根にもうっすらと雪が積もっている。けれどもあいにくの天候にもかかわらず、教会の門の外には興味津々の村人が大勢集まっていた。結婚式が執り行われたと知ると、そのうちの何人かはわがことのように喜んで歓声をあげた。しかも元伯爵夫人が、今やドーチエスター侯爵夫人におなりになったんだからね、と宿屋のおかみは胸を張って説明した。一緒になられたあの侯爵さまは、ゆうべこの宿にお泊まりになった紳士だよと。

ミルドレッドの息子たちとウィニフレッドは、温室を自慢する庭師が渋るのもかまわず、せしめてきた色とりどりの花びらを手に教会の小道に出てきていた。花嫁と花婿がマーセルの馬車に向かって小道を急ぐと、子どもたちは彼らに向かって花びらを投げ、きゃっきゃと声をあげてはしゃいだ。

「生意気な小僧どもめ」マーセルはそう言いながら外套を払い、帽子を脱いでから、先に乗りこんだヴァイオラの待つ馬車の中に入ろうとした。しかし、遅すぎた。アイヴァンはこの一瞬のために花びらをひと握り取っておいたのだった。

ようやくふたりが座席におさまると、馬車は門から出ていった。入れ替わりに次の馬車が入ってきて、馬車の後ろからはガタン、ゴトン、カラン、ガシャンと耳をつんざく音が鳴り響いた。

「わたしたちは馬車の故障から始まった」マーセルは騒音にかき消されないように声を張りあげた。「この先も故障が続くのかもしれない。後ろには長靴だの、がらくただのがくくりつけてあるらしい。鍋も少なくともひとつはあるだろう。誰が見ても新婚夫婦の乗った馬車だと思うだろうな」

マーセルがヴァイオラのほうを向いてにやりとすると、彼女も笑みを返した。

「まさに今、始まったときと同じことが起こっている」

「ええ」

マーセルはヴァイオラを見つめた。「そしてこのあとは結婚披露パーティーが待っている」

「そうね」彼女は同意した。「今夜は合唱隊がキャロルを歌いに来て、みんなでユールログを囲んでワッセイルボウルで乾杯するの。そして明日はクリスマス。そりすべりや雪合戦、雪だるま作り。ガチョウとプラムのプディングも出されるはずよ」

「そして、今夜から明日までの時間もある。それはきみとわたしだけのものだ」

「ええ」

「今、少し練習してもいいかな?」マーセルは提案した。

ヴァイオラが笑い、彼も笑った。

「少しだけよ」

しかしマーセルはしばらくのあいだ、ヴァイオラをただじっと見つめていた。

「きみが間違っていなかったことを証明するために、わたしは残りの人生を捧げるよ、ヴァイオラ」

「わかっている」ヴァイオラが言った。「わたしも、あなたが何かを証明する必要なんてないということをあなたに証明するために、残りの人生を捧げるわ」

マーセルは目をしばたたいた。「それについては、あとでじっくり考えさせてもらわなければならないな。だが、とりあえずは……」

「そうね」ヴァイオラも言った。「とりあえずは……」

マーセルはヴァイオラの肩に腕を回し、彼女はその腕に身をゆだねた。

「ところで、すてきな真珠だね」彼はヴァイオラの唇に向かってささやいた。

「ええ」ヴァイオラは返した。「わたしのお気に入りよ」

訳者あとがき

『愛を知らない君へ』『本当の心を抱きしめて』『想いはベールに包まれて』に続くリヴァーデイル伯爵家（ウェスコット家）シリーズの四作目『ふたりで愛に旅立てば』（Someone to Care）はかつてリヴァーデイル伯爵夫人だったヴァイオラの物語である。

侯爵のマーセルは結婚し、娘と息子の双子に恵まれるものの、子どもがまだ幼いうちに妻を亡くす。悲しみや責任感に背を向けるかのように、彼は双子の世話を義姉夫妻に託し、自らの屋敷をあとにしたのだった。その後、子どもたちと顔を合わせるのは年に数回程度、ごく短い時間だけ。独り身に戻って以来、退屈に任せて女性との火遊びに興じてきたが、うっかり既婚者を誘惑してしまい、夫とその名士一族の怒りを買うはめに……。決闘などという事態になってはもとも子もないとばかりに、マーセルは子どもたちが親族とともに暮らす家に久しぶりに帰ることにする。その道中、女性に関しては百戦錬磨の彼が心を動かすことができなかった〝大理石の女神〟ことヴァイオラと偶然の再会を果たす。

ヴァイオラは伯爵夫人として長年、平穏な生活を送ってきた。未亡人となったあとも、息子が爵位を継ぎ、娘たちには申し分ない将来が約束され、なんの心配もいらないはずだった。

ところが、夫の隠し子だと思われていた女性が実は前妻との嫡出子であること、ヴァイオラとは重婚であったことが判明する。彼女と子どもたちは地位も財産も奪われ、もはや生きているほうが地獄とさえ思われるような境遇に陥ったものの、まわりの厚意のおかげで、なんとか落ち着いた暮らしを取り戻しつつあった。しかし、あることをきっかけにヴァイオラは感情を爆発させ、たったひとりで家族のもとを飛びだすという暴挙に出るのだった。貸し馬車の故障でしかたなく立ち寄った宿屋で、遠い昔に心惹かれながらも背を向けてしまった相手と遭遇するが……。

ロマンス作家という職業柄、趣味で読書をする場合、近頃はもっぱらロマンス小説以外が多かったという著者メアリ・バログ。しかし、世界的なパンデミックをきっかけに、彼女の原点とも言うべきジョージェット・ヘイヤーの再読をはじめ、多くのロマンス小説を夢中で読むようになったとのこと。その理由を、安全で魅力的な世界に身を任せ、世界とは、人生とは、愛とはすばらしいものだと実感して、心地よい気分を味わいたかったからと語っている。その結果、自分もまた、困難な日々に耐える人々を癒やす側のひとりなのだという自覚が芽生えたそうだ。バログが物語を紡ぐ理由は、キャラクターが愛や友情や笑いで問題や心の傷を乗り越える過程を一緒に楽しんで、心が癒やされてほしいと願うからだ。そういう意味で、本書の主人公ふたりは、ロマンスにはやや珍しく、輝くばかりの若さがあるわけでもなく、非の打ちどころがないほど完璧な人格者というわけでもなく、どちらも人間的な弱さや欠点が目立つ人物だが、だからこそ、よりいっそう感情移入しやすく、物語にのめりこむことができるだろう。バログが試行錯誤の末に生みだしたヒーローとヒロインの化学反応はもちろん、未来の幸せを信じられるストーリーをぜひお楽しみいただきたい。

二〇二五年二月

ライムブックス

ふたりで愛《あい》に旅立《たびだ》てば

著　者　　メアリ・バログ
訳　者　　水川玲《みずかわれい》

2025年4月20日　初版第一刷発行

発行人　成瀬雅人
発行所　株式会社原書房
〒160-0022東京都新宿区新宿1-25-13
電話·代表03-3354-0685　http://www.harashobo.co.jp
振替·00150-6-151594
カバーデザイン　松山はるみ
印刷所　中央精版印刷株式会社

落丁·乱丁本はお取替えいたします。
定価は、カバーに表示してあります。
 ISBN978-4-562-06557-8 Printed in Japan